叙事

XU SHI

重建中文之美

百花洲 杂志社 选编

百花洲文艺出版社
BAIHUAZHOU LITERATURE AND ART PRESS

目录

contents

动身时刻

吴洪森

正　文

1970年4月6口是我离开上海，去江西山区捅队的日子。

那一年我十七岁，那一天我早早就醒了。

我下放的地方叫修水，先坐船，乘长江轮到九江，然后再换汽车。

船是下午两点开。本来长江轮在十六铺码头，离我家很近，走路只要五分钟。现在送知青下放的专轮改在公平路码头上船。乘公共汽车去至少半小时，行李是不能乘公共汽车的。我有一大一小两个箱子，大箱子特别大，是用我睡觉的床板一剖二做的。为了不浪费木料，箱子能做多大就做多大。做成后，我可以曲着身子躲在里面。

箱子是同学胡梦林做的。"文革"停课两年期间，他跟随一个木匠学木工活。进了中学，我们相识，成为最要好的朋友。下课十分钟我们在一起，放学后，他也总是待在我家，直到吃晚饭才回去，吃过晚饭后，他又来了。那时我们家像个俱乐部。我的同学、我弟弟的同学、我妹妹的同学，都喜欢聚集在我家玩。

虽然地方很小，但三个小房间都是各自独立的，三帮同学可以各玩各的。唯有胡梦林受到邻居老太太们欢迎，自他成为我家常客，周围人家桌椅板凳就不怕坏了。凡是需要木工活的，只要和梦林打个招呼就行。他是太好说话了。以至于老太太们都不记得他的名字。只知道"小木匠"。

"小木匠"这辈子第一次做这么大的箱子，也是最后一次做这么大的箱子。我走后，再过一星期，他也要走了。他是去安徽农场。他家比我家还要穷，不但腾不出床板给他做箱子，连像样点木料也拿不出。

父母只能给他一个小小的旧箱子，放点换洗衣服。被头铺盖用纸箱打包，待运到安徽农场再说，乡下总有木料的，也比上海便宜。

梦林很想和我一起去江西插队。他说只要我们在一起。到哪里都不怕。但农场有工资拿，插队是没有的。安徽农场的名额非常少，班上只有经济最困难、平时表现又好的同学才有资格去。梦林如放弃就太可惜了，一个月三十元的工资，不但可以养活自己，还可以补贴家里呢！我和另位同学劝说了他好几个晚上，他才总算答应独自一人去安徽农场。

为了相互鼓励，我把毛主席抄给阿尔巴尼亚同志的两句唐诗转抄给他："海内存知己，天涯若比邻。"不过我比毛主席多抄了两句："无为在歧路，儿女共沾巾。"

梦林帮我做好了箱子，还把这口旧木板做成的新箱子刷上了棕色作底的清漆，我父亲买来了镀铜的包角和箱锁，扎扎实实钉上，就完全是口巨型新箱子了。

待会我们动身去公平路码头时。梦林不能和我们一起乘公共汽车去，他和我大弟还有邻居永海轮流踏黄鱼车，把装满行李的大小两口箱子，送去托运。

我一早醒来，很不想起身。出发离开上海的日子竟然就在今天！尽管半个月前就知道了，但早上醒来后，我还是觉得今天来得太突然，想在被子里多赖一会儿，又怕扫了来送行的兴。

起床后到父母房间，只见父亲把昨晚包扎好的大小箱子又一一拆散，把箱子里的东西统统拿出来，摊放在桌上、凳上、床上，然后又一一重新放回去，把箱子重新包扎好。他感到这样一来，箱子就经得起长途运输的折腾了。

母亲已在准备中午的饭菜。今天中午有油面筋塞肉，这是我最欢喜吃的菜之一。同学们还没来。胡梦林也没来。家里的事插不上手，在旁呆看着，没劲。我走出了弄堂口，看有无同学来了。

同学没看到，却看到外婆正穿过马路，步入小街，一步一步走来。她走得十分艰难，我赶紧迎上去，心里非常内疚。本来昨晚去外婆家向她告别，但几位同学到晚上十点还不舍得走，外婆家就没去成。没想到她今天居然走来了。

外婆半年前发现得了食道癌，已是晚期的晚期。我心里很难过，我知道我这一走是再也见不到外婆了。

两年前舅舅家的大表哥分配进工厂，拿到手的第一个月学徒工资，就给外婆买了点心，还给了外婆零用钱。外婆很高兴，说大表哥成人了，懂得孝顺外婆了。看到外婆那么高兴，我心里就暗想，等我拿到第一个月工资，我也一定好好孝顺外婆。

没想到，等待我的是一片红下放。不但没工资拿，家里还要花很多冤枉钱，邻居阿姨对我讲，你去插队，你妈花的钱和别人家嫁一个女儿出去差不多了。

外婆也花钱给我买了棉毛衫裤。我很羡慕大表哥有让外婆好好高兴一下的机会，我是没有这机会了，连给外婆送终的机会也没有了。

外婆是太苦了，她一直都很苦。舅舅因"右派"坐牢去了，她就带舅舅的孩子。三年自然灾害时，酒鬼姨父贪图一笔遣散费作酒钱，单位领导趁他喝醉时哄着他报名回农村。正在月子里的阿姨，又急又气，晕过去好几次。姨夫到农村去两年半之后，两岁半的小表弟在一个阳光明媚下午，看见邻居的孩子们爬上围墙边一堆木板，蹦蹦跳跳很开心，他也爬上去。

他爬上去，从木板缝里掉下去了。没人看见他爬上去，也没人看见他掉下去。他就这样被木板压死了。

阿姨下班回家没见到小表弟，就四处找他，邻居也帮助一起找，终于有人从木板堆的一头望去，看见木板缝里似乎有一件花衣服，赶紧将木板一块一块搬开，不是花衣服，而是穿着花衣服的小表弟。

邻居将他抱起来，四肢软软的，脸蛋红红的，跟睡着了一样。

一年多后，阿姨就得了胃癌，不久阿姨就去世了，留下三个孤儿又靠外婆带。

如今外婆已无力顾及他们，她就要孤身一人走了，她就要离开我们了。

偏偏在这样的时候我又要去农村，去那遥远而又贫苦的山区。

外婆看见我时神色很平静。大概她所有的力气和精神都在对付病痛，大概她对命运的磨难已经麻木了。

我心里难过，我很想哭。我不敢哭。我知道我一哭，就管不了自己，就会号啕大哭。我一号啕大哭，外婆就会伤心，外婆伤心了，恐怕就再没走路的力气，恐怕就再也站不起来了。所以我迎到外婆面前时只是淡淡地说了一句："外婆你来啦。"

外婆也是淡淡地轻声问我："洪森你今天要走了？"

"嗯。"

我引外婆进小弄堂。弄堂小得只容一人过，我也无法搀扶她。就让她走在前面。

外婆和妈妈打个招呼。就在天井里看我爸爸包扎箱子。

弄堂外传来胡梦林的喊声，他把黄鱼车已经踏来了。

眼看就要把行李送去托运了。爸爸不放心，又把箱包打开，又重新包扎一遍。

这次有我、梦林、大弟和其他来送行的同学帮忙，只要插得上手的都在用力气，绳子拉得不能再紧，箱子扎得不能再牢，爸爸这下似乎只能放心了。

妈妈临时改变了主意，不让梦林他们先踏车子去托运行李，说时间来得及，要梦林和我们一起吃中饭。吃好后大家一起走。

这时外婆对我说她要先走了，

"出门在外，你要当心自己。"

外婆叮嘱道。她一字一字说得很慢说得很吃力。我知道外婆已经吃不消了，"嗯"了一声后，眼睁睁看着她迈着脚，一步一步离去。

两个月后，父亲在信中告诉我外婆已去世并已火葬。考虑到家中的经济情况和修水的交通情况，外婆临终时就没打电报叫我赶回来。奇怪的是我接到信后还是没有哭。

那天中午的菜应该是很好吃的。这么好吃的菜，我竟然咽不下去。油面筋塞肉，我咬在嘴里，如同咬了一口木屑。我装作狼吞虎咽的样子，趁父母稍不注意，就把父母夹在我碗里的菜，夹给梦林或其他同学，大家理解我的心情，一起帮我掩盖。幸好父母没和我们一起吃饭，我的作弊轻易成功，可是我妹妹却忍不住扭过头去掉几滴眼泪。多亏汤的帮忙。我总算把一碗饭倒进了喉咙。

动身的时刻到了。

爸爸的眼眶红了，妈妈不时兜起围裙擦眼睛。

不走不行了，我匆忙向父母告别。

"你一定要当心自己的身体，知道吗！要经常写信来，让我们了解你的情况。"

我连连应声："晓得了，晓得了。"想尽快摆脱这告别的场面。

爸爸妈妈昨晚就讲好不送我去码头，让弟妹和同学朋友们去。

到了马路口，梦林和大弟、永海踏黄鱼车走了，其余人去乘公共汽车。我回头一看，父母还站在弄堂口，赶紧摆手，叫他们进屋里去。

在公共汽车上，我那小弟弟扭头在一边。不看我一眼，也不讲一句话，真让我难过。

码头上人山人海，一片哭声。

我没哭，我们都没哭。昨晚我们大家都讲好的，今天送我时大家都不哭。要做到还真不容易。要做到就无法开口说话，一开口说话，我们谁都做不到了。大家眼圈都已红了，只有默默地忍着，咬紧牙关，我们才可以不让眼泪从眼眶涌出来，我们才不会痛哭失声。这忍耐的时刻很难过也有点尴尬，我盼望汽笛快快鸣叫，上船的时刻快快到来。

第一声汽笛响了。我对弟妹、同学朋友们说，我上船了，你们回去吧。我上船后，不会出来的，你们不要在码头上等了。

我上船了。

我上船后果然没出来，一直躲在船舱里。

三声汽笛长鸣后，船身开始移动了。这时我有点不放心，怕有谁死待在码头上，看不见我会失望。

于是犹犹豫豫钻出底舱，来到船舷边。

这时船离开码头已有一段距离了。码头上送行的人已减少，船舷边也不很拥挤了，我仰起脖子朝码头上看。没有看见我的弟弟妹妹，也没有看见我的同学朋友们，我放心了，也略略有点失望。

就在此刻，我看见码头左侧的水泥围墙上站着一个熟悉的身影，那一身海军蓝军便服、个子矮小敦实的，不正是梦林吗！他果然是翚的。船正加快了离开的速度，我一急就爬上了栏杆，连连挥手。梦林看见我了，脱下军帽，向我挥动。

他的身影越来越小了。

梦林在班上最要好的朋友只有我，不知将有谁陪伴他度过即将离开上海的最后这几日？不知有哪些同学朋友会帮他打行李包？他父母年老有病是没力气帮他做这些事的。

我当时想到的只是这些。

我万没想到的是：六年后他会在安徽农场自杀。

他如能再多挨五个月就好了。

但是人到挨不过去的时候，多挨一刻都是难的，又何况是五个月！

船远去了，不但码头上的人影子看不见了，连码头也越变越小，看不见了。

对正文的补充

《动身时刻》的缘起

1997年春节，回上海看女儿，她那时读初中预备班（相当于小学六年级）。

一天闲聊时，她提到一位颇有点知名度的当代作家。说他的散文编进了他们的语文课本。

她将这篇散文翻给我看，问我感觉如何？

我对这篇散文的印象很坏，通篇都是矫揉造作的辞藻。堆砌出虚伪浅薄的情感。

我女儿感到吃惊！

她问："这么不好，为什么会选进我们语文课本呢？我们老师还要求背诵呢！"

我不知该如何向她解释，只能简单地说一句："编选语文课本，有时是需要第一，语文水准第二。"

她听了我的解释，有点似懂非懂，问："和刘勇叔叔比呢？"

她口中的刘勇叔叔就是格非，她从小就和格非相熟，知道他是个作家，就拿他出来作比较。

我说，"那怎么能比？要比的话，刘勇叔叔是座山，这位作家只是一堆土。"

"真的？刘勇叔叔这么了不起？"

我女儿的第二个问题有点尖刻了。

"和你比呢？"

"也不能和我比。"

我口中说得斩钉截铁，心里却有点虚。因为我拿不出可以比的作品来。果然，我女儿没轻易让我蒙混过关："你这么骄傲啊！那怎么没见你写出好东西来呢？"

这句话将我堵住了。

我决定写一篇好散文给女儿看。

我给自己规定，这篇散文词汇量不超过小学六年级。

写什么呢？在上海的几天里，一直没找到题目。

回香港打工那天，在机场突然来了灵感。飞机升空后，我就迫不及待打开小桌板写起来，一直写到飞机下降。

到了香港，继续写。写了两天，完成了。

这就是《动身时刻》。

就这样给女儿看，她未必认真对待。没有发表的东西，在她这个年纪，很难引起敬意，我把稿子投给了《大公报》。

《大公报》副刊主任马文通看了，决定全文发表。编辑温海打电话来说，《大公报》从没一次发这么长散文，但你这篇散文实在写得好，我们决定破例。一次登完。

《动身时刻》发表后，我将剪报寄给了女儿，另外还寄了复印件给格非和摩罗，他们是我的好友，也是文章方面的良友。

我女儿来信说，在看文章过程中，她忍不住哭了好几次。看第二遍，她还是感动得掉泪。她问，你使用的词汇那样简单那样平凡无奇，怎么却能产生如此感人的力量？

格非和摩罗以及他们的夫人王方红和杨帆，都对《动身时刻》做出了很高的评价。

《动身时刻》是个偶然。

可是它又确实是我心目中存在已久的、那种理想状态的好文章。

有关我外婆的补充

亲友们看了《动身时刻》，都说外婆和我同学梦林最为感人。我觉得有必要对这两人做些补充说明。

先说我外婆。

在上海航运公安局工作的二舅，接到家乡来信，说农村粮荒，大家都在挨饿，没饭吃，很多人都浮肿得厉害。他开会时，将家乡这封信读了。结果被打成"右派"。他不服气，向上级申诉，结果打成"反党反社会主义分子"，判处四年徒刑，发配到安徽劳改农场。二舅妈也被赶出了航运公安局家属宿舍，带着不满一岁的小女儿搬到我家楼上住。

从此，我们不再吃糖。我们要把糖票省下来，买白砂糖。我们还要节省一点粮票，等外婆到安徽劳改农场去探望二舅时，将省下来的粮票买面粉，将面粉放在铁锅里炒熟，再将白砂糖也放进去，等炒熟的面粉凉了，就装进布袋，将袋口扎扎实实缝起来。

在装熟面粉之前，布袋的底和边都已经用针线缝过两遍了。

很长时间没糖吃，会想，看到别的小孩吃糖，我们馋得咽口水。外婆说，二舅遭了难，小孩要懂事，如果不省下一点粮，不省下一点糖，二舅就会饿死在安徽。

不吃糖可以救二舅的命！我就真的不想糖了，后来变得不喜欢吃糖了。

我知道安徽在老远的地方，劳改农场在更远的地方。

外婆背着包袱，拎着行李。

包袱里有炒熟的面粉，里面还放了白砂糖，包袱里还有一罐熟猪油，这也是我们从肉票里省下来的。行李是给二舅的冬衣，有棉袄棉裤。棉袄棉裤夹缝里，还藏着一点全国粮票和一点钱。

外婆总是悄悄动身，半夜三更起来，去上海北站坐火车。

外婆叮嘱我们不要对任何人讲她到安徽去了，有人问，就说住到阿姨家去了。外婆说，省得里弄干部找麻烦。

外婆乘火车到了安徽再乘汽车，乘了汽车下来，还要再乘汽车，才到二舅所在的劳改农场。

每次外婆出发后，我总是担心她会迷路。外婆连上海去过的地方都没有我多，她怎么能一下子跑到那么远的地方，找到她要去的劳改农场呢？

我猜想，外婆第一次去安徽劳改农场，一定是迷路的。她捏着信封，东问西问，安徽话又不太懂，乘错了几次汽车，费了很大的周折，才摸到她要去的地方。

不过，外婆第一次去安徽迷路，不是为了探望二舅，而是大舅。

大舅被抓，被判刑，被送去劳改的情况，我一点也不知道，我当时太小。家里将这件事捂得严严实实，直到很晚，到了"文革"，红卫兵来抄二舅的家。贴大字报，我才知道这位"反党反社会主义分子"。还有一位哥哥也是"坏分子"。1957年因为破坏党的粮食统购统销政策，被判刑七年，坐了两年牢之后，因肺结核押送回老家保外就医。

1957年，我才四岁。在这之前，大舅留在我记忆里的只有两件事：

一件是，我睡觉醒来，天色已晚，听到一个大人坐在床边，背对着我在说话。说话的声音通过床的共鸣传到我的耳朵里，嗡嗡的。另一个人坐在他对面的凳子上。房间里的灯泡已经亮了，妈妈在炉子上炒菜。我知道坐在床边的是大舅，坐在他对面的是二舅。

他们都只顾自己讲话，没人理我，我就哭闹起来。听见妈妈说："哥，孩子哭，可能要撒尿了，你把一下。"

大舅将我从被子里抱出来，抱到痰盂前。我没尿。我哭，是没人理我，尤其是我妈，今天仿佛没我这个人。

大舅不耐烦了，他说："这孩子又没尿，哭个什么呢！"就把我往被子里一放。他这一放，应该说是一扔，因为我的背还没躺到床上，他双手已抽走了。

虽然一点不疼，却把我吓坏了，我从没受过这样的对待，一时又惊又吓，一点声音也没有了。从此以后，我对大舅产生了恐惧心理，一直不愿和他亲近。

我妈说，我是两岁那年搬到楼下来住的，因为怕我从楼上滚下来。因此被大舅扔进被窝的事，应该发生在两岁之前。

另一件事，一天上午，母亲牵着我，和外婆从大舅家出发，到阿姨家去。阿姨家离大舅家很近，走路几分钟就到了。到了阿姨家，我听见她们对阿姨讲，下午去浦东采马兰头。我说我也要去。她们叫我在大舅家好好待着，说晚上回来时给我带好吃的。我不答应。回大舅家一路上？我吵着坚决要跟着去采马兰头。一直吵到大舅家。我妈说，只要我好好吃午饭，吃饱了，就带我去。我就狼吞虎咽地吃起来，吃饱了，我妈就抱起我出发了。一路上颠呀颠的，很快我就在妈的肩头睡着了。

等我醒来，却发现自己不是在浦东乡下田野里，而是躺在大舅家二楼的床上。听到大舅从三楼走下来的脚步声，我明知上当受骗也不敢哭。

大舅走到床前，看我醒了没有。我闭上眼睛，等他走了之后，才睁开双眼。

阳光从二楼楼梯口西窗，映照到与床头相对的白墙上，我醒来之后一直呆呆望着泛着白光的墙壁，直到楼下传来我妈她们的声音。

我听见妈问大舅我乖不乖。大舅说这孩子今天出奇地乖，一直在睡，一点声音也没有。妈上楼看见我睁着眼睛，就抱起我。

我很沉默。

此后人生中，只要午睡醒来，面对的是泛着白光的墙壁，房里静悄悄的，偶尔从窗口飘来街上人的喊叫声，我就会心情忧郁，产生淡淡的哀伤。

大舅再次从我记忆里出现，是他从乡下来探亲。他一年来上海一次，多半是春节。所以我一直以为大舅是农村人。看了"文革"中的大字报，我才知道大舅原来是在上海的。我才从小时候隐隐约约的记忆里，想起大舅那时候好像是在上海。我想起小时候大舅家房子是那么大，有三层楼。想起了和大舅家大表姐、表哥，还有二舅家二表姐、三表姐在楼上楼下还有晒台上捉迷藏的往事，那时候多么开心。

我明白了大舅突然从我记忆里消失了好几年的原因，也明白了大舅妈为什么把房子一层一层卖掉，先卖掉了三楼，不久又卖掉了二楼，最后把一楼前面一半也租掉了。他们一家挤在白天也要开灯的黑房里。我也明白了大舅妈为什么突然要去上班了，她先在里弄里找到了编织草袋的活，我去看她，在她身边玩，很快也学会了编织草袋，帮她一起编。

舅妈总是夸奖我聪明。后来大舅妈又到一家工厂去上班了。

看了大字报，我问妈是怎么回事。妈说，二舅在家乡被动员参加了新四军。随部队开拔后，国民党来了，要清算新四军家属。外公、外婆、大舅、我妈和阿姨全家连夜逃到了上海。大舅原是乡村小学教师，逃到上海，靠在上海的学生资助，开起了粮店，将家乡的粮食运到上海来卖。几年工夫，赚了钱，买了一幢三层楼的房子。1955年，国家实行粮食统购统销政策，但大舅继续做他的粮食买卖，不过变成了黑市生意。政府以破坏统购统销罪判刑七年，押到安徽劳改农场劳动。

我想，大舅坐在床边和二舅说话的那个黄昏，大概就是国家对粮食实行统购统销政策了，大舅在为生计着急。我想外婆和我妈、阿姨去浦东采马兰头的那个下午，大舅一个人默默地在三楼踱步，他大概已经知道大祸临头了。

探望大舅是外婆第一次去安徽。

两年后，大舅肺结核保外就医押送回老家，外婆总算松了口气。曾经做过乡村小学教师的大舅，人缘很好，本乡本土人是不会苛待大舅的。可是不久，二舅又被送到安徽劳改农场去了。

安徽劳改农场似乎专门为我外婆家保留了一个位置。

当我自己也有了孩子之后，我更能体会到当年外婆的心情。

外婆通常是沉默的。我从没在她脸上看到过伤心痛苦的表情。

外婆哭，在我记忆中只有一次，那是外公死了。

外公穿着新衣服、新鞋子，笔笔直直，一动也不动，躺在二楼北面房间地板上，脸上盖着黄纸。外婆、我妈、阿姨等所有的人都在哭，除了我。那年我还不满两岁，我只是惊奇。外婆哭的时候用手绢掩着脸，所以我始终没看到过外婆痛苦的表情是怎样的。我看到过她笑，看到过她生气训斥我们。更多的是看到她默默无言。即使她在炒面粉，为探望二舅做种种准备的时候，她也是沉默、没有表情的。即使她动身出发去安徽劳改农场，她仍然是平静的。

假如二舅所在的劳改农场和大舅待过的是同一个农场，对外婆来说，就是熟门熟路了，她在安徽的迷路就不会有第二次。但不可能有这种好事，因此，我估计外婆在安徽迷路，至少发生过两次。

有一天半夜，我被外婆说话声惊醒，正想翻起身来大喊："外婆你回来了！"听到外婆压低了嗓门在和妈妈说话，我想知道她们说什么，就竖起耳朵来听。

外婆告诉我妈，和二舅关在一个农场的同乡人，就在她到农场前一天被斗死了。农场开斗争大会，将他押到台上，管教干部说他态度不老实。在他屁股上踢了一脚，这人没站稳，从台上摔下来摔死了。外婆说到这里叹了一口气，说我就担心你二哥的臭脾气过不了这关口，这次我再三叮嘱他，要忍着点，好歹要熬过这几年。

听了外婆和我妈午夜谈话，我觉得恐怖。一个大人怎么可以那样凶狠对待另外一个大人？那个被踢到台下摔死的大人，怎么会这么可怜？我将来长大后，会成为随便被人押上台斗，随便被人踢下台摔死的人吗？

人命这么不值钱，世界这么恐怖，人活着有什么意思呢？

五六岁的孩子思考这样的问题似乎太早了一点。

好歹二舅没被人从台上踢下来摔死，他活着出来了。小时候，二舅在我心目中是很帅气很威风的，他骑着三轮摩托车来带我兜风，我心里充满了骄傲。但自从我知道他可以随便被人押到台上斗可以随便被人踢屁股，甚至可能被人踢到台下来摔死：摔死了，他的家里人也不敢吭声，二舅在我心目中的骄傲就一丝也没有了。

二舅放出来之后，没有户口，没有工作，靠一辆载重自行车，到浦东乡下，将农民从田里捞来的螺蛳贩运到上海小菜场赚钱糊口。"文革"抄家挨斗之后，贩运螺蛳属于投机倒把，不准做了。在家歇了一阵，抄家批斗风潮缓和一些，他又找到一条谋生之道，将工厂里用过扔掉的废旧回丝收集起来，载到黄浦江边，用竹箩筐在江水里漂洗干净，然后摊在江边马路上晾晒，晒干后卖给废品回收站。

外婆就守在江边替二舅看守这些废旧回丝。二舅晾晒回丝的马路，是我摆渡过黄浦江去上学的必经之路。我老远看见外婆伫立在寒风中的身影，总是赶紧走到马路对面，远远避开外婆。

同学知道我有这么一个外婆会歧视我。

几年后，我初中快毕业前半年，外婆没力气到江边看守废旧回丝了，她得了食道癌，而且已经是晚期。

第二年我下放到江西山区不满三个月，接到父亲来信，说外婆已经去世了，考虑到家里的经济情况，就没打电报让我赶回奔丧。

看完父亲的信，我没掉一滴眼泪，只是觉得心口发闷。我也没有把外婆的死讯告诉身边的知青朋友，我想他们一定会问：外婆死了怎么不回去奔丧呢？

我无法告诉他们我没钱，我家里也没钱，我下放已经给家里增添了很多债务了。我如果讲了，有些同学可能就会给我凑路费，我不想看到这种场面，再说外婆已经火化了。

得知外婆死讯后的很多天里，我变得沉默寡言。在田里干活，或者走在山里曲曲弯弯的小路上，或者下雨天不出工，躺在蚊帐里呆望着帐顶，我眼前总是浮现出外婆伫立在黄浦江边，孤独地迎着寒风的形象。江风吹拂起外婆斑白的鬓丝，她像座木雕纹丝不动，她的脸上没表情，她的眼睛望着远处。

我不知道她在看什么？我不知道她心里在想什么？

我想，假如每天上学来回经过外婆身边，我能迎上前和外婆打个招呼，最好还陪外婆说说话，外婆是不会得癌的。

关于梦林的补充

1970年4月6日，梦林送走我之后，过了一星期，他也走了。他和我一样也是到公平路码头乘长江轮溯水而上。他所去的建设兵团在安徽宿松县。

宿松县已是安徽边境，和江西紧邻，也在长江边上。

离我下船的江西九江，大船只差两小时航程。宿松是个小码头，长江轮平时不停靠的，只是运送知青的专轮才破例停靠。坐小轮从九江到宿松，要四个小时，从宿松到九江，因为逆水，就要六个小时了。

我在和湖南交界的修水山里，接到梦林到达建设兵团后的第一封信，告诉我宿松的地理位置，我没什么感觉。但是两年后，因贵人相助，我被招到九江钢厂当工人。

当了两年知青，就进工厂当工人，在当时是非常幸运的。帮助我的贵人是九江下放干部张力才和他的爱人曾凡枚医生。前去招工的厂长孙为钜是他们的好朋友，他一到修水，就直奔张家，问他们有什么人要带走。张力才夫妇推荐了我，就这样，我到了九江。

梦林闻讯大喜，不久到九江来看我。他出门一趟很不方便，先从建设兵团搭班车到宿松县，这一路就要两小时，从宿松码头坐小轮到九江，又要六个小时，再加上走路和等车等船时间，至少要十个小时才能到九江。每天车、船只有一班，为了保证赶上，早上六点就出发，到达我宿舍已是晚上六点。厂里食堂五点钟开饭，好点的菜不到半小时就卖完了，六点钟只剩冷饭和卖不掉的菜。我拉梦林到街上饭店去吃饭，他执意不肯，说饭店太贵了，就在食堂随便吃一点，我拗不过他，就在食堂吃冷饭剩菜。

钢铁厂食堂在那吃肉需要凭票的年代，算是最好的。高温工人有营养菜，每天夜里还有肉包子供应。我对梦林说，晚上11点再吃肉包子和油条。

那天晚上我上夜班，平时吃过晚饭要睡觉，睡到晚上十点半起来，穿上厚厚的帆布工作服，拿着搪瓷碗，先到食堂买夜宵，吃完去车间上班。梦林来了，我们聊天，一直聊到去食堂吃过夜宵，我上班，他回寝室睡觉。

早上下班回单身宿舍楼，梦林已经起来。早饭后，想陪他去逛街，梦林不肯，说我一夜没睡，晚上还要上班。他自己一人去。我确实疲倦，就没坚持，把他送到厂门口，指给他去市区的方向，就上楼睡觉了。

九江钢厂在郊区，步行去市中心要半个小时。

我叮嘱他晚饭一定回来吃，我等他。

梦林说在城里逛逛真好，下放两年多，除了回上海探过一次亲，其余都是在农场，日子乏味透了。

他每月有三十块工资收入，每年有十二天探亲假，加上三天春节假，回上海一次可以待十五天。梦林说，他今年没回上海。母亲风湿病加重躺在床上，看病需要钱。他弟弟去年毕业分配进了上钢三厂，本以为家里从此开始好转，谁知进厂才半年，就出工伤事故，右脚五个脚趾被吊车放下的五吨钢板压断了，才十八岁就成了残废。看到家里这个样子，他也不想回去，就把省下的路费寄回去了。

他说我到了九江真好，他以后在农场待烦了，就有个地方走动走动了。

第三天清晨六点，我就从车间赶回宿舍，将食堂刚出笼的包子放在桌上，叫醒梦林又匆匆赶回车间上班。回宿松的船早上七点开，从厂里走到船码头半小时。昨晚我们商定六点起床正好。

梦林请三天假来看我，实际只能在九江待一个白天。

梦林每次走的时候总要叮嘱一下，希望我抽空到他们农场去玩玩，回去之后，给我的信里也不忘向我发出邀请。但我始终没到他所在的宿松农场去过。一是请假不容易，当然，真的想去，我可以采取调休办法积累几天假，但我自己刚从农村出来，那里有什么好玩的？更主要的，我觉得梦林邀我去，是想向农场朋友证明一下，他确实有我这样一个在九江工厂的朋友。我可以想象得到，那些人故意欺负他，说他吹牛，他是个认真而自尊心很强的人，看不出别人是故意捉弄他，他想证明自己，就落到别人圈套中去了。

我不喜欢这种感觉，所以始终没打算去宿松农场看望他。虽然口头上应付他，说有机会一定去，他也总是信以为真，眼巴巴盼望我哪天到他们农场去。1974年夏天，因为停电，厂里大检修，放了好几天假。我和同事到庐山去玩了，正好梦林来九江，到我寝室敲门，没人。问了门房，门房说厂里停电放假，他们房间人都出去玩了。幸好梦林是在我放假的最后一天到九江，这天我们从庐山下来了，傍晚时候回到工厂。门房告诉我有人找我。在门房等了好几个小时，现在不知到哪里去了。门房认识他是安徽来的。

当天是无船赶回宿松的，梦林到哪里去了呢？

直到天黑，他才回来，他说幸好在厂门口遇到厂里的广播员，以前见过他，告诉他我们今天就下山回来。所以他就到市区去逛逛。我问他晚饭吃过没有，他说已经吃过了。

之后梦林不再提邀我去宿松的话头。

1975年梦林到九江来的次数比以前几乎多一倍。以前一年来两三次，1975年来了四五次。不过，只是当天晚上在我这里，第二天一清早，就往火车站乘火车到德安去。从九江到德安，火车要两个小时。我们有不少同学下放在德安县车桥公社。梦林到了德安再搭长途车去车桥，幸好车桥离县城不很远。

梦林第一次去德安我还真以为他是去看那里同学的，不久他又来，又说要去德安。我知道他有鬼，问他是否爱上那里的谁了？他红着脸承认喜欢同班女同学李莉。李莉是个很老实的女同学。从不参与其他女同学对梦林的嘲笑，但我怀疑李莉未必就爱梦林。梦林个子矮小，面相也不好看，班里同学给他起绰号叫他"猩猩"。他人老实，嘴巴不会讲，开口讲话常常落下笑柄。他是班里男同学女同学集体嘲笑的对象，不参与嘲笑梦林的，全班少有。即使少数几个要好的，当别人嘲笑梦林时，也会忍不住跟着大笑。

但梦林实在是个好人。和他相处久了，就知道他的人品我们都不具备。梦林比我还大两岁，虚岁二十四岁了，这样的年龄早应该谈恋爱了。但除非和梦林长久相处之后，才能感受到他的难能可贵，梦林怎么有机会和哪个女孩长久相处呢？在学校的时候，梦林和李莉话也没讲过几句，所以我认定梦林是在单相思。

梦林第三次从德安回来，心事重重，说李莉正在设法办病退回上海。这是当时唯一能回到上海的路子。只要有办法从医院里开出证明。梦林心情很复杂，他希望李莉能办成。他说李莉一直和奶奶一起生活，她离开了上海，奶奶就孤苦伶仃了。但是李莉如回到了上海，梦林不是更没希望了。

梦林是乘晚班火车来的。那天晚上他抽了很多烟。他本是不抽烟的，下放几年，抽烟动作变得很老练了。

我叮嘱梦林，李莉如果病退回上海了，要做好分手准备，再说她好不容易回到上海了，再进行这种城乡之恋又有什么意思呢？也应该为李莉想想。

李莉是否已经和梦林确定了恋爱关系，我是怀疑的，我这么说只是给他面子。他嘴上说是的是的，但看得出他心里是放不下的。

大概三四个月后，他来信告诉我，李莉病退的事情办好了。不久，他又来到九江，说要去德安帮李莉打行李，做樟木箱，然后再送李莉到九江来。当他清早赶去火车站的时候，我对他说，到九江后带李莉到我这里来玩。

这次梦林在德安待了好几天。直到第四天，他才回到我宿舍，他一个人，李莉没出现。

我问他。李莉没来？他说赶船时间来不及，他就直接把李莉送到船码头去了。

其实我早就猜到李莉不会来。如果李莉跟着他一起来，不就是承认和梦林有恋爱关系吗？我是想让梦林认清，李莉并没有爱上他。

这一晚过得很沉重，我们都没什么话可讲。明知他心情不好，我却找不到可以安慰他的话。当时我正是一个激进的革命青年。觉得人生消耗在这种无聊的爱情上面，实在是浪费生命。梦林是弱者，我向来不懂得如何去安慰鼓励一个弱者。

第二天清早，我想送他到船码头，陪他走一段路，但他执意不肯，也许他觉得一个人反而好过些。

回去后过了很久，他才来了一封信，说他给李莉去过两封信，李莉一封也没回。他觉得真没意思。

我回信说，李莉不给你回信是对的，让你死了这个心，对大家都有好处。

你人生路长得很，犯不着为了一个女友灰心失望。

话是这么说，我心里也觉得李莉做得似乎狠了一点。不过两个人的事情，外人谁说得清。

李莉回上海半年后，梦林到九江来了一次。他的情绪很坏，一副委靡不振的样子。我看了很恼火，忍不住教训他，难道你就甘心让自己被这么一次恋爱毁掉了？你怎么这么没出息？最让我无法忍受的是，他除了长吁短叹之后，也不同你交流他心里的想法。他本来话就少，现在话越发少。总是处于这种相对无言的状态，空气都变得很重。我对梦林实在有点不耐烦了。

他一定也感觉到我的不耐烦。第三天分手的时候，我简直巴不得他快点走掉。

他走了之后，我心里觉得一阵轻松。很长时间都没再想起他，我想以忘记他的方法来摆脱他留给我的烦恼。几乎过了半年之后，才又想起梦林来，我惊奇地想起，梦林回去之后，没给我来过一封信，这种情况以前从没发生过。梦林生我气了，我上次对他的态度过分了。我赶紧给梦林写了一封信，问他近来情况，表示想念他。

过了两星期，一天我正去打开水，门房老头老远看见我，喊我名字，说有我一封信。我想一定是梦林回信了，走到厂门口，将信拿到手上一看，竟是我写给梦林的信退回了。信封中间是当地邮局贴的白色纸条，在查无此人一栏上打了一个勾，写了退回两字，而在信封上方则有红色圆珠笔写的一行字：此人已死。

我大吃一惊，马上就在门房挂长途到宿松建设兵团。厂里的电话照例是不允许私人打长途的，但人命关天的事，门房老头也就同意了。通过那里的总机接到保卫科，只听话筒里的声音告诉我，你的同学三个月前已经自杀了。

我放下电话，呆得说不出一句话来。

梦林死了。

梦林死了。

我心里不断念叨着这句话。

梦林死了，我心里居然没什么悲痛，这使我对自己感到惊奇，难道我对朋友冷漠无情到了这般地步？还是我觉得梦林活在这个世界上实在是受罪，死了反而解脱了？

像麻雀一样蹦跳

李家淳

隐秘的声音

那些年，内地县城的汽车站几乎千篇一律：班车没有规则地停放在不大的场地上，水泥地面的油污斑驳陆离。小摊贩散落在各个角落。售票窗里不多的几个男女一边聊天，一边往嘴里丢着瓜子；有人买票，其中一个女售票员问一声，便随意而悠闲地从窗口抛出一张车票（以后的年头，这样的情景慢慢在改变，我说的是"慢慢"）。空气中漂浮着汽油和食物混合在一起的味道，令人迷惑。果皮。脏污的纸巾。没吸完的烟屁股。走动的人。走动的人茫然。兴奋。依依不舍。憧憬。低声地哭。甜甜的笑。剩下的坐着。站着。斜靠着椅子。聚拢在一堆。候车室里的人们来历不清或去向不明只有他们的车票可以见证他们的终点。也许，他们自己都说不清楚最后的终点在哪？只是眼前，所有准备出发的人强行黏合在候车室。表情，衣装，包裹，脚步，声音……成为每个人的符号，暂时被车站这个磁场吸附到一处。真正的磁场并不在此间，而在远方。东面、南面、西面、北面，呈放射状扩散。只是这个远方的距离因人而异，看你喜欢走多远。或者说，看你喜欢寻一个什么样的终点停靠下来。

1993年9月20日早上7点，我背了个蓝白色的牛仔包，走进了晨雾中的石城县汽车站。这之前，县汽车站已经释放了许多人最初的梦想，在我登上开往南方的班车之后，必定还会有人不断地去往不同的地方，寻找不同的目的。班车还未开出站外，这里的气氛就是一种复杂的"蠢蠢欲动"。我感受出留恋和期待之间的瞬间纠缠把车站撕裂开来，我听到了暗处难以触摸到的哔哔叭叭的声音。暗处，不在眼睛可以注视到的地方，在内心。内心的声响混沌、模糊，但是我知道这种声响在有力地抖动。它透过血管，传递到我的四肢六脉。就是这种来自内心的声音推动着我的躯体，把我从三十里外的钱戳湾村推到县汽车站。并且还将推向别处。不仅肉身，还有灵魂。什么时候可以回到此间，那天清早的我其实很茫然。

阳光穿过东边的山垭口，落在小山城的每个屋顶和每条街道上。屋顶上方飘浮着淡淡的烟尘，县城因此有一种安静的温暖。隔着几条街道，东边，大块稻田和房子之间，琴江河像一条带子流过老城墙的墙根，逶迤向南。坐在班车里，我看见那条浅水清澈的赣江源水流弯弯曲曲地缠绕着山峦，清晨的山川青雾弥漫。高过屋脊的老塔披了一层霞光，正俯视着脚下的尘世；像一尊佛在注视着人间。视线之外，我看不见塔檐上的风铃，野地吹过的风肯定摇曳出悦耳的铃声。我和老塔之间隔了老远，我只能想象，无法再一次亲聆那种美妙的声音。车子慢慢驶离县城，老塔伫立江边岿然不动，我却离它越来越远。车子载着我，整个县城被抛在我的身后，我背离了一个源头，顺着江水的流向往前漂去，摇晃的车厢实在像条船，在陆地上一路飘荡。

坐在这条"船"上，我的心绪沉静不下来。二十八岁，这是个好年龄，应该经得起这种飘摇的状态。

所以，我一路虚构着后面的道路：往南，让赣南九月的一路稻花香陪伴，越过九连山的豁口，我会看到荔枝、香蕉、芒果、鱼塘遍布在岭南的大地上。终年的绿色和湿润的气候把一切装扮得清新悦目。我要到达的地方距离大海不远，我曾经疲乏的肉体会在潮湿的海风吹拂下渐渐苏醒过来。在那里，我会很快找到一份满意的工作，那里的状态有别于我以往所有的经历。一切都是新鲜的，令人满意的。不用多久，我会把在老家背负的债务全部偿还。如果可能，我还会尽早重返钱戳湾，种菜。砍柴。栽稻。闲时读几本古书。写几首诗歌，念给我的爱人、儿子听听。

我甚至会带着一家四口，去山上看野花静静开放，下河里摸几条鱼儿养在水缸里，在门前植几株果树。春天时，梨花、桃花红白相间，风一吹，粉嫩的花瓣从院门前飘落窗台，不仅仅在春天，每一个夏夜，每一个秋日，每一个冬天落雪的日子，我们都活在诗意、画意里。五年或者六年、七年过去，那种困顿、破败的愁苦日子将不再折磨我们……我坐在车里的时候，思绪遥远地飞翔起来。我虚构着南方所有的好际遇。

1993年9月之前，除了读书的年头，从二十一岁开始，到我拥有两个儿子的八年间，我把生活过到颜面尽失的地步，因为钱——一个家庭难以放得下的基本的物质保证。钱戳湾的大部分人家并不富有，但是对于贫穷者，乡村有时显得那样不可包容和宽恕。我几乎借遍了四邻八乡，男人的尊严一次次地在别人异样的眼神里被生吞活剥。一个不善经营的男人，注定要为家出走。源头上的故乡把我远远地抛离出来，我一个人离开故乡，离开家，丢弃过去的生活，我期盼着1993年9月的出走能得到一次彻底的回归——回归我的幸福、自由、独立姿态。

班车走得慢慢腾腾。那时的道路全是砂土，坑坑洼洼，很像我那些年百孔千疮的生活。瑞金、会昌、于都、赣县、信丰、南康、龙南，江西南部的山水一一从我眼前晃过。往南，再往南，一个叫东莞的城市正躲在我的猜想里，躲在我想象的芭蕉林边，扑朔迷离。

真实的情况远远比预想更糟。这年秋天，南方过剩的阳光在我行走的路上滚动着火球。穿过东莞市喧嚣的城区，我抵达的最初地点在距市区三十里的厚街镇。好像是一个隐喻，注定了我始终在城市的外围打转。先前约好的一个朋友本来还在市内上班，等我寻踪而去时，才发现人影渺茫。有人告诉我厚街的江西人遍地都是，说不定可以遇上老乡。毫无疑问。我只有一路寻找了。

在南方这个尘土飞扬，遍地的工厂、汹涌的人潮把所有的绿色逼到绝地的小镇上，所有的事物都陷入激烈的躁动不安、漠然冷酷的泥沼里。重重叠叠的诱惑隐藏在水泥与水泥之间的暗影里，灯火与灯火相互映照的暧昧中，让每一具靠近它的肉体百味交织，欲罢不能。陌生、动荡、焦灼、恐慌、无所依附又无所不包的内外煎熬，可以让弱者的神经瞬间崩溃，也能令一些寻梦者瞬间发狂。脆弱、坚硬、柔软、温暖，各种相互抵触的情绪如此粗糙的融合在一起，这是一个巨大的磁场，令人联想起二百多年前。美国西部土地上的繁华与血腥。

我是一个对环境有着天然敏感的人。老家的个人血脉中断以后，我只能硬着头皮，在厚街的一堵堵厚墙下、一扇扇铁皮门前、一口口发臭的死水塘边徘徊奔跑，我虚构的图景被现实的刀锋刺划得支离破碎不士其入目。悬浮，冲突，抗争。内心深处的一次次震荡，会让一个人向两极靠拢，要么撤退，要么固守。我当时选择了后者的姿态，因为我看见了老朋友老谢。

我当时并不清楚，我的同学老谢已经在厚街的一个台资厂里打工。那天下午，我走得累了，便站到一个门口有片树荫的厂房前。我汗涔涔地站着，透过铁栅栏往里面看，老谢就无意中进入我的视线。

他穿了一件夏天的工作服，在厂区的路上往一栋气派的办公楼走去。我第一次看见花格子的粗鄙工作服——布料轻薄。短袖。胸前印有厂名。袖口上有口袋，可以插笔。老谢就穿着这样的工作服出现在我的眼前。隔了铁栅，我喊了他一声。我们已经七八年没见面了。喊他时，我内心流溢着久违而亲切的感情，我想他也许都一样。何况，我们这样的偶遇是在异地，隔了铁栅栏。门外的人愁一份工作，门里的朋友却穿了印有标志的工作服。两个保安守在门里，我觉得里面的朋友正幸福地被守护着。那保安戒备的，反倒是我——站在外面张望的人。我私下以为这个情节有点尴尬，至少和电影里的某个情节雷同。对了，我无比安慰地喊了一声"老谢！"满以为他会欣喜地回应我，像十多年前我们在琴江河里游泳一般发出一声酣畅的惊呼。我错了。老谢看到了我。他略微迟疑，时间只有几秒，不吭一声，低头径直往他的办公室走去。那时，我有理由相信，老谢变成一个自愿失去自由的"人"。他的不自由与我的负债以后寻找工作的不自由，意义上不是一个概念。

暮色没有办法包围这片空间，因为许多妖艳的灯火明明灭灭。老谢还是走出了铁栅栏。他提前下班了。他请了一个小时的假。我们多年未见，却只有一个小时的会晤时间。一瓶菠萝啤酒，一份炒粉，一碟花生米。三种食物摆在桌上，桌子摆在厂子旁边的一家大排档的门口。老谢坐得歪斜，我狼吞虎咽。

三种食物顷刻间风卷残云，我空不出嘴巴来回答他的絮絮叨叨。但我知道，他没办法帮我找到一份工作，就算是清洁工也不可能。要工作，只有继续寻找——自己找，不停地奔走寻找。他也没办法借钱给我，因为他还没发工资，即使发了，也只有二百四十块钱，生活费都不够。七八年来的老谢过得和我差不多，老家欠下的外债惊人地和我一样多。当时，我记得我打了个嗝，一股酱油味道直冲喉咙。奇怪。

我们竟然笑不出来，麻木地坐在那里，直到他那一个小时的假到了。他进去了，我慌了。

既然老谢在这里，我决意留下来。根本的原因是：我没多少钱了，买不起回程的车票。

厚街是一个原点，围绕这个点。第一天，我从住地（一条河的草滩上）往北，一家一家工厂找下去。

宝屯——三屯——赤岭——陈屋——白马——附城——东莞，南北三十里，清早到夜晚；第二天，我再从住地出发（一个水泥筑就的气派坟地）往南，一家一家工厂找下去，南北还是三十里，清早到夜晚，珊美—新塘—双岗~溪头—宝塘—沙塘—白濠—虎门—长安。尘土飘落我的脸面，紫外线灼伤了我的心魂。我的脚底，水泡慢慢磨成了茧，我的心肠慢慢坚硬起来。

"你这里要人吗？"我问。

"你看看招聘通告，我们只找熟手。"有人答。

"我只有高中毕业证，你这里能否做个杂工？"

我再问。

"对不起，我们要身强力壮的。"有人不耐烦地答。

"你好！我看到你们找一个文员，我的字好，会写。给个机会吧！"我装着很文雅地还问。

"去去去，我们要女的。你是女的吗？"某家工厂的保安撵着我。

……

男的。二十八岁。生手。外表老相——从坟头上和河滩上走来的盲流。我整整走了两个月，问了两个月，重复了两个月的话语。两个月，我把今生的道路走完了，把今生的话说完了，把今生的饥饿、愁苦、绝望、惊吓……一一过完了。我可以去安然赴死。可是不能。老家还有一条线，一条债务、亲情编织出来的麻绳，牵引着我一次次起死回生。今后的日子，不论我在哪个方向，厚街汀山村旁边山头的坟地、河田村的河滩地时时会悄然走入我的梦里。

我想知道：两个月的苦，是否会在一个青年的心灵刻下深深的烙印？这种原始状态时的痛会不会成为他今后怀想幸福的一个理由？

顺便要交代的，是住在野地的起因——缺钱、治安员拉网式对出租屋的搜查。

初冬终于慢慢来临，南方的季节缓缓交接。我依靠老谢想方设法借来的一百多块钱。度过了最初的奔走姿态。在汀山，靠近横岗水库的道旁。两行橄榄树枝繁叶茂刺向蓝天。天像个蓝色的厚壳，高高地覆盖在我们头顶。谁也无法伸出双手，抓住一片厚天里的云彩。我不止一天地踟蹰在橄榄树边，心里在唱："不要问我从哪里来，我的故乡在远方……"

1993年11月10日。我对一个台湾老板说："给我一个工作，管饭就可以……"我得到了。一扇大门从眼前打开——这是一道窄门，但属于生门；另一扇死的、黑暗的大门在我身后轻轻关上，严丝合缝地关上，不留缝隙。

杨梅村和它的夜晚

这个名字带点植物芳香的小村落，在1993年的初冬里，孤零零地悬在一个平缓的山坡上，用一种等待的姿态近距离地观望着南边的深圳。十几年前，坐公共汽车不到二十分钟，经布吉镇那条并不宽阔的街道，出关，深圳的东门转眼就在脚下。那时，我没有边境出入证，深圳于我，是咫尺天涯般的感觉。我只能透过南天偶尔飘来的几丝云彩，去揣度几十里外的繁华与热闹。

事实上，我们在那个名叫杨梅村的小地方，活动的半径不会超出一公里。华台鞋厂霸气的厂区，与杨梅村的村庄相距一里。沿着厂门外新修的水泥路往南走，是一些杂草和荔枝树生长的低矮坡地，以及一些零散、随意地铺陈在路边的小厂房。在一个海拔大约五百米长满南方松树的山包下，杨梅村不多的建筑物毫无规则地散落在通往深圳的大道旁。村民操着客家语言，穿着南方人特有的花格子衬衣。脸上的皮肤大都被强烈的紫外线灼成黑红的颜色。村庄显然在逐渐失却原始的平淡和静谧。来自外省的人群陆续盘桓在村庄的周围，一些外来的老板也把目光盯上了这个紧邻特区、租金便宜的村落。小小的村庄里，不到两年时间，竟然汇集了两家大型的台资鞋厂，一家中型的港资电子厂。我没有办法做一个确切的统计，流入杨梅村的外来人员，恐怕总在上万人以上吧。不过，这些从内地漂泊过来的人群，与杨梅村，与杨梅村居住了多少年的土著们，基本上不发生关系。他们的时间都被固定在了围墙高筑的厂区内，属于自己的时间和空间少得可以用指头计算。青春被关在了一道道围墙里面。

杨梅村只是一个挂在嘴边的符号，或者写在信笺封皮上洇染开来的几个汉字。

1993年冬天，我刚刚进入华台鞋厂刺绣课。与此相关的一些场景，已经没有必要再去反复描述。

我只记得，每天加班的灯火曾经映照过我们每一双失神的眼睛，那些粗暴的呵斥，那些皮革散发出来的阵阵异味，在很长的时间里，成为我们怀念青春的一种调料，适合若干年后被人拿来用在"苦难是一笔财富"这句论调上的有力佐证。

对于我这样一个以浪游姿势进入老板厂的人来说，更多的只是记住了工厂以外的零碎事物。在杨梅村唯独的一间录像厅内，我曾经躲在暖昧的镭射灯光下，把白天和夜晚积攒下来的孤独偷偷释放出来，等到幕布上跳跃着一些色情和武打的片段时，我虚无的身体已经踏上了回厂的那条黑暗之路。没有路灯，一些身份不明、容貌不清的人不时地徘徊在路上。我相信他们都和我一样，同属于丢掉了故乡，寻不到半点星光和月色的异乡人。走在这条深夜幽暗的村道上，我并不在意路上的安全。即使半路被人打劫。一身粗糙的工服和羞涩的口袋怕只会引起恶徒的伤感。那间狭小的、气味混浊的录像厅里，是我的一个秘密通道。我可以穿过这个通道，寻找一种解脱，一种安抚，一种虚幻的存在感。

坐在一个角落里，光线暗淡，四周的身体是陌生的，身下的椅子是陌生的，播放出来的情节是陌生的，那些气味、声音、色彩之于我，都是隔世一般的陌生。没有人知道我来自哪里，有什么嗜好，内心在需求什么。我身边的那些不同的面孔。是否像我一样到达这里，心事都在录像以外呢，也没有人会说出来。那样最好，一个人，静静地坐在一个角落里，眼光处于专注与飘忽之间，身体交付给黑暗，情绪往远方飞，飞，飞，飞……

另一个与我有着亲密关系的去处，是杨梅村的后山。

不去录像厅的晚上，我会摸黑爬上山顶，用一种假装沧桑的目光眺望远方。山下，眼光所能看到的视野里。是龙华镇延伸过来的流光，那些暗夜里泛动温情的灯火，勾引着我的思绪朝更远处走。一切让人觉得时光的缓慢和沉重

（这种缓慢和沉重恰好是节奏的疯狂带来的）。有时，我并不是一个人站在山顶，一个邵阳来的汉子会在黑暗中递过来一根香烟。我们把烟火吸得忽明忽灭，杏黄色的火星微弱地闪烁着，两张并不苍老的脸庞像从未洗过一样灰暗。他是带着婚姻的晦暗走到杨梅村来的，我是物质的困扰被囚禁在杨梅村的。我们同属于一个车间，拿着累得像条狗一样获得的二百四十块钱工资，肉体里深重地烙上了过早的悲情与不屈。那种一眼看不到头的沮丧感曾经在杨梅村的后山上一夜连着一夜地缠绕着我们。黑暗中，两个人，走着走着，不自然地，就会抓紧对方的手。那双伸过来的粗壮手掌，在杨梅村冬天的寒风中，显得温暖和有力。

山顶上，喧哗不在，纷乱不在，只是一个安静的场。

荔枝林里，成片的草丛并未枯萎，南方温湿的气候给了植物充足的生存理由。即使是冬夜，草丛里的虫子还在唧唧地发出并不明亮的声音。我们坐在黑暗里，慢慢地舔着伤口，心里涌起黑夜中的无边感想。

一张床能够给予我们什么？它是一枚栖息的枝头？一个躲开纷扰的港湾？一条通往梦想的小径？对于我们，华台厂一点五米宽的架子床，是一个临时的客栈。躺在上面，听室内酣畅的鼻音，闻臭袜子脏衣服的混合味道，你想得最多的是躲避开来。八张架子床，睡了十六条籍贯不一，习俗不同的汉子。枕头边的行李包一卷，随时都会有背叛和逃离的可能。

1994年春天阴冷的季候常常使我夜不能寐，借助天花板上一盏摇晃的日光灯，我在纸上涂抹着自己的思绪和困惑。我常常会在别人的梦境中独自辗转，在文字的纵横间奔走跋涉。同室的工友远远地注视着我。猜疑着文字可以得出的种种结论。当他们枉费一番精力，难以找到文字与现实的契合处时，工友们开始了彻夜的赌牌，或去杨梅村后山上泡妞。那些原本是夫妻的，那些相交了很久的情人，因为厂内宿舍的限制，只好把床安放到了杨梅村的后山。所有的约会简化到了可以省略一切情节的过程，所有的行为都被冠之以"泡妞"的名词。我在山上独自行走的夜晚，常常会发现一对隐约起伏的身影缠绵在荔枝树的暗影里。那些黑暗中压抑不住的喘息和呻吟，曾经像一条条锁链，把我犹疑不定的脚步紧紧绑住。这是一张偌大的床，承载起外省青年所有的饥渴和冲动，你会在这些耳热心跳的夜晚，听任自己的血脉狼奔豕突。那年夏天，等到我把爱人接来身边，两个人手挽手走到后山上时，我们竟然无法像别人那样在厚厚的草丛里延伸自己的爱情。除了听凭黏稠的汗水和怦怦的心跳让我们无所适从，所有关于美好和幸福的含义，都化成了一缕缕羞惭的山风，浅浅低旋在我们席地而坐的背影上。一张宽大的床，一间隐秘的屋子，一个从容温馨的夜晚，距离我们该有多么遥远？置身杨梅村，黑夜中升起的企盼像海岸边的涛声，汹涌而来，而年轮，也在涛声里渐渐长满了圈圈青苔。

杨梅村是我命运旅程里的一个小站台。从杨梅村出发，我终究适应了南方不断变幻的动荡和迁移。就像村庄后山上的那些茅草，并不因为四季的更迭而遁入无形，它们身下的根系，和北方的植物比较起来，应该不会逊色半分。至于那个年代遭遇的所有情绪，都像杨梅村当年的风景，成为了一个值得收藏的影像。

母亲一个人

阿贝尔

父亲死的这些年，母亲一直过着寄居和独居的生活。

独居，就是在老家老屋一个人过，土地出租给坎上的侄子，按年给她称米称面，自己只种点园子，种点葱韭蒜苗。也喂鸡喂鸭。起初两年还喂猪。母亲不是怕孤单的人，喂鸡喂鸭不是要它们做伴儿，是要吃它们蛋吃它们肉。不是母亲要吃，是母亲要给城里的我们吃。母亲说她不习惯空着手往哪家走，哪怕是拿几棵白菜几根蒜苗也是个心意。母亲说话的时候，脚还没有跨进我们家门，怀里抱着只公鸡，腋窝里夹着把菠菜。小公鸡像是刚到青春期，脸颊和它的冠子一样红。我两只手接住母亲的鸡和菜，嘴上还是说了她几句："到自己儿子家，还这么客气？再说你也这么大年岁了，累了一辈子，还想累？"母亲说不累不累，儿子家是儿子家，可是……母亲躬着肥胖的身子换拖鞋，显得吃力和不灵便，把要说的后半句话掐了，像她在园子里掐豌豆尖儿那样掐了。掐的时候，抬头看了眼坐在沙发上的我媳妇。父亲在的时候，我们姊妹都已经成家，我和二哥也已经进了城，可父亲进城从不往我们两家走，他说："进了城该做啥几个三下做了，一个人去孟家馆子一坐，要一份凉菜，一份热菜，半斤白干，二两面，面要细的，吃得巴巴适适。"他说他才懒得往哪家走，懒得看哪个的脸色。父亲在的时候，母亲就听父亲的，自己没有主见，也不大往我们两家走，偶尔走了，父亲就挖苦她没志气，做脸色给她看。好长一段时间，母亲就不敢走了。

寄居就是到儿女家住，但不搬家，不说跟谁，住上十天半月甚至一年半载，再回乡下老屋。母亲要自力更生，一个人住老家老屋，开始我们觉得也好。一个人住自由，又是她熟悉的地方，她肯定有感情，好多田地都是她跟父亲一辈子耕种的，好多果木也是她跟父亲一起栽种的，还有大柴林那片青杠林，他们宁愿捡水捞柴、剔梢子柴也舍不得砍，一定要护着，护成了今天郁郁苍苍的老林。父亲刚入土，需要母亲陪。还有就是老家的蔬菜水果都是农家肥种出来的，不打农药，母亲吃起来放心。

可是慢慢地，我想我母亲了。老家到县城有一段距离，不是伸脚就到。平常上班、写字，星期天陪老婆孩子，回去一趟不容易。

刮风了，下雨了，落雪了，起寒流了，夜里我总是睡不好，总是担心母亲。白天也没精打采。母亲没有手机，老屋也没装电话，妹妹要给母亲装电话，母亲说："我才不要呢！我生得笨，不会按号，眼睛也不好使。"要给母亲打电话，只有打到老屋坎下的玉芳姐家，或者打到坎上的金德哥家。北风整夜把窗户吹得哐当响，我整夜都睁着眼睛、操心母亲。给妹妹打电话，她远，她大学毕业后分在外地，她在开现场会，她是个管拆迁的局长，正在工地上。给大哥打，大哥跟妹妹去外地多年了，父亲死后大嫂也过去了，两个儿子也过去了。大哥在妹夫手下打工，大哥能怎样？给二哥打，二哥正在开车，在去九寨沟的路上。二哥熬到四十才当上九寨沟门户上一个镇的镇长，天天接待天天醉。看着他们，想着母亲，我心头不是个滋味，一个母亲，四个儿女，四个儿女也算有出息，可就是连一个母亲也无法安顿下来，让她过上不孤单的日子。

母亲在乡下老屋过的日子也不是水深火热，有钱有粮有柴，园子里有菜，树上有果子，婆婆留传下来的老木柜的海底里有我们从城里带回的奶粉、麦乳精和糖果。簸箕大一坨园子，不需要天天种。每天要做的事就是生三道火，给自己做三道饭，去园子里掐菜、找香料。天气冷了，搁得住东西了，母亲就懒了，煮一顿饭吃一天。为此，我批评过她好几次：剩饭剩菜吃多了不好，要得病的。母亲挨了批评，不争辩，不耍性子，只是笑，态度好得很。母亲除了吃就是耍，到下院子找她的李何香姐姐或者张绍芳二嫂摆条，一摆就是半天。天气好的时候也去三秦庙、龙嘴子走走。过去的土路都打成水泥路了，再怎么天下雨，走起来也不泥脚。我在水泥路上遇见过母亲好几次，她跟几个老太太说得热热闹闹。出租车停下来，母亲就在车窗外往里瞅。我付过钱从车里出来，指挥司机调头。母亲说，我早就看到你了。母亲乐得像个孩子。我不去管她，专心帮司机看路，母亲也过来帮着看。

　　几次回去看母亲，都是铁将军把门，找遍村子也找不到她，园子里、河坝里、柴林也都没有，我去问二妈妈，问金德哥，问玉芳姐，都没有看见。我急死了，最后去到父亲的坟地。她在。她在落泪。已近黄昏，晚风把柴林吹得刷刷响，暗影重重，涪水显得安静，只有风吹木叶的声音。母亲看见我，背过身拿衣袖擦泪，转过来又笑嘻嘻的了。"把你找安逸了？"母亲从椿树林出来，下了道坡，过了石桥。我上去拉她，她甩开我说："哪个要你拉？我还没有老到那个地步呢！"也有天里地里找不到母亲的，最后问到是进城了。母亲进城多是到二哥家。二哥忙，又常时在乡下，两个女儿一个读初中一个读高中，二嫂整天忙着打理她的公司，母亲进城便是给两个孙女煮几天饭。母亲进了城也不给我打电话——母亲没有电话，二哥二嫂和两个女儿用的都是手机，家里的座机拆了，母亲不好意思用他们的手机。跑过几回空趟子，我就叮嘱母亲说进了城给我打电话，免得我白跑。母亲说她记不到我的号码，好长一串。我没再说啥，找了纸片给她抄上。母亲把纸片揣进呢大衣的口袋说："这下记到，这下记到。"下次，母亲又忘了。我在我们家老屋瞎转，进不到门。我看石墙下废弃的手磨，看手磨上那些几乎成了化石的豆浆的痕迹，想起了我教书回家的那些时日。那些时日多是节气，母亲父亲在手磨上推黄豆；并不好沉的一个手磨，也要两个人推。鸡在手磨边啄掉在地上的黄豆，狗来维持治安。鸡为了躲狗，钻进父亲的胯下。那些回家的时日是温暖的，我在外面受了伤，回老家疗养。我在老屋的木楼上读书、睡觉、写诗，足不出户。也放音乐。低沉、感伤、优美的那种。有时也带朋友回来住。写诗的朋友，穿奇装异服，留长发，喝了酒在老屋号啕。父亲割麦子或挖土豆回来，走在路口的樱桃树底下听见了，心头那气啊就直蹬喉咙。父亲不好说客人，只有在饭桌上给我做脸色，或者在背地里训斥我。父亲在饭桌上殷勤得很，不停地给我的朋友夹肉倒酒，自己也有一杯没一杯地陪着喝。父亲只是面子上对我的朋友好，内心从来都瞧不起，他把读书、写字、唱歌、说话一概叫务虚，叫球莫名堂。他把当不到官挣不到钱改变不了自己前途和命运的事一概叫球莫名堂。有几回喝多了，父亲也支持过我写文章，但他支持的又不是我们那样的写文章，写文学的文章，他支持的是写新闻报道，是歌功颂德。父亲的口头禅就是打鬼随鬼转。他说写文章也要打鬼随鬼转。我在老屋前后瞎转，看开花的竹子，看竹林边垮掉的马厩，看后门外我种的那棵梨。我清楚地记得那棵梨是我在曾家房后头偷的,竹林盖生产队的,那时候我十一二岁,可是今天……梨才到青年,我已到了中年。还有那马厩。关过马,但更多的是关驴。一间干燥的木圈,马槽在靠路口一边。靠里,不同季节堆着麦草、谷草、玉米杆和玉米壳。我能记事的时候马就死了,我记得的就是驴,一个母亲带一个孩子,都黑黑的、光光的、干干净净的。而今,木圈早已坍塌,马厩的木栅栏早已烧柴了,只剩半块马槽,半坨坚硬的黄泥。

老屋有太多的记忆太多的感伤,母亲在,她帮我挡,她站在现在与记忆和感伤之间,把我隔在照得见太阳的厅房。母亲不在,母亲进城了,没有她阻隔我回到繁复的过去,我一下子落入了记忆与感伤。我也去村里村外转。后山的青杠林没变,只是更茂密了;人变了,死的死了,生的生了。新生的我已不认得。新来的谁家的媳妇我也不认得。樱桃树大都死了,上好的田地被新建的楼房占了,记忆中蜿蜒的石墙没了——挑水路还有一小段石墙,上面生满刺藤。挑水路被野草和灌木遮掩了大半,路已经瘦得像根开花的竹子。

夜里刮风,醒来想起独居老屋的母亲便再也无法入睡。不知道母亲是否睡得好。老屋一定也在刮风。我想大风一定吹断了开花的竹子。竹子开了花便不如先前柔韧。又仔仔细细想了大哥一家、二哥一家、妹妹一家和我自己一家,母亲还真是没有一个去处。妹妹倒是很情愿母亲跟她,可母亲不情愿,22层楼高了不是理由,坐不惯电梯也不是理由,没有人说话也不是理由,妹夫钱越挣越多、酒越喝越凶、脾气越来越大、声音越来越高才是理由。这些年,母亲时不时也去妹妹那里,检查病,给假期从寄宿学校回来的外甥煮饭,但回来总是说,她不想去射洪了,她不想看到妹夫喝醉酒回来行事,把一百元的票子撒得满客厅都是,用水果刀把亮铮铮的红木家具戳得到处是疤,又一把鼻涕一把泪地数落妹妹只晓得忙她的官,不给他煮饭、洗衣裳……母亲说的一点不假,妹夫喝醉酒自称是百万富翁的时候还有一点理智,还晓得把我们弟兄当人,还只是说我写的文章比不上李国文、蒋子龙。可自从妹夫喝醉酒自称是千万富翁,就完全丧失理智了,完全丧失是非了,不仅不把我们兄弟姊妹放在眼里,也不把他自己的兄弟姊妹甚至父母放在眼里,动不动就是"李慧乔,我要跟你离。"妹夫从酒柜里拖出一瓶五粮液,又拖出一瓶茅台,丁丁咚咚地给我们每个人满上。"喝，每个人都得喝，我有的是好酒！"妹夫指着对面的壁橱说，"我那儿还有几件舍得酒，我有的是酒！"妹夫一直站着，摇摇晃晃地站着。桌子上除了大人，还坐着几个读书的孩子。他不管，每个人面前都满上了，包括我九岁的女儿，包括他自己十一岁的儿子。我这一辈子最见不得专横。我站起来要走。他伸出手来拉，没够着，便指着我数落："你阿贝尔是文人，看不惯我有钱，看不起我只有钱，我晓得，在你眼里有钱的人都肮脏，但你要晓得，我每天不只是挣钱，也读书，走走走，我带你到我书房去看看，我读的书未必就没有你读的有档次……"说着，妹夫从他的位置晃过来拉我。我不去，挣了挣，没有挣脱。他几乎是抱着我。我跟他进了书房。的确看见好几架书，但都是领导人文选、植物栽培与管理，并未见到社科人文类的。外面在喊，我笑笑出来。他一路摇晃，每次都像是要倒下，但又都没倒下。回到桌上，他依旧不坐，依旧摇晃，他说文人是狗屁，阿贝尔写的文章是狗屁，阿贝尔的骨气是狗屁。他每说一句就摇晃一下，有了这一摇晃，他说的真话也变成了假话。这是我前不久见识到的妹夫。他是我的妹夫，他是妹妹大学时候的同班同学，一个学园艺的恋人，一个从川中丘陵走出来的穷孩子，一个曾经跟我步行几十里去到我教书的乡村学校连夜帮我抄写诗歌的朴素青年。

　　白天给母亲打电话，问夜里的风，问窗外的竹子，母亲在电话里问我晓不晓得老家要修水电站了，华能公司的人把土地、房屋、圈道都测量过记在本子上了。说是要从曾家对面的錾子岩打洞进去，还要在錾子岩修堤坝，水一直要淹我父亲的坟。我晓得母亲说的华能公司，牌子就挂在县委招待所2号楼，已经在夺补河、火溪河、黄羊河修了很多水电站。我是两耳不闻窗外事，老家修电站的事一点不晓得。在我的印象中，华能公司的水电开发还只局限于火溪河流域和县城以上的涪水段，没想到县城以下也要动工了。就我这点粗陋的知识，我是反对在生态如此原始和脆弱的河流修水电站的。特别是在夺补河，在火溪河。这个河段都是岷山非常原生态的地带。自然原生态，民族民俗原生态。但我的反对仅仅是纸上的一抹尘埃。堤坝已经竣工，水库已经蓄水，发电机已经转动，财政收入已见成效。

　　打车走在回老家的路上，我在想，人这一辈子很多时候，都不是自己带动生活在走，而是在被生活推着走。如果不觉得这样的被动是一种强奸，那就是一种福分。不要说我们到底有没有能力带动生活，真是要能带动生活走也是非常艰辛的。被生活推动着走，虽是一种无奈，却可以少去很多烦心，节约很多体力。一个人只有青春期过后的几年可以做到自己带动生活走。那时候，我们身体里的荷尔蒙还没有下跌，肌肉的弹性正在高峰期，关键是有浸润在荷尔蒙里的野心，也叫理想，像一台新版的发动机，有着我们一生中最大的驱动。单是想搞到自己最爱的女人的冲动，就足以让我们将眼光和脚步从世俗的功名绕过去。慢慢的，女人到手了，该来的也都来了；慢慢的，荷尔蒙呈下降趋势，肌肉也一天天变得僵硬，我们恍然大悟："原来是这样。"再看见我们身后有人为女人要死不活，为艺术疯疯癫癫，自觉不自觉地会在嘴角露出嘲笑："醋也就那么酸，盐也就那么咸，是何苦？"我们的嘲讽意味着我们已经背叛了青春。刚过三十，人就老了。我们偶尔也喜新厌旧一回，背着老婆找个小姐情人什么的，但已经毫无真情，毫无激情，仅仅是赶时髦，仅仅是逢场作戏，或者是活一辈子人的功利的盘算。

又是春天。不知道是我人生中的多少个春天，更不知道是老家的山、老家的河、老家的土地的多少个春天。青樱桃已经粒粒在目了，衬托它们的叶片也有些葱绿了。除了田野，远山近山都还没有返青，还蒙着冬天那衰败的灰。不管是在田野还是在村道上，都很难遇见几个路人。路旁的人家户也像是空的，路过的村子也像是空的。老家也是静悄悄的，感觉依旧是空。

我没有让出租车一直把我载到老屋的后门外面。过了金洞坡我就下车了。我想一个人走进村子，像念小学的时候放学回家那样。长满青苔的河卵石砌成的路口没有了，高大繁茂的核桃树没有了，青皮树也没有了。走过这些仅仅在我记忆中留着名字的路段，我感觉流逝的时间并没有多少，对村子的改变却是革命性的。想到再过几年，也许是五年六年，也许只是一年两年，这个很可能存在了几百上千年的村庄就没了。房屋没了，田地没了，祖祖辈辈生活的痕迹没了，完全变成了一片水域。我感觉不可思议，具体是什么不可思议我又不甚明白。我可以想象水是怎样起来的，一点一点，一个浪子一个浪子，耕种了千百年还依旧肥沃的土地一排排地坍塌，尤其是我父亲坟下的山杨盖，坍塌的响声会传到桂香楼，溶入的泥沙会使大片的水域变得浑浊。先是没了短坑里，再是没了赵家园，没了我们家大田，没了青皮树底下，没了哑巴家院子，没了过去生产队的晒坝和保管室，没了胡玉华家院子、胡宇林家院子……最后水漫上了我们家的老屋和老屋后面的竹林、堰渠、青杠林……浪子冲刷着我们家后门外路边的石子儿——路，早已是水泥路了，但路边竹林下的那一簇石子儿还是先前土路时的石子儿，被村民和路人的脚磨得光光的。我不知道到那时，母亲怎么安排——我们儿女怎么安排，她自己怎么安排。

岁月无惊

王诣

　　大学毕业分到S镇中学教书的时候，我才二十多岁。

　　S镇不大，坐落在赣北的长江南岸，有千年的历史。青石板斜斜地铺满小镇的街道，从不同方位把各条小巷连在一起。排罗河从东南方的田野流来，弯弯曲曲地流过小镇，又经过一个小小的村落，在长江边的莲花潭作短暂的停留之后，再向长江流去。

　　我和高中同学栖军有时就沿着排罗河散步，漫不经心地打发我们的青春时光。排罗河在田地之间平缓地延伸，河两边绿油油的庄稼散发出浓郁的生长气息。夏季的傍晚是怀想爱情的美好时光，风从远方吹来，在庄稼和我们的脸上轻柔地吹拂，我们和庄稼一样年轻，一样充满生长的力量。我们的腰板挺得笔直，充满弹性，像还没有挂果的枝条。

　　我们散步的话题大多是女孩子，时常谈起的一个女孩子是小满，她和栖军在同一个单位上班。我到栖军那里去玩的时候，顺便也就认识了她，叙起来也算是高中同学了。散步的时候，我时常和栖军，或者说栖军时常和我谈到她。我们谈论她的时候，常常是在散步一阵子之后，谈完了一切新鲜或重复的话题，又开始小心翼翼地庄重地提到她。

　　一个周末的傍晚，我装作喝多了酒的样子，向栖军说我想追小满。栖军立刻就表现出了相当的热情，并且就像自己动手追她一样地给我出谋划策。沿着那条小河，我和栖军从秋天走到冬天，之后，我散步的伴侣已经是小满了——那已经是第二年的春天了。过去了的事情就只有这么一点好处，我们可以把那些美好的内容提前重新享受，而且轻而易举。在春天开始，仿佛象征着一种生命的诞生，我曾经有一天想同小满去寻找排罗河发源的地方，好像从此正式启动某项工程一样。但是，排罗河的发源处在茶陵山的一个深谷中，对于山谷隐深的神秘，我们由衷地向往，就像我们充满热情地拟想彼此朦胧而幽密的躯体，乃至躯体内部的心灵。小满提议，不去追根溯源了，我们只要把握现实中平缓的地段，然后好好珍惜。小满讲这些话的时候，仿佛一个哲人，她的语言也仿佛是一句谶语，为我们以后的爱情走向，指定了一个方位。

尽管回想起来，我生命中最宝贵的一段岁月是在小镇度过的，但我当初的志向是在长江沿岸的一所大学里接受深造，然后在一座大的城市里，开始我真正的生活。所以，那一段时间我读书读得很苦，我时常捧着书本坐在排罗河边，看着河水发呆。河水在我的脚边缓缓地静静地流淌，清幽幽的，一往情深地流向它们那遥远的最终归宿。随着流动的河水，我的思绪往往跑得很远，我想到了小镇之外的广大世界，我在思考我的最终归宿。

小满清秀中带着淡淡的冷色，玉白的肤色加深着不可贸然亲近的孤傲。后来我说她是一处青草地，可以让我躺在上面做深呼吸，然后收敛起疲惫的精神，朝着精神的高度进一步攀援。说这些话的时候，当然是在小满已经成了我正式的女朋友之后，我的头枕在她的大腿上，就像躺在草地上瞭望蓝天一样。听这些话的时候，小满坐得歪歪的，温柔地看着我，流露着一个女孩子最动人时候的漫不经心，毫不掩饰地表露出幸福向往的认同。

小满住在他们单位的楼上，二楼，站在石板路上抬头就可以看得到她房间里的灯光。当我傍晚站在楼下大声喊"小满小满"的时候，已经是深秋的天气了。深秋是一个很适宜相思和恋爱的季节，人的精神和气候一样清爽。相思也有明显的季节特征，仿佛植物一样，在秋天里培育出来的相思，无论隔了多少年，总会干净而明朗。在我大声地喊小满一个礼拜之后，小满说终于察觉到了我的阴谋——整个小镇都知道我们在恋爱了。特别是她的细姐，已经在向她打听我的有关情况。

尽管小满不让我那样大张旗鼓地喊她，但是很明显，我已悄然地走进了她的心中。她开始在某个具体的时刻留意我的声音，我只要轻轻地呼叫一声，她便从房里走出来，探身往下，嫣然一笑，长发随风一摆，然后让钥匙轻轻地从手里滑落下来，我便敏捷地接过钥匙，扭头看看四周，再去开门。

楼下那扇木门油漆斑驳，非常厚重，嵌着一把坚固的牛头锁，我轻轻地捅进钥匙，每一次都发出清脆的声音，这种声音让我感到一切都很真实。我打开门，又赶紧轻轻地关上，尽量不发出声音，生怕吵醒意识中的不安。每开一次锁，我都感觉到更深一些地打开了小满的心扉，我当然更希望有一天能够像开锁一样打开她的身体，但那种念头只能深深地掩藏在我的心底，我不敢过早地流露出来。

生活充满生长的力量，这种力量让我们的感情自由而健康地成长。我相信，只要到了那个时节，一切都会水到渠成。随着生长着的爱情，我们走到了冬季。

那一年的冬天雪很大，天气很冷，小满为我学习打毛衣。我在寒冷的雪天里，穿着单薄的羊毛衫，在雪地上跑步，然后热气腾腾地跑到小满的房间里，向她展示我并不强壮的但是健康匀称的体魄，她便更加紧张地编织着毛衣。她纤白的手指成千上万次地慵懒地却也是飞快地重复着同样的动作，毛线寸寸地经过她的手指，慢慢地向她心中理想的图案靠拢。在温暖而甜蜜的房间里，我们的爱情比她手中的毛衣生长得还快。

一个星期天，小满接到她父亲的电话，说让她回家一趟，看一看乡下的房子在这个雪天里是否倒塌了。他们一家人都离开了村子，哥哥和姐姐们大都在城里生活，都有着让人羡慕尊敬的职业和地位。于是，小满就让我和她一起去他们家。我们去的时候，已是下午，雪还没有停。小满围了一条红围巾，我穿上了小满织的毛衣，披着黑长的风衣，双双走在风天雪地之中。

去他们家没有大路可走，只有一条条田间小径，堆着厚厚的积雪，其实是非常难走的。她也有很长时间没有回家了，回家的路在她的面前变得有些陌生，有很多地方根本没有人走过，田野失去了往日的特点，她仔细地思考着方向，嘴角挂着无奈的微笑，不时地用手指点着太阳穴，仿佛要在脑海中找出地图。我坚定地走在她指定的前方，为她开路。

空中仍不时地飘着大朵的雪花，我们经过一些安静的村庄，经过田野中一些黑沉沉的池塘，经过一座堆着积雪的石板桥，慢慢地，她惊喜地认准了她的村子。当我们赶到她家的时候，夜色降临了，但周围还是白茫茫的，他们家的房子低低地却是稳稳地站在村子中间，像一个远途的驿站，等着我们安歇。整个村子静悄悄地，不见一个人的影踪。

　　打开大门，屋子里温暖的霉味迎面扑来，我和小满着手打扫家具上的灰尘，光线完全暗下来的时候，我拉亮了电灯，昏黄的灯光营造出古老的乡居环境。大雪把我们和外面隔得很远了，小镇平日的喧闹，一些世俗的沉重，生活给我们平时的杂感，都仿佛被苍茫的雪幕遮住了，生活就像眼前的白雪世界，童话一般，美丽而单纯。我们时常默默无言地对视着。小满的眼光清澈透明，淹没了我的一切，我们忘记了时间的存在，那种曾让我苦恼的无从着手的突破，似乎有了一个新的契机。

　　我从村子前面的池塘里担了水，小满从柴屋里抱出了几捆柴火，我们像农村里所有的男人和女人一样开始烧水做饭。房子已经被我们收拾得差不多了，其实，也没有什么好收拾的，只是把地扫了一下，把桌椅上的灰尘揩了一下，陈旧的家具上便泛起了暗黄的灯光，整个房间显得生动起来。我们一前一后地从堂前进到房间，又从房间进到厨房，把沉静的空气搅得支离破碎，灯光把我们的身影散投到各个角落里，很快地我就和那些简单的家具们熟悉起来，像待在家里一样。

　　我坐在灶膛前燃起了柴火，活泼的火苗把我的脸庞映照得甜蜜而庄严，小满在灶膛上做饭做菜，米是现成的，咸菜是她母亲腌制的，她愉快地忙开了，厨房里热气腾腾，看着她像个家庭主妇一样地忙上忙下，我的心中充满了幸福。我的这种感觉也传给了她，她说，我们像一家人一样。

　　吃过饭后，小满拿出她父亲的老棉鞋，让我换上，然后开始铺床。她铺的是西边的一间后房。一张古老的木床。她从箱子里拿出被套和床单，大红被套有些褪色了，蓝条带床单也有些旧，这些都是她原来用的。我装作很不在意地洗完后，上了床，棉絮隐约地有一种箱子收藏的味道，这些棉絮曾经若干次包拥过她的身体，现在非常熨帖地盖在我的身上，慢慢地温暖着我。

　　她静静地洗好后，进来了。看到我躺在床上，向往地望着她，她笑着说，今晚给你一个机会，一个考验的机会。她上了床，躺在另外一头。

　　她似乎很想同我聊天，但是，当她的身体慢慢地在我的身边靠住的时候，我的心里颤巍巍地，我没有同她聊天的心思，只想如何才能和她睡到一头去。就说，有点累，想早点睡。于是，她便歇了声。窗外不时传来积雪下落的声音，让人感觉到雪花还在慢慢地飘，房间里很温暖，我的手慢慢抱住了她的双腿，她没有动。这给了我很大鼓励，我说，天很冷，想睡到一头去。她没有作声，于是我便爬了过去。她没有讲话，平日里我熟悉的那种气息唤醒了我沉睡的勇气，我不再胆怯，把她紧紧抱住，然后我们抱在一起。但是我们最终也就是抱在一起，睡到了天亮。她是一个传统的女孩，浪漫而追求完美，坚决拒绝我的进一步行动。她说，这里是她从小生长的地方，是她精神的底线，她不能做那样的事情。她又说，都这样了，还有什么不相信不放心的。于是，我便放心了，相信了。我坚信只要再回到S镇，这已经不是难题了。

岂知，回到S镇之后，她对我更亲热了，但是要想再有像她家那样的机会，似乎是不可能了，她甚至不让我在她的房间里待到从前那样的晚，仿佛那个晚上给了她许多的教训，让她知道自己并不能控制自己。我们在昏眩中慢慢地睡去，又一次次在冲动中醒来，但最终都停留在底线处。在S镇，没有那道心中的底线，可能会很容易走到另外的境界。我心里别说有多么后悔了，我向栖军说了这些，栖军充满了羡慕，又毫无疑问地带着妒忌，一言断定我的男子汉气质不够，要换了他，革命早已成功。但事已至此，无论怎样地后悔，都没有用了，唯一让我觉得安慰的是，她已经很自然地接受我。这种接受不仅仅像从前那样地和颜悦色，更主要的是，当我们单独相处时，我能感受到她的心暖暖地贴在我的身上，而且她也开始到学校找我，几乎是公开了我们的关系。

放寒假的时候，我们在她的房间里度着快乐的时光。冬天没有什么人办公，一个下午，小满从楼下的办公室溜回到房间里，陪我。我们关紧了房门，在房间里点起了电炉，听童安格的那首《明天你是否依然爱我》，"午夜的收音机，轻轻传来一首歌，那是你我早已熟悉的旋律……"我们总喜欢听那首歌。她开始给她的父亲打一条毛线裤，自从学会打毛衣之后，仿佛她的女儿意识也苏醒了，她时常在我的身上比画着，仿佛比较着我和她父亲的分量，我便抱住她，吻她。她比我低一个头，总要扬起脸来，她的整个面孔便展示在我的眼前，清秀而妩媚，红润地散发着爱情的气息，她长长的头发拖在背后，把我的双手盖住，我的双手好像是拥抱在她心灵很深的地方。

我们在悠扬低矮的音乐声中，围着电炉，我读着书，她织着毛衣。小满说，这就是生活。她仿佛什么都很冷静，或者超然。我们享受着沉静的时光，突然有人敲门叫她，是她一个找她办事的同学。我正要去开门，却被小满制止了，她做了一个很不高兴的神情，那是我从来没有见过的神情，我被那种陌生的神情弄得不做声，便坐了下来。门外的声音一直在响，似乎确信里面是有人的，但里面静悄悄的。好久，门外的声音终于没有了，我们相视一笑，像做坏事得逞而没有被发现的孩子一样。但是我们发现，我已经不能出去了，看样子，只能等到天完全黑了以后，我再偷偷地溜出去。

原来的那种恬静仿佛一下子被打破了，但没过多久，在温暖的电炉边，我们的心情又很快温暖起来，我们无声地拥抱在一起，夜色在不知不觉中沉了下来。小满说我该回去了，我正准备动身，门外却传来了脚步声，是她的邻居回来了。她的邻居是一个中年人，认得我，我也认得他，这个时候有很杂乱的脚步声，看样子不只是他一个人回来了。他的门敞开着，杂乱的脚步声进进出出上上下下，明亮的电灯照射到楼下的石板路上，彻底打消了我悄悄离去的念头。

于是，她拿出了饼干，倒了些开水，开始了我们的晚餐。一切静悄悄的，尽量不发出一点声音，她在外边的小间里放了一个小桶。然后，我就听到了一阵轻轻的刷刷的声音，这种声音把他们家的那道底线彻底冲没了，希望在我的身体内急剧地膨胀起来。小满说，别走了，但是不能上床，我只能靠着书桌，趴着睡。

在幽暗的房间里，外边的声音显得缥缈而遥远，周围的灯光透过窗帘的缝隙，散射在房间里，平日熟悉的房间好像是一个孤岛，与外边隔开了。黑暗带给我巨大的安全感，也似乎带给了我巨大的能量，我信心百倍，夜幕像一张温床上的毛毯，在我的面前无边地、静悄悄地、却又是充满诱惑地铺展开来。

她悄悄地上了床，我也和衣倒在桌边，夜晚就这样开始了。

我竟然很快地睡着了。尽管事后我不只一次嘲弄过自己，但在当时还是恰到好处地醒来了——其实是小满把我推醒的。她站在我身边，暖洋洋地，像仙女一样站在我的梦境中，她说，天很冷，还是上床吧。我梦游般地上了床，自觉地睡到了另外一头。

美好的时光总是非常短暂，生活真的是这样。过完年后，小满的调令突然下来了，她被不动声色地调进了县城。那年头的进城是一件很不容易的事情，对于她的进城，我有些难过，但我还是表现出了应有的风度。我笑嘻嘻地祝愿她开始新的生活，仿佛我们之间的一切都将会随着她的进城而结束一样。

但是，从小满的眼中我根本看不到这样的表情，她常说不甘心一直在小镇上待，希望有一天能够进城，尽管那是一个小小的县城。现在终于如愿，在她看来，我们又可以有一个更新的起点。时间很快地过去着，转眼她就办好了一切手续，装好并不多的行李，我送着她，进城了。

进了城的小满一下子遥远起来，我们曾经拥有过的一切在我的眼中也不真实起来，日子在怅然若失中流失着。事实却恰好相反，小满显示着从来没有过的热情，她正式邀我去他们家，向他们家人介绍我。我的出现让她的大哥觉得很突然，但是她母亲早已从她细姐那里得到了消息，又从我和她相处的神态中，察觉到了我们的关系程度。

她的大哥是一个非常能干的人。我年轻的气性并非那样容易接受别人，但是我不得不表示对她大哥的赞美，以及赞美之后从心底产生的尊敬。哪怕我与小满分手很多年了，这种感觉也没有完全消退。她的大哥长得很英俊，个头不很高，浑身上下透着一种城里人的精明利落，在县城里紧要部门当着一个领导，住着高大宽敞的房子。

小满说我以后想进城也必须依靠大哥的关系。栖军多次向我提到了她的大哥，说我如果在她的大哥面前通过了，也就基本上成功了。我非常紧张地去了她大哥的家，然后不知深浅地回来了。她的大哥没有表示很明显的态度，可见我的那次见面不是很成功，但也不是很糟糕的，也许她的大哥能够看得出一个年轻人的价值。

就在我到她大哥家吃饭，基本上等于相亲的那一年的暑假，我的大弟弟考上了北京的一所著名大学。考上大学的弟弟似乎也给我们的爱情带来了一些亮色。星期天的时候，小满时常跟着我下乡，在我的乡下乖顺地做我的女朋友，她和我的弟弟们也已经很熟了，我们可以在一起开着无伤大雅的玩笑。

也就在那年的暑假，父亲的腰受了伤，医生说可能要失去劳动能力。这时的小弟弟也开始读高中了，而我所在的中学却没有半点的发展迹象，面对着整个的家庭，我变得沉重起来。我原有的考研计划也烟消云散，即便是我考上了，我拿什么去读呢？S镇的天空黯淡了下去，小县城的天空黯淡了下去，小满一度给我带来的美好光亮的未来，也黯淡了下去。我隔壁的电视声音似乎要比以前少一些，他们像一年以前一样生活着，但我已经无动于衷了。此时的小满也已经失去了早先的光彩，她是一个非常善良朴实的姑娘。小满来看我的时候，有时甚至看不到我开朗的脸色。

　　新的学期开始后，一同来的同学少了很多，有的调离了，有的改行了，有的去了南方；栖军也早已辞去了临时工，到了南方谋生。他不时地给我来信，描述他的生活，他的三言两语往往能在我的心里勾勒出一个充满希望的理想世界。我时常坐在小房间里，遥想南方那片热土上的情景，热血沸腾。这个时候，父亲的病情有所好转，弟弟们也都开学了，事情都有了些眉目，我决定开始行动了。我给母亲留下了一些钱，又给两个弟弟作了相应的安排，就像小满突然进城一样，我没有打半点招呼。在那年秋天的一个黎明，我背着牛仔包，悄悄地踏上了开往南方的火车。我给小满留下了一封信，信中说，我走了，如果她愿意，就稍微等我两年；如果不愿意，就随缘而定。然后带着所剩的一千元，把曾经有过的一段岁月，像装在信封里一样，封闭着寄给了小满。

　　我像一只断线的风筝从小满的生活中消失之后，一直在不能自主的天空里飘荡，风雨和彩虹终究属于天空。多年以后，当我尘埃落定的时候，我才发现我并没有生活在当初的理想世界里，其中经历的一些，也只是在心底浅浅淡淡地留下了一些痕迹。从我的脸上，除了岁月，看不出过往的风尘。

　　一年的春节前夕，我再一次回到了小镇，并非为了怀旧，因为生活中的琐事本来就是无法预料的。年前的小镇非常热闹，到处张灯结彩，地面上摆满了年画、对联，高高堆叠的烟花把小镇装扮得喜庆热闹。天气很寒冷，人们的脸上都流露着笑意，对于新年，人们总是由衷地向往，尽管新年也会很快地过去。我随着人流慢慢地走动，再一次经过了那栋小楼的门前，楼下已经改建成了一个个摊位，在卖着过年的糕点和鞭炮之类的东西。那扇大门敞开着，蒙着很厚的灰尘，那把曾经坚固光滑的牛头锁，早已不知去向，只剩下一个洞，圆圆的黑乎乎的洞，像传说中时光隧道的入口。

工厂忆旧

肖克凡

都市村庄

中国最早的工人阶级来自失去土地的农民,即所谓"破产农民"。例如被称为"华北机器工业摇篮"的天津三条石工人,绝大多数来自河北省的庄户人家。

2004年,为了纪念天津建城六百周年,我们天津文学院作家骑自行车沿大运河采风,抵达河北省交河县泊镇(如今改称泊头市),探访了河北铸造之乡与天津三条石的血缘关系。

我从泊头存档的资料里读到,天津"三条石"最早的作坊"秦记铁铺"便是交河人士开办的。我当年所在铸造车间的那位秦主任,恰恰正是这家"秦记铁铺"的后人。后来"三条石"渐渐发展成为拥有几十家机械制造工厂的工业区。这算是农民进城开办工厂的先例吧。

新中国成立以来,即使成为新中国大型企业里的工人,由于来自农村,其"原型文化"依稀可见。文化是一条粗壮的根,它在一两代人身上是难以磨灭的。上世纪七十年代初期我所接触的一些工人师傅,便保存着明显的农耕文化痕迹。

首先,他们依然保留着乐于耕种的习惯。举凡大工厂,地处郊区,占地广阔。车间附近的空地,往往成为工人师傅们的"自留地"。工余时间,他们便投入开荒了,一人垦出一小块土地,互不干扰,各自为战。有栽葱的,有种蒜的,还有栽种"猫耳朵豆角"和"西葫芦"的,总之属于蔬菜类,长势良好。

　　我生在城市长在城市，完全没有农村生活经历。然而，通过与这样的工人师傅接触，我竟然增长了很多庄户知识。譬如"头伏萝卜，二伏菜，三伏种荞麦"，还有"夏至三更便数伏"的农谚。所谓一更是十天，三更是三十天。也就是说夏至之后三十天，大致就进伏了。

　　由于来自农村的血脉，这样的工人师傅对土地有着深厚情感。庄稼一枝花，全凭肥当家。为了给农作物积攒农家肥，他们一大早儿宁肯一路憋着，也要坚持跑进厂里将"人工肥料"屙在"自留地"上。顽强实践着"肥水不流外人田"的古训。

　　春去秋来，车间四周一派丰收景象。无论西红柿还是黄瓜，都是要搭架子的。你参观一块块结满果实的"自留地"，一定会被他们精彩的"农田手艺"所打动。这正是当年的独特风景——大工厂里的村庄。

　　大工厂附近，往往建有工人家属宿舍。住在这里的工人师傅们，每逢秋季便纷纷呈现清晨拾柴的劳动本色。尤其进入深秋初冬，万木凋零一派萧索，枯枝败叶满地堆积。天色未亮，工厂家属宿舍里便走出一个个或高或矮或胖或瘦的身影，渐渐消逝在工厂周边的原野里。

　　天色大亮，他们背负着一捆捆树枝返回了，好似旷野里归来的樵夫。工人师傅们猫腰撅腚将过冬柴禾运回家里，一路行走纵然辛苦，却是满脸知足常乐的表情。

　　那时候，做饭没有天然气，采暖也没有实现集中供热，过日子要靠烧煤球和蜂窝煤。这一捆捆艰辛打来的柴禾，可以用于引火生炉子，也可以用于"烧大灶"做饭。中国农民吃苦耐劳勤俭持家的传统美德之花，竟然盛开在工厂家属宿舍里。

　　上班时间到了，这一个个出没在晨风里的"樵夫"立即走进工厂融入车间，成为班组里熟练操作的技术工人。

　　在大力提倡"工业学大庆"的同时，一座大工厂里不乏"农业学大寨"的田园风光，可谓亦工亦农。工人的身份农民的血统，这就是中国特色。

　　我在工厂当工人那几年，向这样的工人师傅学到了很多农村生活知识。譬如不用绳索就能够将一只装满东西的麻袋挑在扁担上，譬如有一种绝对牢靠的打结方法谓之"绝户扣"，譬如怎样在一个即将干涸的水坑里捉鱼以避免"水干鱼净"的结果，譬如怎样选择风向在小树林里悬挂逮鸟儿的粘网，譬如捉住一窝没长毛儿的小耗子泡在香油里，一年之后即成为疗效不亚于獾油的绝好烫伤药……

中国工人与中国农民，有着千丝万缕的血缘联系。如今大量涌入城市的农民工，其实正在重复着我们祖辈进城谋生的道路。因此，我们没有理由向他们投去不以为然的目光。对他们表示轻蔑其实就等于忘却我们祖辈进城创业的艰苦历史。

哪一座城市不是由集镇发展进化而来的呢？哪一个城市人的先祖不是来自农村土地呢？我们万万不可数典忘祖，甚至欺祖。

三位老者

当年的工厂人物，似乎没有什么奇特之处。时光流水，一旦回忆起来却有奇峰突起之感。比如"发明家"黄老头儿，比如"崔列宁"，比如"老干饭"。

先说黄老头儿。我进厂的时候，黄老头儿似乎六十多岁了，属于老工人。按照国家有关规定，男性工人五十五岁退休。一个超过退休年龄的老工人为什么不退休呢？因为他是工人发明家。

当年"大跃进"，工厂大搞发明创造"放卫星"，就连财务科也发明了"自动盖章机"，并且声称提高工作效率近百倍。其实，即使繁文缛节文山会海，盖一个公章也不必搞成什么自动化。这只是全国浮夸风的一个缩影而已。

黄老头的发明活动起始于公元一九五八年。有工人告诉我说，这位黄老头儿的发明创造一旦成功，那将是具有划时代意义的，甚至填补国际空白。

我受到强烈震撼，很想知道黄老头儿从事多年研究的内容到底是什么。问了几个工人，均语焉不详。后来终于遇到明白人，告诉我黄老头儿十几年如一日的研究课题好像与永动机有关。

永动机理论，就是不需要能源即可运转起来而且运转下去的一种机械原理。

我肃然起敬，尽管我不懂永动机为何物。我所在的车间距离他的车间大约一华里地路程。因此瞻仰黄老头儿的机会不多。在车间一个角落里，黄老头儿独自拥有一块"领土"。这是工厂给予他的"特权"。他似乎不接受任何人的领导与指派，也没有助手什么的，俨然一个行为高度自由的工人发明家。

在我的记忆里，他老人家总在案前忙碌着，分明就是一个老钳工形象。

公元一九七六年秋天我被选送上大学，离开工厂。我念的是机械制造的热加工专业。有一门课程叫《物理化学》，挺深奥，记得有"熵"、"焓"和"自由能"什么的，还有"孤立体系"和"绝热过程"等等概念。我记得只要求出自由能或正值或负值，便可以证明该过程是否成立。

这门课程多少与《热力学》有关，我就借了一本苏联版本的《热力学》阅读。我读到热力学第一定律是这样一句话：第一种永动机是不可能的。

读到热力学第二定律是这样一句话：第二种永动机是不可能的。

后来，这门名叫《物理化学》的课程也证明了，那种毫无能量来源的永动机是不成立的。

坐在教室里，我想起远在工厂车间里的黄老头儿。我不知道他的研究内容是否与热力学里的第一定律和第二定律有关，只是挺担心的。

三年之后，我毕业回厂成为工艺技术员，天天趴在绘画板前画图。那车间里已然没了黄老头儿的身影。我曾经跟别人打听，大多语焉不详。

铁打的营盘，流水的兵。这句话用于工厂，一样恰当。尤其计划经济时代的大工厂，人员变化也是很大的。

另一位老工人，是铸造车间拌砂组的崔师傅，由于外貌酷似苏联革命领袖弗拉基米尔·伊里奇·列宁，因此人称"崔列宁"。他老人家与原版列宁相比，缺少一撮山羊胡子和满脑子哲学思想，当然还缺少《国家与革命》等一大批革命著作。

他没有什么技术，做着"壮工"。年纪大了，受到班组照顾，给他一些力所能及的工作。据说，他是一九五八年"大跃进"进入这座国营工厂的。以前做什么，不知道。后来人们得知，崔列宁有"蘸糖堆儿"的手艺。他熬的糖，不过火也不欠火，正好。过了火，味苦；欠火候，粘牙。这时候大家终于知道了，他进入国营大工厂之前，是一个做小本生意的民间手艺人。

崔列宁步履稳健，动作略显迟缓。这与苏联原版列宁的敏捷步伐与大幅度挥手动作相比，无疑露出假冒产品的尾巴。人们送给他的外号，也并无恶意。

这么多年过去了，不知崔列宁身居何处。他如果赶上改革开放的时代，那蘸糖堆儿的手艺应当派上用场的，推着小车理直气壮去干"第二职业"。我相信，他蘸的糖堆儿，火候不老不嫩，极有可能成为名牌产品。崔列宁也可以像郭德纲相声里那样吆喝：就是没有核儿啊！

还有一位令人尊敬的老者，外号"老干饭"。我在工厂的时候，他已经老了，管理着一座材料仓库。他满头白发，目光越过老花镜望着你，颇有智者风度。他拿"保留工资"，比八级工的工资还高。这种被称为"保留工资"的工资是公私合营之前资本家给工人定的，多少含有给公家"出难题"的意思。公私合营之前资方给的高工资，公私合营之后公方当然不能核减，于是便保留下来。每逢谈到"保留工资"，他便保持沉默，唯恐流露出对当年资本家的感激之情。

据说老干饭年轻时，云游四方耍手艺，济南、上海、天津、大连、沈阳，最远到过汉城，就是现在首尔。他曾经在日本人的工厂里做工，因此会说几句日本话。譬如他管榔头叫"蛤蟆"。这大概接近日语"榔头"的发音吧。

有人说，旧社会工人手里有了钱也去妓院消遣的。我们几个年轻人不信，就去问阅历丰富的老干饭，他嘿嘿笑着并不明确回答。

老干饭管理仓库，井井有条。上午七点钟上班，他往往六点钟就到了。冬天里他点燃炉火，供大家取暖吃早点。那时候工人吃早点很简朴，从家里带来个馒头放在炉旁烤一烤，这就算不错了。

老干饭工作认真。至今我还记得他伏案记账的背影。他基本不参与车间里的事情。上世纪七十年代开展批判资产阶级法权运动，班组读报就念张春桥发表在两报一刊上的大块文章《论资产阶级法权的社会基础》。工厂也号召人人参战。我记得老干饭也写了一张大字报贴在车间大墙上，很是显眼。

这张大字报的大意是：你们现在这些领导干部脱离群众脱离实际，应当好好向人家陈永贵学习。人家当了副总理还脑袋上包着白手巾劳动，你们呢？

后来，我去上大学了。听说老干饭得了绝症。他一点也不惊慌，躺在病床上手里拿着X光片子，像模像样认真研究着。他指着"贲门"说，噢，这个地方长了东西，堵了。咱们想办法通开这个地方，病就好啦。

　　老干饭视死如归，非常乐观。他当然没有办法通开堵塞的地方，因为那东西叫"癌"。他就这样带着比八级工还高的工资到另外一个世界去了。

　　如今回忆老干饭，我记得有一次因为领取劳保手套跟他吵过一次。后来我又去仓库领东西，他竟然主动向我道歉。当时我非常吃惊，一个年近六旬的老师傅向我这个小青年表示歉意，实在不容易啊。

　　他没有什么文化，却拥有如今很多文人达不到的思想境界。从这个意义上说，老干饭是一位值得怀念的人。

人生速成班

　　公元1976年7月27日下午四点钟，我独自去天津商业区的小白楼一家委托店取钱。我把凤凰牌自行车卖了，刨去手续费得到150元。那辆车是1971年春天花158元买的。骑了五年赔了8元钱。那时自行车凭票购买，尤其上海产品在天津更不好买，因此我的这辆凤凰牌自行车保了值。

　　次日即7月28日凌晨时分，发生了震惊世界的唐山大地震。震波传来，人睡在床上先是被抛起摔下抛起摔下，反复十余次，之后才是剧烈摇晃，幅度仿佛乘坐海轮遇到十二级风浪。

　　我和祖母住在一起。我大约没用十秒钟便抱着她老人家冲出平房到了院子里。我养的一缸金鱼被倒塌的墙头砸烂，"珍珠"和"红帽子"全死了。

　　天亮之后我去和平区林西路住所看望父亲，一路听到哭嚎之声不断。在旧时日租界小街上，我看到一位白发苍苍的老太太手挂拐杖站在二楼，楼梯却已经塌掉了。子女们正在搭救她老人家。我特意绕路经过那家坐落在大沽路上的委托店，看到三层楼房全部倒塌，满眼瓦砾。于是暗暗庆幸，假若我的自行车没有售出肯定砸烂，也不会有150元钱的落袋为安了。

　　当天上午有一次强烈余震，我们已经在大街上搭起防雨棚子。邻居李嫂是第一机械工业局先进生产者，毅然搬家舍业去地处陈塘庄工业区的天津漆包线厂上班了。我受到她的感召，第二天骑车赶赴坐落在北仓工业区的工厂。沿途属于南开区和红桥区地界，早点部照常营业吱吱炸着油条，天津人热爱世俗生活的精气神儿，令我无话可说。

天津市地震重灾区在和平区贵阳路一带。因为这里为古河道，地耐力不强。地震之后住在这里的一位工厂同事与我相遇，这位老大姐紧紧抓着我胳膊大声说，我可见到咱厂的人啦！那种劫后余生的激动只有经历巨大恐惧与孤独的人才会理解的。

我赶到工厂，见到熟人彼此问候着，我们工厂的人大多家住红桥区和河北区，惊吓不小伤亡不大。我的一个初中同学正值夜班，地震了跑出车间反而被砸死了。生前他正与年长自己五岁的女师傅发生感情纠葛，可惜死了。工厂太大我没见过他的那位女师傅，也不知道她何等悲伤。

家住鞍山道与陕西路交口的小张的父亲遇难了，几个同事合力搬开一根水泥横梁，然后蹬着三轮车将张伯父遗体埋在水上公园后门附近。几天之后官方要求统一火化，小张便将父亲尸体刨出送到火葬场。多年之后我在一部电视剧里听到这样的台词："你只有心硬似铁，才能面对生活。"地震就是这样，它迫使我们心硬似铁不被灾难砸碎。

我将祖母送到天津西郊亲戚家暂住，便报名参加工厂排险队了。如今回忆起来我以为排险队的时光是我的人生速成班，尽管人生是不可以速成的。

排险队的工作就是排除险情，拆除一座座岌岌可危的建筑物。有言道君子不立危卵之下。我却变得勇敢起来，率先爬上高高的热处理窑顶，伸出钢钎撬动开裂的墙体，一声轰然坍塌暴土扬尘，22岁的我真正体验了摇摇欲坠的人生状态——倘若人在高位，那是不可忘乎所以的。因为有一种高空坠落的物质叫肉饼。

天气热，排险队住在铸造车间附近的篮球场上，草草搭了几座防雨棚，没有墙。入夜我们躺在蚊帐里睡觉。蚊子隔着蚊帐伸嘴咬人，智商极高。有时雷声大作暴雨滂沱。一只无主的大狗围绕着这一群不要命的排险队员走来走去。只有在这种时候你才深切体会到动物是人类的朋友。

然而，正是这个人类的朋友被木型工小池给杀了，炖了一大铁桶狗肉。经历了地震灾害，一个白白净净的小伙子竟然变得如此凶狠——他手持铁锤连续猛击大狗的脑袋，终于致死。

工厂当局给排险队员发放营养餐券，一人一天折合人民币三毛钱。大家为了改善伙食经常去河沟里钓鱼。我天天买午餐肉罐头，不顾财务透支，而且开始吸烟。工人吸烟多为两角二分钱一盒的"永红"，就是后来的"大港"。我则吸食五角钱一盒的"郁金香"，便难免引起同事们惊奇。如今回忆，我的所谓人生放达态度可能与地震有关。当灾难突然将人推到地狱门口，人的生活观念往往发生了变化，高度履行着"有钱不花，死了白搭"的人生哲学。

排险任务完成了，开始加固厂房。车间结构梁足有六层楼房高，只有一尺多宽，我站在上面抡起大锤打眼，腰间系着安全绳。有时我想，万一安全绳断了我肯定"忘乎所以"了，于是不敢将目光投向地面。我与师兄王兆武搭档，轮流扶钎打锤。王师兄是全厂乒乓球单打冠军而且能拉小提琴，我就一边打锤一边向他请教乐理ABC。这样就忘记了高空的恐惧。我还写下这样的顺口溜："不怕天抖地震动，工人阶级是英雄。红心向着毛主席，恢复生产立新功。"内容挺革命的，基本属于歪诗一首。

几天之后，毛主席他老人家就去世了。我们站在车间屋顶上默哀，都哭了。

完成了排险任务，排险队解散了。望着经过加固重新投入生产的车间厂房，心里不免升起几分荣誉感。一大二公的时代，个人的荣誉往往与国家相联，而且这种荣誉感只是个人心理感受而已。

我去郊区接回祖母。生活似乎重返昔日轨道。又过了两个月，我被工厂推荐去上大学了。我不知道这是否与本人在地震排险队的勇敢表现有关。工厂派了一辆吉普车送我和另外两个人去津西古镇杨柳青报到，我摇身一变成了"工人大学生"。

走进这座曾经隶属农机部的学校，我们做的头一件事情便是动手搭建一座座"地震棚"——我们的学生宿舍。有了工厂地震排险队的"人生速成班"经历，我以半个瓦匠的身份出现在学校工地上。我还和樊本源同学一起给全班垒了一座红砖大灶，既可以取暖又可以热饭。夜间，我睡下铺，屠梦雄同学睡上铺。大灶的火苗儿照耀着我们努力学习建设四化的美丽梦想。

有时担心发生余震，就在地震棚里上课。老师站在中央，各个角落里都有听课的学生。那表情严肃的场面不像上课，倒像来了地下党员发动工人暴动。这种别有味道的授课方式，乃是地震的余韵，深深渗入我们的学习生活。套用当今时髦词语，这一群莘莘学子进入了"后地震"时代。

走　开

阮夕清

　　二十世纪八十年代中期的寒假，有动画片的日子就是学生们的节日了。我还记得那些片名：《渔童》、《大闹天宫》、《猪八戒吃西瓜》、《三个和尚》、《蓝精灵》、《国王与小鸟》等等。这些动画片给了我们很多交流的话题，我们反复讨论着孙悟空和二郎神究竟谁厉害，五指山能不能把《国王与小鸟》中的机器人压住，很明显，如果缺少了它们，那些日子将是多么乏味和空虚。

　　和暑假的明亮相比，每一个寒假都是黯淡无光的。特别是最初的几天，天总是阴阴的，要雪未雪的样子，弄堂的每一个角落都渗透了淡青色的寒意，那些大大小小的猫，眼光冰冷，一天到晚怯缩在砖堆下。像它们一样，我们也经常无所事事，好像只是在等着过年。

　　那一天早上，我们就全跑到弄堂口的刘小洪家去了——他家有彩电（彩电进门的时候，他爸爸还拎了一挂鞭炮，在弄堂里来来回回地走）。我们是我、丁强、张海晓、王小兵，年纪相差不大，都在清名桥小学念书，丁强和王小兵比我们小一岁，上二年级。

　　刘小洪家的门是那种老式的黑色包铜大门，门关着，像一张抿紧的嘴，看上去十分严肃。我们在门口喊他的名字，弄堂里空荡荡的，声音就像是经过了扩音机一样，使远处产生了小小的回声。风嗖嗖地吹过光秃的树枝，仿佛是从某个老人的牙缝间漏出来的。刘小洪推开二楼的窗户，大声骂了一通脏话，算是对我们的答应。他家的小楼爬满了枯萎的藤萝，楼后探出几棵特别大的枯树，仅有的几片枯叶垂吊着，像几只耷拉的手掌，在我看来，我们好像是喊着躲在树上的某个人。

　　三只狐狸精鬼头鬼脑地窜进一个山洞，他们要去偷天书，其中一只母狐狸长得像京剧脸谱，笑声阴森恐怖，它是里面法力最高的一个。刘小洪的爸爸妈妈在墙上笑嘻嘻地盯着我们，如果看到我们全部挤在留着他们体温的大床上，他们肯定不会笑得这么开心了，刘小洪挨顿毒打是少不了的，我们几个的屁股上也会被踹上两脚。他妈妈右手有七个指头，第二天，他会指着脸上的七条红印，向我们哭诉那畸形手掌的无穷力量。这时候蛋生得到了天书，他嘴里喊着师傅师傅，奔向云气缭绕的山顶，他淡黄的脸庞像摊开的蛋饼一样逐步铺满了整个屏幕，然后屏幕的右下角出现了三个字：上集完。

　　我们愣住了。

　　刘小洪心急火燎地翻出电视报，上面没标上下集。这无疑使人垂头丧气。我们狠狠骂了一通电视台，只好等着下集开始。没有广告。那时候广告还不多，有印象的就一个燕舞收音机，或者"味道好极了"。接着放的是一个教农民如何种苹果的科教片，二十分钟，结束后又是一部漫长的关于计划生育的科教片，在温和柔软的背景音乐中我们昏昏欲睡。我们终于耗尽了耐心。在一群医生背着药箱走进春意无限的田野时，我们也叹着气走出了刘小洪的家门。他关掉电视，急匆匆地跟上来，背后响起的惊天动地的甩门声惊得我浑身一抖，像是被谁重重拍了一下肩膀。

　　弄堂里一个路人也没有——大人们都上班了，老人们又都缩在床上。不知哪个角落传来几下铅桶与井壁相碰的叮当声，显得周围更加清冷。那些门窗紧闭的屋子，看上去寒酸并且轻薄，像是纸扎的一样，如果仔细看，可以发现，每一处屋角都在瑟瑟抖着。天和水泥地是一种颜色，屋顶的颜色要深一些，我们几个站在弄堂中间，好像站在了一块无比广阔的广场上，不时有风从身边轻微地呼啸而过，这些风让我觉得身体很小，很细。

　　刘小洪说，真没劲，我们玩些什么呢？

　　丁强提议说，去大窑路玩吧，我们很久没去窑上玩了。

　　他的提议得到了张海晓的反对，他认为大窑路太远，而且到窑上干什么呢，现在上面肯定像陈大爷的脑袋一样光，什么都没有，花都死掉了，虫子也抓不到。

　　丁强反问道，那你们说玩些什么呢？

张海晓说，让我想想。他撸掉快滑进嘴里的清水鼻涕，像模像样地深思起来。他考虑的同时，我也在想，这么冷的天，打弹子、滚铁圈、拍洋牌肯定都是不行的了，放野火又要跑到乡下，可以玩些什么呢？

丁强再次提议说，我们玩捉迷藏吧，很久没玩捉迷藏了。我们几个对望了一下，没人反对，那就说明通过了。实在想不出其他更好的点子——也确实很长时间没玩捉迷藏了，要知道，在我们的眼中，这是小孩子玩的游戏，基本上可以和过家家扔骨牌归于一类，内心深处有点抵触。而我们，无疑已经是大人了。

游戏的规则就不多说了，几百年来应该差不多，为了体现公平，我们的躲藏范围只限于弄堂之内。我、丁强、张海晓、刘小洪、王小兵开始围成一团猜手心手背。第一局，我、丁强、张海晓出了手背，顺利过关，剩下刘小洪和王小兵开始猜剪刀石头布，结果刘小洪的石头砸碎了王小兵的剪刀。王小兵嘀嘀咕咕地走向路边的水泥电线杆，他穿得太厚，屁股又大，走路的样子就有些像鸭子，刘小洪撅着屁股学他的姿势，还嘎嘎叫了几声，我们就哈哈大笑起来。王小兵没有回头，他把额头抵住粗壮的电线杆，看上去就像在低头撒尿。他闭上眼，开始大声数数。

弄堂叫田鸡弄，这个名字的由来是谁也说不清的。整个格局就像一个躺着的人，一根躯体，然后伸出四条肢干，肢干上长满了人家，像黑色的蘑菇，外人随便一眼望去，似乎简单、明了，可要走进去，才知道里面藏着许多隐秘的地方，不见天日的潮湿的地方。建了一半的防空洞、永远无人居住的陆家大宅、李奶奶家的苗圃、用混凝土垒起的巨大洗衣板，这些地方，是属于我们的。

我们在许多个傍晚翻墙进入陆家大宅，在结满蛛网的空院子里跑来跑去，往阴森的井中扔几块碎砖头，它们咚咚砸碎水面的时候，也砸碎了我们的脸。或者趁李奶奶出去时，钻进她家的苗圃捉虫子，这里草木蔽天，随便掀开哪一块砖头，下面都蠕动着稀奇古怪的虫子，身体艳丽，触角繁多，我们给它们起了许多名字：棉花糖虫、蜡笔虫、虾米虫、橡皮虫、西瓜虫、七彩虫。

而防空洞我们不常去，防空洞太脏，洞口堆满了各种动物的粪便，能认出的是猫、狗、鸡和老鼠的粪便，还有一些就认不出了。洞的深处像墨水一样漆黑，就它能通向的地方，我们做出了许多揣测。有一次我和刘小洪甚至为此吵了一架，他坚持它通向龙宫，而我却认定它是一条通往天安门的秘道。洗衣板空空的肚子，堆满了杂物，要是下几天雨，烂木头上就长出褐色的木耳，破车胎的螺纹间也会成群结队地爬出肥胖的蜒蚰，它们留下一条条淡白的黏液，闪着微光，像是胶水。

在王小兵数到六十的时候，我已经无比踏实地蹲在了水泥洗衣板底下。我的周围全是烂木头，我钻进去后，还移过一块硬板纸挡住了身体，留出一条缝，可以让我看清前面。灰色路面的另一端，张海晓急匆匆地跑了过来，他刚才冲在我的前面，这说明他跑了一圈后还是拿不定主意藏在哪个地方。他的紫裤子在我面前来回一阵，又消失了。啪啪的脚步声渐渐远去，他的身影就成了一点红色，我的身体在他隐约的脚步声中变得很轻，像是他扔掉的一张糖果纸或一只塑料袋，我觉得自己要飘起来，我忽然感到所有的人正在离我而去，整个世界正在离我而去。

王小兵终于数到一百了。我的呼吸被寂静放大，听上去粗重得像刚刚跑过一百米一样。我沮丧地想，只要王小兵不是个聋子，他闭着眼睛也能找到我了。

风从硬板纸边吹进来，吹着我的脖子，因为冷，还因为紧张，我的牙齿上下叩击，咯咯直响。千疮百孔的烂木头呈现出柳暗花明的景象，如果我变成一只老鼠，缩进那些孔洞的最深处，肯定比现在暖和得多。这时候，头顶的水泥板发出一声钝响，如同是一只麻袋压了上去，然后，我听见王小兵在我头顶喊道，出来吧，刘小洪，我看见你了。

他的声音像菜刀一样锋利，我大吃一惊，而后很快冷静下来。这种把戏吓不倒我。他在我头上走来走去，似乎是在斟酌些什么，他的沉闷的脚步敲打着我的头顶，像老师的教鞭敲打着课桌。不出我所料，他又大声喊道，丁强，快出来，别藏了，我看见你了。阮夕清，我看见你的屁股了。

为了以防万一，我又用另一张硬板纸挡住那条隙缝。手只不过轻轻地动一下，夜色就降临了，纸上有几个字，我能认出的是：小心轻放；玻璃器皿（直到上了初中，我才知道那个字是皿）；边上依稀印着些图案。他跳下水泥板，后来就无声无息了。我想他一定在到处察看，这样想，我眼前就出现了他弓着身子迈着猫一般脚步的谨慎模样。他在慢慢接近，他的脸贴过来，对着肮脏的硬板纸迟疑不决，他终于伸出一只手，指甲干净、圆润，上面有雪花膏的气味，我等着那只手伸过来，伸过来，把我像特务一样揪出。

那只手一直没有伸进来。我抱着腿，静静地等待，慢慢就不去想它了。

平和的阴暗笼罩着我，时间一长，困意阵阵袭来，我小心翼翼地打个呵欠，再合上嘴时，舌头变得幽凉。风声在外面旋转，在我耳边，它是一朵朵棉花糖的形状，风声里还有两个人在说着话，我能听出其中一个是年纪轻的女人，她的笑声像冰凌一样干净、明亮，他们提到了年货和越来越冷的天气。他们说了很长时间，一直在说着那些事情，声音始终没有移动，就像躺在了我耳边的某一个地方，我想，他们一定关系不错。

为了抵消躲藏的单调，我哼起歌来，当然只在心里哼着。我哼了两首歌，一首是《军港之夜》，另一首是《我的中国心》，哼《我的中国心》时，我想起了李小娟（她是我的同桌，平时最喜欢唱这首歌，她眉毛浓，眼睛很大，笑起来就像课本封面上手持地球仪的女孩一样可敬），想到还要再过两个星期才能看到她，我当时就觉得十分忧伤。忧伤过后还是无聊，外面的风声停住了，说话声也没了，我实在按捺不住，偷偷移开一张硬板纸——现在似乎很安全。我探出脑袋张望一番，没有人，几片枯黄的树叶正在飘下，一张香烟纸贴着墙角发抖。我钻出水泥洗衣板，使劲伸了一个懒腰，心中升起一种重见天日的欣慰。

弄堂里空荡荡的，安静得像是一个巨大的太平间，我很想制造些事情，制造些生气，比如大叫两声，扔石头砸破两块玻璃什么的，于是我朝天空挥了两拳。

我大摇大摆地走着，心想着，如果面前出现一只猫，我肯定会冲上去狠狠踢它几脚，最好是长根家的阿黑，我早看不惯它那碧绿的贼眼。关键是第一脚，提腿的速度一定要快，力量要猛，要准确地踢在它的肛门上（脚上最好换上青头老四的尖头皮鞋）。发出一声令人回肠荡气的哀鸣后，它的身体会像煮烂的面条一样瘫软，这样，我才能不紧不慢地接着踢，踢它的脸、它的背、它的脑袋，再用鞋背翻转它的身子，踩踩它软绵绵的肚皮。

我认为这是一件壮举。

　　我朝前面踢了几脚，裤管在空中发出呼呼的声音，骨关节轻响了几下，像是有人在嗑开一粒胡桃。

　　我大摇大摆地走着，快到弄口的时候，才想到不能走出去，只好在电线杆旁停下。电线杆脚积着几片尿渍，还有些零碎的闪着微光的鱼鳞，阴冷的骚味掠过鼻前，我立刻掉掉头，不去看它们。大街上，一辆威严的大卡车隆隆驶过，东风牌，上面载着一圈圈暗黄的钢筋，在我印象中，这卡车是专门押送游街犯人的，它和军绿色的三轮摩托一样，是我羡慕的坐骑。如果能在上面坐一坐，就是哪吒用风火轮和我换，我都不会考虑。几缕青烟散去，街对面，黑白铁器店的李大头慢慢转过身，他的背部臃肿得像是塞着一个枕头。他摸索一阵，又吃力地慢慢转过来，手上多了一把漆黑的榔头，他好像往这儿看了几眼。

　　我忽然觉得这日子没意思极了，放寒假和上课没什么区别，没什么让我高兴的事情，捉迷藏也一样，过年也一样，动画片要稍微好一点点。日子过得像旧社会一样。我掉头往弄堂里面走，我想直接回家，冲个热水袋，躲进被窝睡一觉，一直睡到晚上再起床。

　　我拿定主意要抛弃他们一回了。

　　我走到公共厕所（这厕所的化粪池不好，经常溢出来，弄得挨着它的几户人家苦不堪言），拐进左边的备弄，再走个二十米，就到家了。这时厕所里有人忽然兴高采烈地大喊，天亮了，天亮了，我抓牢丁强了。因为周围的冷静，突如其来的喊叫像谁在我耳边点了一个炮仗，震得我全身发麻。在我看来，这座灰头土脸的装满粪便的厕所也许是成精了，就要朝我扑过来，一把攥住我，囫囵吞了。我不由自主地捏紧拳头，心脏在拳头里一下一下跳着。

　　王小兵从厕所里走了出来，他的身后是垂头丧气的丁强，他的嘴里骂骂咧咧地说些什么。他们身上散发着强烈的厕所的味道，就像是两条刚刚腌好的咸鱼。

　　王小兵得意地对我抬了抬下巴，说，我早知道你们不会躲在老地方。

　　丁强还不服气，你那是凑巧，我又不是真的躲在厕所里，我正好尿急，被你撞到了。

　　我不管，反正我捉住你了。王小兵指出事实，然后，他非常感兴趣地问我，阮夕清，你刚才躲在哪里啦？

　　我跟着他们再往弄堂口走去，一路上，王小兵继续喊着，天亮了，天亮了。他嗓门大，嘴巴也随之夸张地大张大合，他一路喊着，那摇头晃脑的神态我十分眼熟，像一个人，是谁呢？我苦苦思索着，却一时想不起来。前面，刘小洪也鬼头鬼脑地从金大和金二家的夹缝里溜出来，在我看来，他像是被两座房子挤出来的。

　　当时估计十点钟出头了，用不了多长时间，我们的父母就会回来做饭，他们随便做点什么菜，吃完后再去上班。不幸的时刻马上就要降临了，别人怎么想与我无关，反正我是不想看到爸爸的，他总在我吃饭的时候训斥我，随便什么都可以成为话题，我的衣服弄脏了，我跑得气喘吁吁了，我扒饭时有几粒米掉桌上了。他高兴起来还会顺手重重拍我两下头皮。谁让我是差生呢。每次吃完饭后，他都会很轻松地泡杯茶，拿张报纸，嘴角浮出满足的笑意，这笑意应该不仅和肚子的充实有关。想到他苦大仇深的脸在慢慢接近，我心里就说不出的难受，好像是在接受一种宿命。我的班主任老师，姓朱，教语文，她在课上斩钉截铁地说过，阮夕清，你的脑子太笨了，还不肯用功，你这个样子下去，将来只能讨饭，要么去偷，要么去抢。

　　街上的人明显多起来了，老人居多，戴着毛线帽，穿着老棉袄，有一些拎着篮子在我们面前走过，篮子里有年糕、鱼头和锡箔，另一些分成几处在说话，这些人我都有点面熟，可又都叫不出名字。一个老太站在小吃店的门口，她长时间注视着我们，小吃店里炉灶风机的声音嗡嗡响起，蒸笼喷出白色的烟雾，衬得她的身影亦真亦幻，就像腾云驾雾一样。我不知道她为什么要如此执著地看我们。

　　李大头走出店门，手里还拿着那把漆黑的榔头，他在老太的身后高高举起它，作势要砸上去，他连抡了几下，然后乐呵呵地走开了，看得出他很得意。老太太并不知道身后发生了什么，又张望了我们一会儿，她也走开了。

　　我们站在弄堂口，脸被风吹得通红，红里面全是细小的伤口，我当然看不清自己的脸，我想，我的脸应该和他们一模一样。如果要写作文，可以用来形容我们脸的东西有番茄、李子和苹果，我愿意自己是苹果，因为我喜欢吃苹果。王小兵说，还玩不玩了？

丁强说，不玩了，咱们到街上去晃晃吧。

轮到你捉了，你当然不想玩了！王小兵一针见血地指出丁强的心态。

丁强弹起眼珠，要反驳的时候，刘小洪搭住他的肩膀，说了几句话，声音极轻，所以我听不到他在说什么，这些话无疑起了作用，丁强不再吭声了。

街的尽头隐约竖着一些楼房和水塔的灰色影子，我有几个同学就住在那里，朱老师家好像也住在那里。此刻，那里遥远得就像封建社会一样，看一眼，我就失去了进入的兴趣，我想，那边肯定比这边更冷，风刮得更猛。我想象着朱老师在大风里艰难行走的模样，风吹乱她花白的头发，吹开她满脸的皱皮。她的眼中饱含泪水，她蹲下身子，双手紧紧攥住一把枯草，说，在旧社会，劳动人民过的日子连畜生都不如，地主们剥削我们，我们做牛做马，却连饭都吃不饱。接下来，她应该在地上爬着，动作缓慢。我戴着瓜皮帽，拎起皮鞭，有一下没一下地抽着她。边上，丁强替我拿着削好的苹果，我想吃了，使个眼色，他就双手捧到我面前，我咬一口，抽一下，咬一口，抽一下。要真有这么一天，该有多好啊！

谁让朱老师咒我没出息的！

王小兵说，算了，站在这里吃冷风也吃饱了，还是各自回家吧。我猛地想起他得意洋洋的样子像谁了，像敲竹梆的刘胖子。在我一年级的时候，刘胖子还没死，我们常常跟在他的屁股后面玩，他晃着大脖子喊一声，寒冬腊月，小心火烛。我们也跟在后面像念课文一样整齐地喊，寒冬腊月，小心火烛。水缸满满，后门开开。水缸满满，后门开开。刘胖子家的墙壁上挂着一只油汪汪的大葫芦，像他的儿子。他一辈子没有老婆，养了五六只猫，也都是胖胖的，他死后，那些猫就成皮包骨头了，现在都不知死哪里去了。想到再也看不到刘胖子那张可爱的肥脸，揪不到他颈后的肥肉，我心里就有些酸楚。忽然有些不安。

是的，就在我记起刘胖子后，甚至可能再靠前一些时间，一种隐隐的不安漫过我的脖子，仿佛朱老师浑浊的眼神将我笼罩。我很紧张，好像等待着一个人随时把我从课堂上叫起，无缘无故让我罚抄个几十遍"小学生守则"。这种不安应该与刘胖子无关，但它缘何而生呢？

我看着眼前的几个伙伴，希望从他们的脸上可以找出答案。王小兵在笑，丁强和刘小洪在窃窃私语，正常。然后是猫，是父亲，是朱老师，我把心里藏着的能引起我不快的事物全都盘算了一遍。朱老师，看到她那张寡妇脸还早着。父亲，我熬一个中午就行，他又不会害我。我突发奇想，这种不安也许是来自于小人书《封神演义》，来自于鬼故事，来自于传说中的巨型动物恐龙（那时候，我只在同学的描绘中想象过恐龙的样子），这些似乎很远，太缥缈不定了，我的眼前又浮现出一只暗黄的篮子，里面装着年糕、鱼头和锡箔，难道来自于它们？鱼头上的血迹，年糕的昏暗，锡箔的惨白，同样令人心慌，有点接近了。

可仍旧与这篮子无关。

我想，只有弄清它究竟从何而来，我才有可能彻底甩掉它。

我们又回到刚才开始游戏的水泥电线杆，对望几眼。在我们眼里，全世界就剩下我们几个了。丁强说，实在没劲，我还是回家吧。我说，我也要回去了。几个人就往家里走了。远处有人在放鞭炮，声音零星、细碎，像落在地上的瓜子壳。王小兵故意用身体撞我，一撞，一撞，就像和尚撞钟，换了以前，我早就收紧身子，加倍用力地回撞他了，其他几个也会很快加入战团，我们就嘻嘻哈哈地挤成一团，直到挤出一身汗。

这次我真的提不起神，我还在疑惑，疑惑这莫名其妙的不安，王小兵可能觉察到了我的心不在焉，他更加放肆，开始用手拍我的后脑勺，越拍越重，我忍无可忍，警告他，你他妈再碰一下，我就和你不客气了。

不客气又怎么样。

丁强在边上煽风点火，你们打一架吧，我来给你们当裁判。

刘小洪也起劲了，他异想天开地提议，不如我们分成两组玩打架吧，我和丁强一组，你和王小兵一组，怎么样，只准用拳头，不准用其他武器。

想到即将燃起的战火，我们一下子又来了精神。我们这帮人里，丁强的个子最矮，但长得比较结实，刘小洪的外号叫馒头，可想而知，他是一个胖子。他们一组体型比我们强。我瘦弱，比力气不行，可我会撒泼，到时候，指甲牙齿全是我的武器，而王小兵人机灵，能蹿上蹿下，这样对比，两边的实力，按照成语说的，应该叫伯仲之间吧。

一辆破自行车哗啦啦骑来，声势浩大得像一辆坦克，我们赶紧让开，是个陌生人，满脸麻子，扁鼻，长得像一个地主家的打手。他盯了我一眼，现在没有地主了，所以我又觉得他是一个杀人犯，像二王中的一个（当时，二王虽已伏法多年，仍是我们津津乐道的话题）。自行车上挂着一个帆布包，上面印着一座白色的大桥，桥洞里写着：上海。

刘小洪和丁强嘿嘿坏笑着，身子往后退，继续往后退，然后背靠着电线杆，摆出蓄势待发的架势。

王小兵撸一把鼻涕，说，那张海晓呢，他算哪一边呢？

张海晓呢？

没看到他啊。

是啊，我也没看到他。

张、海、晓，这个名字在我脑子里像孙悟空一样腾空跳起，直冲九霄云外。我终于明白我不安的隐秘来源了，我们中间少了一个人，少了一个张海晓。

躲在洗衣板下时我还看到这家伙慌慌张张无处藏身的样子，他穿着红棉袄、紫裤子。这家伙跑哪去了呢？

我没太在意他的离开，就像不在意身边其他人一样，那么多的来往不密的亲戚、同学、小伙伴，还有路上的挂着和我同样神情同样鼻涕的小孩，忽然之间少了一个，谁知道。热火朝天的洋牌局，外围看热闹的人忽然少了一个，可能是急匆匆小便去了，也可能是猛地想起大人快下班了，谁知道他们去哪了，为什么要知道，关我屁事。

我们当然没有去找他，他要么还笨笨地躲在哪个角落，要么跑哪里玩去了。用不了多久，他妈妈的惊天动地的带苏北腔的破锣嗓会把他召唤回来，就像姜子牙召唤黄巾力士，即使他远在其他弄堂，远在老鼠洞中，远在我们所能想象到的任何地方。

知道谜底后，我就彻底甩掉那种让我不舒服的感觉了，我甚至奇怪自己之前为什么要不安，因为少了一个人，周围环境细微的变化吗？那肯定不是我的心，而是我的身体感受到的。

架没打成，我们各自回家，弄堂里一路响着锅碗瓢盆的动静。

　　吃饭的时候，我听到张海晓妈妈的呼唤。她边骂边叫儿子的小名，晓晓，阿晓，然后是叫全名，再后来就光是骂了，什么样的脏话都骂，骂儿子，骂丈夫，骂婆婆，还骂自己，她骂自己是贱货，才会瞎了眼嫁到张家。我听得心里七上八下，觉得都是在骂我。我爸爸往我碗里夹了块萝卜，说，我替你敲敲警钟，要是你像张海晓一样不听话，别怪我扒掉你三层皮。

　　冬天是没有黄昏的，我坐在被窝里，翻着一本破破烂烂的《七剑下天山》，没几页天就黑了。我甚至记不清自己是否睡着过。一家人围着方桌吃晚饭，昏黄的灯光中，看着爸爸数学课本般的脸，我以为仍旧坐在下午。汤菜的热气袅袅上升，在我们头顶形成了一片烟雾。我轻轻吹着它，想象狂风吹散云层的情景，竟也产生了一点快意。因为爸爸的脸和妈妈乌黑的眼袋，我不敢把快意表现在脸上，我小口啜汤，默默地自得其乐。

　　有人敲门，我爸爸嘀咕两声，准备起身开门，那门外的人似乎已等不及了，猛地把门推开。门和墙猛烈的碰撞声吓了我们一跳，几乎是门开的同时，一个人撞了进来。是张海晓的妈妈。她的脸看上去十分陌生，（顺便说一下，她是我们弄堂有名的吵架高手，曾为了几张失踪的鸡肫皮和她想象中的窃贼来根奶奶对骂过两天，我从中学了多少脏话啊！）眼睛通红，虽然瞪得很大，却少了以往永远凝聚的怨气，眉头皱着，嘴半张着，嘴角有些细白沫，头发也乱糟糟的，整张脸似乎被一只看不见的手揪着。就是呆子也看得出来，她在努力控制着不让自己哭出来。我们一家人愣愣地望着她。她半弓着身，声音怯怯地说，老阮，我家晓晓到现在还没回来，他上午和你们家大清一起玩的。

　　大清，你知道晓晓到哪里去了吗？

　　她一说我上午和张海晓在一起，我就知道她肯定去找过其他几个人了。我只好实话实说，阿姨，他起先是和我们一起玩的，后来就不知道到哪去了。他走的时候也没说一声，我们以为他自己回家了。

　　这个杀千刀的到现在还没回来啊。大清，你帮帮忙，再想想，他会去哪里！她忽然蹲下来，抓住我的肩膀，好像怕我会跑掉一样。

　　我求助地看了爸爸一眼，他愤怒地盯着我，好像是我把张海晓藏起来的。

　　我实在不知道他会去哪里，他倒是有一个喜欢的女同学，其实长得不怎么样，家住在北门，他会去找她吗？我总不能把这个秘密透露出来吧。我只好摇摇头。

她几乎要哭出来了，她忍住泪水的样子也挺凶的。我爸爸就劝她不要急，现在又不是旧社会，没有拐孩子的，张海晓肯定会回来的，现在的孩子玩起来心是越来越野了。顺带着他又对我瞪了几下眼，我认为他的眼珠迟早会跑出眼眶。

她哽咽着转过身，忽然就往我家门口一坐，拍打着地面，号啕大哭起来。

张海晓一直没有出现。这么多年过去，他妈妈死了，他爸爸中风了，刘小洪出狱了，王小兵转业了，丁强下岗后又上岗了，我把不及格的考卷藏在套鞋里，我离家出走，我很难忘记一个叫江阴荷塘的地方，我初恋时常常听"魔岩三杰"，我曾经非常喜欢一档叫"音乐人生"的广播节目，在深夜，有温和的声音陪着，非常温暖。我做会计，觉得自己抵挡不住钱的诱惑，主动辞职；我做营业员，卖童装，小孩把尿淋在我身上，真的很快乐；我做保安，总是想抓住那个总在雨天来商场捣乱的暴露狂，我也抓小偷，但从不打他们。我和城中公园门口的一个老妓女、几个捡破烂的成为很好的朋友，我有时觉得朱老师说得很对，自己这辈子都不会再有出息了，但出息又是什么？我十七岁时，爸爸说，出息就是有钱。我常去发廊，常一个人站在清名桥上发呆，常在酒肉朋友面前吹牛，他们的眼神宽宏大量，我不想再读书了，可还是会翻翻，书常常帮助我入眠，我去拉业务，我恨那家叫做景祥装饰的公司，那个戴副眼镜的五四青年一样的老总把我哄得团团转，万晓利唱道，在田野上转，在清风里转，在欲望里转……我不想再提我做过的那些职业，我不想再提我还要去做的那些职业，我胃出血三次了，偶尔还是喝些小酒，没有比臭豆腐更好的下酒菜了，我最喜欢的句子是，人散后，一弯新月天如水，我只在晚上想她们，我记得和她们相处的每一个细节，她下巴上的痣，她腿上的疤，她赌咒时的坏笑，她化作一阵青烟后的余香……我终于三十大寿了，田地弄成一片废墟（拆迁工地）了，很好的月光照着这片废墟，残砖、碎瓦、破檩、断墙、垃圾、打桩机熠熠生辉，他也没有出来。

为霞尚满天

周　明

2008年的国庆，是个喜事连连的节日。北京成功举办了第29届奥运会、残运会，三名宇航员圆满完成"神州七号"载人航天飞行任务，农业又一次获得丰收……

每逢国家发生大事件，社会出现惊喜事件，在文学界，最先感受的，常常是报告文学作家。改革开放三十年来，我国报告文学作家与时代同步，与人民共呼吸，创作了一系列令人感动和振奋的作品，可谓异军突起，蔚为壮观。

在这些报告文学作家之中，黄宗英是别有特色的一员。因此，国庆期间，我想到她。她因身体欠佳，一直在上海华东医院住院，不知最近情况怎样，于是，我拨通了她的电话。黄宗英在那一端哈哈大笑说："哎哟，真是有缘，我正想给你打电话呢！"我说："你身体情况如何？能出院吗？""还不能。最近可能还要做个小手术呢！"她说，"我找你是因为我正在写一篇文章，却想不起那部电影中女主人公的名字。60年代初，于伶的电影《七月流火》中的张瑞芳扮演过的角色叫什么名字？你能帮我查查吗？"我感慨地叹息说："你又写文章了，医院不是让你安心治病嘛？"她说："不写怎么行？有些人和事忘记不了呐！时间愈久愈觉得要写出来。"我当然理解她的心情，但还是劝她以静养为主。经查那个女主人公的名字叫华素英，我告诉了她。

这时我忽然想起，几年前她为我题写的她喜欢的一句话："一息尚存，不落征帆"——其实，这正是今日已八十三高龄的作家黄宗英最好的写照。

今年春节我曾去上海华东医院看望过她。当时因为有人撰写她的评传，她对某些往事包括有些作品发表的情况记不清了，要我帮着回忆。我去了，我们在她那洒满阳光的东楼十七楼的病房里促膝而谈，愉快地交谈了一个上午。

她精神状态很好！那时她给上海发行量很大的《新民晚报》已经写了一二十篇回忆性的散文。她为一个年轻人所写修建川藏路纪实的报告文学写的序言发表后，有位老朋友看了文章后，夸她说："不像八十三岁人写的，倒像个三十八岁人的手笔，还是那么乐哈哈，那么富有朝气！"

当时，我们对坐在暖意融融的窗前，回忆起粉碎"四人帮"后所出现的那个文学的春天。在那明媚的春天里，报告文学是一朵最为艳丽夺目的鲜花，也是作为激励人、催人奋进的号角。当时一批有影响的作家如徐迟、刘宾雁、黄宗英、柯岩、理由、陈祖芬、程树榛、鲁光、杨匡满等等，形成了一支可观的报告文学作家群。许多家喻户晓的优秀作品均出自这些作家生花之笔。黄宗英则是这支队伍的主力。她以博得广大读者喜爱的《大雁情》《美丽的眼睛》和《小木屋》荣获全国优秀报告文学奖三连冠。那实在来之不易。然而对于获奖，她却淡然地说："得奖只是说明昨天。明天的路还漫长呢！"

粉碎"四人帮"后，黄宗英首先发表的名篇是《星》，完稿于1978年。当时，中央号召拨乱反正，实事求是，解放思想，把被颠倒的历史纠正过来。因此，一大批在"文革"中的冤案、错案逐步得到平反昭雪。电影界也宣布了一批平反的名单。但见没有电影演员上官云珠，黄宗英询问赵丹这是怎么回事，由此她谈起许多记忆中上官云珠的为人处世、上官云珠的好。赵丹鼓励她写出来。为了悼念屈死的亡友，她含泪迅笔书成。当时，她和赵丹住在北京华侨大厦。我去看望他们时，赵丹告诉我："宗英最近哭出来一篇文章，是控诉'四人帮'的，不知你们《人民文学》好不好发表？"我当即读了稿子，很为感动，心情很不平静，便立刻带回编辑部。当编辑部决定发表时，为了慎重起见，黄宗英又用复写纸复写了几份（那时还没有复印机），分送白杨、张瑞芳、王丹凤等同时代的电影名家，请她们提意见。之后，她又认真作了修改。《人民文学》发表后，反响强烈。

黄宗英在《星》中，深情地写到："云珠，云珠啊，这个名字你伤心地拾来，而今你欣慰地长留着吧。云珠之明珠——星儿哟，你闪光吧……人们对每一个被'四人帮'迫害的同志、战友、兄弟姐妹，无限同情、尊重、怀念……在洁白的银幕上，在排练场上，我们总会想到你，谈起你，我们总是觉得你也还是和我们在一起，在一起的。"

是啊，当你读着《星》，会感到宛若在倾听一位知心朋友娓娓动情地向你讲述一个电影演员的坎坷经历及在"文革"中的不幸遭遇和悲愤的控诉。它犀利而委婉、隽永而深刻，可以说，作者是哭肿了眼睛而写，读者是含着热泪捧读。

黄宗英写于1978年6月的《美丽的眼睛》，是记述一位在上海炼油厂参加化学分析实验的兰州大学化学系女进修生杨光明被严重烧伤（烧伤面积100%，三度烧伤94%），并几次报病危而与疾病顽强斗争的感人事迹。在这里，作者却只选取杨光明的眼睛——一双被黄宗英发现的美丽的眼睛为主线，贯彻始终。信笔驰骋，收纵自如，有力地向读者展示了人物内在的心灵美与医护人员的高尚医德。一位当时在上海瑞金医院烧伤科听到杨光明事迹后的外国代表团团长惊讶地说："究竟是什么力量使她活了？什么力量还能使她活下去？……"黄宗英在采访过程中，深受感动，也深有体会，她认为："从有生命的事物中发现美，是作家的职责。"

此后的岁月里，黄宗英果然同样用她的一双美丽的眼睛发现和讴歌了生活中无数可歌可泣的祖国的建设者、创业者和开拓者。她履行着一个当代作家所肩负的社会责任感和历史使命。

说起黄宗英轰动一时的报告文学《小木屋》，更是一部离奇曲折的长长的故事呢。《小木屋》发表于1983年。两年后据此拍摄的电视片《小木屋》获国际奖。《小木屋》写的是女生态学家徐凤翔多年来在西藏人烟稀少的原始森林地区进行科学研究的感人事迹。让我们先引用一段黄宗英在《小木屋》的开篇中所说："1982年9月初，我随中国作家协会参观访问团，来到了西藏。我躲过了体格检查。好家伙，一体检，我们团12名团员去掉仨。在西安，友人张医生为我量了血压——正常。行啦呗！就这样，我们便浩浩荡荡出发了。"

黄宗英曾先后进藏三次。这里，她说的便是第一次进藏。这也是中国作协派往西藏的第一个作家访问团呢。她是团长，我是秘书长。成员中有上海诗人黎焕颐、作家王若望、江西诗人郭蔚球、天津作家王家斌、云南诗人饶阶巴桑等。我们在西藏跋山涉水，走草原，登高山，访问牧民，参观拉萨、日喀则、羊八井和水电站等近一个月，每个人都有大大的收获。可就在访问结束，我们好不容易拿到了返程的飞机票时，临行前一天，黄宗英却突然"变卦"，说她不走了，要退票！大家都十分意外！岂不知为办回程票，已经托了多少人，折腾了好些日子。这，她也清楚。怎么说不走就不走了，何况她还是团长，是何缘故呢？在大家伙强烈追问下，她也急了，才"坦白"说：三年前她在成都参加一个科学会议时，偶然听到一位女科学家的发言，讲述了她多年克服重重困难，在西藏林区考察和进行科研的事迹，大大吸引了她。她们互相表示期望今后能在西藏相见。这时，她兴奋地说：太巧了！昨天下午她在招待所院里意外碰见了徐凤翔，她正要进林区，因此她也要跟她去，所以她不走了。

恰巧在头两天，拉萨新华社一位朋友邀我们去他家做客，他可是"老西藏"了。言谈间，他无意中说起原始森林里许多常常会遇到的野生动物伤人的恐怖故事，如毒蜂恶意蜇人，大狗熊从后背偷袭伤人……黄宗英也在场，如今她却竟然要去冒险！大家再三劝她，还是一块回北京吧，以后有机会再来。谁知，她一急眼。和我"吵"起来！她不无激动地说："周明，咱们是老朋友了，你难道这点事都不理解我，支持我？！"

她坚定不移，我只好让步。第二天清早我们要乘早班飞机离开拉萨，头天晚上已和她告别，请她不必再送行了。不料，她又早早起身跑到院子里为我们送别。汽车发动时，她突然塞给我几封信，悄声说："你帮带到北京后付邮，路上不许看！"什么保密的信，不许看？我见信封上的收信人都是她哥哥、弟弟、孩子们，还有上海她单位领导，便产生好奇心，想偷看。但我还是克制了自己，怕犯法。飞机将从成都中转北京，所以，在成都要住一夜。晚上，我将我的疑心告诉了几个"顽皮"的伙伴，他们也产生好奇心，说：咱们就犯一次错误吧，反正她也没封口。打开一封看看是啥内容。天哪，全是安排后事的"遗书"。比方其中，她写给大哥黄宗江的信中说：

亲爱的大哥：

您好！我跟随植物学家许凤翔到西藏林区采访去了，那里人烟稀少，有蛇，还有熊瞎子在人面前一挥掌，人的脖子就断了。可我写报告文学必须采访，我进林区了，万一出了事，请您有个思想准备。

小妹：宗英

她是告诉家人,她要去遥远的原始森林区,那里有很多危险存在,万一她出事儿回不来了……

这次,她跟徐凤翔进林区时间较长。经过一段时间和徐凤翔朝朝暮暮的相处以及密密森林里的生活体验,她在西藏波密写出《小木屋》的草稿,次年3月在上海修改定稿。由于林区无联络工具,我和朋友们在北京牵肠挂肚,生怕有什么意外。经打听电报可以通,但邮政所并不密集,好远距离才会有一家。问明了西藏邮电局后,我发去一封电报,是请林芝县一个邮电所设法转交给她的。我的电文是:"宗英,你现在哪里?请速电告《人民文学》周明。"对方却阴差阳错地误译成:"宗英,你死在哪里?"嗨呀,这一字之差,却千差万差,人命关天了。

黄宗英事后告诉我,好些天费尽周折收到我的电报时,她毛骨悚然,她想:这个周明,怎么在诅咒我?!我活得好好的呀。这封天大误会的电报她收藏起来,带回了北京。我仔细端详许久,笑不出声来。估计可能由于"现"字和"死"字太相近似,当地译电员误译,就闹出这个叫人哭笑不得的"笑话"来。

1994年春天,黄宗英以年近七十岁的高龄第三次勇敢进藏。这一次她是随同徐凤翔教授去雅鲁藏布江大拐弯考察生态环境。亲友们都纷纷劝阻她,怕她吃不消,她却依然坚定不移。因为她的耳畔时常有着小木屋召唤的声音。她渴望能将八九年前拍摄的电视片《小木屋》的故事续写下去。进藏前她给徐凤翔的信中说:"我的朋友几乎都反对我再进藏,倒是冯老(即老伴冯亦代)从头到现在一直支持我。"不过冯老虽然支持,黄宗英出发前他们还是虔诚地一同拜了香。这香不是拜给哪个神灵,而是向宗英的前夫赵丹、冯亦代的亡妻安娜各上了一炷祝愿的香火。临行前冯老深情地嘱咐她:"你这趟出去,千万时时刻刻记住自己是七十岁的老人了。"黄宗英则说:"我不怕苦,写报告文学吃苦习惯了。苦中自有乐,乐在吃苦中。"

这次,黄宗英像往常进藏一样,每次总有新的体验、新的感受,新的收获,总有非写不可的澎湃激情。

她的这种激情,这种精神一直延续下来。尽管目前住院治疗,她依然关注社会生活,思考生活,因而才有《新民晚报》上不断发表的美文华章。而她却谦虚地说："我只不过是用笔向社会说话。"

春节那天，临别时，她突然说："等等，你把会费带回去，帮我交给中国作协，这是会员的应尽义务。"说着，她让照料她生活的小琴从病房床头柜里取出一百元人民币。回北京后，我交付中国作协创联部，大家都为之感动。一个老作家在住院呢，还想到自己要交会费的义务。同时，她又取出一张印有她多幅精美剧照和生活照的一帧贺卡，用毛笔工整地签上名，并写了一句："插柳不叫春知道。"

"插柳不叫春知道。"，这是黄宗英的心境，也是她的自况。一位埋头创作的作家，只专注于笔下的文字，是不计较文坛"气候"的。而正是她和一批作家朋友们倾心的创作，为文学春天的繁荣作出了贡献。三十年来，黄宗英以不断创新的作品，为时代记录着前进的脚步。而今，她年过八旬，依然精神矍铄，以青春的情怀抒写着我们伟大祖国奋力前进的兴旺图景。真是：莫道桑榆晚，为霞尚满天。

亲戚们

朱朝敏

　　他们已经老了，日复一日地，居于一隅，安心地等待时间来收容，犹如一枚枚在秋风中盘旋的树叶，萎了颜色，干了水分，最后将匍匐在大地上，这是他们最后的归宿。然而，盘旋下坠的黄叶，掩盖不了日益突出的经脉，深褐的经脉兀立出骨骼铮铮，与其说是匍匐，不如说是站立，在大地的根茎上。这是他们活着的最后的意义。

　　他们，是我的亲戚，我的上辈和年长我许多的同辈人。

姨婆和老姨

　　在我四岁时，我婆婆曾经带我去看过姨婆，此后再无面缘。我婆婆是在犹豫很久以后，才决定去探访她亲姐姐的。我记得，婆婆向我父母提出要求，要带我前往，目的是，婆婆的孙女已经大了，而且长得不赖。母亲当时极力反对，佝偻着腰身的婆婆委屈得哭了，挑起系在腰身上的围裙揩眼泪。父亲当时就吼了母亲，声音暴躁，吓我一大跳。我记忆犹新。

　　路上，婆婆反复交代一些礼节，怎么称呼，怎么坐法，怎么上桌子吃饭，人家给的零食要拒绝。我心不在焉的，婆婆停了小脚，又重复她的话。我很不耐烦，吵嚷不去了，婆婆一路又哄又劝的，到了姨婆的家。那是一个很高的台子，爬青石砌成的台阶时，我蹲下来坐了好几次。我依稀记得，高台下面是沟渠，荷叶田田，粉红、洁白的莲花吸引我疲劳的眼睛。在姨婆的家门前，有一棵粗壮的桂花树，由于年代久远，婆婆询问了好多次，我才记得是桂花树。姨婆在婆婆的呼喊下出来了，站在高高的门槛前，眼睛定定地望着我们，没有我遇到的别人迎客的热情。姨婆人很高，也很清瘦，但她的白皙脸庞和淡然的表情把她和我婆婆大大区别开来——这是我婆婆的亲姐？

姨婆招呼我们坐在桂花树下的石凳子上，她回答了婆婆几个问题后，转身回屋，给我端了一盘葵花子。婆婆的语气带着埋怨和追讨——就只有这个亲姐，为什么不理睬婆婆一家和我几个姑姑家？我知道婆婆说的理睬就是走动，姑姑们来告过几次状，家里过事接了姨妈，姨妈均没有理睬。姨婆话很少，喜欢用眼睛定定地看人。她说她的儿女多，家族根系多，她的责任是把她的三个儿女抚养成人，还要他们立业，她没有精力来应付一些人情世故。这是我能听懂的，我很奇怪看着这个白皙的姨婆。当我和她的眼神碰到时，显然，她的眼力太强了，我不得不退回我的眼神。

姨婆有两个女儿都读书出来在当地教书，后来均在家招婿。最小的儿子是她三十九岁生的，称呼为三九，也读到高中毕业，擅长电工，是村里有名的电工师傅。我父亲在埋怨姨婆很长时间后，再讲到他的亲姨妈，仍然带着赞叹说——不简单，一个嫁进没落大户里的乡下妇女，把三个儿女抚育成人也让他们轻易地在世立足了。而我婆婆生育了十一个儿女，饿死、病死、意外事故死去，最后存活三个。

四年前，在一个会议上，一个白皙、清瘦的中年男子在一个朋友的指引下找到我，他介绍他是我姨婆的长孙。我脑子一片空白，我姨婆是谁？我只有老姨，而她是孤老，没有儿女子孙。见我狐疑不定，男子报出姨婆和我婆婆的名字，我唔唔地点头喊哥。逡巡一会儿，才想起来询问，姨婆可好？表哥告诉我姨婆已经八十八岁了，身体还硬朗。表哥现在是S大学教授，而他的弟妹分别是上海某公司总裁、广州白天鹅宾馆部门经理，还有一个在海外求学。表哥强调，勉强完成了婆婆的夙愿。表哥离开时，最后一句话——多联系啊，我们是亲戚。

四年过去了，姨婆也年过九十，我偶尔想，九十多岁的老人，她的记忆里该融进怎样的岁月风霜，才换来她的清心笃定？或许，她在以淡泊的态度消释世俗人情的刻痕，融进记忆的，是淡然的风轻柔的阳光，游走在她脚下的旅程，唯此，时间到了她面前才变得耐心。这样想着，我会有莫名的感动。

老姨性格刚好与姨婆相反。她不能生育，领养了我的小爹，与我婆婆成了干姐妹。要说，小爹跟着老姨生活还较舒适，起码餐餐有饭吃，生病了有钱治疗，还能上学读书——这些在我婆婆家里，都是难以实现的。不幸的是，小爹十六岁时，爬到家门前木梓树上采摘木梓，准备卖掉换钱，掰裂了一根树叉。小爹下树后，站在树下望，一阵风来，断裂的树杈朝着小爹脖子插进，小爹当场毙命。老姨万分惋惜——认识小爹的人都清楚，小爹聪颖，读书在行，以后肯定要出人头地的。可惜，聪颖的人命短。老姨在小爹死后，一直资助我父亲读书。我父亲能读书出来行医，成为当地有名的外科医生，完全是老姨的功劳。老姨又领养过几个儿子女儿，她脾气暴烈、急躁，领养的儿女均偷着跑了。老姨认定了我父亲，逢年过节，父亲没有时间去看她，她必然会颠着小脚寻到父亲家来。

　　老姨一生勤俭，生性多疑，有上万的存款，她把存折放在父母家，要求父母保管。但每隔一个月，她会准时要求父母去银行取回她的利息。父亲耐心劝告，我们一年后再取利息，是一样的，每个月取太繁琐了。老姨很狐疑，几个月后，她向父亲要回了存折，说是她领养了一个孙子，存折由孙子的父母保管。我看着她颤巍巍的背影，灰白的头发蓬松在脑袋上，风一吹，全部朝后飞起，犹如扑棱着翅膀的灰鸽子，留下呛人的气息。

　　有一回，她在父亲家上卫生间，没有关门，就站着小解。上幼儿园的女儿好奇地问——太太，你是男生还是女生啊？八十多岁的老姨被逗笑了，哈哈哈，很大的声音，浑浊的眼睛里竟然笑出了泪水。那是我第一次听到她的笑声也是第一次看见她的眼泪。

　　或许，在那一刻，她想到了我的小爹，还有那棵该死的木梓树。然而，生命无常，她原谅了那棵该死的树，却无法原谅自己后继无人。她向父亲哭诉领养的孙子又跑了，呜咽的声音悲伤孤苦，但她眼眶里无法再流出眼泪。父亲轻声安慰，自己平时不能常看她，但自己会尽孝心的。老姨停止了呜咽，问——我过后，你会为我送终？父亲点头，老姨再问。父亲大着声音说，您身体硬朗得很，路还长着，我是后辈，养老送终是我的责任。

　　老姨感慨，命待我还是不薄啊。

拒绝说话

大表哥年长我二十多岁，在他年过五旬后，臂膀突然疼痛麻木，然后上臂和腋窝黏连在一起无法分开；再然后，整个臂膀失去了知觉，双手失去了知觉，突然间就死去了。他不知道他死于椎体肿瘤，因为他没有上医院去检查，我父亲认定是椎体肿瘤，具体是哪个椎体肿瘤，必须要拍片化验才能检查出来，谁晓得呢？

要说，大表哥给人突然之举的事情有一些，比如家境贫寒、说话口吃的他在临近三十时突然娶到了相貌水灵的老婆，比如婚后几年没有孩子的表哥突然有了大女儿、小女儿，比如勤俭不怎么聪明的表哥居然在乡里贩卖米油发了点小财，再比如表哥在病后突然被乡里一些人捏着账单追来要账……

这都是让我们难以明白的。在突然的事情里，大表哥走完了他并不顺畅的人生。最后两年里，他成了孩子，不能穿衣不能吃饭不能上厕所不能……什么都不能的婴儿，表哥越活越小，开始还能说话，后来话也没了，成了襁褓里的孩子，在被窝里流泪哭泣，听着上门索账人的吵闹，他眼睛僵直。表嫂不能饶恕表哥越活越小，锐利着声音叫骂、诅咒，大表哥终于放开了嗓门大哭。

哭吧哭吧。谁也听不见，一整天里，表哥如果被表嫂好心伺候穿衣起床，他会用尚存一点点知觉的双手尽力做点什么；如果无法穿衣，表哥就躺在床铺上当婴孩。他或许可以叫喊，但有什么用呢？锁了大门的房屋里空寂得能听见猫穿行的脚步，而无法让人听见叫喊。表哥突然间不说话了，我们都知道，是他拒绝说话而不是他不能说话。有时，他宁愿像无助的孩子一样哭泣，也不愿吐出一个字。

说来，我对这个大表哥一点也不熟悉。我对他的关心仅仅限于亲戚的闲讲且对这些闲讲保持一定的好奇，而这份关心追根溯源很站不住脚——我七八岁时在他家看见一个巫婆为不孕的表嫂驱鬼招魂，而后他们真的生育一个漂亮女儿——这至少给我惊奇的感觉。

巫婆是表哥请来的，表哥的预言通过巫婆转变成现实。表哥的语言就带有了自我感觉颇好的夸饰，他后来经常挂在嘴巴边的口头禅——什么屁事，难不倒我的，我是谁啊！这话在旁人说来洋溢着自信，而在表哥说来，未免软绵轻飘了。我大姨会叱骂：你是个啥东西，说这话！大姨是根据家底说的，大表哥的父亲即我大姨父是当地的大地主，因为是豁嘴，才娶了我贫寒的大姨。解放后，大姨父家被抄家成为"专政对象"。据说，全国饥荒的1959年，姨父硬是活生生地饿死了。从小就生活在敌视眼光里的表哥，一说话就结巴。在表哥拒绝说话后，我揣摩表哥内心非常虚弱，虚弱到需要一些超越常规的举动来粉饰（实则是变相的反抗）；而当这些粉饰不能奏效时，表哥便改反抗为顺从，干脆拒绝说话。那一年，巫婆穿着宽大的黄色对襟衣服，头发在顶上抓成两个小髻，脸庞瘦狭而涂得惨白，鲜红的胭脂从高颧骨斜飞上眉梢，古怪而滑稽。但巫婆灭了房间的灯火，关闭了窗户，嘴巴里念念有词。在表嫂躺着的床前粘贴许多黄色的裱纸，她接过表哥递来的装了一半水的大碗，飞快旋转，巫婆宽大的衣服顿时全部撑开，而她红白相间的脸庞在宽大的衣服里如同隐约的桃花若隐若现，分明又不是桃花，她鄙陋的嗓门大声呵斥——滚出去，小鬼！声音在隐蔽的空间里浩大，使我刚刚产生的桃花感觉马上消弭，我不禁后退——突然，巫婆从头上拔出银簪子插在水中央，簪子竟然在如旋涡下陷的水里站立起来，而大碗稳当当地坐在她举过肩膀的手心里。她的嘴巴半开，一颗锐利的龅牙趴在下嘴唇上。

恐惧使我飞快离开了表哥家。表哥在一年后送来表嫂生育女孩的喜讯。当表哥结巴着重复他的口头禅时，我忍不住朝表哥多看了几眼，巫婆宽大的衣服飞舞的情景又出现在我脑海里。

大表哥病时，我曾经偶发奇想，没有钱去医院看，可以请当地的巫婆来糊弄下，就像上次表嫂不能怀孕请巫婆来驱鬼一样，表嫂不是怀孕了吗？谁知道呢？但我相信，表哥在内心里是信这些的，神的力量！后来我又想，信这个的表哥难道不会想到请巫婆来吗？但有谁能遂了他的心愿呢？所以他干脆不说，什么都不说，这不是顺从而是决绝地对抗。

我的想法终究没有出口，对于一个连自己死于什么病都不知道的人，而这个人是我年长的亲表哥，我说出来，本身就少了虔诚。表哥拒绝说话，他不过以最后尚存的气息与人世博弈尊严。我唯一感到安慰的是，我曾经两次托付我母亲，买了止疼药带给了大表哥，祈愿走向末路的他尽量少受些折磨。

宝黛爱情的猜想

林哥是我二姨的长子。姨妈在粮食部门当会计，姨父是银行的头，林哥的生活说不上锦衣玉食，但绝对称得上舒适富足。难得的是林哥继承了我姨妈的相貌，俊秀英美，且林哥没有公子哥的轻浮傲慢、游手好闲，他文静和蔼，尽力做一些我姨妈喜欢的事情。

是的，他是让人喜欢的表哥，我几个远房表姐都喜欢他。能合林哥之意的，是我一个舅舅的女儿，长相酷似当时的电影明星龚雪。姨妈他们上班太忙，林哥从小寄放在小舅舅家，和表姐家是邻居，他们儿时经常一起玩耍，算得上青梅竹马。要说的是，我表姐父亲是我五外公抱养的儿子，表姐和林哥并没有血缘联系，但并不妨碍他们的亲戚关系。长辈都认为他们只是亲戚而已，或许在心里是默许他们的相互爱慕的，也仅仅在心里。这缘于我姨妈，她似乎不喜欢林哥和表姐的耳鬓厮磨，表姐再漂亮，她只是一个农村女孩，何况她性格异常热情活泼了些。

在我略微懂得一些事情后，我常跟着他们游戏，而每次，都发现不见了林哥和表姐，转回询问姨妈，姨妈就用物质奖励我找出他们，要林哥教我学习骑自行车。要么在后院的一棵大树下，要么在临近堰塘的一个草坡上，他们对面坐着高声谈笑。我依稀记得，寻找好一会儿后，我疲倦得快要耷拉的眼神会被他们欢快的笑声重新点亮，我会不由自主停了脚步，远远打量，聆听他们漂亮的笑声。是的，漂亮的笑声，似乎渗透了当时金子般的阳光，清亮而温暖，又珍贵——表姐已经是个大姑娘了，她双手抱着双膝，脖子高高仰起，她挺直的鼻梁为她增加了俏皮，而林哥身体朝后半躺，嘴巴里衔着一枚草根。阳光打在他们的身上，也穿透了他们的身体，竟然在地上没有丝毫阴影。

我先天敏感，没有谁说他们以后咋样，但我预感了一些不妙。否则，我每每听到他们的开怀大笑，我就不会产生珍贵之感。而现在，我重温这种情景时，我又回到了阳光明媚、笑声无邪的时刻，表姐和林哥对面而坐的姿势历历在目，他们漂亮的笑声穿越了岁月尘埃飘荡而来。我现在仍然惊讶当时的感觉，遇到林哥一次难免会做一次反向的猜想。

表姐打得一手好球，被乡里选拔成县市的培养苗子，花费很长时间在练习排球上。她的学业一塌糊涂，但表姐不气馁，她坚信自己能走出农村。每次上学放学，她肩上都挎着一个网兜，网兜里是排球，是学校一道绚丽的风景。初中毕业后，她到了县城体育馆参加专业培训，应付各类级别的比赛。而表哥已经从技校毕业成为市政府里的一个话务员。我依稀记得，我十一岁时，春节去舅舅家拜年，遇到林哥和表姐，表姐突然送给表哥一整套酒杯，这是她比赛获得的奖励，而酒杯加了液体，会出现当时电影明星的相片，表姐给林哥展示的酒杯正好是龚雪的照片。春节后，林哥突然强烈要求回到县里，成了姨妈粮油部门的一个职工。表姐呢，在有一次找林哥时被姨妈碰见，姨妈很严肃地赶走了表姐。

我上初三的一年暑假，被姨妈叫去吃香蕉，是姨妈在庐山开会带回来的。可能密封久了，香蕉都熟透了，要赶紧在一天内吃完。在我们吃香蕉时，表姐突然闯进来，红了脸庞要和姨妈单独谈话。姨妈带她去卧室关闭了房门，我们听见里面传来压抑的抽泣声。好一会儿后，表姐推门而出，也不理睬我母亲的招呼。母亲问姨妈，还是他们的事？姨妈嘟哝，怎么可能呢？她工作都没有，又到处跑，漂亮能当饭吃啊。林哥两年后与粮油部门领导的女儿结婚。而后，我那表嫂在粮油部门全部转为私营后下岗，与邮政局的一个领导相好，被表哥遇见，二人分道扬镳，此时，表哥已经年过四十。

我在高二时回舅舅家，遇到了表姐。据说她怀上了她教练的孩子，而教练是她父亲辈的人，她只好回家打胎。后来，听说她到底嫁了镇上粮食部门的一个男人，男人大她整整十岁。而后，她离异，带着双胞胎孩子在县城里开了一家粮食专卖店。我正是在她店里最后一次遇见她的。说来，是她的长相吸引我进来的，但她很冷漠地掐断我热切询问的眼神。这么多年，表姐还是那么漂亮，她一点也没有变。

现在，表哥快近五十了，他和另一个离婚的女人不好不坏地过着，守着一份勉强糊口的小店，养育他的儿子和别人的儿子。我遇到表哥一次，就忍不住猜想一次他和表姐的爱情，这份宝黛似的爱情，注定了只是镜花水月？如果林哥不那么听姨妈的话，他勇敢些再有主见些，他娶了表姐，会不会少了现在的一些艰辛？

毕竟是没有发生的事情，属于猜想，也就归于了徒劳。

舅舅的金达莱

金达莱是朝鲜有名的花，它应该是朝鲜的别名。提到朝鲜，自然就想到了舅舅，看见舅舅就顺理成章地想到了抗美援朝。舅舅参加抗美援朝的经历成为他的标签——当然，绝对不是在炫耀，而是经历对他命运的改写和定型——舅舅是一个刚烈的军人、一个孤独的老头、一个沉湎于爱恨情仇不能释怀的老男人。

亲戚们提到舅舅参加抗美援朝时，都把原因归根于舅舅爱憎分明的性格。固然，这不错。想想，我们这些小辈甚至舅舅的弟妹们，哪个没有被舅舅训斥过。而我们常常无言以对，因为我们确实存在着错误，舅舅的训斥带着修正的期待，这是他爱的表达。可是，说到根究，我还是不得不提到舅舅在他新婚之夜的离家出走，从此，北上过了鸭绿江。一年后军队派人到家乡做舅舅申请入党的政治考察时，我外公他们才知道，舅舅去朝鲜打美国佬去了。

舅舅是有婚姻的，儿时的娃娃亲，舅舅一直在外读书接受不少先进理念，理所当然反对这门亲事。说到读书，必须提到我的三外公。没有三外公，舅舅就没法出去读书了，初中、高中、大学。大学没有毕业，舅舅被外公拉回来结婚。当晚，舅舅和外公闹翻，先是被外公囚禁，然后假装同意后逃跑，与他的同学会合踏上北去列车。继续说三外公，三外公开了槽坊，还率先在长江中下游漳河一带包揽了河运生意，在解放前是名副其实的资本家。解放后，三外公在"三反""五反"运动中被抄家抓进监狱。也正是这个缘故，在朝鲜战场上已经是团长的舅舅入党问题成了大问题。可是舅舅英勇聪慧，他立下的汗马功劳有目共睹，分别立下三次战斗功、一次工作功，如果他不能入党，还有谁有资格入党——这是舅舅所在部队领导的话。按说，有了这个话，舅舅入党应该不成问题的，可是有条件，必须与三外公断绝关系，做到政治立场分明，舅舅断然拒绝了。舅舅的断然拒绝明显带着偏袒和作对的趋向，使得看重舅舅的领导难堪，也给舅舅以后的人生道路埋下斩锄不断的荆棘。舅舅在讲述这些陈年旧事时，用一句话概括他的人生概念：人不能忘本，如果连自己亲人都背叛的人，谈爱国爱党，是他妈的扯淡！舅舅说这句话时，他的白眉毛上下抖动，手指颤抖，日益臃肿蠢笨的身子左右摇晃。我想，他在气愤还是鸣不平？那一刻，我深刻感受到，这个刚烈的军人只是一个孤独的老人。

回国后，舅舅在昆明工作；而后，他开始了长达四十年的离婚之路。我母亲他们都劝舅舅，算了吧，你这么一把年纪了，就这样凑合过吧，你又没有过过怎么知道无法相处？可是舅舅锲而不舍，在他六十多岁时，对方终于同意了离婚。开始，我们揣摩，可能是舅舅在昆明有合适的人选，他才这样强烈要求离婚。可惜，等到舅舅退休回到我所在的城市，他仍然孤身一人。我们私下猜想：舅舅有文化，长相也不赖，难道就没有遇到爱情？

答案恰恰是相反的，舅舅的孤身正是他有爱情。一封陈旧的书信在舅舅搬家时露在我们眼前，一张酷似舅舅长相的中年男子照片在我们手里传来传去。那时，我们几个晚辈多么感慨啊，既幸福又悲伤。幸福的是舅舅有爱情，爱情在遥远的朝鲜，舅舅这么多年寻求婚姻的解脱，原来是在心里栽种着金达莱，用他毕生的心血。悲伤的是，舅舅的金达莱已经早不在人世。没有一个人询问舅舅的爱情，舅舅也从没有对谁提到他的金达莱，仿佛，他所有的记忆只有零下十几度的坚冰和日夜弥漫的硝烟炮火。我相信，金达莱却是舅舅身体里柔软温暖的血液，隐秘而张扬地开放，四季不败，岁月难敌，与舅舅荣辱共守。

在一次亲人聚会上，我女儿朗诵了一首朝鲜著名的诗歌《金达莱的故乡》：

> 金达莱花开哟满山冈，
> 我的故乡是美丽的城，
> 凉爽的海风从图们江吹来，
> 洁白的云朵山间飘过。
> ……

舅舅站起来，紧紧盯着女儿。他双手拄着一根拐杖，因为诸多疾病，他身体器官均退化，到了冬天，站立和走动都很困难。然而，舅舅站起来了，我顿时潸然泪下。

少时苦忆

朱法元

担　脚

读散文名篇，《泰山挑夫》给我的印象是极深的，因为我也有着与泰山挑夫相似的经历。

上世纪六七十年代，我的家乡还是一个相当闭塞的小山沟。最近的镇子离我们乡还有二十来里路程，而且要翻越一座叫"南丰岭"的大山，爬过一个叫"鸣水洞"的深涧。进出一趟真的令人畏惧。

而乡民们日常生活所需的用品，却只能通过这条羊肠小道挑进挑出。那时乡里唯一的供销社就是把收购来的土产品运出去，再从镇上商店里批发货物进来，运输工具就是百姓肩头的一根扁担。

乡亲们把挑货物的营生叫做"担脚"。

担脚的功夫非常辛苦，不是到了实在缺钱花的时候，是不会有人愿意干的。

真的是不幸，我尚在十三四岁的时候，就时常品尝这担脚的滋味。因为我家人多劳力少，且有个常年生病的母亲，一家人一年到头光靠生产队里几个工分是远远不够维持生计的。于是一到手头拮据的时候，父亲便带上我去担脚。

我年小力微，大人每次能挑一百斤，我却只能挑五十斤。父亲便为我做了一副小箩筐，削了一根秀气的小扁担。刚上肩时，担子在我肩上还算轻松，随着有节奏的小跑步，扁担一闪一闪的，绳子与箩筐的摩擦，还会唱出轻柔的歌声。可是过不了多久，我就轻松不起来了。好像有人在加码似的，担子越来越沉重，腰腿越来越吃紧，箩筐发出的已不是歌声，而是痛苦的呻吟。及至挑到一半左右路程时，肚子也提开了意见，早晨吃下的那点缺油少荤的饭菜，早不知跑到哪个爪哇国去了。而这还只是"往"的事儿，待到"返"的时候就更惨了。由于路程远，我们一般要在镇上吃顿午饭，镇上的饭馆里倒也有几种饭菜，可我们挑一回脚，来去两个一百斤才一块八毛工钱，我减半只有九毛钱，因此贵一点的根本不敢想，只能吃一碗一毛二分钱的素面。靠这碗面要支撑翻山越岭的二十里路程，且是在已经筋疲力尽的时候，其艰难程度就可想而知了。

担脚虽苦，但我也乐在其中。我每担一回脚，总会买上一毛钱的冬豆子糖，带给几个小弟妹吃。冬豆子糖大小就像一颗颗真的冬豆子，五颜六色，很漂亮的。这种糖很便宜，一分钱十颗，一毛钱可以买到一百颗。每回担脚结完账后，我便走到小店的柜台前，小心翼翼地从几毛钱的工钱中抽出一毛钱，递给那个老干脸营业员。"老干脸"便用一张旧书纸卷成小喇叭筒，用一个平掌形的上面挖了十个小圆孔的木勺子，往装了冬豆子糖的缸里边一舀，便恰好舀上十颗，连舀十次，刚好一毛钱。回到家，我那些可怜的小弟妹们便也有了个盼头，每人能分到十几颗糖，都好像过年似的，拣一颗含在口里吸吮着，慢慢地品味，其余的舍不得吃，要持续两三天才能吃完。我分完了糖，便把剩下的钱如数交给母亲。母亲总是一边擦着眼泪一边笑着接过钱，紧忙着为我张罗茶饭，嘴里还在念叨"这是几个苦钱啊"！可我的心里却充满了大苦大累后的愉悦，充满了短暂的成就感。

印象最深的一次，是帮供销社挑副食品。我和父亲去时挑的是土产，回时挑的是兰花根——一种用油炸后又用糖拌了的又脆又香又甜的食品，小指头粗细，一寸左右长短，因此又叫寸枣。那东西分量轻，五十斤刚好满一担。从镇上出发时，父亲用报纸把我的两个箩筐盖上，以防灰尘。吃过中饭，我们便往回赶路了。

出镇子，过山冲，涉溪水，翻坂上，一路行来，便到了鸣水洞脚下。

鸣水洞的风景是绝无仅有的。高山峡谷间，一道瀑布悬空而下，溅起蔽日水雾，声震数里之外。两边绿树成荫，四季繁花似锦。时有狐兔出没，偶见锦鸡飞翔。传说中白居易、苏东坡都曾在这里吟诗作对、触景生情。要不是藏在这大山深处无人问津，没准是时下开发商的青睐之处呢！

不过我那时对这些景致是无暇顾及的。行至洞下，抬头望去，眼前只有那条天梯般的小道，沿着山涧蜿蜒向上，直插云天。抬头酸颈脖子，举步胀腿肚子，没走几步就浑身汗珠子。任是如画似歌，我哪有欣赏的工夫啊！

爬不多时，我就有点支撑不住了，眼冒金花，双腿发软，尽管不停地换肩，担子还是越来越往下沉。就在这时，我忽然闻到了一种诱人的香味，那香味来自我的两个箩筐，此刻是如此地浓烈，令我不可遏止。然而我也清楚，那既是好吃的，也是要用钱买的，是不能随便享用的。一旦到供销社对秤少了斤两，麻烦就大了。我于是咬紧了牙关，忍住饥和累，艰难地向上攀登。走了不几步，脑海里又展开了斗争，想这么一担，我就拿一根，料不会少秤的。再说这肚子里也实在是顶不住了啊！就这样几经反复，我终于颤抖地伸出了无奈的手。拿了一根，尝到了那点滋味，就一发而不可收了。自己好像没吃几根，可到供销社一称，足足少了半斤！要知道半斤兰花根就是五毛钱啊，我挑五十斤的工钱才四毛五，还得倒赔几分。这下恼了我父亲，一来挣不到钱还要贴本，二来我这是好吃，丢了他的面子，怎不气人？于是大声呵责起来。我当时眼里噙满了泪水，心里的那个悔呀，真的是无地自容。就在这时，只听供销社主任叹了口气，摸了一下我低着的头，对我父亲说，算了吧，孩子也挺可怜的，这么小怎么挑得起啊。这次我来处理，不要赔钱，工钱照付。他转身对我说，小鬼，以后可要注意，挑的货是不能随便动的啊。那会儿，我感动得不知说什么好，就差点没叫主任万岁呢！

人间的巧事往往会不期而遇。几年后，我当上了乡村老师，那位供销社主任的女儿恰好成了我的学生。可以想象，我会以怎样的报恩之心去教育他的女儿了。这是不是"好心必有好报"的因果相连？我也说不清楚。题外之话，就不赘述了。

东津轶事

1970年，国家决定开工建设东津水电站。

不知道是经济紧张还是别的原因，那时国家的重点工程中途停工的特别多，人们习惯叫"上马""下马"，工程开工了就叫上马了，建不下去了就叫下马了。比如九江长江大桥是上世纪60年代末上马的，70年代初期就下马了，直到改革开放后的80年代中后期才一鼓作气重新建成。东津水电站也一样，开工不到两年，就成了个烂尾工程。现在造福于民的那个水电站，是上世纪90年代重新建起来的。

只是，那一段艰难困苦的岁月，却牢牢地印在了我的脑中。

本来修电站是要抽调壮劳力去的，可我找到生产队长死缠硬磨，以一往无前的决心请战。队长看我态度坚决，只好答应了我的请求。

其实我当时的真正目的，是想吃到一碗饱饭。因为在家里要么是薯丝青菜，要么是一碗稀粥，实在是吃怕了啊。而只要参加重点工程建设，便能混到一碗饱饭吃，起码每天一斤半大米外加萝卜白菜，隔三差五地还有一顿红烧肉打打牙祭呢！

那一年，我刚满十五岁。

东津离我家有八十余里地，是一个修电站的极好地址。崇山峻岭壁立千仞，猿啼鸟鸣虎啸狼嗥；一条大河蜿蜒而过，滩险水深波涛汹涌。我们到达的时候，先头部队已经扎下营寨，布好阵脚。到达坝址的路口上，一个高大的彩门横跨其间，上书一副气势非凡的魏书对联，道是：

> 拦腰斩崇河，迎击千重浪；
> 挥臂扫九岭，劈开万丈山！

横批是：

> 战天斗地其乐无穷！

九岭和崇河都是当地的山、水名称。在这里拦河筑坝，可建一座装机容量十多万千瓦的大型电站，无论对开发能源还是蓄水调洪，都有很大的益处。

那时的民工一律按军队建制，编为团、营、连，一般一个公社编为一个营，一个生产大队编为一个连。每天一上工地，都是人山人海，红旗飘扬。各营连都配备有宣传员，手举土广播筒，不断地高喊毛主席语录助威，或是表扬一些革命加拼命的好人好事，以激发大家的干劲。工地上"喔呼"掀天，不时掀起震天的劳动号子，煞是热闹。

我的运气很好。因为年纪小，虽然没上几天学，却也读了不少书，还算有点文化水平，营长就叫我当了个宣传员，省得挖土挑担太累。我于是起劲地广播，还学着电影《南征北战》，把民工中的好人好事自编成一些快板什么的，夹杂在语录中广播，为此还受了表扬呢！

可是好景不长。

眼看冬天到了。山里的冬天冷得快也冷得狠，特别是三班倒轮到晚班，工地的气氛就与白天大不相同，没有了腾腾热气，只有寒气侵肌；没有了劳动号子，只有北风呼号。挖挑土的人们还能借使力气抵抗寒冷，可我这个广播的差使就苦了，站在山坡上，风就像一根根鞭子，抽打在头上脸上，又像一根根钢针，刺透了全身。这时再播什么人们也懒得听，自己也喊得声音发抖。想去劳动又没有工具，而且这时人困马乏，也干不动了。于是我便想到了躲藏。一天深夜，我实在熬不过，便放下土广播筒，四处找躲藏之处。走到一个山根下，发现有一个土洞，洞边还有许多散乱的稻草，我便摸索着爬了进去。洞子约有五六米深，大小容下一个人还有点余，洞的最顶头还有一堆稻草。山洞是冬暖夏凉，我经外面一冻，早已寒透骨髓，猛地钻到这么个温暖的地方，不知有多舒服，没来由的瞌睡立刻铺天盖地袭来，迅即躺在稻草上进入了梦乡。

不知过了多久，我被一阵棍棒推醒，猛一爬起来，头碰到洞壁上，疼得我"哎哟"大叫。这一叫不打紧，倒把洞外的人吓了个半死。原来这个洞不是别的，正是炸山专业队挖的土炮洞。他们头天挖好洞，第二天早上前来填炸药，中午收工时点火放炮。这天装炸药包的人是个责任心很强的人，他在往里推的时候，发现洞底软软的，就想昨天挖洞的人用来垫屁股的稻草留在洞里的太多，这样装的炸药就会少一些，达不到应有的炸山效果。于是他想把稻草清理出来，不料发现里面竟然睡了一个小孩！几个人大惊失色，纷纷指责我说，你真的是命大，要是就这么埋在里面，一炮炸响，你怕连灰都找不到了啊！

我也吓傻了眼。抬头看看天，日头早已升上山边，工地上已换上了别的连队的民工。我到处找我的土广播筒，但怎么也找不到。后来我才知道，是下晚班时我们连长收走了。他立刻向营长告了我的状，我的宣传员的职务也便告终结。

为了将功补过，我自告奋勇加入了突击队，担负大坝坝基的水下作业。那是既辛苦又危险的工作。大坝基础工程中，有几架抽水机日夜作业，抽到水浅了后，需要人工潜到水下，挖出深坑，以便于抽水机的吸水头吸得到水。我自小略知水性，所以有资格当突击队员。那些天，我们排好小组，轮流作业。轮到下水时，先喝几口烈酒，再脱掉衣服，用酒擦遍全身，待到浑身发热后，大吼一声跳进水中。由于是大冷的冬天，有时还飘着雪花，挖上半小时，上来就牙打战了。

我得承认，那时的领导还是讲人性的。许是见我年纪太小，还是考虑到我在突击队干得不错，反正不多久，我又被分配到一个美差。

其时已是初春，水电站的大涵管已开始浇灌，我的任务就是负责不停地转动涵管内刚铺的水泥地上的几十根竹筒，那是预留给埋设线路用的。这工作很轻松，但偷不得懒，因为水泥干了竹筒就转不动了，要打破竹筒清理就很麻烦。起初我还干得很好，可后来还是因为晚上贪睡误了事。一到下半夜，排头转下去，再一个个转回来，几个来回头就晕了，一坐下就犯困。现在想起来，真是对不起那一斤半米饭！

不知咋的，修电站那时，肚子特别难得满足，一餐五两米，刚吃完就饿；尤其是晚上，生活很单调，不像现在起码有台电视机看，收工后就是洗脚、吃饭、睡觉，躺在床上，不一会儿就像肚子里长了手，直抓喉管，总是翻来覆去睡不着。说来也难怪，都是十几二十岁的黄牯后生，天天都是高强度的劳动，而吃的虽是白米饭，但菜却不敢恭维，几百人的大食堂，菜就像煮猪潲，煮熟了就成，不仅谈不上色香味，连油都没有，吃下去不饿才怪。饿怎么办？那就只能躺在通铺上瞎吹牛了。年轻人在一起，吹得最多的当然是荤段子。无非是工地上哪个姑娘长得好，哪个女的最风流之类。说得最多的是一位上海知青，电站广播站的播音员。那女的也真个出众，苗条高个，腰细臀圆，柳叶弯眉，樱桃小口，走起路来两条辫子在肩上一摇一摆，像跳舞似的，特别惹人心动。有个色鬼几乎夜夜都要提起她，幻想着只要能和她"交换血脉五分钟"，死了也值！后来大家就嘲笑地叫他"五分钟"了。我太小，只有听的份，但有时也把看过的《今古奇观》之类的一些故事讲给大伙儿听，像"蒋兴哥重会珍珠衫"、"苏小妹三难新郎"、"卖油郎独占花魁"、"灌园叟晚逢仙女"等等，荤素搭配，不白不文的，也会让大伙听得如痴如醉，关键处还会长吁短叹，替古人担忧呢。

上世纪70年代还是个商品极为短缺的时代，那时工地上只有一个国营商店，晚上还不开门。私人是断不可做买卖的，那是资本主义尾巴，见着就割！再说我们兜里也没几个钱，不可能买东西吃。一般从家里来时，都会卖些稻谷薯丝换点粮票，放在身上备用，好像那时粮票倒比钱还精贵。谁知这个"商机"被一个老太太给抓住了。那是我们的房东，五十多岁，慈眉善目，非常精明。不知从哪一天起，一到夜里九十点钟，她就偷偷地一手用撮箕端上一些油炸的食品，一手晃着手电筒，轻声叫着："油货，一两粮票三个！"我们便也做贼般地换个一二两。那东西还真不赖，是用红薯泥做的，捏成马蹄形，用油炸得金黄，再用白糖一拌，吃起来又香又甜，在饿得发昏的时候，咬上几个，味道不知有多好，至今我还难以忘怀！

后来我才知道，老太太是走投无路迫不得已，老伴得了重病无钱医治，她才冒了天大的风险做这点小生意的，好在一直都没有被发现查处。只是后来听说她赚的这点钱是杯水车薪，根本不济事，一年多后，她那可怜的老伴就驾鹤西归了。

我在这里大概干了年把时间，就随着电站的下马回家了。家里人说我混大了身子，长高了许多。而我心有所悟的，却是尝尽了辛酸苦水，也收获了勇敢坚强。你想，有如此的苦难经历垫底，人生还有什么不可战胜的呢？

烧　炭

我这辈子学什么都想得到，就是没想到会学烧炭。

那是在东津修水电站期间，我曾幸运地被抽调到上海勘测设计院当学徒。

和现在不一样，那时人们羡慕和向往的是两种人，一种是军人，一种是工人。能当上兵是最光荣的，草绿色的军装一穿，人见人爱，不论城乡，姑娘找对象，军人总是抢手货。其次就是工人了。工人阶级领导一切嘛，那套蓝色的工作服也会令许多年轻人垂涎欲滴。至于现在的所谓大腕、大款们，那时好像也没有，即使有也不受青睐。因此，我突然一下子成了光荣的学徒工，那高兴劲儿自然就没法提了。

上海勘测设计院就驻扎在水库工地边上，依山傍水建了几排简易工棚。我开始是分配在机修部，学修柴油机。我的师傅叫陈育民，浙江人，瘦高个，当过兵，干事雷厉风行，性格相当爽快。既能手把手地耐心教我工艺，但也异常严格，学得慢了是会挨训的。可他生活中却对我无微不至地关怀。我那时还小，洗衣服什么的还很不利索，他便常常帮着我干。尤其是我们的生活费很低，吃得相当差，经常是一餐饭只能就着一分钱的辣椒丁了事。陈师傅总是要我用他的饭票买些好菜，可我知道他的工资也不高，怎么会用他的呢？他于是就经常自己多买一些，吃的时候就拨到我的饭碗里。他很喜欢钓鱼，每逢周末，他总是要我和他一起去挖蚯蚓，一到星期天，我们俩就到河边去钓鱼。他用一个大竹筒装鱼饵，竹筒上盖一块木板，用绳子穿上，还可给我当凳子坐。迎着朝霞，我们一前一后，他在前面扛着钓鱼竿，我在后面提着竹筒，沿河而行。找到河边僻静之处，一坐就是大半天。下午爷儿俩再忙乎半天，晚上就有一顿上好的鱼宴了。陈师傅爱钓鱼却不爱吃鱼，每次他都是把鱼煮好，在边上喝点酒，看我美滋滋地吃着，脸上漾着愉悦的笑容。

在我的记忆里，那真的是一段很美妙的时光。

眼看到了秋天，山里的雷阵雨隔三差五地下了起来。俗话说，"一场秋雨一场凉"，盛夏酷暑的淫威还未从心中抹去，秋风就扫了过来，早晚不及时加衣，就会患感冒。设计院的领导们开始想到了冬天取暖的问题。那时的南方，别说在乡下，就是城里，也没有空调、暖气，取暖全靠木炭、煤块之类。我们虽然在山里，但因为修电站聚集了成千上万的人，木炭的价格也飞涨起来。院领导决定，为节省开支，自己组织进山烧炭。于是这一光荣而艰巨的任务，就当然地落到了我们几个学徒工身上。

可悲的是，我们几个只知道烤木炭火，却从未烧过炭，对这档子事是擀面杖吹火——一窍不通！然而这个任务是铁命令，再说了，设计院的师傅们都是城里人，肩不能挑手不能提的，不叫我们去叫谁去呢？有人告诉我们，山里有往年人家烧过的旧窑，可拣那些好点的再烧，不过这样做危险很大，要特别当心。我立马想到了张思德，头皮就有点发麻。没办法，赴汤蹈火也得走一遭了。我们真的有点像《红灯记》里的李玉和，大义凛然地踏上了征程。

我们还算运气好，转了几个山头就找到了一眼较好的旧窑。这眼窑开在半山坡上，窑体较大，窑顶还算结实，虽然烧过木炭，还没有损坏多少。我们又不会挖窑，只好略作修改，将就着用了。几个人商量了一下，决定就在旁边整出一块地，支开帐篷，埋下锅灶，安营扎寨。

正是"书到用时方恨少，事非经过不知难"，烧炭原来的确是个极苦的功夫。我们先要满山遍野地砍树砍柴，烧炭用的一般都是小棘木，这种木柴质硬、耐烧，但难砍、难扛，砍一根要多费好多力气，还得选不大不小一般粗细的，否则烧起来粗的没到火候，细的又烧过了头。扛的时候就更费劲，一次打个七八根的捆就压得肩膀生疼。而且附近已经被人砍过几遍，我们得跑到远些的山上才能砍到，这样一天几个来回，就累得快趴下了。

干活太累，加上吃的油水又不多，所以肚子特别饿，一到晚上就咕咕叫。实在坚持不了，我们就趁黑摸下山，潜入民工营的菜地里偷菜，心想反正是公家的，谁吃都是吃，不偷白不偷。下到山边，留一人放哨兼保管，其他人戴上安全帽，把摘到的辣椒茄子藏在里面，即便碰到人也不易发现。可是有一次偷南瓜就被抓了，那东西抱在手上目标太大，可见偷东西也要控制欲望啊！不过他们看见我们身穿工作服，是设计院的，也就没有多纠缠，说几句放行了事。

那时饿极了，我们也曾谋划过到老乡家里去偷鸡；但想到那就真的是小偷了，是缺德的事，而且老百姓养只鸡多不容易啊，良心也过不去，咱工人阶级坚决不能干，终是保住了清白。

烧炭期间最惨的一次，是半夜遇到了暴风雨。

我们五六个人合住一个帐篷，帐篷里铺上厚厚的稻草，稻草上面再放棉被。那时虽已进深秋，蚊子不多了，但老蛇还在活动，不可不防。因此我们在帐篷周围压上了一圈泥土，把帐篷压得牢牢实实、稳稳当当，既能防蛇又能抗风，晚上也能睡个安稳觉了。

大约进山七八天左右，天突然变脸了。下午的太阳就时有时无，天空的云层不断增厚，空气也显得沉闷凝滞。睡到半夜时，我们突然被一阵金属声惊醒，赶忙爬起来，一出帐篷，就被狂风夹带豆大的雨点打了回来，紧接着就见偌大的帐篷竟被连桩拔起，飞出几十米远，斜挂在杂树上，那些锅碗瓢盆们还在山坡上不停地跳舞，金属撞击石头，发出清脆的响声，在山谷里回旋。我们一个个吓得目瞪口呆，紧紧地抱着身边的树木不敢松开。

这一阵妖风足足刮了半个多小时，方才停息。等我们缓过神来，一看"营盘"，已是一片狼藉。帐篷里的稻草和衣被什物有的挂上了树梢，有的不见了踪影。风停了，雨还在下，天空仍然一片漆黑，伸手不见五指。我们只能抱成一团，一任凄风冷雨淋头浇身，浑身发抖无所适从。

天亮后，我们满山遍野找东西，还是丢了不少坏了不少。五六个人几乎全都得了感冒。

木柴砍得差不多了，就要开始烧窑了。老实说，我们都是不信鬼神的，可那一天，大家都不约而同地神秘了起来，年纪最大的老卢还特地买好了一挂鞭炮。上工的时候，鞭炮一响，我们都向天空作了三个揖，祈求老天保佑，不要把我们埋在炭窑里，毕竟我们谁都不愿意当张思德第二啊！

烧炭的第一道工序是架木柴。窑小而低，木柴要一根接一根传递进去。我个头最小，所以在最里面。那时我是边架边发抖，要知道这毕竟是一眼别人遗弃的破窑啊，谁知道到底牢不牢呢？没准木柴没架完，人先光荣了，那才真的不值啊。我还小，年还没过够，还想多吃几顿年饭啊！每次从窑里出来时，我都庆幸不已。后来看《三国》，每每看到孔明摇着鹅毛扇，神秘兮兮地说"我命在天"时，我就会相信天意是有的。

没有师傅，摸索着做的事总是不可能顺利的。我们连烧了三次，才基本掌握了火候，在恰到好处时关门封顶，泼水降温，这样烧出来的木炭质地较好，废头不多，达到了易燃、耐烧、无烟的效果。后来我们又找了几眼旧窑，同时工作，加大了产量。也真的塌过一次窑，好得那是在装完窑之后，人都撤了出来，只不过浪费了一窑的木柴。到冬天来临之前，我们已经为设计院提供了数千斤木炭，不仅解决了全院取暖过冬的问题，还节省了一笔不小的资金，受到了院领导的嘉奖。

直到现在，我只要一看到木炭，就会想起少年时烧炭的那一段经历，我所得到的，不仅是"劳其筋骨"的磨炼，还悟出了"世上无难事，只要肯登攀"的道理。

珠母贝——1996

格　致

1.在141团尉官宿舍

中午的时候，我大姨就来了。她从乡下来。在我满月的时候，我妈胖丫抱着我去过一次她家。她家门前就是水稻田，院子里绿油油的，矮的是草，高的是树。鸡有一群，猪有一头。给我印象最深的是她家的床。她家的床大，比我家的大，大许多。第二次去的时候，我6个月了，半岁。我在半岁的时候对大姨家的床有了更深刻的认识。6个月的时候，我还不能直立行走，但我能坐起来了。我经常突然往后一仰，把自己的后脑勺摔在弹簧床垫上。我被弹起来，感觉很爽。这个游戏我总在重复，不觉得单调。我发现越用力摔，弹力就越大。到大姨家后，我发现她家的床比我家的大，我期待它的弹力也能比我家的好。我用力往后一摔，砰的一声，那床比我的头还硬。硬碰了硬。我剧痛，那床也应该剧痛。我愤怒地哭了。那床没哭。这是什么床？世界上竟然有坚硬的床？让我头痛的床？拒绝跟我做游戏的床？哭完了之后，我知道了，世界上有两种床：一种是软的，有弹力，爱跟小孩玩；一种是硬邦邦的，一点弹力也没有，一点幽默感都没有。但是，它们在表面上是看不出来的。只有摔一次，才知道。我大姨来了，手里拎着个大包包，里面装着蔬菜和鸡蛋。

午饭时，饭桌上有好几盘菜。我伸出手想把每样菜都尝尝。大姨抓住我的手说，大宝贝，咱们吃鸡蛋羹。她一勺一勺地喂我。吃了几口，我就不想吃了。我看了我妈一眼，向她伸出手去，我想吃奶，我想咕咚咕咚地吃奶。我妈妈装没看见我，只顾自己吃饭。我愤怒地又哭了。都中午了，妈妈她竟然不给我吃奶，大姨不让我吃菜，她们这是干什么啊！我长这么大——上周过完一周岁生日——还没有被这样虐待过。妈妈她总是先把我用奶水喂饱，才吃饭的。今天是怎么了？我看看窗外，阳光灿烂的。再看看妈妈的乳房，奶水已经把花衣服弄湿了。她宁让那奶——我的奶——洗了衣服也不给我吃！我愤怒地加大了哭声。大姨对妈妈说，你先吃，我抱他到外面玩。到院子里后，阳光照得我睁不开眼睛。院子里的一排桃树正在开花。开花的桃树下有一个悠车，船的形状。大姨把我放在悠车里，用力一推，我就不哭了。我抬头一看，天都斜过来了，树也倒下去了。我笑了起来。其实我一点都不爱哭。一般的小事我从来不哭的。但我饿了不给我奶吃，这种事情发生了，我就得哭了。大姨不停地推动这个铁船，在天旋地转里，我的脑海里出现了一个词语：断奶。我想起来了，这个词是今天才进入我的脑海的。是大姨说出来的，是大姨跟妈妈说的。她们说了许多话，说了许多个词语，为什么我只记住了断奶呢？因为断奶这个词被她们重复了很多次，并且这个词一定与我有关。她们在说出这个词语的时候，总要看我一眼。

　　玩了一会后，大姨抱我回家了。妈妈终于肯抱我了。老远我就闻到了奶味。到了妈妈怀里后，她没有把衣服打开，像忘记了应该给我吃奶。妈妈今天太反常了。我就自己动手。从前她也这样过，让我自己打开衣服，她袖手旁观，不帮忙。现在，我的手已经很有力了，打开衣服已经很熟练了。我把衣服向上推，一直推到脖子那里。接下来的景象把我吓呆了。这太恐怖了：妈妈的乳房都突然变成了紫色！紫色是最恐怖的颜色了。这是谁干的？这是为什么？怪不得今天哪里都不对劲，今天注定要出大事。我惊恐地哭了，同时手一松，衣服门帘一样垂挂下来，挡住了那一切。我看着妈妈衣服上美丽的花朵，我知道那花朵后面是什么。床有软的有硬的，妈妈的乳房会突然改变颜色。一切都很难把握。我无奈地哭了。在世界面前，我感到无能为力，感到不知所措，感到迷茫。我哭了。长这么大，我第一次哭了。以前的那些声音，那不是哭，那是喊叫。愤怒、抗议、迷惑、吃惊等我都用哭声来表达。但是今天的哭跟哪一天都不一样了，我的心里是那么难受，我被重重地打击了。我在失去生命中最重要的东西。我不知道我会失去，我以为有的会永远有，永远在那里。现在我知道不是的，不是那样简单。

　　我跌入了一个低谷，伤心地哭了很久。等我从悲伤中回过神来，我的心里慢慢升起了一个希望。妈妈的乳房它也许只是在外面改变了颜色，那奶水还是在的。那奶水未必也变成紫色的。紫色可怕，但是我要克服它。想到这里，我第二次开始往上推衣服。我决定闭上眼睛，我不看它，我一口就咬住一只乳头，我使劲吸，不管它是什么颜色。只要是我妈妈的奶什么颜色我都吃，我不管三七二十一。从今往后，我要适应这种可怕的颜色，我要和它妥协，和它和解，和它建立友谊。既然它无法删除，那我就接纳它，不然，我怎么活下去啊！

　　我的妈妈她试图阻止我，她推我，想让我和紫色的乳房拉开距离。但是我早已下定了决心，九头牛也拉不动我了。我用闪闪发光的门齿，死死咬住乳头。谁要想把我和妈妈的乳房分开，我就咬掉它。大姨说，让他吃吧，看来这招儿不行。这孩子胆子真大，他怎么不怕呢？都用这办法的。我妈笑着说，（她还笑！）他是见奶不要命。后来，我就听不见他们说话了。妈妈的奶水，变成一团一团的白云，把我托了起来，我舒服死了，飘飘欲仙。妈妈的声音从很远的地方传来：睡着了。我这是睡着了？睡着的感觉真好啊！

　　我真的睡着了吗？可是我能听见她们说话，声音从地面烟一样飘上来。大姨说，她的声音有点哑，她说是抽烟抽的。她说要不用辣椒水？妈妈说，那太难受了，我有个好办法……说到这我就听不见了，有一阵风刮过来，把妈妈的声音吹走了。大姨的声音传上来，那能管用吗？妈妈说，我有把握。这时，大风刮来了，一切都中断了。我向上飘去，离地面远了，谁的声音都听不见了。

　　我发现我还在妈妈的怀里。妈妈抱着我在走路。肯定不是白天，因为天上挂着的不是太阳而是月亮。我把头紧紧地埋在妈妈的肩上。我怕月亮。我看出月亮就是一把弯刀。它总是悬挂在我们的头上，它不可能什么也不干。它要是突然落下来，正落到我和妈妈的身上？我看见它在天上挂得一点也不牢靠，明显地挂歪了嘛。这多危险啊！我最怕伤口了。要是那伤口还往外流血，那就能把我吓死。我紧张地问，妈妈，咱们这是上哪去啊？妈妈说，到了，马上就到了。很快，我们进了一个院子。我看见一排房子，里面灯火通明。有人在里面唱歌跳舞。进门后，两个穿白衣服的人从人群里走出来，说，怎么才来？都等半天了。然后就把我们带到里面的一间屋子里。这个屋子里除了有一把椅子，什么都没有。墙上的白灰有地方掉下来了。屋顶的一个地方在往下滴水。屋角蹲着一只老鼠。我冲着老鼠笑了一笑。老鼠站立起来，给我跳了几下子舞。后来它被自己的长尾巴给绊倒了，我哈哈地大笑起来。一个穿白衣服的男人把我从妈妈的怀里拿走，放到屋子中央那把空椅子上，又用妈妈的围巾把我和椅子捆在了一起。别乱动，长牙的小老鼠。他管我叫长牙的小老鼠。那两个男人站在妈妈的身边，一边站一个，像两个卫兵。我看见，他们的手从衣袖里一点一点地伸了出来。在手的顶端，又长出了弯刀，像天上的月亮。他们以非常快的速度割掉了妈妈的两个乳房。他们每人割了一个。我大惊，我想尖叫，可是我发不出声音。我的嘴里塞着毛巾。我看见妈妈的胸前涌出大团大团的奶水，奶水流到了地上。妈妈的裙子都湿透了。接着，又流出了红色的血。看见血，我惊叫起来，声音穿透了毛巾。我拼命扭动，同时大叫不止。咕咚一声，我和那把椅子一同摔倒了。我可能摔昏过去了。那是个孤零零的高椅子。

　　等我苏醒过来，我还在妈妈的怀里。她用手摸着我的头，对大姨说，他做噩梦了。我努力把眼睛睁大，我看见了妈妈、大姨、有镜子的衣柜、灯泡边挂着的一串气球、床上我的一个绒毛小熊、门边我的小汽车……这是家里，这里没有穿白衣服的人，没有高椅子，没有小老鼠，没有弯刀。看来真是做梦了。可是刚才的一切是那么清楚啊！我希望那是梦，我不希望那是真的。这时，我看见了妈妈的衣服。她什么时候换了衣服，已经不是那件上面有小花朵的衣服了，这件衣服上是蓝色的大大小小的圆圈，像是鱼吐出的一串串气泡。只要打开这件衣服，一切就真相大白。我伸出手，想把衣服推上去，发现这衣服上有一排扣子。我的手同时向两边一用力，妈妈的衣服像两扇大门打开了。门里的景象让我惊呆了。我大叫起来，比刚才叫得还尖锐。眼前的一切证明我没做什么梦。妈妈的胸前用白纱布包着，上面还有几点红色的血迹。我哭起来。妈妈摸着我的牙齿说，咱家宝贝长牙了，这东西就没用了，让医生割掉了。以后咱们不吃奶了，吃饭。我的眼泪夺眶而出。我不再尖叫了，我只是流眼泪。我发现，人在最伤心的时候，是很难发出声音的，但是眼泪它能自己流出来。妈妈用一块纱布不停地给我擦眼泪，那么大的一块纱布都被我哭得湿透了。我的耳朵里也流进了眼泪，泪水停留在那里，像下雨天院子里的小水坑。我把头往外扭，我不敢看妈妈包着纱布的乳房，它们已经没有了，它们被刀割掉了。我的香甜的奶水一滴也没有了。我的世界被捣毁了。呜呜，我终于哭出了声音。

大姨拿过一瓶酸奶，把吸管放到我的嘴里。我吸了两口，味道还行。可是这吸管又细又硬，我想起妈妈热乎乎的乳头，我伤心地又哭了。大姨想把我抱过去，我紧紧抓住妈妈的衣服不放。我再也不敢松手了，我不知道一松手，又要失去什么。妈妈说，大姐你先睡吧，下半夜替换我。

妈妈抱着我在地上来回走着，我断断续续地哭着。我忍不住眼泪，眼泪在高处，它要往下流，我有什么办法啊？后来，妈妈可能是累了，就抱着我坐在了床上。妈妈从一大块面包上撕下一小块，放到我的嘴里，我吃了。我知道，我亲眼看见妈妈的乳房没有了，我的奶水流了一地。我用我的牙齿撕咬那块嘴里的面包，在咽的时候，它堵在那里下不去。妈妈急忙给我喝了一口水。我又难过地哭了。这东西真是难以下咽啊！以后，我每天都要吃这种食物了，想到这里，我的眼泪再一次从高处向下流淌。妈妈的衣服也湿透了，脸上也是水淋淋的。

第二天早上，我醒过来的时候，我的头很痛。我想起了昨天的那些可怕的事，我绝望地流眼泪。那些眼泪一出来，就认路似的跑到我的耳朵里去了。大姨抱起我说，妈妈上班去了，一会就回来。大姨给我穿上了新衣服，又喂我吃了点小米粥，我不想吃那个鸡蛋黄，大姨说，快吃吧，吃完了咱们好坐汽车。结果我们真的坐上了汽车。等汽车停下来的时候，我发现，我到了大姨家。那些小鸡、小鸭、小猪都唧唧呱呱地叫着欢迎我。我大笑着要抓住一只小鸡，一下子就摔倒了。大姨抱起我，说以后就给她当儿子了。

2.在巴虎屯

家宝被他大姨抱走了，去了安宁、空气新鲜的乡下。他要是夜夜哭闹可怎么办，第三天打电话问，姐姐说，没闹。天一黑就睡着了。我说那他爱吃饭吗？姐姐笑着说，可好养活了，什么都吃。昨天还吃了一根小葱呢。我吃惊地说，他从来没吃过葱。姐姐得意地说，今天他还吃了两片肥肉呢。我又大惊，他从来没吃过肥肉！姐姐说，在这儿他什么都吃。我说，别给他吃肥肉。姐姐说，哪是给他的，是他自己要吃的。没事，也没拉肚子。最后姐姐总结说，放心吧，他已经把吃奶的事忘啦。

李家宝的弯转得是如此之快，让我非常意外。可是我的弯可不好转。我的乳房里积满了奶水，又像两个坚硬的石头了。疼痛难忍。我请教邻居的一位大嫂，她说能回去。过几天就好了。我说得过几天？她说三四天。

我感到我的身体是灶台，而我的乳房是奶锅。我在缓慢地给它们加热。到第二天的时候，我的乳房已经很热了，感觉有四十多度。到第三天的时候，已经疼得无法入睡。我决定通过把那些被我烧开的奶水弄出来一些的办法来给自己降温。我往杯子里挤，像挤牛奶那么挤。那些奶像是在里面凝成了块，谁也不愿意出来。费了好大劲也才挤出半杯。疼痛和灼热没有得到多少缓解。下半夜，我睡不着就看那杯人奶。上面有一层黄色的油脂。我想这层东西应该叫奶油。我对半夜从卫生间回来的李礼说，喝了吧，人奶。上面还有奶油。李连长看了一眼，看看我都要吐。小孩怎么就爱吃这东西，断奶还大哭大闹的。早上，把那杯奶倒在盆里，又加了点温水，我用它洗了脸。

几天后，乳房不那么硬了。那里的奶水真的回去了。像别人说的那样，回去了。它们回到哪里去了呢？

第一个休息日到了。就要和分开了一周的孩子见面了。我买了很多好吃的东西。

我的心里很轻松，我渡过了一个难关，孩子也渡过了他生命中的第一个难关。现在，我们都过来了，翻过了高山，来到了一片开阔地。

姐姐家的房子是上下两层，就是两座平房摞起来，样子古怪，不像个整体结构。有点像两个平房打起来了，一个骑到了另一个的脖子上。院子被砖墙围着。大门是铁的，漆成朱红色。从大门到房门是一条水泥路，两边是果树，树的下面是蔬菜。果树已经开过了花，果子已经有了，但是很小，不仔细是看不出来的。

进了大门，院子里的一切都在视野里。扫了路两边果树一眼，又看那些玻璃窗，我希望一眼就能看到孩子。但是我没看到。进了屋子，姐姐在厨房做午饭。我把东屋西屋都看了一遍，我转回厨房，大姐，家宝呢？姐姐从水汽里钻出来，说，刚才还在门口玩呢，没在屋子里就在院子里。他出不了大门，也上不了楼。姐姐和我一同来到院子里，她用手一指黄瓜架，那不在那玩呢吗。

家宝的衣服颜色跟黄瓜叶子有些接近，他正在里边忙呢。他把跟他胳膊一样粗的黄瓜还有跟他手指一样粗的黄瓜一同摘了下来。他把黄瓜摆在垄沟里。姐姐说，看见没，你儿子是怎么糟害人的。我说，我赔，我赔，我都赔。大姐说，家宝，看看谁来了？家宝站在他摘的黄瓜边，看着我笑，没有向我扑过来。我把手伸出去，要抱他，他却往后退。我说，妈妈来了！家宝还是往后退，没有叫妈妈。好像妈妈这个词让他很害羞。我扭头对姐姐说，这么快就把我忘了？他可吃了我一年奶啊！姐姐说，他看见生人是不笑的，他笑就说明他认识你。我说，那我只是他认识的一个普通人吗？姐姐伸出手，家宝就进了姐姐的怀里。姐姐抱着他，我抱着那些黄瓜。姐姐在前面走，我跟在后面。姐姐走路快，我一快走，那黄瓜就掉下去了。我蹲下捡，姐姐说，不用捡了，有的是。回去时你多拿点。

　　进屋后，我把我买的那些花花绿绿的小食品拿出来，在那硬邦邦的炕上摆了一片。我一边把那些东西往炕上摆放，一边偷偷看李家宝的反应。他坐在另一边，眼睛紧紧地看着那些东西。我把一包喜之郎果冻拆开，让它们像棋子一样散在那里。我把红色的荔枝也一粒一粒地摘下来。在我的面前，在我和李家宝之间，是我用他基本都没吃过的东西铺成的一条道路。我期待李家宝会一点一点向它们靠近，向我靠近。李家宝看着面前的东西笑，看着我笑，还是那种害羞的笑。姐姐说他看见生人是不笑的，那么他知道认识我，只是想不起具体的事了。他还对这果冻和荔枝笑，那么他也认识它们，孩子与好看的食物有天然的亲和力，不用熟悉过程。我摆好了我的棋子后，微笑着看着我对面的李家宝。李家宝看着它们笑，只是笑，他不拿。我说，吃吧，是给你的。他还是不拿，而且他把手放到了身后。我把一粒荔枝剥开，送到他的嘴边，他伸出舌头舔了舔。我说，甜吗？他笑了。我把他的一只手捉过来，把荔枝放里边。我说，里边硬的核不要吃，只吃外面的果肉。一会，他就把那枚闪亮褐色的核吐了出来。他伸出手拿了一只带皮的荔枝。他的手还不太灵活，剥不来荔枝的皮，我就给他剥开。这样他吃了好几个。他面前的几个都吃了，他要想再拿到荔枝就得往前移动，他一点一点移动，离我越来越近了。我担心他荔枝吃多了会上火，就打开了一个水果果冻……他离我越来越近了，近到一伸手，就能抱到他了。我把炕上所有的东西拢成一堆，家宝，这些都是给你的。我把那些东西装进小袋子里，放到他的怀里，然后我把他抱了过来。他没有反抗，专心地玩着他手里的那些东西。我看着他的头，看见了那个位于头顶的逆时针的旋儿，我又顺利地在他的右耳后找到了另一个逆时针的旋儿，这样的旋在他的后背上还有一个。

吃饭的时候，他明显地心不在焉。显然，他吃饭的注意力被我带来的食品分散走了一大部分。姐姐说，平时吃饭吃得可好了。

晚上睡觉的时候，李家宝面对我的被窝和他大姨的被窝。我说家宝跟妈妈睡吧。姐姐笑着说，跟大姨睡吧。家宝看着我害羞地笑了一笑就钻进了他大姨的被窝。一会他就睡着了。我把手伸进去，摸着他的后背和屁股。我搂着他睡了一年，只离开了7天，他就不认我了，也不叫妈妈了。像转世又投了胎，把7天前的一切都忘了。姐姐说，和你儿子睡一宿吧。我和姐姐就换了一下位置。

早上，我就得回城里上班了。走到门口，我抱起家宝，说，下周妈妈还来看你。说妈妈再见。家宝还是看着我笑，他不说话，更不叫妈妈。姐姐说，别惦记，你都看到了，不哭不闹的。

孩子不在身边，我有大量的业余时间。中午的时候，我去单位旁边的商店买了半斤毛线。我要给家宝织件毛衣。我会至少四种针法，最后我还是决定用最简单的平针。一是平针织得快，最重要的，平针穿着会舒服好多。下午看看单位没人了，我就开始偷偷地织。我现在不愿意写那个半年工作总结，我只想织我儿子的毛衣。我低头正织得投入的时候，听见手指指尖叩击桌子的声音，抬头一看，是赵书记高高地站在那里。他说，才6月你就织毛衣？还没下班呢你就织毛衣？我说，下午脑子乱，写不好总结。

到周六的时候，毛衣织好了，还用剩下的一团线织了一顶小帽子。除此外，我又买了一些荔枝。桃子还很小，也买了一些。一进姐姐家的院子，我就往黄瓜地里看。李家宝却正站在房门那，一半在门里，一半在门外。我大叫，家宝，妈妈来了！家宝还是站在那里，不往前来，也不往后退。嘴里咬着左手的大拇指。我拉着他进了屋，拿出毛衣给他试穿。太大了，底边都到膝盖啦。姐姐看了看说，大点行，孩子长得快。又细看了毛衣，也不织点花？

接下来，我发现这一周的情况进一步恶化，家宝已经不肯让我抱了，他也不笑了。显然，上周靠水果食物建立起来的联系，没能维系到现在。我在他眼里差不多是个陌生人了。我突然感到害怕。时间再长点，他就会彻底忘记我。等到他上学时回来，母子关系就要重新建立。那是从理性角度的建立，基本和一门功课差不多：她是我的妈妈，我是她的儿子。

　　下午，姐姐到一公里外的集市上去买肉，她说晚上要包饺子。家里只剩下了我和家宝。我伸出手，想抱着他。他不肯。我拿出荔枝和果冻。在他专心地要打开那层果冻皮的时候，我把他放到了我的腿上。他的手无意间碰到了我的乳房，这并没有分散他的一点注意力。等他把那只在我的帮助下打开的果冻吃下去后，我把衣服往上一撩，露出一只乳房。我低头看了一眼我的乳房，我想起了医院走廊上的母乳喂养的宣传画。乳房跳了两跳，停在了那里，离家宝的脸只有几厘米。我看见家宝突然笑了，他对着那个又白又大的乳房笑了。还是刚见到我时的那种害羞的笑。这说明他认识这只乳房。只是有点模糊，想不起来具体的事了。他把自己的头往后仰，想离那只似曾相识的乳房远一点。我压低声音说，吃呀，里边有奶。家宝伸出一只手摸了一下，又马上缩了回去。乳房里真的还有一些奶，我用手指一按，乳头那里就渗出一小片奶水。奶没有多到往下滴落。我看见家宝的眼睛盯住乳头不动了，脸上的笑也消失了。那奶的气味唤起了他的记忆。但他还是那么看着，不敢往前来。我的左手在孩子的后背稍用了点力，他的嘴就贴到了乳房上。我说快吃吧，这是妈妈的奶。他终于张开嘴把那只乳头吸了进去。

　　晚上睡觉时，姐姐又让家宝在两个被窝面前做选择。家宝很害羞地钻进了我的被子。姐姐说，哎哟，到底想起来了。你们娘俩亲热亲热吧。今天我睡个安稳觉。半夜给他接尿啊！说完姐姐就关了灯。过了一会，我听见姐姐睡着了。就对一直在胸前拱来拱去的家宝说，吃吧吃吧，这是妈妈的奶。家宝突然说，妈妈、奶奶。

　　早上，吃完早饭，我就又得回城里上班了。当我走到门口的时候，家宝突然明白我是要走了，他向我扑过来。他大哭起来。他拽着我的裙子不放。我看见他满脸泪水。姐姐忙把他抱起来，别哭别哭，大姨抱抱。我对家宝说，下周妈妈还来。听话！我转身快速走掉了。家宝的哭声一直在我的身后跟我走了很久。

　　到单位后，我很不安，我的行为，增加了姐姐的工作难度。第二天，我给姐姐打电话，姐姐说，有点闹人了。爱哭了。不知道怎么整的。开始挺好的，回生了。我说大姐，要不你到我家来，我每个月给你开支，你一周回一次家。姐姐说，也行。支不用开，又不是外人。

两天后，姐姐带着家宝就回来了。我的历尽艰辛的戒奶行动宣告失败。

接下来后患无穷。孩子一直摆脱不了对母亲乳房的依赖。一直到12岁，他需要至少是手能触到母亲的乳房才能入睡。在这期间，我与孩子展开了长达七年的分床"游戏"。说是游戏，因为每次痛下决心的行动最后都不了了之，沦为游戏。他总是半夜跑回来，我狠不下心，说，明天可不行了啊。而明天依然如此。

这让我忧虑。我无能为力。不知道什么时候才能彻底分床。最后，是孩子自己解决的。12岁那年，他不再跑回我的床上，他独自睡到了天亮。

小镇莱恩

祝　勇

1

莱恩（Rye）是纽约郊区一座不起眼的小镇，它的性质与我在北京郊区房山住过的那个名为窦店的小镇是一样的。

如同中国的县城，小镇莱恩只有一条主街，叫波士顿邮路（PostonPostRoad）。就像县城的主街要经过县衙、寺庙和集市，莱恩的市政厅、公共图书馆、教堂、时装店、面包店、咖啡店等，都排列在这条街的两边。每次我步行去火车站，准备搭上去纽约的火车的时候，几乎会将莱恩的主要建筑检阅一遍。我记住了每座房子的样子。即使在很多年后，我仍然能够说出它们的确切位置。只要我闭上眼睛，小镇的一切就会浮现出来，包括店铺里的摆设，以及咖啡店的玻璃窗后面闪动的笑脸。这是一个宁静的小城，这里的冬季并不显得沉闷、冗长和乏味，而是幽静和松弛。小镇莱恩，让我第一次对冬季产生好感，甚至有一点眷恋。我喜欢嗅吸从树林里弥漫过来的空气，让混合河流的湿气和枯草的芳香的空气，穿透我的肺腑和身体。这里距纽约只有半小时的车程，但这里的气氛与纽约截然不同。这里没有纽约的压迫感——那种压迫感是由时间和空间共同营造的。它仿佛遗落于岁月的洪荒中，被世界所遗忘。成片的树林将通往纽约的高速公路隐藏起来。在莱恩，纽约显得并不重要。莱恩有它自己的生活，有它自己的快乐与伤恸。每当我看到在庭院里玩耍的孩子，内心都会充满感动，尽管这并非我的生活，但我仍为一种确凿的、真实的、可以触摸的生活而感动。我所想的是，即使这个浑然一体的世界，被各种定义、理论所切割和分类，但人类生活的本质是一样的，具体、平实、生动、永恒。在所有图纸式的理论之外，只有一种东西是放之四海皆准的，那就是生活。最普通的生活，像柴米油盐一样，作为世界的基础存在着。它们作为永恒的场面日日出现，背景有异，而风格雷同。每一个人都深处其中，无法回避。它令我们麻木，同时令我们敏感。一个人在世界上飘荡，最令我感动的，莫过于当地人的日常生活。它让我直接越过了地理与文化上的隔阂，越过形形色色的语言、宗教、风俗、历史，而与它成为一体，而所有的差异，又使人类的共同点显得格外醒目。孩子在院落里玩球，在捡球的一刹向我一笑。小镇的秘密就藏在他的笑容中。他们会在小镇上长大，然后去纽约，到更深远的世界中去，但他们最终还是会回到莱恩。莱恩在一定程度上是作为时代的敌人存在的，它包含着某种永恒的价值，它很自信，对时代潮流的冲击无动于衷。

2

莱恩容纳了许多旧的事物。也就是说，莱恩是建立在时间的基础上的，时间的积累，使小镇的一切显得异常稳固，不会因某些时事的变化而产生动摇。历史，构成小镇最坚定的部分，它在一定程度上指引着小镇未来的方向，它是小镇的宗教。

这座方圆不过几英里的小镇，有着十几座古老的教堂。而所有的教堂，在风格上并不雷同。也就是说，它是被形态各异的教堂所包围，走不出多远，就可以与一座教堂相遇。当我们试图躲避一座教堂的时候，又会与另一座教堂不期而遇。这增加了小镇的神异色彩。特别在黄昏的时候，金色的光芒涂抹在教堂的立面上，所有深隐的花纹此刻都凸显出来，使教堂穿上盛装，共同参与一场隆重的仪式。那些深含不露的教堂，会在某一个约定的时刻，一起敲响钟声。钟声回荡，把整个小镇变成一座巨大的教堂，使它显得无比庄重、洁净和神圣。我最青睐莱恩的黄昏，许多座教堂钟楼上铜绿斑驳的古铜同时鸣响，遥相呼应，像神，越过天宇，发出隐秘的指令。

小镇里有许多老房子，已经经历了几代人的出生与死亡。在莱恩，我住在我的朋友、美国ＭＴＶ频道主持人石村（Schütze）家里，与他的名字相配，他的家就是一座年深日久的石头房子——这座小镇的许多房子都是用粗糙的石头建造的，有着造型不同的天窗和斜顶。它更适合孩子，整座小镇似乎是根据安徒生的设计完成的，它几乎跟童话里的描写一模一样。所以，这里的孩子，比如石村的儿子泰伦和菲利普，每天都会笑得抽筋。实际上，它适合于所有天真、质朴和富于幻想的人生活。我时常沿着石村家门口的切斯特纳特街（ChestnutSt.）向西走，走上几十米，会见到那座古堡式的宅邸，迎面是一个山坡，坡上有密集的树林，山坡上的草地一直蔓延到宅子的前面。房子全部是由青色的岩石砌成的，石头上的青苔证实了房子历史的悠久。黄昏时分，房子的剪影是美丽的，像英国古典小说里的插图，有曲折锐利的轮廓。那幢房子即使在夜晚也不会掌灯，不知主人是外出度假，还是里面根本就没有人，使它略显荒芜，而这份荒芜，又恰到好处地增加了它的诗意。石村的太太、原ＭＴＶ的制作人索妮亚（Sonia)对这所房子梦寐以求，但夜色已经先于她把它偷走了。它在夜色中消失了。夜，正在不为人察觉地，摆布着它的客厅。

3

莱恩的山坡上有一座古堡的废墟，像一个秘密，被山林所隐藏。那是我最喜欢的去处，我时常会在那里坐上许久。通往废墟的道路令人心旷神怡。首先要跨过一条小河。那是一条与街平行的河，贴在道路的边上，或者说，那条路，是有意沿着这条河修建的，它们是互相作为对方的影子存在的，形影不离。那条河不宽，看上去也不深，但是很美，两岸是枯黄松软的草坡，草坡上面生长着高大的树，树枝坚硬枯干，以便我们更清晰地目睹它们曲折的造型。河水清澈湛蓝，与天空对称。透过水面，我看到里面映照的层层叠叠的枯枝。我们习惯于把天空或者河水比喻成镜子，如果真是这样，那么，两面镜子中间的物体，将获得无穷无尽的映象。如果我能站在一个适当的角度上，我会看见树影会被天空和河水这两面镜子循环往复地派生出来，永无止境。冬季森林的清爽空气令我恍惚。站在石桥上，向林中望去，我觉得这片层层叠叠的树林没有止境，它让我忘记小镇的存在，尽管我刚刚走过一座石桥。

我穿过树林的空隙向深处走，除了偶尔能够听到教堂的钟声以外，小镇已经退出很远。有一条上山的路，在高大密集的树林中，很长。在其中漫步，给人一种安全感。植物，包括树木，让我信赖，摆脱焦虑与慌张，内心变得从容和安妥。这是在人群中所无法获得的感受，我可以在林中小睡，而无需随时防备外来的袭击。树林无法伤害我们，没有狡诈、贪婪和残忍，相反，它向我们反复讲述大地的哲学。俄罗斯那株著名的大树让绝望的安德烈恢复了生存的信念，《战争与和平》中的这个段落，恰如其分地对人与自然的关系进行了阐释。这样的树林，在美国东部整个新英格兰地区司空见惯，许多城镇和乡村，都是在树林中穿插，被树林所保护。深远的树林，成为许多美国人的永久邻居，他们是多么幸运，所以，他们的脸上总是带着清澈纯真的笑容。

古堡在山坡的高处，周围是平地，还有几把木椅。我会在那里坐上很久，不愿意离开。深冬的蓝天，在我的记忆中是那么不可多得。这里的情况十分不同，在人与自然之间，建立了一种契约，人接受自然的指引，也捍卫自然的尊严。天空是一切光芒的源泉，如同所有圣洁的事物一样，天空容易受到污损，污秽不是来自天空本身，而是对人类恶行的记录。天空有多么肮脏，我们就知道人类有多少恶行。从这个角度上说，天空中暗含着最高的法律，它对人们的行为了如指掌，它画出了行为的界限，并会以它自己的方式提出警告甚至惩罚。

我打量着树林，它们看上去像我的伙伴，有各自的表情。对于它们的经历，我一无所知，它们不动声色，更让人感到高深莫测。脚下是枯枝败叶，在冬季的空气中，并不腐烂，所以，它们在时间中积累得很厚，层层叠叠，看到它们，就看到了层层叠叠的时间。树林以空间的形式见证着时间的存在，使时间变成有形的东西。我相信，一个植物学家能够通过树林确定时间延伸的准确刻度，所以，树林同时也是一个巨大的钟表，种类不同的植物彼此呼应，如精密复杂的齿轮。它们拥有通用的规则，在共同的体系中成长与衰退，整片树林，记录着上万年的时间脚步。这时，我开始真正明白，自然使我们变得从容与平和，是因为它向我们证明了它的法则，而这种法则，即自然的"道"，是有规律，可控制的，而我们的原有的恐惧与不安，则完全出于命运的莫测感，我们惧怕的是时间的黑洞，是对于过去与未来的茫然无知。

4

现在来谈那座古堡。那是一座很大的石头房子，在一场大火之后，只剩下了粗糙的骨架。我顺着山坡走，直到自己完全被树林吞没。过不了多久，古堡就到了。最先看到的是古堡的烟囱。三个高大的烟囱，在房倒屋塌之后，仍然倔强地耸立，像永不折断的桅杆，凭吊它们昔日的舵手。房子的主体是用蛮石垒砌的，墙面由无数不规则的石头相互叠压而成，很像中国南方的山野民居，比如，浙江楠溪江上游的村落民居，就是用蛮石砌成的，只是这座房子的建筑风格是西式的，有着拱形的窗楣和门券。房子的墙体基本上还是完好的，结构完整，壁炉、烟道的位置清晰可见，只是屋顶没有了。屋顶没有了，房屋的意义就不存在了。这很有意思。我想起中文的"家"字，就是屋顶覆盖着牲畜，在这个汉字中，只强调了屋顶的重要性，而房屋的其他构件则被忽略了。人们常用"在同一屋檐下"来表达亲密关系，也表明了屋顶、屋檐，除了实用以外，还承担着某种精神性的功能。有顶檐而没有墙体的建筑，如亭、廊，人们尚可以居留，反之，只有墙体而没有顶檐，就只能是废墟了，不论墙体有多么健壮和华美。眼前的这幢房子无疑属于废墟性质，它占据着山坡最好的位置，站在门口可以隐约望见教堂的尖顶，悬挂在树梢上，但它不是栖息之处，不是家。无论它昔日多么典雅，但它现在已经百无一用了。如果在中国，一定有一幢新的房子迫不及待地取而代之。日新月异的中国，对待旧的事物从来都不留情面；没有实用价值的事物，在中国就更难有立足之地，比如北京蒜市口的曹雪芹故居，在一片反对的声浪中，推土机昂首挺进，凯歌高奏，只用了一支烟工夫，就把历史变成一堆瓦砾和垃圾。但在莱恩（乃至整个美国），老房子的处境则完全不同，尽管这座宅邸已经坍毁，当地政府并没有拆除它，而是把它保留下来，既没有破旧立新，也没有把它变成所谓的旅游景点，改造成造币机器，整座废墟原封不动地定格在那里，像昔日的荣耀。欣欣向荣的美国已经不再需要什么荣耀了，但历史除外。历史资源的稀缺，使美国人对历史从不怠慢。古堡的废墟，表明了小镇的履历，使小镇获得了时间上的纵深感，这对小镇的每一个居民无疑是重要的，至少，这使他们看见了更加遥远的事物，并与旷远的时空中无法谋面的人们，建立了精神的联系。

空旷的风，像不约而至的客人，从一道门到另一道门，飘忽而过——我听得到它的声音，感觉到它的碰触，但看不到它的影子。我知道风在那里，但我无法证实它的存在。时间也是一样。为此人们发明了仪器，用以测量那些无形的东西，比如风力或者时间，但它们在仪器发明之前就已存在许久了，它们远比那些仪器资历深厚，它们以自身的资历证明了仪器的有限性。时间，永远比我们所能探测到的更加深远，历史也是一样，我们能够了解的历史寥寥无几，因此，历史遗落在时间中的痕迹就愈发重要，我们置身于茫漠的大海，那些痕迹可能像神谕一样为我们暗示道路。中国人已经习惯了浪费机会，而美国人却对所有的历史痕迹如获至宝。这令我深感嫉妒，同时也加深了我对于这个国家的敬意。对历史的尊重，使美国人不再孤立，他们至少得到了那些业已消失的人们的援助，使他们在面对未来时更有把握。它有效地减少了由于未知而产生的盲目和恐惧。从某种意义上说，对历史的态度，比历史本身更加重要。

5

现在我才明白，我对小镇莱恩一往情深，很大程度上是因为它的荒疏感，尤其当我从西部飞到东部，这种感觉就愈发明显。西海岸四季如春，繁花似锦，被型号不同的取景器所追逐，在照片上不断放大；而我在圣诞节抵达纽约肯尼迪机场时，东部正是冬季。它呈现出冬季的所有景象：光秃的树林、枯黄的草坡、白雪覆盖的屋顶，甚至还有——废墟。它所呈现的景象枯寒、寥落、散乱、暗淡，不像西海岸那么光鲜亮丽，但它更令我感到真实。西海岸很美，但它像幻想中的事物，而东部，新英格兰，更像生活本身，包括生活中的意外、转向和曲折。那些死亡的事物，恰到好处地证实了生命的存在。小镇莱恩朴素、含蓄，只有细心的人，才能察觉它的深刻与激情。朴素和含蓄概括了生活的本质，历史是过去的生活，所以，历史也是一样。莱恩的历史与现实，在这份朴素中浑然一体。在五光十色的现代光源衬托下，小镇莱恩发出一种平静柔和的光，像教堂尖顶上的最后一抹斜阳，或者深夜道路边的窗灯，它并不炫目，然而，它是生活本身的光泽，让我们信赖，并安心投靠。

记忆中的祖父

周榕芳

　　1958年农历八月十四日，也就是中秋节的前一天，下午四点钟左右，我的祖父周显弟走完了七十二年的人生路程，躺在福建省南平市三元路一栋靠小溪的木屋里，静静地离开了人世，至今整整五十周年。那年我刚满十二岁。

一、故土故人

　　公元1886年（清光绪十二年）农历七月，祖父出生在福建省长乐县鹤上乡一个姓陈的农户家里。大名叫陈万坤。他的父亲、我的曾祖父有三个儿子，祖父排行老三，是最小的儿子。记得小时候，我的长乐的堂伯堂叔来我们家向祖父请安的时候，总是用长乐话叫他"细家"。后来，我才明白，"细"者，小也；"家"者，家叔之谓也。

　　祖父十四岁就离开长乐，到福州学木匠手艺。从此，他在外立业成家。虽然在兄弟分家时，曾祖父给这个小儿子留了一间房子，可是祖父却很少回去住过。只是在我出生时，他回家乡为我办了生诞酒。那年，他正好年满花甲。1958年暑假期间，十二岁的我，只身一人从南平乘火车到福州姐姐家。几天后，我又一早从福州坐轮船到闽江口的营前港。上岸后，又换乘汽车，搭人力车，冒着酷暑，辗转好几个钟头，回到祖父的故里。尽管我只是个毛头孩子，可是我的许多从未谋面的堂伯、堂叔，堂兄、堂姐们像接待贵宾一样，十分热情地陪我玩了好几天。在他们的心目中，我是有本事的"城里人"，是祖父最疼爱的孙子，是代表祖父回来的，而祖父曾经有恩于他们。

　　的确，成年后的祖父，凭着一手高超的手艺和多年的打拼，赚下了一些家产。上世纪四十年代以后，他的儿子、我的父亲也参加了工作，并且是在令人羡慕的福州海关当职。因此，我们家在当时应该算是个殷实人家。那时的长乐乡下，十分落后、贫穷。我的堂伯、堂叔们经常为生计来投奔他们的"细家"。祖父十分顾他的子侄，为他们介绍工作，资助盘缠。一时无去处的，就在我们家住下来。听家母说，有时在我们家吃住的长乐亲友有好几位，并且一住好几个月。那个年代，国民党到处抓壮丁。我的一位堂伯为了躲壮丁，在我们家住了一年多。解放后，这位堂伯进了国营的建筑公司工作。逢年过节和祖父的生日，堂伯都会提着大礼上我们家来，向祖父请安、拜寿，说永远报答"细家"的恩情。

祖父去世后，他的灵柩未能安葬在长乐故土。可是，凭着祖父生前对家乡亲友的情谊，他一定会魂归故里，和他的兄长一起，陪伴着他们的父母——我的祖先。

二、入赘周家

祖父到福州拜师，学的是鲁班手艺。

祖父的师傅姓周，祖父跟着他学艺，十分勤奋好学、刻苦耐劳，深得师傅一家的喜爱。周师傅膝下有一女，与祖父年龄相仿。到了两人谈婚论嫁的时候，周师傅看上了身边这个从长乐乡下来的徒弟，要把女儿嫁给祖父。但有一个约定，就是祖父必须答应当上门女婿，入赘周家，并改陈姓为周姓（另有一说，祖父可不改姓，生的孩子随祖母姓）。不知是出于报答师傅的恩情，还是对师傅的女儿有了感情——这属隐私，只要祖父不说，做子孙辈的谁也不敢问——总之，祖父接受了这个约定，成了周家的女婿，并且改姓周，取名显弟。这样，周师傅就成了我的外曾祖父，他的女儿就成了我的祖母。他们的子孙从周家姓。不但如此，子孙的籍贯也从周家——福州市仓山区，而不是长乐县鹤上乡。好在如今的长乐隶属福州市管辖，我们称自己是"福州人"，也就心安理得了。

祖父和祖母为周家生了三个孩子，一女二男。老大是女儿，就是我的姑妈。老二是男儿，我的父亲。老三是我的叔叔，可惜很小就夭折了。我父亲十岁，祖母去世。中年丧偶，人生三大不幸之一。那时祖父不满四十岁，正是年富力强之际，且儿女年幼，本可续弦，但祖父却未再娶。他一边打工，一边拉扯两个儿女长大成人，其生活之艰辛，可想而知。

家父幼年时，祖父省吃俭用，送他到私塾进学。前后六年，家父也算略通文墨。但是，祖父认为，谋生还需靠一技在手才踏实。因此，家父十六岁那年，祖父决定将他送到福州一家名菜馆学厨艺。后来的事实证明，祖父是很有见地的。家父几十年谋生生涯中，虽然从事过海关工作，开过店、经过商，当过国营、集体粮食加工企业的负责人，但是最终还是靠他年轻时科班学就的厨艺，在上世纪60年代初下放回城后，谋得一家公司餐厅的大厨职位，并在这个职位上工作到退休。

家父三年满师。祖父为家父办理了婚事，娶的是一位家境也颇为殷实的苏家姑娘（后来我们称她大妈）。第二年，家父有了第一个女儿，祖父有了第一个孙女（我的大姐）。随后几年，第二个孙女和孙子（我的二姐和哥哥）相继出生，祖父十分高兴。那时，依靠父子的共同努力和亲友的帮忙，家父进了福州海关。虽说当时正值抗战时期，外部环境恶劣，但祖孙三代，家庭和睦，衣食基本无忧，倒也使祖父感到一丝欣慰。

谁知天有不测风云。大约是1943年，福州瘟疫流行，大姐不幸染上霍乱，不治身亡。苏家大妈抱着大姐遗体哭得死去活来。七天后，她也染上霍乱，随女儿而去。周家经历了一场灾难。这回，祖父没有要他的儿子、我的父亲像他那样不再续弦。周年过后，就把我的母亲迎进家门，继续为周家生儿育女。1946年农历五月初三，家母生下了我，那年她才19岁。经历大难之后，周家又添男丁，祖父自然喜出望外。所以才有前文所说，他回长乐老家办了喜酒。他还在我出生之前，为我测了字，定了时。我上学识字后，家母将这张红色的"定时纸"偷偷给我看。上面密密麻麻写了许多字，我只记得"将军箭，深水关""命中带雨"这些字眼，其他都不记得了。祖父担心我长不大，就照当时民间的习俗，给我起了一个女孩的名字："小美"。到我上学时，起的学名仍然女性味十足："榕芳"。按民间的说法，女人命贱，容易养大。这无疑是荒谬的。但对于祖父来说，他是个文盲，又生活在那个年代，他这样做，无非是希望他的孙子能健康成长，长命百岁，好把周家的香火一代一代传下去。如此而已。

该说说祖父唯一的女儿、我的姑妈了。我没有见过姑妈，但我见过姑爹。三年自然灾害期间，我还在姑爹家里住过一段时间。姑爹家里有一个姑妈，但不是我的亲姑妈。他们夫妇对我们周家孩子的到来，十分热情，招待有加。我感到纳闷，便询问家母。家母告诉我，我的亲姑妈嫁到姑爹家不久，突然失踪了。姑爹四处寻找，不见她的踪影。祖父为此也担心、痛心好一阵子。后来，有人说，看见她跟一个相好私奔到"下路"去了。"下路"按当地的说法，是指福建闽南一带。从此，姑妈杳无音信。对这有辱门庭的事，祖父极其愤怒，"当她死了！"于是，祖父要他的女婿另娶妻子，我们照样叫她姑妈。这就是当地人称之为"借面姑妈"。姑爹是做小生意的，祖父和家父对他家多有资助。两家人还按亲戚来往，数十年互相关照。上世纪60年代，我的一个表哥到南平打工，就吃住在我们家。我在福州的二姐也时不时地会到三保（地名）看望姑爹和姑妈。

祖父去世前，他膝下有两个孙子、四个孙女（一个因生活所迫送人），他去世后，家母又为周家生了三个男孩（一个夭亡）。不管怎样，对于周家香火的传承，祖父作为入赘周家的女婿，应该是问心无愧了。这当然是祖父这一代人的观念。我们不必去苛求前人。

三、木匠生涯

祖父十四岁学木工手艺，直到七十岁因为中风，才放下手中的斧头、刨子、锯子……整整当了五十六年木匠。木工活有"大木"和"细木"之分。"大木"指建房造屋的木工活，"细木"指制作家具的木工活。祖父干的是"大木"，也就是建筑工地上的木工。由于有一手好技艺，所以，解放初，尽管祖父已经过了六十岁，仍然被安排进了国营福州市建筑公司，并在这家公司一直干到六十五岁才退休。

祖父一生参与建造的房屋不计其数。从福建到台湾，从国内到海外，都留有他和工友们的作品。早年，福建人将新加坡、马来西亚、菲律宾等东南亚一带称之为"南洋"。许多匠人、商人下南洋谋生路、做生意。有不少人就此移民南洋，定居在那里。上世纪80年代末，我因公到马来西亚，就遇见不少我的老乡。尤其在古晋、滨城一带，到处可以听到福州话，吃到家乡菜，很是亲切。祖父年轻时也多次下南洋，在那里打工谋生。小时候曾听祖父说过他在南洋谋生的一些故事，印象最深的是祖父的一次"奇遇"。

那是在新加坡。由于地处热带，雨水充沛，森林繁茂。许多野生动物出没在森林中。一次，祖父和他的工友们，在森林边一块新开垦的土地上造楼。工地周围躺着许多砍倒的树木。中午时分，天热难耐，祖父脱下身上的白褂子，顺手搭在身边的一棵树上。到了傍晚收工的时候，他去取白褂子，却不见它的踪影。寻找了许久，才在几十米外找到。白褂子仍搭在树身上。祖父提起白褂子的时候，突然发现树身向前移动。他用手摸了一下树身，感到既光滑又冰凉。他说，他当时惊出一身冷汗。原来，这不是一棵树，而是一条大蟒蛇！虽然他也听人说过，这一带经常有蟒蛇出没，但真正这么近距离接触还是头一回，并且遇到的是一条粗似水桶的大蟒蛇，能不害怕？不过，祖父告诉我，有时蟒蛇爬行得很慢，但只要人不袭击伤害它，它是不会伤害人的。用当下时髦的话说：人和动物是可以和睦相处的。

在海外打工所去过的许多地方中，祖父似乎对新加坡情有独钟。他生前留下唯一一张穿西装的相片，就是在新加坡照的，至今还挂在南平老家的厅堂上。我常想，新加坡如今高楼林立，不知哪一栋是祖父参与建造的，又不知他在哪些地方洒下过汗水。倘若能知，我一定带子孙去寻访，去感受祖父当年抛家离子到海外谋生的艰辛，去瞻仰他和他的工友留在那块土地上的辉煌。但我又深知，这个想法是愚蠢的。世上楼房千千万，又何必去，也无法去细究哪一根梁是哪个工匠上的，哪一片瓦又是哪个工匠盖的？它们是建造者集体的荣耀，都记载着建造者的功劳。而祖父正是这些建造者中的一员。

木工业内人都知道，"大木"与"细木"的活，最大的区别在于"粗"与"细"。"大木"是大刀阔斧，"细木"是精雕细刻。虽然都是木工活，还是各有技艺和门道的。祖父是"大木"的高手，但由于他肯钻研，并且在建房造屋之余，经常打些桌椅板凳，所以"细木"活也颇为精通。退休后，祖父年岁已高，不便架梁立柱，攀高作业。于是，他改做"细木"，在私营家具作坊打工，继续着他的木匠生涯。他所出的活，依然无可挑剔。否则，一个退休的老人，又如何在私人老板那里混得饭吃？我们家有一些家具，是祖父上世纪50年代打的，直到90年代初还在使用。除了外观有些破损外，仍然严丝合缝，十分牢固。只是由于式样过于陈旧，后来才不得不退出我们的生活。旧家具虽然被淘汰了，但是，祖父从业态度之认真、专注，木工技艺之精湛、高超，却永远会留在他的子孙心中。

四、一家之长

年过半百之后，祖父结束了漂泊的打工生涯，在福州和他的唯一儿子、我的父亲一家生活在一起。在这个家庭里，祖父作为一家之长，拥有绝对的权威。家中所有大事，家父都必须向祖父请示后，才能决定。一日三餐，都必须等祖父上桌后才能开饭。更有甚者，摆在桌上的菜肴，必须祖父动过之后，子孙们才能动筷子。至于吃喝不得出声、碗里的饭必须吃干净、掉在桌上的饭粒必须捡起来吃掉等等，这些祖父强调的民间规矩，子孙们谁都不敢违背。否则，祖父哼一声，大家都会胆战心惊。

在我们家中，最惧怕祖父的要数家父。听家母说，家父有时在外应酬，深夜回家，总是蹑手蹑脚，不敢出声，生怕惊动了祖父睡眠。第二天还要向祖父解释回来晚的原因。祖父曾经因为家父晚归未说明原因，拿棍子要揍这个三十多岁已经成家立业的儿子。如今看来，祖父的脾气似乎有些粗暴（我二姐曾在背后说他是"老封建"），但我想，他的初衷是为了管教好子孙，不在外面做坏事，不要给周家丢脸。

祖父是威严的，但他对这个家倾注了全部的感情。家父娶亲后，祖父就把"当家"的权利交给了家父。但他还是经常拿出自己的薪水补贴家用。孙儿们上学的学费基本上是祖父出的。二姐患脑膜炎，治疗花去不少钱，其中就有祖父出的一份。尤其当这个家面临危难的时候，祖父更是倾全力一次次挽救这个家庭。

解放战争爆发后，福州海关地下党为了给解放区运送急需的医药物资，以同事和朋友的名义请家父帮忙。事后，有人向国民党当局告发。此时，地下党已撤离福州海关。家父被国民党当局以"通共"的罪名逮捕，关进监狱。那是所谓"戡乱"时期，"通共"罪重则杀头，轻则坐牢。周家大难临头。年迈的祖父带着家母，四处奔走，营救家父。在倾尽家中钱财和亲友的帮助下，才把家父救出来。可是，家父从此丢掉了福州海关的饭碗。为了谋生，家父依靠海关同事朋友多、关系好的有利条件，做福州与香港两地之间的贸易生意。祖父又千方百计为家父筹集本钱，让他有了养家糊口的饭碗，使这个家渡过难关，重新有了生机。

解放后，家父的贸易生意做不成了，只好凭他年轻时学的厨艺，开了一家小饭店。但由于经营不善，小饭店很快就难以为继倒闭了，还欠下一笔债。全家的生活又陷入了困境。为了还债，也为了减轻家庭负担，双亲只好咬牙把四岁的妹妹送给了别人做女儿，未满十八岁的二姐只好把自己嫁了出去。家父家母靠打零工维持家用。后来，家父只身一人到南平去打工，家母带着两个儿子留在福州陪伴祖父生活。由于未站稳脚跟，家父根本没钱寄回家。1953年8月，我第二个妹妹出生，母亲也无法再打零工。全家的生活负担全部压在祖父身上。祖父本可以靠退休金安享晚年。可是，为了养活子孙，他继续拖着年迈的身躯，整日在外打工，默默地承受着艰辛，为儿子分忧，维持着周家的生计。

1954年秋天，家母带着三个儿女来到南平和家父团聚。为避免拖累儿子，祖父一人留在福州。1955年，美蒋飞机轰炸福州。为了躲避轰炸，祖父摔倒受伤。那是个寒冷的夜晚，一封电报送到我家。全家人惊恐万状。得知祖父受伤，家父家母焦急万分。第二天一早，家母就赶回福州照顾祖父。大约两个月后，祖父伤愈，家母陪着他来到南平。从此，祖父又和儿孙们一起生活，又继续着他的木工生涯，直到度过他生命的最后时光。

在我的印象中，家父家母对祖父始终抱着敬畏的心情。"畏"，是因为祖父十分威严，一派家长作风；"敬"，是因为祖父十分顾家，为这个家，为子孙，操劳了一辈子。所以，祖父生前，我们家年年要给他过生日，祝他老人家身体健康，寿比南山；祖父身后，我们家年年要给他做忌日，祝他老人家灵魂安息，保佑子孙。五十年来，不管世道、家道如何变迁，我们家为祖父"做忌"，从来没有中断过。祖父的在天之灵应该感到欣慰。

五、含饴弄孙

前面说过，祖父生前，膝下有孙儿二男四女。他对这些孙儿都很喜欢。比如，农历腊月二十四，送灶王爷上天，福州的习俗，家家户户都要买灶糖、灶饼，奉供灶公、灶婆，以期他们在玉皇大帝那里，能替这家主人多说好话。我们家自然也不例外。供完之后，祖父就会将灶糖、灶饼，平分成几份，不论孙子、孙女，每人一份。孩子们十分珍惜这些糖果，绝不会一次吃光，而是计划着每天吃一点，一直吃到除夕。在这段时间里，祖父就会像检察官一样，检查孙儿们计划执行情况。我比较嘴馋，经常寅吃卯粮，因为我知道祖父手上还留有一份，并且知道藏在哪里。吃光后，我就会向祖父要，他要不给，我就会偷。倘若被祖父发现，他会板着脸一面呵斥，一面偷偷地又塞给我几块，并且替我保密。然后，在大家面前笑着说，我们家有只大老鼠，把他的灶糖、灶饼偷吃掉了。祖父这样的笑容平常是很少见到的。

的确，在孙儿中，祖父对我格外疼爱。我稍懂事后，祖父在空闲时，会给我说故事。说宣统三岁当皇帝，没本事。后来很快就被孙中山推翻了。他的辫子也因此被剪掉。说他自己的经历，如上面讲的在新加坡遇到蟒蛇的故事。说抗战时期，福州沦陷，日本鬼子在闽江桥头设岗哨，检查过往行人。因为他剃光头，日本兵就用手指弹他的头，叫他吃"栗子"，他敢怒不敢言，一辈子都会记住这个耻辱。祖父没有文化，也许他并没有意识到这些故事的教育功能。可是，这些历史，这些祖辈们的经历，其实在我幼小的心灵里已经扎下根了。我还记得有一次，祖父所在的公司工会发了电影票，祖父就带我去看电影。看的是《鸡毛信》。这是我记忆中第一次看电影。影片中海娃的机智和勇敢给我留下深刻的印象，以致我成年后，还多次去看这部影片。

当然，祖父和许多中国人一样，望子成龙（这里应该是望孙成龙）。他是个匠人，但同样信奉"万般皆下品，唯有读书高"。我上学后，他十分关注我的学习成绩。我考了100分，他会高兴得赏我糖果或零花钱；我考得差一点，他就会不高兴地说，不好好读书，就送你到长乐乡下去放牛，去捡猪屎。放牛我倒不怕，觉得还挺好玩的；可捡猪屎，确实又臭又脏，我可不干。为了不去捡猪屎，我也要好好读书。直到1970年，我从北京大学毕业，被分配到部队农场，接受

"再教育"，经常和猪屎打交道，才晓得猪屎也不是那么可怕，读书好和捡猪屎有时也是可以画等号的。只是祖父不明白这一点。可是，50多年后，现在的许多家长又何曾明白这一点呢？

祖父要我好好读书，在他看来，有一个很现实的事情，要我替他完成。那就是每个月15号，福州市建筑公司工会寄来他的退休金后，他必定要我当天替他回信。信是由他口述，我不过记录而已。但刚开始的时候，我有许多字不懂得写，只好查字典照着写。祖父以为是我的书没有读好，所以才写不出来，就不断教育我要好好读书。后来，我学的字多了，替祖父写信就快多了。有时，他的口述还没完，我的信早就写完了。因为每次他口述的内容几乎一模一样。我偶尔也会以作业多为借口，要求祖父给我"加班费"，我才写信。祖父只好满足我的要求，给个五分一毛的。这样，我就又可以买零食吃或多看一部电影了。

祖父对我格外疼爱，有邻居就说他"重男轻女"。其实不然。1956年我的小妹出生，家中有两个女孩。也就在这一年，祖父中风偏瘫了。第二年，病情稳定之后，因为家母要上班，祖父提出由他来照看两个孙女。这时，我和哥哥要上小学，家里又请不起保姆，家母只好同意。祖父在厅堂里放一张椅子，每当家母要上班，他就从房间里扶着墙，慢慢走到厅堂，坐在椅子上。两个妹妹就围在祖父膝下玩耍。到了上午九十点或下午三四点，总有货郎叫卖着经过我家门口。祖父就会叫住货郎，拿出他的退休金，为两个孙女买糕点或糖果，喂她们吃。我和哥哥放学回来，知道妹妹享受祖父给的"特殊待遇"，就会情不自禁地流口水。后来，我懂得了"含饴弄孙"的意思；现在，我也到了"含饴弄孙"年纪，我才会体会到，当年祖父在中风之后还要求照看我的两个妹妹的原因。

六、中风之后

祖父来到南平时，已经年近古稀。可是他并没有在家休息，而是到家父的一位朋友开的木工店打工，继续他的木工生涯。他早出晚归，仍然十分辛劳。所以，晚餐的时候，总要喝上几盅老酒解乏，常年不变。这样打酒的任务就落在我身上。那时,我喜欢上了听评话(福州地区流行的一种曲艺)。每天下午放学后,我提着酒瓶去打酒。返回的路上,总要拐到说评话的茶馆里听上一段。有时。边听还边打开酒瓶,喝上几口。久而久之,也就练就了好酒量。只是,回到家里,祖父发现打的酒越来越少,追问起来,我只好如实供认。然后,遭家父家母的一顿骂。而祖父却并不责怪,兴许,他还为我能继承他的喝酒本事而高兴呢。

祖父的身体一直很好,否则,古稀之年怎能打工?只是血压偏高,但也没有天天吃什么降压药。那时,老百姓生活还不富裕,也没有谁去讲究膳食结构。有肉吃就是莫大的幸福了。而祖父最喜爱的食品就是炖猪脚和红烧肉,而且越肥越好。什么胆固醇、血脂听都没听说过。这样,高血压、喝酒、抽烟、吃肥肉、古稀之年,就为他中风埋下了祸根。

1956年春天。一天,祖父得了感冒。那个年代,老百姓得了小病,很少会上医院去看病。祖父也只是叫家父给他买了几片阿司匹林。那天,吃晚饭的时候,家母倒了一杯开水,给祖父服药。可祖父说:拿酒来。然后,用酒把阿司匹林服了下去。第二天凌晨,祖父从床上摔了下来。家父立即将他送到医院。诊断出来:脑溢血。由于抢救及时,挽救了生命,却留下了偏瘫。住院治疗了一段时间,病情稳定之后,祖父回家继续治疗。此后,看西医、看中医、找民间郎中、吃各种偏方、针灸,用磁铁按摩瘫痪手脚,都无济于事。渐渐地祖父放弃了治疗,开始面对偏瘫的生活。

从此,他学站立,学走路,学一只手吃饭穿衣,点火抽烟……尽量做到生活自理,不给家人添更多的负担;但有些事他是无法自理的,我就成了他的帮手。所以,祖父去世前的两年间,是我跟祖父亲密接触的两年。清晨,我要上街替祖父买早点:锅边糊和油条,天天如此;下午放学,我要替祖父抹澡,换衣服,倒尿盆;晚上,我要替祖父点煤油灯,给他的怀表上弦。大家开玩笑说,我为祖父打工。当然,祖父是会给我报酬的。就在这两年的时间里,祖父给我说了许多往事和故事,上文所述的只是我记忆最深的几个。每月收到退休金后,祖父还会给我几毛钱。要知道,在那个年代,几毛钱对于我,可是个不小的数字。而对于祖父,他更需要的是儿孙的亲情,这是多少金钱也买不到的。

祖父慢慢地适应了中风后的生活。一日三餐，他扶着墙，慢慢地走到厅堂就餐。就餐时，全家人依然遵守着他生病前的规矩。除此之外，白天，他在房间里静静地休息，抽烟斗，搓纸媒，折手纸。晚上，九点钟左右，他叫我把煤油灯的火苗搓小后，就睡下了。除了有一段时间，他帮家母照看我的两个妹妹外，他一直有规律地生活着，并且再没有生什么大病。逢年过节，儿孙们依然像往常一样，向祖父拜年、请安；祖父生日，家父家母依然给他做寿，亲友和儿孙们向他拜寿。大家都认为，凭仗祖父年轻时打下的身体好底子，他一定还能活许多年，以至于长命百岁。

七、回归大地

我们良好的愿望最终未能实现。1958年入夏，祖父的身体变得虚弱起来。饭量没有原先大，行动更加迟缓。可是这些并未引起大家的注意。那是"大跃进"的年代。家父当上一家粮食加工厂的厂长，整日忙着厂里的生产大跃进。就连我这个小学四年级的学生，也停了课，整天不是砸铁锅、砸矿石、砍木材、拉风箱，投入全民大炼钢铁洪流之中，就是打苍蝇、挖蝇蛹，到处敲着锣鼓、瓢盆，驱赶麻雀，战斗在除四害的第一线，也忙得不可开交。大家根本没有感觉到祖父的身体变化。况且，祖父是条硬汉子，身体上的不适，他是不会轻易说出来的。上文说过，这年暑假，我只身去了祖父的故乡长乐。回来后，我向祖父叙说了此行的所见所闻。祖父饶有兴趣地听着，并不时地对我提问，还对故土上的人和事物做些背景补充，显示出少有的兴奋。怎么会料到不久之后，他会永远地离开我们？

进入农历八月，祖父的病情突然加重。他终于卧床不起，不思饮食。家父叫人抬着把祖父送进医院。可不知什么原因，不久又抬了回来。家父又只好请医生上门诊治。医生在祖父的房间里呆了一会儿，就出来了，开了一些药，说吃吃看吧。又低声地说：准备后事吧。我不敢相信医生的话。因为这时的祖父并没有显得痛苦。他静静地躺在床上，连一声呻吟都没有。只是喂水吐水，喂什么吐什么，并且带出一股腥臭味。我至今也不知道祖父究竟死于什么病。是第二次中风么？

　　临近中秋节了，祖父渐渐进入弥留状态。家父家母担心他过不了中秋这个坎——民间都有这样的说法——于是赶快通知了在南平的亲友。亲友们纷纷来看望祖父，可是祖父已经不能说话了。八月十四那一天下午两点多钟，我的两位堂叔来看望祖父，呆了一会儿，问了问后事准备的情况，就走了。家父正送他们出门，我的一位年迈的姑妈、家父的堂姐又来了。她径直走进祖父的房间，很快就出来，对刚送完堂弟的家父说：我喊了几声"伊家"（家叔），他怎么没有一点动静？你们快去看看。家父家母连忙来到祖父的床前，大声呼唤。可是，祖父已经静静地永远地离我们而去。一家人顿时号啕大哭。我捶着祖父的房门，哭喊着：伊公呀，伊公呀（福州人叫祖父）！听到哭声，刚离开的老姑妈又返回来，参与哭丧，有板有眼地哭诉起来。全家人沉浸在悲痛之中。

　　祖父走了，他终究没有跨过中秋这道"坎"。第二天，祖父的灵柩摆在了厅堂上。照当时的说法，祖父七十二岁去世，已属高寿。高寿老人去世，其灵柩最少要在家摆放七天，所谓"头七"后才能出殡。有些有钱人家，要摆放"三七"二十一天，甚至"七七"四十九天才出殡。照当下的做法，头尾至少也要三天。可是，我们家没法做到。因为我们家是租用的房子。房子有前后两个厅。前厅有两个屋，分别住着祖父和我们一家。后厅有三个屋和厨房，被当时的南平水文站租用，在那里办职工食堂。前厅成了到后厅的必经之路。正逢中秋节，水文站职工要加餐。而祖父的灵柩摆放在前厅，他们过往很不方便，要求尽早出殡。再加上那时天气还很炎热，灵柩也不便摆放太久。所以，家父决定当天下午就出殡。好在事先已经看好了墓地。

　　中秋节下午，我们送祖父走。我穿着丧衣，手持丧杖，跟着送葬的队伍一路前行。经过南平电厂，翻越崎岖的山路，来到祖父的墓地。墓地是在一座山的山腰上。抬棺木的人在亲友们帮助下为祖父下了葬。我们都在祖父的坟上添了土。烧纸钱、跪拜之后，安葬结束。这时，已经是黄昏。从山上望去，天空静静的，格外晴朗。偶尔传来鞭炮声，那是人们在过中秋节了。回家的路上，我们默默地走着。我抬头望天空，圆圆的月儿已经升上来了，一片清辉洒满大地。想到祖父永远躺在那半山腰的墓地里，我突然感觉到，那白闪闪的月光，显得那么的清冷。这个中秋节是我们家最悲凉的中秋节！

那年的除夕夜，我们家供奉祖先。我杀掉了我自己喂养的一只鸡，来祭奠祖父。在跪拜起身时，我的头撞上了案桌，疼得我龇牙咧嘴。大家都哈哈大笑，说祖父在惩罚我。我说，才不呢，这是祖父叫我永远记住他。

第二年清明节，我们到祖父坟上去扫墓。才几个月过去，祖父的坟上已经长满了青草。我想，年年我们都要来扫墓，不知要拔掉多少青草。谁知，后来我们却无草可拔。那里建起了工厂。原来，1960年，南平电厂要征用那块墓地，在城区出了告示。可那时，我们全家已经被下放到郊区，根本看不到告示。这样，祖父的墓就被土地征用者处理掉了。我们欲哭无泪，只好接受这样的结果。虽然，成年后，我也知道，无论人死后埋葬在那里，都是回归大地，但是，我们这一代没有守住祖父的坟墓，总归是莫大的不肖。这是我永远的心痛。愿祖父的在天之灵，能够原谅我们这些不孝的子孙！我们只有在每一年祖父忌日和几大传统节日时，在他的遗像前虔诚地祭奠，才能弥补我们的过错和历史造成的过错。

祖父离开我们已经整整五十年。半个世纪里，和我们的国家一样，周家经历过艰难和困苦；但是，周家的子孙终究战胜了它们，使家道走上中兴之路。今天，我们可以告慰祖父的是，周家彻底摆脱了贫穷。孙儿、曾孙儿辈的孩子们，依靠先人们的保佑，依靠自己的诚实劳动和智慧，过上或将过上小康和富裕的生活。周家成为老邻居们称赞和羡慕的和睦大家庭。更可喜的是，周家的后代正在茁壮成长，周家的未来会更加美好。

安息吧，祖父！安息吧，所有周家的先人们！

东京的浅灰

洁　尘

　　2008年夏天，在东京浅草寺，花100日元抽一观音签，是吉签，签文曰："正好中秋月，蟾蜍姣洁间。暗云知何处，故故两相攀。"签文旁边附有解签的文字，请同行的日文翻译解释了一下，大意是说，这个签跟我当时的心境、处境、环境很吻合，如同中秋明月一般澄澈皎洁，很是安静祥和。这让我很欢喜。

　　在东京街头，的确有一种安详的感觉。按理说，应该有一种比较浓厚的异国之感，也应该比较兴奋，但我真是不兴奋，也没有太重的异国感觉，心情只是一味浅淡愉悦。这中间的缘故，也许是与一大帮中国人在一起，也许是周围日本人与中国人无甚差异的黄色人种的特征，还也许正好是清凉的雨天，再也许是行人和街景的色彩都很素淡雅致，就是霓虹灯无数的银座和东京湾，也显得很素淡雅致。回国以后，我想起东京留给我的印象，色彩基调是浅灰的，然后从浅灰中透出亚光的青、绿、橙、紫，有绚丽的感觉，但并不鲜艳。这跟我在日本买的一条方巾的味道是一样的，那条方巾的基调是淡青灰色，上面浮着一簇簇浅水红色的樱花，看上去，一股早春里仰望天空和花树的气息扑面而来。

　　我很满意自己在东京的心情。到了这个年龄，我讨厌郁闷，同时也害怕狂喜，最有把握最享受的就是那种浅淡愉悦的心境，只有在这样的心境里，眼睛才是静的、才能看得多且看得深透一些；也只有在这样的心境里，细节，最为美妙的细节，才能出现。我以为，细节一向不是抓来的，它是自己出现的，在一个人心境合适的时候，它才能开出花朵来。

　　在银座街头，我和周围的人注意到一个中年女人。她穿着黑地白花的和服，撑着伞，着白袜踏着木屐碎碎地走着。行人尽是T恤便裤，穿和服的这个女人显得十分突出。街这边，我们这群中国观光客纷纷举起了相机。女人没有朝这边看，但她分明感觉到有很多镜头正对着她，她加快了脚步，在"咔嚓咔嚓"的快门声中，轻盈地逃开了，那姿态有点猫的感觉。

也在银座。夜色中，我站在著名的三越百货的屋檐下，陪着几个同行的男士打望日本美女。终于，来了一个美女，身形纤细、五官清丽，一双长长的美腿在超短裙摆下十分显眼。美女也穿得很素净，黑白搭配。男士们举起了相机。美女微微侧过头来，看了一眼，嘴角有一丝不易察觉的微笑，脚步节奏依旧，不更快也不更慢，飘然而过——毕竟是年轻人，洒脱多了。

很奇怪的是，我读过看过那么多关于东京的作品，小说、随笔、电影，还有日剧，但在东京，我却什么都想不起来了。身在东京，以往阅读和观看的印象和实地的感受交错盘织，把我给淹没了。

夜雨中，我在台场的平台上站了很久，看着眼前的东京湾柔顺如黑缎般的海面，还有四周无数高楼的灯火，又很认真地想，谁的作品能让我立刻把眼前的景象和文字以及画面对接起来？早年的谷崎润一郎和永井荷风肯定是不可能的，他们跟现代东京是没关系的，那么，会是谁呢？村上春树？市川拓司？还是北川悦吏子？林真理子？或者是更年轻的青山七惠？但真的什么都想不起来了。这种感觉真好，这种感觉是浅灰色。

无力招架的西阵织

在京都，最大的收获就是西阵织。

在京都只有一天的时间，匆匆忙忙，寺庙匆匆逛过，街景匆匆看过，视觉上的美是不容置疑的，但味道因没有时间品尝还没有入心。

下午到了西阵织和服会馆后，有物在手，随身带回，京都的魅力这才似乎有了某种定格。

西阵织是产自京都西阵地区的日本和服专用的织锦面料。日本有民谚云："吃倒在大阪，穿倒在京都。"西阵自15世纪起，就聚集了许多织工；把丝线先染过色后才织成成品的西阵织，华贵典雅，是时物，更是珍品；时至今日，是闻名世界的日本代表性工艺品。

西阵织和服会馆，位于京都市上京区，兼有博物馆、表演场所以及卖场等多种功能。在看了一场和服表演之外，登上二楼的卖场，我就傻了。一般来说，我只要看到美丽的织品，就会有点晕眩，完全走不动路。而这里，以西阵织为原料的桌布、围巾、和服、拎包，满坑满谷，对于我来说，完全是一个无法自拔的陷阱。

我的收获之一："花五感"围巾一条，黑与紫灰的方块衬底，间以水红与鹅黄的方块，在这之上，浮着浓紫、杏黄、深红的芍药大花。这完全就是绚丽的水边夜色，姜夔的词句立刻浮上心头："二十四桥仍在，波心荡，冷月无声。念桥边红药，年年知为谁生？"

我的收获之二："清空"围巾一条，淡青色的底，像水色，也像天色，更像是水天一色时才能交融出来的那种幽寂的颜色，底之上是疏密有致的浅粉与深粉间杂的樱花花瓣。展开围巾，迎着光线来看，似乎有一种春风中樱花飘飞的感觉。樱花自然跟俳句匹配，脑子里竭力提取着曾经读过的松尾芭蕉、小林一茶以及与谢芜村那些咏樱花的俳句，只有一句跳了出来："春已归去，樱花梭巡而开迟。"与谢芜村的。

我的收获之三：一个浅褐为底，以草绿、深褐、棕红、明黄为线条图案的格子软布拎包。包很大，可以装很多东西，夏天配白衬衣牛仔裤很合适。我回成都后已经拎着这个包出去好几趟了，有女人注意到了，问，这个包很别致呀，在哪里买的？我得意地说，呵呵，这是西阵织耶。

……

要是继续在西阵织和服会馆待下去，我会有更多的收获。可惜时间太匆忙了。当时，我还在这些织品中间梦游呢。"全车的人都在等你。"同行的朋友晓东跑回来找我，把我从梦游中给拎出来。跟别人一块儿旅行，我是最怕别人等我的，那种心理压力太大了。但这一次，居然全车的人都在等我。我非常过意不去。

真没办法，在美丽的织品面前，我就完了。那是一种懦弱，是身处迷恋之物中间，由艳美、贪心和占有欲共同构成的无力招架的感觉。我知道自己还是被物所役。我早就突破了名牌，突破了昂贵，突破了很多成为标签的东西，这一切让我感觉到力量和自由的美妙，但我现在还是没能突破专注迷恋的某些物质化的对象，还是想占有它们，比如书、影碟、CD，还比如美丽的织品。

能突破吗？什么时候可以突破？不能突破又如何？无力招架真就那么糟糕吗？

没关系吧，慢慢走着看吧。对自己、对时间、对他人、对情感，我都有耐心。

箱根的爱情

这个夏天，去了一趟日本。这趟日本之行的几个重头戏，东京、京都和箱根，对于我来说各有各的根据。这其中，箱根的根据最是委婉。

到达箱根已是晚上了。我们中午从东京北上，去了枥木；下午又掉头南下，再次穿越东京，到了箱根。入夜了，这是2008年6月30日的夜晚。

车子沿着山路破夜色而上。寂静的山、湖，精致小巧的旅舍、别墅，在昏晕的路灯中半遮半掩，轮廓撩人。

下车，入住挺有名的PrinceHotel（之前看有些关于箱根的旅行文字里，看到过好几次这个酒店的名字）。放下行李、沐浴换衣，然后走出去在山道上逛。夜空中有星星，还有凉的夜风，从开头的微凉逐渐到深凉。但怎么深，也就是凉，很舒服的凉，并不冷。

想起之前从书中得来的关于箱根的一些印象。在日本，"温泉之乡"箱根是著名的疗养胜地，其在日本的地位大概相当于中国的苏杭，而其气息也跟苏杭一样，十分幽微、暧昧、精致，特别适合一些隐秘、深邃、说不清道不明的爱情；这种爱情微凉、微疼、酸甜度搭配得十分合适，是情感体验中的精品。

箱根爱情的印象是被川端康成定格的。去箱根的路上，手里没有书，但心中揣着挚爱的川端康成和他的《伊豆的舞女》。就在箱根，漫游的学生哥儿和十四岁的艺伎薰子之间有着犹如花骨朵般的情感。我以前写过关于《伊豆的舞女》的随笔，我认为："准确地说，这只是一个忘情的故事。邂逅和告别，告别也就是永别，这中间是一个情窦初开和自持自省的过程，什么都没有开始就结束了。整个故事就像一朵蓓蕾，叫人不忍心又不甘心。这个爱情故事跟日本人心爱的樱花一样，蓬勃而短暂，鲜艳而凄伤，所以，它获得了永生。"

我们吃饭的小店门脸精致窄小，灯光从低低的门楣处斜出来，金黄色的，和外面有点黏稠的紫蓝色的夜色配成一个绝美的画面，很文学很电影。要命的职业习惯，使得我在脑子里勾画着一场爱情戏：……拥抱、吻、柔软的呢喃以及呻吟、心醉神迷让人恍惚的抚摸、凝视……这一切和四周的寂美之景如何切换？前一句是什么？后一句又是什么？脚下的草、天上的星星、肌肤之间温润的感觉，与浸透了夜色的爱人的眼睛以及山道上的灯光之间如何剪裁？

少年的爱情，青年的爱情，中年的爱情，老年的爱情——在箱根，都可以酝酿出特别的美。而所有的爱情发生之后，应该都像《伊豆的舞女》里的学生哥儿那样："我枕着书包躺下了。头脑空空如也，没有了时间的感觉。泪水扑簌簌地滴在书包上，连脸颊都觉得凉了……船舱的灯光熄灭了，船上载运的生鱼和潮水的气味越来越浓。在黑暗中，少年的体温暖着我，我听任泪水向下流。我的头脑变成一泓清水，滴滴答答地流出来，以后什么都没有留下，只感觉甜蜜的愉快。"

第二天清早，我才看清楚了我们所在的湖。它叫芦之湖。资料上说，芦之湖海拔724米，面积为7平方公里，湖最深处达45米，湖岸线长达20公里。这里有一个著名的景观，叫做"白扇倒悬东海天"，这句诗描述的是形状酷似白扇的富士山倒映在淡青、晶蓝和碧绿交织的芦之湖湖水中的景象。

站在芦之湖边，吹清凉的晨风，看盘旋的乌鸦，在深渊般绝美的湖水面前，我又失语了，内心甜蜜且哀伤，只觉得泪意如同一泓清水，滴滴答答地在心里流淌着。"我一生中遇到的最大的难题就是美。"三岛由纪夫的这句话一直是我的谶语。

京都一日

我喜欢的台湾老牌女作家林文月写过一本很美的随笔集《京都一年》。我呢，一个行程匆忙的观光客，只能说说京都一日。惭愧甚。

夏天的京都，跟樱花无关。而樱花中的京都本来是我关于京都景观最大的念想之一。

　　另外，与京都樱花并置的一个大念想是金阁寺。这个念想的推动力当然是三岛由纪夫的小说《金阁寺》。金阁寺的正式名称是鹿苑寺，因建筑物的外面饰有金箔，故又名金阁寺。这座古刹位于京都，最早完成于应永四年(1397年)，以其建筑风格的高度协调完美闻名。昭利25年(1950年)，金阁寺的舍利殿被一名21岁的见习僧人放火烧毁，现在的舍利殿是昭利30年(1955年)依照原样重新修复建造的，昭和62年(1987年)重新将大殿外壁的金箔修饰一新，延续至今。

　　三岛的小说《金阁寺》是以年轻僧人烧毁金阁寺这一真实事件为素材的。十五年前，我第一次读《金阁寺》，其中，三岛美学理论中带有中庸色彩的"成就了的美都是折中的产物"以及趋于极致乃至于在绝望中安心的"美在彼而我在此"，两者之间有着巨大的落差，震荡闪声，袅绕不绝，深深地击中了我，进而强烈地影响了我的美学观、写作观乃至于人生观。

　　京都樱花当然没得看。而金阁寺也没看成。我是跟着团队走的，行程里没有金阁寺的安排，我为人处世又不乖张任性，自然不会另外要求什么。也好，留下这两个最大的念想，让它们成为以后再去京都的动因。其实，要说在京都的心境，没能看成樱花和金阁寺，当时也没有什么特别的遗憾，说是最大的念想，但并非强烈到渴望的程度，似乎也可以很遥远，可以是有，也可以是无。在这样的心境中，我再一次确认了这十五年来三岛美学对我绵长且有效的影响力，我已经安于这世间"美在彼而我在此"的事实。在京都时我就想，近在咫尺，避而不见，这中间充溢着十五年的时间，充溢着很饱满很湿润的想念和感谢，像一种长久的爱情，而我可以低头、微笑、心若止水地躲过去，真是出息啦!

　　去了清水寺。在旅游指南中，清水寺比金阁寺的名气要大得多，是京都必游之地。走过前面新修的门廊类的建筑物，拾级而上，完全木制结构的寺院本体让人感觉古远、优美和寂寥。这是1633年由德川家康捐资兴建的，现在看来，保护得还很好。清水寺建在山腰上，景观开阔，四季观景都有说法，说是春天的樱花、夏天的瀑布、秋天的红叶和冬天的细雪。这是一座观音寺，寺门前有很多求子的牌符；与之相对照的是，由于其正殿阳台建于断崖之上，而周围环境又十分优美，因而成为跳楼自杀者的首选之地。对生与死的双重渴望，构成清水寺十分吊诡的特色。

我在京都一日的最大收获是在西阵。因为我只要看到美丽的织品是走不动路的，说起来也很絮叨。

京都的吃，体会了两样。一是清水寺前面那条街上的"八桥"，这是著名的日本点心店。生八桥和熟八桥都尝了一点，细腻可口。再就是京都著名的汤豆腐。一小锅豆腐加豆芽，一碟蘸料，一小碗蔬菜杂烩米饭，一小碗味噌素面，还有几样小酱菜之类的东西。这套汤豆腐套餐端上来，我同行的一个哥们儿当场躺倒在榻榻米上，绝望地嚎了起来。几天的日本之行，他被成都美食滋养着的油水丰足的肠胃已经被清淡的日本料理给刮干净了，这一餐上来，他终于崩溃了。

风过麦田

王明明

姨夫又在打小姨了，我听得真切。

不知是因为他们结婚五年，小姨都没生出个一儿半女，还是因为姨夫天生就是个暴脾气。总之，之前他们的情况我并不了解，我只知道自从我和陈希望住进小姨家，姨夫就经常打小姨。噢，不对，对陈希望来说，是他姑父打他小姑了。我和陈希望是表兄弟，一同在小姨家寄宿念书。不过我从不叫他表弟，就叫陈希望，因为他只比我小三个月。我们在小姨家附近的一所中学读初二。

陈希望虽比我小，但是他常摆出一副懂得很多的姿态。他窃笑说，那不是打！你知道什么呀？德国汽车！我说，德国汽车是什么？陈希望就在暗夜里起身，瞪大了眼睛盯着我，笨死！接着他摇摇头，叹了口气，躺下去了，还故意把屁股冲向我。

岂有此理！我怎么能容许身为我表弟的陈希望这般奚落我！我推搡了他两下，没反应，他大概睡着了，他这人睡起来跟头猪似的。那么我能做的就是证明姨夫确实是在打小姨，我要找到足够的证据先说服自己。

听！这不是打能是什么？我听到小姨在抽噎，一声比一声紧，姨夫在喘粗气，就像山风吹过山泉，吹得泉眼咚咚响；最关键的是我听到了巴掌打在脸上的声音"啪啪"地响了两下，接着黯淡下去。他们俩好像是在故意避免吵到我和陈希望，所以把声音压得很低。不对不对，小姨怎么不反抗呢？小姨一向最厉害，每次吃饭她都会把姨夫好一顿训，训他酗酒、抽烟，训他尽是结交些狐朋狗友。挨训的姨夫从来都是一声不吭，埋头喝他的酒，抬头看他的电视，就当小姨不存在似的。可这会儿怎么姨夫倒占了上风？我开始可怜起小姨了，她哭得越来越急促、越来越痛苦，却还得压低着声音，她的声音里带有一丝紧张，甚至我还听出了一种习惯似的喜悦，甚至是等待。天呐！难道小姨早已习惯了这种被姨夫打的日子？作为外婆家的小女儿，出落得水灵灵的她可是刚过门没几年啊！她就这样开始了自己崭新的人生吗？难道这是旧社会吗？我越想越害怕，一直难以入睡。噩梦就如同细雨，丝丝落进我的脑海，我梦见小姨遍体鳞伤、浑身血淋淋的。

不过令我没想到的是，第二天一早小姨穿着背心和短裤起来给我和陈希望做面条时，我从上到下仔细打量了一次小姨，她身上没有任何伤疤，被她随意一拢扎在脑袋后的小辫子把一张白皙的瓜子脸整个让了出来，反倒精神头看起来比以前还要好，她还给我和陈希望每人多加了一个荷包蛋。小姨见我打量她，脸微微泛红，泛红的小姨哪里像是结了婚的人？她拿筷子头敲了我脑门一下：郑凡，你瞅什么？瞅得人怪怪的。她瞪了我一眼。这时，我看到陈希望一边埋头扒拉面条一边窃笑，他像是打了场胜仗的意思，小人得志。

去学校上学须穿过小姨家房后那一大片金色的麦田，麦浪滚滚，掩映着身后的学校宿舍楼和操场往北比宿舍楼还高一头的教学楼，远远望去，两座楼就像两个兄弟站在滚滚的黄色海洋里。陈希望坐在黄色海洋旁的石碑上对我说：

"郑凡！你觉得我们班何田田那人咋样？"

"何田田？"

"对呀！你不会不认识吧？我看你俩眉来眼去好几回了。"

"陈希望！"我喝令着瞪了他一眼，对他的用词表示了明显的抗议。

"得！得！你就说她怎么样？漂不漂亮？"

"不知道！"

"不知道？……你呀！就是一块木头，没劲！"说着，陈希望冲地上吐了口吐沫，他用肩拥了拥我，一个得意的眉眼翘得老高：

"她是我对象。"

"啊？陈希望你——这样舅舅会——"陈希望用手做了个堵我嘴的动作。

"你不说没人知道！"

也是，我心想。"可是，何田田好像和那谁——"

"你是说张闯吧！"

"嗯。"

"别瞎说，那是她哥，她认的哥。"

"噢。"

张闯什么时候成了何田田的哥了？我有些疑惑。我来到这所学校认识的第一个人就是张闯。最开始我读初一时，我妈怕让我寄宿到小姨家太过打扰人家，就让我住学校宿舍。我来报到得晚，刚好成了多余的一个被安排在和高一的张闯他们住一个宿舍。那时，何田田就常来宿舍找张闯，我甚至还看到他们两个人手拉着手，勾肩搭背地走在学校的路灯下。

可是，从陈希望的嘴里，张闯成了何田田的哥了。我想或许张闯和何田田之间的感情出了问题。不过，这也仅仅是一闪而过的念头，我没工夫参与他们这些事，我很反感这些事，我发誓！我要忧虑我的学习，更要忧虑怎样处理好和小姨和陈希望之间的关系。因为陈希望比我先到小姨家寄宿，先入为主似乎总会得到小姨更多的好感和照顾，况且最重要的是，从那天早上我多打量了小姨那几眼后，我发觉小姨对我愈发冷漠了。她常常会嫌我温习功课过晚而责备我，"才初二，至于那么用功吗？早点睡！"这是小姨对我说得最多的话。更多时候她都不和我说话，取而代之的是用眼神一次次地剜我。遇到她用眼睛剜我而我也正偷看她时最尴尬，我只好埋头吃饭。我用余光看到小姨往陈希望碗里夹了一块鸡肉，而我，什么也没有。

我渐渐地意识到在小姨家遭遇到了跟陈希望不平等的待遇，这愈发使我对陈希望充满了敌意，也对小姨总是被打的情况从同情变成了希望：活该！天天都被打才好呢！就这样，我吃着小姨的、住着小姨的，却每天都希望听到她被打的声音传来。可是，那之后的几天夜里非常平静。我躺在那，睁大眼睛等待着那声音的传来，我甚至担心陈希望微微的鼾声妨碍了我的听觉而去推搡陈希望。有一次，陈希望被我推醒了。他看着我瞪得溜圆的眼睛骂了句：

"大晚上不睡觉的，干什么？毛病！"

"你才毛病！——希望，希望。"

"干吗？叫魂儿啊？"

"我问你个事。这几天我感觉小姨和姨夫闹别扭了。"

"废话！你才知道啊？你没看他俩白天谁都不搭理谁？当然是闹别扭了。"

"那为什么——我是说为什么姨夫不打小姨了？好几晚都没听到小姨的哭声了。"

这时，陈希望一脸坏笑地起身迎向我：

"傻子！跟你说了那不是哭不是哭，是姑夫在给小姑治病呢！……怎么？听不到小姑的哭声你还睡不着觉了？你小子开窍了嘛！"他说着，摸了我头发一把。

"治病？治什么病？小姨病了？……另外，陈希望，我警告你！按月算，我可是你哥，你别在我面前充大！烦不烦！"

说着，我把脸冲向窗外。陈希望从背后推了推我。

"哎！告诉你个秘密，等到哪天姑父让你去给他买啤酒了，你就会听到小姑的哭声了。姑父只有喝了酒才敢给小姑治病，我总结的。"

"真的？"

"真的！"

我想了想前几次，觉得陈希望的话很有道理，于是欣慰地看着窗外。月光皎洁，我听到它把房后的麦田照得哗哗响。

麦田依旧完整地立在那，麦穗随着风安静地飘来飘去。可是陈希望却变成了一个残缺的战士，他晃晃悠悠地向我走来。他脑门裹着一圈纱布，右脸蛋儿一块红肿，右侧胳膊也被擦掉了块皮。

"你怎么了？陈希望。"

"妈的！电视里讲的没错，女人就是祸水啊！这个张闯，赶明儿弄死他！"

"你怎么了怎么了？"

"别问了行不行？烦不烦！"陈希望看也没看我，他看地，一边骂一边吐吐沫。

余阳晃着金色的麦田，晃着麦田旁的石碑，晃着石碑上的我们。这是我和陈希望每天放学的必做之事，我们相约好在学校侧门外的这片麦地头见面，一起坐在这里说说白天学校的事，有时还在这里背会儿书再回去。因为一旦回到小姨家，很多话都不方便说，小姨看管我们很严。

"哎呀！你打架了？你伤成这样，在学校时怎么不叫我？"

"叫你有屁用！"

"小姨那怎么办？你肯定挨训。"

"妈的！爱咋咋地！"

我从陈希望的眼睛里看到了一股愤怒的烈火。

我低头看了看石碑上的字：中日友好！落款是一九八零年。

我有点想笑，压抑着冲陈希望挤了挤眼。

"别这样。有什么事不能心平气和解决的。再说，张闯和何田田人没那么坏！……你看中日都友好了，你们……"

"屁话！中日真要是能友好就他妈怪了，历史没学啊？你能跟小日本友好啊？"

"你——冲我发什么火？有能耐你就找张闯去！"

陈希望低头沉思了一会儿："不，不关张闯的事，是何田田，王八蛋，婊子！没一个好东西！"说完，他气冲冲地甩下我，一个人走了。

看着陈希望的背影，那像勇士凯旋似的装束，我顿时很想笑。心里又突然有点欣赏起何田田了，此刻，我脑子里开始浮现何田田的样子。她好像还挺漂亮的。

陈希望狼狈的样子自然被小姨一顿训，我猜他肯定被训，不过我没看到。回去后，小姨一把揪过陈希望往沙发上一推搡，接着转身去隔壁打电话。我知道小姨一定是把陈希望的事迹通知给舅舅了。这也是我猜的，因为就在这时，炕上的姨夫扔给我五块钱说：

"郑凡！给姨夫买三瓶啤酒去，要林乡牌的。"

我在拿起钱要往外走时，冲陈希望使了个眼色。陈希望扒在我耳朵上跟我嘀咕：

"今晚我让你看场好戏。"

我兴高采烈地往外跑，大概是对陈希望嘴里的好戏好奇，反倒起了精神头。与此同时，我也有些担心陈希望，他在被接受怎样的惩罚呢？哈！他要接受的惩罚陡然增加了我心中的小兴奋，这个跟我面前充大显摆的陈希望，你也该尝尝苦头。可我又一想，陈希望会不会被遣送回舅舅家或者去学校的宿舍呢？那样的话，我一个人该怎么办呢？我心里同时生出许多担忧。不过陈希望曾跟我说过，小姨不能拿他怎么样。这样最好，吓唬吓唬他的气焰之后把他留在我身边陪我，再好不过。

晚上，姨夫把三瓶酒喝得精光。午夜时分的时候，在我和陈希望强烈的期盼中，小姨的哭声开始缓缓传来。只是来得比平时要晚，不过声音却比平时要大得多。陈希望在黑暗中挥了下手。

"起来！"他用气声唤着我。我顺着陈希望的手，把双眼搁在了我们房间和小姨房间之间那堵墙上的那个大玻璃窗的一角。

"看见没？"陈希望在我耳朵上问。

"看见什么？"

"姑父在操小姑。"

"你说什么呢陈希望，别瞎说！"

"谁瞎说了？不信你仔细瞧。"

我瞧得很仔细，可是角度是背着月光，而且玻璃窗在小姨房间的那一侧挂了白纱窗，看不真切。可是声音却是真切了许多：低语声、呢喃声、喘息声、哽咽声，一声比一声急促，起起伏伏，如同麦浪。我还听到了捣糨糊一样的声音。这些声音，加上陈希望的描述，他说：

"你别不信，姑父就是在操小姑。"

"什么？别这么说？你这是脏话！"

"你干什么去？陈希望。"

"开灯啊！"

"别、别、别，耍我是吧？小姨会发现我的。"

"目的就是让她发现你呀！她发现你在看她，以后她对你就会更好了！你心里不是不平衡嘛！你不是嫉妒小姑对我比对你更好嘛！这就是秘诀。"

"谁？谁羡慕你了。我没有。……再说，小姨和姨夫不是你说的那样。"我在微微地打战。

"不是？既然不是，那你为什么不让我开灯？"

"我——"

我虽知道陈希望嘴里喷粪似的喷出的那个是污秽的字眼，可我并不知道那个字代表着什么，但不得不承认，这个字眼加上眼前的情景使我顿时有种喘不过气的感觉。最终陈希望没去开灯，他一直趴在玻璃窗的一角目不转睛地看着。我回身，身子缓缓地靠墙滑了下去。

陈希望很兴奋，他一边看，一边俯身小声冲我耳语，他说，姑夫的屁股比他的秃顶还亮还白；他说，你没看到小姑那浪荡的头发四处乱飞；他说，姑夫真行，都半个小时了；他说，姑父从小姑身上下来了。

陈希望一边描述，我一边想象，这种想象把我推向了罪恶的深渊。其实很多都是我自己胡思乱想，我对陈希望的很多用词都不甚明了。

末了，陈希望傲慢又鄙夷地冲我说：

"女人就是祸水！这一点你别不信，就是这么回事。"他装得很大人似的样子。

我说："我不懂！很多事我都不懂。"

"去读读生物书吧！好好看看咱们老师不给咱讲的那一章！"末了，陈希望丢下这么句话。

我出了满身的汗。

我知道了不是小姨被打，而是她心甘情愿地被姨夫压在身下。我也不知道是不是心甘情愿，总之，是陈希望给我描述的。我开始对小姨心生厌恶了。

真是奇怪！莫非小姨真知道我偷窥她的举动了吗？事实是在我开始憎恶小姨的同时，小姨对我却愈发好了起来。可是，她愈是对我好，我的脑子里就会出现陈希望所描述的那些情景，从而就愈发地厌恶小姨。厌恶她怎么会跟姨夫做那个勾当？陈希望说：

"这很正常，你爹妈也那样，否则就没你了。"

"滚！"我骂他。我断定我爸妈不会那样，因为我从没碰到过。

暑热消尽的时候，我经学校选拔去外地参加一个奥数比赛。事情来得很突然，所以所有行装，包括即将要换上的衬衣衬裤都是小姨亲自送到学校来的。小姨把我叫出教室，说：

"把衬裤换上，你们老师说要走三天，我听天气预报说这几天降温。"

"噢！"我拎着衬裤要往校外的厕所走。

"就在这换呗！哪那么多事！你里面不是穿了裤头。"

我于是转身到楼梯后面换了衬裤。换衬裤时，我第一次感觉自己的下身涨得难受。我断定这份难受跟小姨脱不了干系。

下课铃响起，同学们蜂拥而出的时候，小姨正在摸我的头嘱咐我路上小心。我甩开她的手：

"知道了。你回吧。"

小姨似乎有些伤心。

大家开始疯传小姨是我老婆，并拿这话打趣我。他们说郑凡你不错嘛！还玩姐弟恋啊？！那女的好漂亮噢！接着，全班哄作一团。

我厌恶地反驳他们："别瞎说，那是我小姨。"

"小姨？好年轻的小姨啊！她应该不是你小姨，是姑姑吧？"不知哪冒出这么一声怪叫。

"姑姑？为什么？"

"小龙女也是杨过的姑姑啊！"

妈的！我越听越厌恶，我跟说这话的那小子打架了。

我其实知道小姨对我比以前好的另一个原因是她彻底对陈希望失望了。从那次陈希望遍体鳞伤地回到小姨家，小姨第一时间给舅舅挂了电话之后，陈希望这个人就越来越让人看不到希望了。他开始频繁出入老师所说的"三室一厅"，频繁与人打架，频繁旷课，我甚至常常在麦田一头要等很久才会等到陈希望的出现，有时根本等不到，我只好孤零零一个人回去。

有一天，我像往常一样在麦田头等陈希望。只见陈希望一手拎着一瓶啤酒，一手拿着一包花生米冲我走了过来。

"陈希望，你喝酒了？"

"咋呼什么？来，一起喝。"

"我不喝。"

"不喝拉倒！告诉你吧，酒是个好东西，喝了酒，你就会变得更勇敢了。你没看姑父每次都是喝了酒才敢操小姑！"

"陈希望！"我用眼神剜他，就像剜一个土豆上的坑疤，就像小姨剜我的眼神。我喝令他停止使用那个污秽的词。

"我看你够勇敢的了。"我说。

"不够！我还有很多事要做。"陈希望说，"实话跟你说吧，郑凡，这学期结束我就要回去了。我爸不让我继续念了，我也念不好。"

"谁说的？舅舅才不会那样。"

"咋不会？小姑跟我爸通电话我都听到了。"

"噢。"我低下了头。

我不语，脑子里想着万一陈希望真的离开了，那我该怎么办？

"给我喝一口吧！"过了片刻我说。

"你不是不喝嘛！"

"就喝一口。"

陈希望把酒瓶递给我。一口酒进肚，又苦又涩，像马尿。我妈说的，啤酒不好喝，像马尿。我知道我妈没喝过马尿，我也没喝过，可我们都知道啤酒不好喝。

"陈希望，我勇敢了吗？"我挺着脑门问他。

他摇了摇头："再喝几口就勇敢了。"

我咕咚咕咚一仰脖、一憋气，半瓶啤酒进肚了。

陈希望拍了拍我肩膀：

"嗯，小伙子不错！有前途。"

这回我没嫌陈希望跟我面前充大显摆。我俩哈哈一顿狂笑，笑出了肚子里的所有浊气，然后仰躺在麦田旁的石碑上。

天色暗淡了下去，麦田成了蓝色里更深蓝的一片海洋。波涛汹涌的。

我的小脑袋总是很奇怪。我自己都不清楚为什么从陈希望跟我说他即将要辍学的那天开始，我开始关注起何田田来了。准确地说开始仇恨起何田田了，是她害得陈希望离开了我。想想今后我即将一个人躺在床上听隔壁屋子里小姨的呻吟声我就觉得恐慌。有那么两次，我决定找何田田谈谈。于是，课间休息时我来到他们班门口让同学叫她出来。可是，我该跟她谈什么呢？我不知道！这不是瞎折腾嘛！这样一想，我就怕了，所以她从班级出来时，我早就躲了起来。我听何田田怪模怪样地骂了一句后转身回去了。事后回想起来，我觉得我太不够勇敢了。陈希望说得没错。

有一晚，我梦见了自己把何田田压在了身下，她像小姨一样抽噎并呻吟着，我像姨夫那样喘着粗气。惊醒后，我第一次发现内裤濡湿了一大片，下身鼓鼓地立在那，浑身像被电击过一样。旁边陈希望鼾声弥漫，他睡得香甜，嘴里还嘟囔着谁的名字。我慌乱极了，不知道怎么办才好，蹑手蹑脚地把湿乎乎的内裤丢进了厨房的灶坑里，第一次体会到了一个人的孤单。

我是在期末考试考语文的时候知道了张闯死了的消息。当时我的作文写到一半，作文题目是写一个人，我写的是"我的表弟陈希望"，文中提到了张闯，当然不会那么写实地出现他们跟何田田搞三角恋这些事，我在作文上的虚构能力从来是不可小视的。我刚下笔写下"张闯"这个名字时，学校广播发出了声音：

现在播送紧急通知：今天下午我校高二七班几名同学违反校规校纪去水库洗澡，发生不幸，其中张闯同学溺水身亡。张闯，我校高二七班学生，胜利林场人……望全校同学引以为戒，切勿在暑假期间到大河、水库等户外水域洗澡。

这个通知不惜扰乱我们的考试反复地播送着。虽然声音不大，可是我的头"嗡"地响成一片，脑子里出现了张闯的身影。一个不错的阳光男孩，有点口吃，曾像对弟弟一样照顾过我，我们还一起坐火车回家。

死亡怎么这么快？噢！不是死亡，死亡本来就很快。但是我头一遭感觉死亡离我这么近，就在前一天我还看到张闯在操场上打篮球，今天就……

我搁下笔，作文写到一半就交卷走出了教室。我在厕所旁的花池旁蹲了下来，晴空万里，麦浪滚滚。在这收获的季节，张闯彻底离开我了。陈希望呢？不久也将离开我，不能一起上学一起放学，一起做作业一起谈班级的奇闻趣事了。张闯、陈希望，这两个名字反复出现，偶然那么一次，当这两个名字撞击到一起时，我想到了陈希望说的要弄死张闯的那句话，想到这，我突然觉得很冷，在阳光的照耀下，鸡皮疙瘩起了一身。我突然落了两滴泪。

这时，远处一个熟悉的身影走过来了，是何田田。她瞥了我一眼进了女厕所，许久她出来了，眼圈通红。出厕所门时把一团纸扔在了地上。

我跟在她身后，我想，你还有脸哭？都是因为你，他们俩才弄成这样。她身体瘦弱，背面看上去就像某种化学课上用过的器皿；她的腰真细，她的屁股真翘。我发现我竟然头一遭按着陈希望说的审女孩子的标准开始打量她。她没有在意身后，一边低着头擦着眼睛，一边往前走。这时，我的下身突然燥热难耐，我猛地一跃，双臂搂过她的胳膊肘，两只手从背后攥住了她的胸。死命地，像抓救命稻草，把我们抓成了一个人。我心跳得咚咚响。她显然被我惊住了，刚要喊，回头一看是我，就住了嘴。她奋力挣脱我，推了我一把，骂了一句什么后，捂着脸呜呜着往教室跑去。考试结束的铃声响了。

我为我的勇敢而惧怕，惧怕的同时又有些莫名地骄傲。这些情绪推着我疯了一样地从学校的侧门逃了出去。脸上火辣辣的，全身火辣辣的，我跳跃着将身体"嗖"地扔进了金色的麦田里，变成了一颗麦穗。我透过麦缝又看到了"中日友好"四个字。

"中日友好"？那么，谁跟我友好呢？

风压低了麦田，沙沙的响声将我整个吞没了。

南太行乡村故事

杨献平

独居者

　　山野是最好的生存之地，有水，有树，再开点田地，栽上几棵果树，就可以简简单单过一辈子。但物质的充足，科技文明的发展，对这种生活可谓灭顶之灾。尽管如此，在南太行的山谷沟岔间，仍还有人不为便利交通、贴近物质集散中心、新房新家具等新事物所动，依旧栖身于日渐稀薄狭小的山野间，在生命形体、思想意识和人世间上坚守既往的生命轨道。我所知道的赵雪娥就是这样一个人。

　　我见到这个老人的时间大致是二十世纪八十年代末，因由是跟着父亲去南山拾松木柴禾。南山——即我们村子正南面的山，主峰海拔1100米左右，由三道大山岭和十来道小山岭组成。中间是一道大河谷，不知从哪里发源的流水夏天沁凉无比，冬天热气腾腾。山坡上尽是常青松树，护林人年年要　树——就是把多余的树枝砍掉，以便使松树长得更高更粗更直顺，长成大材料，卖出好价钱。天长日久，松林里就堆满了变黄的松针和逐渐朽烂的松枝。松枝油性大，好点燃，做饭也省劲。

　　但松林里有很多可怕的动物，比如豹子、狼、野猪等。小时候，母亲总拿谁谁谁傍晚遇到狼，狼一伸舌头就把他半个脸舔没了的事儿来吓唬我，让我听话，不要擅自到松林里去。——事实上也是如此，天没黑，狼群就在松林里嚎叫，此起彼伏的声音让圈里的猪羊和驴子焦躁不堪，躲在石头后面直哼哼不出头。再后来，南山成了国营林场，因为树太稠密，组织了一次大规模的清理活动。但狼叫依旧，往往，伐木工人刚刚回到宿营地，狼群就追着屁股嚎了起来。

我和父亲背着木架子，提着斧头和镰刀，早上从家出发，穿过对面的村庄，再路过南山根下的一个村庄，沿着越来越深的河沟，往松林里走。河谷两边还有不少的田地，长着玉米等庄稼。流水在大小不一的石头间丝绸一样穿行。青蛙蹦跳，草叶摇晃，偶尔的，蛇扭着腰肢，消失在石头缝隙或草丛里。到山根，是一座村庄，不过早就成了废墟，先辈人留下的田地还有人种植，果树处在无人看管状态。这里距离村庄大约八公里左右，树林越来越密，地势随之升高。

杂草和灌木虽然很多，但小路始终清晰，在杨树、楸树和漆树之间，笼罩在巨大的浓阴之中。我和父亲走出一身热汗，手里的镰刀好像有一百斤。找了一处枯松枝较多的地方，父亲放下架子，三下两下就拾掇了一大堆柴禾。这时候，大致是中午二点多。把柴禾设在架子上，父亲拿出布包，掏了干粮掰开。父子俩坐在一块大岩石上吃饼子——可带的凉开水早让我偷着喝完了。父亲摇了摇空壶（以前军队用的那种），站起身来说："赵雪娥在上面住，咱到她那儿找点水喝去。"

羊肠道蜿蜒向上，路边的紫荆灌木和树底下铺了一层松针，有的腐烂了，和泥土混在一起。林间小片阳光中，摇曳着一些野杏树、青藤灌木，还有根根散开向上的球树丛。上了一座山岭，树木掩映间，一座房屋和数片田地赫然入目。从沟壑走近，近房一侧的山岭上，长着一些杏树、李子树、苹果树，果实满缀，有的趋于成熟，有的尚还青涩。

赵雪娥的家门开着，她坐在门槛上，避开兜头直射的阳光，戴着老花镜，正在缝补一件粗布衣服。父亲叫了婶子或者大娘，赵雪娥抬头看到，皱纹的脸上立马露出一堆笑意，招呼父亲进家来坐。父亲说，（俺们）来拾柴，想找点水喝。赵雪娥听了，收拢双腿，嗨呀一声站起来，就往屋里走。父亲抬脚进门，我也急着避开阳光，一脚跨进门槛。屋里是阴凉，与屋外构成了两个世界。正要找地方坐，却发现赵雪娥高起地面一米左右的土炕上赫然放着一口已经油漆了的棺材。我啊了一声，眼睛瞪大，全身一抖，像是陡然冲了一盆凉水，寒得骨头都咯咯作响。

我蹦出门槛，站在院子里，脑子还转不过弯来。这时候，只听得一阵哈哈哈哈的笑声，从被阳光照的更黑的屋里传来。赵雪娥说，忘了说了，看把孩子吓得！父亲端着热气腾腾的开水碗，站在门槛里面对我说，这个（棺材）有啥害怕的？快进来喝点水（来）。我摇摇头，眼睛依旧惊恐。赵雪娥看着父亲说，这是……父亲说，这是老大，叫献平。赵雪娥哦了一声，说，怨不得俺老呢，孩子都这么大了。父亲说，老二也快十岁了。

赵雪娥又端了一碗开水，站在门槛里笑着递给我，我急忙接住，看着清澈见底的开水，却总是觉得，那水里一定充满了许多看不到的东西，有赵雪娥的脏（碗洗不净或水中有什么脏东西），也有与棺材相关联的一些诡秘物质。我想，不喝显然不给老人家面子，可喝下去肯定会沾染一些令人恐惧的东西。就推说太烧（烫），把水碗放在院子里的一块红石头上。我假装好奇，看看院子下面的田地——种了一些土豆，秧子早就干枯了，土豆还在土里，另外一边种着玉米和黄豆，虽然已经结穗，但被动物糟蹋的痕迹一目了然。

父亲又坐在里屋的凳子上喝水，和赵雪娥说话。我走到院子北边，看到一座房门紧闭的房屋，看样子像是赵雪娥的仓库或者厨房。房侧，蒿草繁稠，上面还有一些种植玉米的田地。再向上，是密密麻麻的松树，好闻的松香从闷热的风中飘来。再向北两米，长着一大片芦苇，芦苇丛中，掩着一口不过二尺深的水井，有一些芦苇叶子和狗尾巴草飘浮在水面上。水底是泥沙，很细腻的那种，有一些翅蟆蝴（一种在水面上可以飞行和站立的小昆虫），在水上跳跃或落下。

离开的时候，赵雪娥可能猜透了我的心思，说孩子嫌俺这老娘们（即老太太）脏嗳，不喝水。去给孩子摘一些李子和苹果吧。父亲嗯了一声，端起我的水碗，咕咚咚喝下，把碗放回屋里，走到南边的苹果树和李子树下，猿猴一样爬上去，摘了好多将熟的果子。转过山岭的时候，我特意回身看了一眼——赵雪娥住的地方，是在整座大山的上腹部，松林之间空地上，松涛日夜奏鸣，她一个人和一座房子，还有田地和水井，构成了一种完备的生活环境。

我一连吃了好几个李子，父亲说，再不能吃了，我说为啥，父亲说：李子树下埋死人。我不懂，父亲解释说，李子吃了胀肚子，吃多了，就会撑死的。到河沟，背上柴架子，一边往回走，我一边问父亲：这老娘们儿叫啥，为啥一个人住在这儿？一个人不害怕吗？不怕狼和山猪、豹子把她吃掉吗？父亲说，赵雪娥的汉们（男人）很多年前当兵牺牲在外面，一直没改嫁，收养了一个从河南来的儿子，娶了媳妇以后，闹不来，赵雪娥就一个人搬回这里住了。晚上，狼趴在窗户上往里看，吼吼叫，还有的用爪子挖门，用头砸窗户。

我说，那怎么没（把赵雪娥）吃掉呢？父亲说，你没见她窗户上钉的厚板子？门背后还有铁条。

走了一会，浑身热汗，我说歇一会吧。父亲找了一个平坦的、高出地面的长石头，把架子放下，用开叉的木棍支好，又过来帮我放下支好。我到水边洗了一把脸。父亲点起旱烟，腾腾的烟雾在狭长阔大的河谷里风吹即散。父亲还告诉我说：那口水井也很怪——赵雪娥在，清水不断，赵雪娥出去几天，水井就干了，等她再回来，就又有了水。这事情有点神奇色彩，我问父亲：那是为啥？父亲说：水跟人，人也跟水，有水的地方才有人，有人的地方才有水。——对这个回答，我有点不满意。父亲说，具体咋回事他也说不清楚。

赵雪娥这个人很犟，认死理。和养子一家多年不来往，一个人活。知道自己年龄越来越大，随时都有可能死，就提前做了一口梧桐木棺材，见人就说：哪天不着（行）了，往棺材里一躺，就万事大吉了，也不用劳烦谁来给她办后事。听了这话，我的身体蓦然冷了一下，觉得了一种决绝的意味，对赵雪娥，觉得可怜又很敬佩。她的这种消失方式显然是最为理想和特立的，看似没有人情味，但却有着一种难以言传的独立精神。忍不住回头看看赵雪娥所在的地方——山坡向上，树木遮蔽，只有不竭松涛之声，如无形泱泱之水，在太阳西斜的下午，将人与其他生灵覆盖得悄无声息。

殉与逃

1985年初夏，麦子正在变黄，尖利的锋芒上蝴蝶翩翩，瓢虫横飞，套种的玉米儿苗正和逐渐成熟的麦子赛跑。我放学回家，路过一道桥，桥上有两个妇女在说话。一个是朱彩云，三十岁左右，人长得很丰腴，正是夏天，胸前两只奶子像刚摘下来的大西瓜，随着微晃的身子而不停地滚动。娘家在五里外的白狼村；一个是赵红花，四十岁上下，身子像是一根枯了的小柳树。娘家在三里外的赵公庄。

走到她们近前，我听到：朱彩云大声说："嗯，那俩人咋想不开呢？"赵红花唉了一声，左手掐着细腰说："可能好几天了，要不是放羊的到那羊圈拿东西，怕烂成骨头还没人知道叻！"我走过她们的时候，俩人不约而同地看了我一眼，然后又面对面。朱彩云说："老一辈的事儿不该给孩子们套（牵连）上叻。"赵红花嗯了一声，说："可不就是呢？不过，那两家的事情年代可长了！"我走过她俩一百米了，她们还在说，声音渐小，到最后，再回头看的时候，只见两人还面对面站着，相互看着对方，还在说着什么。

这个情境我至今印象深刻，不是因为她们两人的强烈反差，而是后来真切听到了她们所说的那件事。到学校，吴起村的同学吴大光说：他们村的大闺女吴彩霞和朱家庄的半大小子朱家良一块死在了后山的羊圈里。两人都没穿衣服，胳膊和腿儿直直地竖了起来。他说的时候，一帮子同学齐声哦了一下，我只觉得心脏乱跳，大热天的浑身发凉。下午放学回家，蹲在街道上吃饭，大人们也都在议论这件事。

大人们说：吴彩云和朱家良以前也是同学，比我们高七八届，俩人在学校时，就王八看绿豆——对上了眼儿。毕业都没有考上大学，但"当两口子"的愿望是王八吃秤砣——铁了心。要是换了别人，两家爹娘再不同意，两人坚持一下，闹一阵子，再来过先上车后买票，生米做成熟饭，爹娘也就没招儿了。可不巧的是，朱家良和吴彩云的爹娘是几辈子的冤家。据说，吴彩云的曾奶奶朱秀华是朱家的老闺女，要是算起来，朱家良得叫朱秀华老姑姑。血缘传到这一代，亲情虽然淡成了水，子女再婚嫁也没啥大碍。

朱秀华父母只生了朱秀华一个闺女，在乡村，没儿子就等于绝户（南太行乡村俗骂"绝户头子"是对人最恶毒的咒骂和最深的耻辱），自然地，朱家良的曾祖父就成了朱家唯一继承人。有一次，朱家良的曾爷爷饿得全家趴在炕上连放屁的力气都没了，吴彩云曾祖母见状，顿起恻隐之心，私自做主借给他们一斗小米。几年后，朱家良的曾爷爷说还了吴彩云曾祖母的一斗小米，吴彩云的曾祖母说没还。就因为这么点事儿，两家闹得不可开交，见面就恶吵，也不讲啥情义情理，双方都把同一个祖宗十八代骂得狗血喷头，还狠狠地打了几场架。其中一回，朱家良的曾祖父拿着一把斧头，差点砍掉了吴彩云曾爷爷（朱秀华的丈夫）一只胳膊。那时候，山高林密，又没有官路，到县城靠步行，单趟起码也得两天，吴家人没去告官，但仇恨与日俱增，总想寻机报复，可始终没有逮着机会，临死了，就把仇恨交给了下一代。

到了朱家良和吴彩云的父母这一代，前仇依然浓郁，并打小就教育孩子要记得这血海深仇，有机会要报。谁知道，朱家良和吴彩云反而唱了这一出，使得两家父母异常憋闷。男方父母说：俺孩子就是一辈子打光棍，也不要她家的那骚货！女方父母扬言：俺闺女就是给了猪，也不给那个王八羔子驴操的！可朱家良和吴彩云就是不理那个茬儿，俩人说啥也要在一起。两家大人没办法，把自己孩子打得整天跟个狗崽子一样，不是走路抱胳膊，就是双手捂着脸。

可能是逆反心理作怪，父母越是这样，朱家良和吴彩云就愈是难分难舍，挨打就往一起跑。大致是1985年初夏，麦子就要被收割了，两人都没了踪影。朱家良的爹娘找到吴彩云家里，大骂吴彩云那骚逼把他们儿子糊弄跑了。吴彩云的爹娘站在石头墩上骂朱家良那狗日的把俺闺女弄没了。骂着骂着，都激动起来，随手捡起卵石头相互投掷，拿着棍棒就要大干一场。邻居们看得口干舌燥，有的人上去劝劝，有的人冷眼旁观。几天后，村里的一个放羊人偶然去羊圈（夏天一般是露天圈，冬天才到暖羊圈里），发现了上述的一幕。

据目击者说，当时的情景是：一进门，打开小屋门，先是看到炕上（羊圈一侧一般有供放羊者睡卧的小房子，盘有土炕）竖起八只胳膊和腿，一声惊号，蹿出羊圈又跑了几百米才停住。回村招呼人去看，只见一男一女赤身裸体，四肢直直举起，显然死去数天。朱家良和吴彩云父母上前一眈，啊呀一声，当即昏倒在地。两家人各把死者尸首抬回家，装棺材时，因四肢直立，盖不了棺盖，就拿了斧头，将多余部分砍了下来，放在棺椁内。按照南太行风俗，未婚男女夭后，不得进祖坟，双方各自将死者赁［也叫批，即将死者放在祖坟外认为合适的野外（通常会按照阴阳先生的勘定结果而决定），用石头或砖头加水泥，将死者棺椁垒在其中］在别处。

至于死者的四肢为什么会直直竖起，科学的说法是雷电的结果（斯时正是雷雨频繁季节），还有爪子上带有静电的猫（至今如此），事实上也是如此，不存在什么异象及其他隐秘力量。但是，这其实是最大的残忍，砍断死者四肢是其一，将两个相爱并以死相殉的人尸首分开安葬是其二。它们都反映了人——南太行乡村人们的本质性的生命观念，即，逝去就是另类了，不但与这个世界割断了联系，也会自觉不自觉地从现实家庭成员中驱除出去（这比较符合唯物主义思想）。再者，他们觉得对死者进行符合某种要求的处置是理所当然的，不需要考虑到当事者的意愿及其他人的感受。也就是说，朱家良和吴彩云追求的"生不能同床，死同穴"的终极爱情理想彻底幻灭，他们用生命换取肉体（肉体）合一的努力也在死后一败涂地。

这起事件让我们心惊许久，但随着秋天的到来，一切都如往常。活着的人照样忙忙碌碌，拿着镰刀，提着斧头，在山坡和田地里照常劳作；死者的坟茔矗立在山坳的某一处，成为一个恐怖和消失的符号。可不巧的是，这一年的秋末，又发生了一件叫人心悸的事件：某日下午，村人正在地里收玉蜀、豆子，忽然有人惊呼，众人抬头一看，只见山后的小岭上冒起一股浓烟，随后传来一声声撕心裂肺的叫喊。几个人冲上去，人已经死了。后来，我们听说，死者是一个结婚不过半年的妇女，她开始不愿意嫁给现在的丈夫，爹娘非让嫁。嫁了后，她不和他同床，啥活儿也不干，整天呆坐在院子里。

再后来，就出了这件事——烧成了一截黑木头，散发的味道叫人呕吐。事后，还有人说，某夜，丈夫把她绑在床上，完成了丈夫对妻子的要求。还有人说，这妇女就没有和丈夫有过任何的肉体关系。我听到这件事，沉默了好久。我想，这位妇女肯定另有爱人，当自由恋爱最终敌不过"父母之命"，她选择了死亡，赤身一人，把痛苦放在汽油之中烧掉了，把一切的希望和渴望留给了她深爱的人（至于她深爱的那个人到底是谁，当时谁也没有说出来）。还有的说，她父母为此后悔不迭，尤其是父亲，没两年就罹患癌症，随后而去，母亲也疯疯癫癫，不久也去世了。

与前一个事件比起来，这个事件更具有神秘意味，留下的猜测也更多。她决绝自焚人却不知为谁；她以此了决，而没有充足的理由。她一个人去了，而且走得如此惨烈，叫人怀想不尽却又心生惊惧。如果说，前一个双双服毒自杀是为了纯粹的灵魂合一，后者的单独自焚则体现了一种隐约的期盼、成全和自灭度人的慈悲。无独有偶的是，这两件事后的1987年春天，一个已婚男人和一个已婚女子双双从南太行乡村消失了，不久传来消息，他们俩在河南某地一起生活，至于靠什么生存，谁也说不清楚。

关于他俩的事，在还没有私奔之前，就在南太行乡村哄嚷开来。男的是一个乡村医生，女的是一位退伍军人刚过门两年的媳妇。某日，某人去诊所看病，走近，却见门向内插着，后来听见男女做爱的声音。再后来，人人私下议论。男的媳妇和孩子也听说了，女的丈夫和家人也知道。闹了劝了之后，两人依然故我，一有机会，就找地方男欢女爱，热烈得不可开交。

再后来是在南太行消失，至今不见踪影。有人说，一二十年了，俩人也不知道在外咋活的？有的说，蛇有蛇路，鼠有鼠道，管别人的事儿，闲得蛋疼！更耐人寻味的是，男的媳妇依旧没有选择离婚和改嫁，带着他们的孩子，种他们的地，伺候双方的父母。女的丈夫无奈，到法院办了离婚，又找了一个媳妇，现在儿子都读高中了。这个事件至今延续，说起来，人都知道，都摇头，都惋惜，有忌讳的，也有鄙夷的。我开始也觉得这件事情至少是"不应当的"，当事人快乐了，另一些人悲哀了，他们的身体远离了南太行乡村，可他们的根儿还在。

很显然，这起事件的本身并无意义，可以说是为了寻找爱情乐园而勇敢冲破世俗阻力，也可以说是奸夫淫妇为了更肆无忌惮而选择的逃避途径。当然，不同的人会有不同的说法，但事实只有一个。对于殉情而亡的人来说，他们是超脱了，悟透了人世，相信死可以永恒，死了任谁再分也分不开——超越了阻挠者的控制范围与所有的世俗说法，是典型的朴素的爱情理想主义者。私奔的，他们或许意识到了肉体对于爱情的重要性，他们觉得，肉体是爱情的实际附着，所有的欢乐与幸福，都建立在尘世及具体身体当中。

也算命运

军阀混战年代，把媳妇儿娶进门还没半年，章程其就被石友三的部队强行征收了。这小子从小胆大，在村里时，就是个见狼打狼见鬼捉鬼的主儿。到部队后，因为打仗不怕死，没有枪弹也敢上前线和敌人对着干，先是当了排长，后来又当连长，再后来当了营长。后来，石友三失势，粮饷吃紧，只能先照顾自己的嫡系部队，断粮几个月了，章程其和属下饿得前心贴后心，一个个趴在床板上形如僵尸。章程其和两个连长合计的结果是，撑死比饿死强。就趁夜带领五十人马，装作山贼，抢了石友三派发给自己亲信营的粮秣。事情败露，还没等石友三兴师问罪，章程其就带了主要案犯和铁杆弟兄，跑了个神鬼不见。

1946年初冬，章程其儿子清晨开门，一个人像是一根木棍一样倒进门槛。

儿子一声大叫，手中夜壶噗然落地，黄泠泠的尿水撒得满身都是。章程其叹了口气，站在儿子面前大致说了前因后果，手里还拎着个夜壶的儿子才知道这个瘦如麻秆的人就是自己当兵多年没回来过的亲爹。连忙让到家里，拿出仅有的米面，下手就要做饭。章程其饿得够呛，面条刚下水，就捞了一碗，蹲在灶边呼啦啦卷进了肚子。然后躺在光板炕上，一连睡了三天。醒来，点了根卷烟，问儿子，恁娘哪儿去了？儿子狠狠地拍了下脑门，在地上低头转了几个圈儿，嗡嗡说，跟人跑了！章程其翻起身子，跳下土炕，从腰里抽出盒子枪，抓住儿子衣领吼问：哪个驴操的敢拐骗老子老婆？儿子一看老子这阵仗，头一下子大了起来。章程其见儿子这熊样，放缓了语气。从破衣兜里掏出一支卷烟，点着猛抽几口。看着儿子，叹了一口气。

儿子说，你当兵走了，娘第二年生下俺。六岁那年，娘带着俺到后山躲鬼子扫荡。回到家里，家被鬼子翻了个底朝天，就连他娘偷偷埋在灶灰里的几个山药蛋和红薯，也只剩下了一堆皮。娘俩饿得没东西吃，冬天到山上摘干了的山楂和柿子，捡相克子（一种乔木果实，皮硬，肉黑，涩苦）和酸枣吃。再后来剥榆树皮。实在没东西吃了，就白水煮树叶。

有一年冬天，风吹得房子摇摇晃晃，院子里一人多粗的梧桐树从半腰上折断，要不是娘俩躲得快，就被碎石土块砸死了。那一夜，娘抱着他哭到日上三竿，两眼肿得啥也看不见，昏睡了半天，抬起眼皮，却发现，家里来了一队人马。看样子，像是做买卖的。领头的中年男人戴着一顶貂皮绒帽，穿着白羊皮大衣。说话儿口音好像是山西的。

娘急忙起身，上前说：家里实在没啥吃的，恁都到别人家打尖吧。那人看了看她，哈哈笑了一声，说，粮食不用你操心，只要有柴有水就行。说完，大声招呼后面的人，从一匹骡子背上取下半袋白面。看到白面，娘的眼睛都直了。二话没说，蹲下身子，就抱进家里，拉了面板，不一会儿就和好了面。然后掐了柴禾，放了清水，热烈的火焰腾的一声，冲向黑锅底，再一会儿，就传来了咯荡荡的开水声。娘下了面条，不管生熟，先给儿子挑了满满一大海碗，儿子二话没说，蹲在灶边三下五去二，就吃了个底朝天。第二天早上，儿子醒来，家里没一个人。也没在意，穿上衣服，坐在门槛上等。到天黑，娘还没回来。再等到天亮，也不见踪影。

　　数天后，天降大雪，附近山峦银装素裹。天还没晴，又扯起了大风。直吹得周天寒彻，鸟兽潜藏。章程其从堂哥家借了一根麻绳和一只口袋，趁着大雪，一步一趔趄，到邻村曹姓地主门前，先是冲天放了一枪，然后把布袋子挂在曹地主的门吊子上。

　　曹姓地主探头一看，缩了脑袋，叫人装满了口袋，还拿了几张热气腾腾的烙饼。章程其接了，然后用绳子捆了布袋子。绳子一头套在肩胛上，踩着嘎吱嘎吱的大雪，回到自己家。第二天一大早，章程其朝着北河沿的方向，低着脑袋，像是笨重的老熊，不一会儿，就消失在茫茫雪野之中。

　　儿子站在自家院子里，直到老子的背影消失，才回到屋里，往火堆里添了几根柴禾，熊熊的火光持久而猛烈，将四面漏风的家居烘烤得异常温暖。房顶上北风刮得人心发凉，地上的积雪在渐渐发暖的风中渗进泥土。

　　墙角的枯草冒出嫩芽的时候，章程其回来了，身后还跟着一个女人。

　　村人张大了眼睛看，满脸的惊讶和不能理解。儿子的目光穿过章程其的腋窝，看到一个面色白净的闺女。儿子急了，嚷道，俺娘吧？章程其看了看鼻涕挂在嘴角的儿子，一句话没说。走到那闺女背后，使劲推了一下，那闺女毫不防备，一下子扑在了儿子怀里。

　　可是，儿子还没搞清楚是怎么回事。那闺女却生了，一声啼哭打破了章程其家长久的寂静，烧得发红的土炕内外，就升起了一股家庭生活的气息。等自己的儿子长大八岁，儿子隐隐约约听说，这孩子是自己媳妇和老爹的。

　　是可忍，孰不可忍？儿子怒吼一声，倒提了一把镢头，一下子砸开了章程其的木板门。章程其还没明白咋回事，腿上就是一阵剧痛。等儿子再次抡起的时候，章程其大吼一声，儿子一个愣怔，镢头停在空中。

　　儿子把章程其抱在炕上，找了先生。几个月后，章程其能起来走路了，但总是一拐一拐地，再也离不开拐杖。再两年，老婆再次生产的时候，儿媳妇在这个屋里叫，章程其在那个屋里喊。儿子站在院子当中，仰头看天。一群大雁飞过，儿子只觉得头上被什么敲了一下，伸手一抹，原来是一粒鸟粪。还没顾上擦干净，一声响亮的啼哭从屋里传了出来。

　　再一年，门外河滩上传来一阵锣鼓声，章程其挣扎着站起来，挂着拐杖正要出门看热闹，一队人冲了过来，不由分说，架了章程其的两只胳膊，风一样地冲到河滩，一把丢在搭建的木台子上。章程其惊魂稍定，只听下面的群众高举拳头齐声喊：打倒地主老财！打倒流氓汉奸！

章程其蒙了，愤怒的群众冲上木台子，妇女吐口水，男人拿脚踹。章程其满身疼痛，渐渐麻木。半夜里醒来，发现自己被吊在一丈多高的旗杆中间，像是一只被风吹干了的皮囊。章程其叹了一口气，努力抬头，看了一眼东边的星空，再看看自己的家。大喊一声，然后趁着绳子的惯性，把脑袋向旗杆撞去。

南太行婚丧嫁娶

羯羊圈村一户人家生了孩子，村里其他人会去看，主要是看孩子，连声夸小孩子长得俏（俊美），说这孩子额头大，耳朵也大，将来肯定出息。还有一些人不去，原因是两家有怨隙——仇恨是最大的隔膜，也是柄双刃剑。这些人不但不去，还背地骂：那个操他娘的，还生了个小子，老天爷眼瞎（村人念xie，四声）了！

远处亲戚听说后，也总会来看，当地人把探望病人说"眊"（例句：姑家儿媳妇生了，啥时候去眊眊）。来眊的亲戚买了吃的带来，血缘近的还要给孩子扯上一块布或买一身衣服（主要以关系远近和被眊者的地位身份为依据），血缘较远，但情分上一定要去的，就带些吃的去。

若是要去看老人，尤其是生病的，主要是拿鸡蛋、饼干、方便面和牛奶等食品。

这些年来，乡里小卖部多了起来，各种货物都有。方便面大都是本地厂家生产；牛奶什么牌子都有。

乡人花起钱来格外小心，能省绝对省——等到人家儿子满月，忙得没顾上去，但一定要去的亲戚，到人家家里，还得说个好听话："俺家那一堆堆的事儿啊，叫人头疼死。早就说来眊眊大人孩子，总是走不开。"主人家听了，知道是啥意思，赶紧笑脸答说："恁忙嗳，孩子大人都好，还费那个心来眊啥嗳？"

南窑村一个老人死了，儿子儿媳披麻戴孝，头上戴着四角形的白帽子，鞋面缝了白布，全身缟素；女儿也是。孙子们则只戴一顶三角形的白帽子，上身穿白衣服。侄儿、侄女儿则头上只缠一根白布条。

老人去世后，穿好衣服，在炕上放一晚。第二天上午，才放进棺材，抬到麦场上，搭一个灵棚（一般是租来的，上有各种绘像，大都是歌颂老人功绩或者表现极乐世界情境的），孝子贤孙按次序跪在灵柩前面，放声大哭，或者嘤嘤唧唧。儿媳妇一般不会真哭，但必须要哭，不然，村人会耻笑她不孝顺。

事实上，即使儿媳妇再不孝顺，把公婆打骂得抬不起头，这时候也都是一脸悲伤，哭声震天，有的哭得比亲闺女还厉害。

亡人是白事儿。管事者大都是本家族中年纪最长者。

有人病故后，管事的先找一帮人，逐个通知亡者在外的闺女和儿孙，再请阴阳先生，按老人咽气的时辰，确定好下葬的具体时间。接下来，差人到小卖部买香烟，每个来帮忙的人都分一盒，孩子妇女也给。中午吃捞饭（小米干饭）就咸菜，或者土豆炒白菜。晚上吃面条，白水煮的，不加任何佐料。

近些年，生活水平提高了，丧事也开始丰盛。要是在夏天，帮忙的人必须喝啤酒，冬天则白酒。电视还不太普及的时候，每逢丧事，当晚或次晚，死者家属要放一场电影（以前有钱人请戏班子唱几台，以示孝敬。现在仍然有，但大都被电影代替了）。丧事一过，孝子还得带上吃食，到亲戚家里走一趟，这叫"谢孝"，主要是报答亲戚们的深情厚谊。

埋人时（乡人叫起灵），几个大汉把棺材绑了，再套上长木杆，几个一使劲儿，"嘿呦"一声抬起来。坟地有路的，就放在拖拉机上，没路的，大家就轮流着抬。这时，孝子贤孙们再一次放声大哭，远听像是狼嚎，近了听不清。一路趔趄，一路悲痛，跟着黑色或红色棺材。到坟地，长子摔掉瓦盆，再填上第一锹土。正式填埋的时候，哭声戛然而止。

村人说：这时候谁要再哭，就会把自己也埋进去（这个讲究，一方面有体恤孝子贤孙的人性味，另一方面，也暴露出了人性当中某些虚伪部分）。

要是死者还年轻，未婚，则不办丧事，趁夜埋葬，且还不能入祖坟。即时或者押后，买回一个死时年龄仿佛的女性尸骨，方可名正言顺地与家族其他亡者同列祖坟；若死者是黄花闺女，则另寻一处，不挖坑，把棺材砌起来，再用水泥浇灌缝隙。

因南太行乡村早夭者男性居多（疾病，大多数是在煤矿铁矿事故当中丧生的）。早夭女性尸骨备受欢迎，价格从几百元飙升到一万多元。有的实在买不到，偶尔遇到，打听实了，还会趁夜偷回。

冬天一到，四处可见说媒的人。儿子到找对象的家长，整天思谋，哪儿有合适的闺女，找个媒人撮合撮合。几乎每个人，都要把附近村庄里的所有适龄闺女盘算一遍，认为有可能的，不管有人说没人说，总要去"探探口"，要是女方大人有意思，就找媒人，以最快的速度"下手"，生怕一闪眼就被别人家抢走了。

闺女长大了，在婚姻事上，自己一般不做主，全凭大人拿主意，爹娘说好就好，说不好就不好。只有少数闺女自己有主意，嫁谁不嫁谁心里有谱儿。但也有耐不住大人的威逼利诱，心里再不舍得，最终也得顺着父母的心愿。

若是两家都愿意，媒人就代为讲好财礼钱（上世纪八十年代初为几千元，九十年代三万元，现在最高到十万元），双方要是没了大的分歧，媒人带了女婿来，安排两人见一面。男方家拿出两只红枕巾，预先包上数目不等的钱，递给女方，女方接下，就算订婚了。

这样一来，别的人家就不再张口了。

附近大小村庄，每年都分别有一场庙会。庙会两天前，男方家就给儿子的未婚妻送了钱去，随行就市，多少不等。一年下来，少说也得几千元（白）给女方。男方家一盘算，这样拖几年，少说也得白给上万块钱。

往往，男女双方订婚不过半年，男方就急着结婚。女方家要是不满意，有退婚或者再多要点财礼钱的话，就会想方设法拖延日期。男方家着急，只要还能承受，就咬牙给，但也不能不还价，实在讲不下去，背地骂得热火朝天，脸上还挂上笑容。

双方都满意了，就定个好日子。男方家早早布置新房，买了酒菜，结婚那一天，锣鼓铿锵，鞭炮齐鸣，高音喇叭在树干或房顶上，对着山坡和山谷吱哇乱喊。亲戚们早早来到，同村人也来了，昔日即使门可罗雀，这一天也人头攒动。

轿车迎接新娘，大车装载送嫁的娘家人，卡车拉着嫁妆（以前最多几双新铺盖，再后来是缝纫机，现在大都是冰箱、洗衣机、电视、摩托车、沙发之类的），几个帮忙的人站在车厢，一路放炮。一路轰鸣着到女方家，随从吃饭，

新郎直奔新娘房间。

房门紧锁着，新娘的妹妹弟弟、表妹表弟、侄儿、侄女等等，非要新郎掏足了钱，才肯开门放人。新娘被新郎抱着，上了车，男方家爹娘才算彻底放下心来。

男方家人山人海，大吃特吃，大喝特喝，有的还顺手往回带些。但亲戚们是不能白吃的，得留下贺礼——舅舅给的最多，其次是姨和姑，以前几十块钱后来几百，现在好像是一千元。

晚上，邻村相好不错的人拿着东西来贺，自然又是一顿吃喝。本村的兄弟们则闹洞房，最常见的游戏是捉了新娘手脚，提起来，把屁股往墙上或者其他地方蹾。夜里，还要放电影，村里人都会来看。

半夜，客人散尽，才是新郎新娘时间——第一夜不能插门儿，还得在窗下放一把扫帚（我至今不知道是啥讲究）。有调皮的小叔子会提前钻到床下——第二天出来，四处宣扬新娘新郎做爱的细节和动静。

婚后三天，娘家人来了，再吃喝一顿，把闺女接回家——这里面一个明确的理由是"叫四一"，隐晦的则是：两个年轻人第一次成人，肉体之欢如洪水猛兽，一发不可收，大人怕新郎把持不住，夜夜要，时时要，伤了身体，把闺女叫回来，新郎再想要也不能跟到丈人家来。

在南太行，婚娶一般在冬天进行，一来食物不易变质，二来相对清闲。但老人过世或者年轻人夭亡，都不是自己说了就可以算的。

我在南太行的那些年，先后经历了祖父的死、二表哥自杀、邻村的一些正常和非正常死亡事件；也参与了几场婚娶——往石碾子村送了表姐，从花木村迎来了三表嫂。那时，每逢他人婚娶，总跟着瞎兴奋；稍大一点儿后，也梦想着有一天自己也能像他们那样，用锣鼓鞭炮、小轿车和红绸缎，还有笑脸和内心，迎回属于自己的新娘。

现在，又很多年过去了，南太行还是南太行，山川巍峨，草木枯荣。但从前的夜夜狼嚎早已倾耳不闻，一茬茬的人口音雷同，面孔如一，风俗照旧，脾性不改——那么个地方，那么些人，在庞大世事和时间中，一点点成长，一点点深陷，无论怎样的姿态，也都不过是一个个瞬间。

黄的蓝的黑的

——谁正与你擦肩而过

陈启文

一

一只大手突然在拥挤的人流中抓住了我的行李。老乡，快，随我来！

这一声热乎乎的招呼，让我愣了一下。熟悉的乡音，陌生的面孔。我有些张皇失措地看着他，老乡？！在这远离故乡的城市，一个混乱车站的出口，我的第一个反应是条件反射，一把将自己的行李从他手里重新抢了回来。我紧紧地拽着属于我自己的东西，然后从背着大包小包的、乱作一团的农民工中间拼命挤了出来。但还没让我来得及喘一口气，我就发现，他依然紧挨在我身边，而我已经鬼使神差地站在了一辆黄颜色的士边上。我明白了，这是一位拉客的的哥。

事情已经变得非常简单，但我不想这么就范。我怕受骗，要求打表。他一边用湖南话嗯哪嗯哪地答应着，一边撅起屁股打开了后盖，就在他要把我的行李放进去时，他突然说了一句实在不该说的话，老乡，我不骗你，从这里去东莞，不开票，我就收你一张钱！我再次感到我受骗了。他焦急起来，反复说他没有骗我，他打开车门、弯着腰让我上车，眼里充满了热切的渴望，甚至是乞求。仿佛，只要我上了他的车，他就一定能向我证实他绝对没有撒谎。冷笑，我在冷笑，真是老乡见老乡，骗你没商量。我已经确信他在骗我，从东莞火车站去东莞市内，按我的猜想，再远也不会超过三十块钱吧，三十块足以把长沙城整个跑一遍了，他竟然狮子大开口，要一张钱。我不得不再次抢回了我的行李，一边走一边冷笑着对他说，还老乡呢，你以为我是第一次来东莞的傻帽啊？我以为他还会追上来，但没有，他站在自己的车边看着我，眼神里分明有一种谋杀未遂的遗憾，他说，老乡，你还真的是第一次来。

这也是我在东莞遭遇的第一个湖南老乡。老乡，这个词，已经丧失了它应有的力量。我们共同拥有的故乡和故乡的语言，在这样一个远离故乡的城市里已经不可能再产生什么神奇的效果，它拉不近我们之间的距离，反而让我们变得更加陌生和警觉，彼此提防。是的，这只是一个开头。

二

他没说错，我还真是第一次来这座城市。但凭自己多年来走南闯北的经验，我知道车站是个什么地方，我宁可拖着箱子背着袋子多走半里路，一直走到一个我认为比较安全的街口，才招手拦了一辆的士。说好了，打表。而更重要的是我又重新找回了我的自信，方向盘掌握在司机手里，主动权却掌握在自己手里。

这样一辆车，蓝色的，干净，清爽，门一打开，就散发出一阵清香，如同清水中的莲花。我一眼就看见了一个观音的小佛像，随着节奏美妙地晃动。它更适合由女性来驾驶。这车上，还真是个三十来岁的漂亮的姐，一点笑意，清淡如莲。这笑意，抑或是这个观音的小佛像，让我有了一种莫名的信任感。我上了车，在她身旁坐下了，坐下了才发现我和她之间还隔着一排不锈钢的防护栏，闪烁着坚硬而冰冷的光泽。但她却在笑，她笑着问清楚了我要去哪儿，又笑着把车开上了一座立交桥。深秋的阳光在她胸脯上滑过，方向盘在她手里自如地转动，她戴着一双雪白的手套，也能感觉她手指的纤细和柔软。坐这样的车是一种享受，飞奔成为一种纯粹的感觉，人被速度带入宁静，我似乎忘记了要去的地方，也忘记了我和她之间还隔着什么。

但我的警觉还是及时出现了，当表跳到三十元，我的心跳了一下。我问她还有多远，她说，还远着呢，你是第一次来东莞吧？我没吭声，但我发现了一个疑点，就在我眼前插着的那张营运卡上，上面的照片不是她，而是一个浓眉大眼的男人。我问她这是怎么回事，她说那是她丈夫，他们这辆车是夫妻车，她开白班，丈夫开夜班。她是笑着说的，一点笑意，清淡如莲，在她的嘴唇上，一直持续着。面对这样一个女性的笑容，我发现自己已经没有了表达怀疑的能力。纯粹是无话找话，我说，你丈夫可真帅啊。她又笑了一下说，帅有什么用，又不能当饭吃。听口音，她也是湖南人，只是没有那么浓重的口音。

我和她的话题就这样扯开了。听她说，这里开出租的一多半来自湖南农村，她是耒阳人，她们那个村，几乎每户都有一个出来开车，还有很多是拖家带口，父亲带着儿子，丈夫带着老婆，一串连着一串，有的家族十几人二十几人都在这边开出租。刚来时，很多人都是在城里蹬三轮，开摩托，就凭一辆三轮或一辆摩托养活着一家老小。但没过几年，城里就开始禁止摩托车营运了，很多人为了不让自己的摩托车被警察抓走，只得连夜把摩托车开回了老家，但也有不少人留下来了，培训，考驾照，又在一轮轮的招聘与应聘中，终于，开上出租了。她丈夫就是从蹬三轮到开摩托又到现在开上出租的，不用说，她开出租，又是搭帮她丈夫带出来的。她笑着说，这都是逼的。

这话，我信。时间，从来没有像今天这样咄咄逼人。无所不在的强势逼迫，在物竞天择、优胜劣汰中改变和安排众生的命运，也在创造一座城市、一个时代运行的轨迹。那些给一个民族带来了第一次整体性提速的摩托车，最早就是在南方的城市里开始奔跑的。这呼啸着、如火焰般跳动的灵活身躯，如同一个个城市的强劲引擎，带着一代人的速度，效率，精力，欲望，生命的光彩，骄傲和光荣，在二十年的时间里飞奔而过。而今，那些第一批骑上雅马哈的人，很多已开上了皇冠和宝马，在他们的身后骑着摩托车风尘仆仆地拼命追赶的，大多是进城来找一条活路的满脸灰土的农民。没想到，这么快，摩托车就像三轮车一样迅速沦落到了社会底层，成为了城市可疑的暗物质，甚至是天生就具有毁灭性的索命者，一次次交通事故，一次次飞车抢劫，几乎让所有开摩托车的都成了犯罪嫌疑人，也让那些在少年时曾热烈地追逐过摩托车的眼神，在人到中年后变得阴郁而焦灼，这眼光的变化，或许就是一个时代开始走向成熟的标志。现在，很多城市都开始禁摩，却又是屡禁不止的顽疾，强硬的行政命令，试图毕其功于一役的铁腕，可以在短时间雷厉风行，却无法把一条危险的路彻底堵死。一辆黑摩托车有时候承载着一个家庭的生存，这甚至是他们唯一的活路，无论你使出多么强硬的铁腕，也无法遏阻这无所不在的生存的逼迫。但在东莞，我却看到了一个奇迹，一路上，我没有看到一辆摩托车，它们已经绝迹了，仿佛真的成了被一个时代彻底删除的部分。眼前，一条条路奔驰而来，让我真切地感觉到了一种前所未有的宽广和舒畅。我在镜中看见，一个轻轻颤动的身影，充满了奇异的轻柔乐感。如果她不说，你根本就不会把她与一个乡下女人联系起来，她把一辆出租车驾驭得如行云流水，她对她的车，和这条路，有着极好的感觉，你甚至觉得，这条路就是她的。

　　然而，我短暂的幻觉，很快就被她的一声叹息轻易打破了。她说，难啊，现在生意越来越难做了，钱越来越不好赚了。这话，我也信，我想到了那位的哥，如果不是生意难做，也不会有那么多出租车司机到车站里来抢客，拉客。但我想，不管怎样，这些开出租的总比那些在厂子里打工的农民工强吧，那些流水线上的打工仔打工妹我是知道的，我的很多乡下亲戚就在东莞打工，辛苦不说，一年上头也挣不到万把块钱。相比之下，这些的哥的姐们的收入高多了，开车时又没有老板和工头监管，也自由多了，他们在这个社会至少也算是中层吧。我还听说过，有人在这里开出租车还买了房，这里的房子，可不是一般人买得起的。她说，那是十几年前的事了，那些第一批进城开出租的农民，还真是挺赚钱的，现在呢，开出租当然比一般的打工仔要强很多，也比在家乡赚的多，但这一行的竞争越来越激烈，油价拼命上涨，眼下又是金融危机，给公司缴的份儿钱也越来越高了，她两口子每个月扒开了成本，也就净赚个三四千元。这点钱，要对付他们在南方的生活，要养家里的老人，还要供家里两个小孩念书，一个上幼儿园，一个上小学，别说在东莞买房子，就是养家糊口都很难。可你不想做都不行，你不开出租又能干吗呢？逼的啊。

　　车开到可园北路，我的目的地终于到了。一看计价器，一百二。这表没啥问题吧？但我没问。她问我要不要票，要票就按表计价，不要票呢就给我抹掉零头，只收一百，一张钱。我笑了，不禁又一次想到了在车站里拉客的那位的哥。如果这位的姐和她的计价器都没有骗我，就证实他也绝对没有骗我。欺骗了我的，或许是这个城市，她的辽阔，以及道路的漫长，已经远远地超出了我对一座城市的想象。下车时，她又递上一张名片，笑着说，老乡，多照顾一些生意啊。车开走了，我低着头，看着她的名字，彭小莲。在那个我们共同拥有的人称芙蓉国的故乡，在那个诞生了周敦颐又写出了《爱莲说》的地方，有成千上万的女子叫这样的名字。

三

我一直留着她的名片，但它对我其实没有太多的用处。在这样一座看上去车比人还多的城市里，你根本用不着特意打电话招来一辆的士，你站在街边上随便把手一招，就会有一辆的士在离你最近的地方停下，一扇车门便向着你打开了。有时候一下停住的甚至是两辆、三辆。你有太多的选择，却只能硬下心肠，选择其中的一辆。一般，我会选择蓝色，我偏爱这种接近天空和大海的色泽。

又是一个湖南老乡，开着一辆蓝色的士。这是一个来自我故乡湘北山区的小老乡。乡下人的名字要么很贱，要么又很金贵。他叫宝根。这个土得掉渣的名字让我一下猜出来了，他是家里的独子。是的，他是独子，但这与城里人的独生子女是两回事，他上头还有四个姐姐。在农村，很多家里的独子也是末把子，那些农民父亲母亲，在生下了一个又一个的女儿之后，非要咬着牙把一个带把的儿子生下来，才会完成他们的生育使命。而这样一个独子、末把子，必然就是一个打小就被宠坏了却又寄予了无限希望的乡下小子。他念书念到高中毕业，没考上大学，但他爹还要逼着他上，他爹觉得，只要你没考上大学，这十几年长书就算白念了。而一个农民父亲的方式简单而又残酷，你不想考大学，你就跟着老子去种地。土地，成了一个农民父亲折磨儿子的方式，如果你不想种一辈子地，你就只能发狠念书，考上大学，跳出农门，活出另一副模样来。这种折磨的方式还真有效，他开始实实在在地感到太阳的毒辣和土地上无穷无尽的疲累与孤独，而一个农人一年到头流着黑汗用尽了所有的力气从土地里扒拉出来的却只是几粒养命的谷子。他开始恨他的父母亲，他觉得他们把他生下来太不负责任，这不是给他生命，而是给他苦难。

他的逃离，发生在一个秋天。秋收的季节，父亲把一麻袋刚打出来的谷子压在他的肩膀上，让他背回家里去。他驮着一百多斤重的谷子，像背着一座山，一点一点地朝家的方向挪动，谷子还是湿淋淋的，一路上滴着水。系着麻袋的稻草绳在半路上断了，他没看见；谷子像水一样流了出来，他没有看见；从埋着祖坟的田里到家门口，一道田埂连着一条土路，一路上洒满了金黄色、粒粒饱满的谷子，他没看见……他感觉就像撒尿一样，有一种身体正在排空的奇异快感，身上的压力正在一点一点地减轻。当他走到家门口的晒谷坪时，感觉一生一世的沉重已经变成了彻底的空虚，整个身体就像一只空麻袋。他看见了自己扔在晒谷坪上的一只空麻袋。他知道，父亲也会看见的，看见他扔在晒谷坪上一只空麻袋，看见那条洒满了谷子也顽固地绽放着野花的泥泞小路，用不了多久，这土路上又会长出新一茬的谷子，长得像野草一样。但一个农民父亲却突然看不到自己的儿子了，他失踪了，如同金蝉脱壳般地神奇失踪了。他完全可以想象得到，一个农民父亲将要用他的扁担疯狂地抽打一只干瘪的、突然没有了任何内容的空麻袋，他母亲慌慌张张地奔跑着的哭喊声会惊动整个村子，让全村老少都知道了一个兴奋的消息，这村里又有一个小伙子逃走了，连脚上的泥巴都没来得及洗干净就逃走了。

这样的事情经常在乡村发生，这样的惊慌实在没有必要，甚至没有必要去寻找。一个农人的儿子从村里消失了，但必然就会在某个远离故乡的城市里出现。到了城里，他才发现他这高中其实没有白念，他很快就在一家化工厂找到了一份工，吃的，住的，厂里都包了。打工很累，但绝对没有土地那么累人。然而，他开始嗅到了一种危险的气味，他在高中学过的化学，让他清楚地明白着这种气味和生命的关系。他只干了一年，这一年他为自己挣来了一笔学费，他学会了开车，考上了驾照，开上了出租。一个念过高中的农民工，和一个没念过高中的农民工还真不一样，他很有脑子，很有想法。但开出租，还只是他的一种过渡方式，他不会把自己的一生交给出租车，他的奋斗目标是把一辆私家车开到自己的家门口，不是乡下那个家，而是他将要在城里安下的一个家。他预计，这个过程需要十年。他开了四年的士，也拿到了学士学位，他一直坚持收听远程电教课程，专业是这里最紧缺的塑胶模具。这绝对是一个农民父亲没有想到的，他那白读了十几年书、没有考上大学的儿子，竟然以这样一种方式上了大学——轮子上的大学。他的奋斗目标，可能比他的预期要大大提前。他告诉我，开到这个月底，他就要去一家公司上班了，他已经去好几家制造公司应聘了，眼下，他面临的，已经不是别人来选择他，而是他自己的选择。到底去哪一家？他似乎一点也不着急。我瞅着他时，他手里的方向盘信心十足地转了一下。

车开到了一条路的尽头，又是一条路的开始。

这不是比喻，而是一个事实。

四

一辆辆出租车在城市的密林中穿行。这座城市的出租车只有两种颜色，一种蓝的，一种黄的。蓝的大多是桑塔纳，是东莞中心市区的运营车辆，起步价七元。黄的大多是奇瑞，是东莞各个镇街的运营车辆，起步价六元。它们泾渭分明，竞争激烈，但在运营上并没有清晰的边界。我从某个镇街打车去市内，一般是黄的，而从市内打车去某个镇街，坐的又是蓝的。起步价的差别，也是很小的一点差别，我也从锱铢必较变得不那么计较了，多几块钱少几块钱算得了什么，只要一路平安就好。无论蓝的，还是黄的，他们的驾驶技术都无与伦比。他们走正道，也走邪门歪道，超车，钻空子，转弯抹角，巧妙地回避红灯和无所不在的电子眼。在别的城市里，对出租车，我很少有这样的关注，然而在东莞，我不知道自己对一种习以为常的事物怎么会有这样一种奇怪的热情。或许，还是因为这里有太多开出租车的湖南老乡。无论在东莞，还是在广州，深圳，开出租车最多的是湖南人，他们的技术过硬似乎是有名的，他们的吃苦耐劳也是有名的。每当我听到一些东莞人和外省人慷慨真诚地赞美湖南人，我总是面带微笑，是的，我是湖南人。而每当我从一辆的士上下来，我发现自己又一次变得宽容了。

在这座城市里打车多了，你就会通过这一辆辆的士最直接地感受到了湖南人那种倾其全力的拼命精神。本地也有人开出租，但一般开到晚上十二点就把车开回家了，他们的车和他们的房子一样，大都是自己的。而我那些不知疲倦的湖南老乡，他们的房子是租来的，他们的车也是租来的，他们没有别的担保，只有用性命去抵押，用汗水和力气去还债。在这座城市里，最像蜗牛的其实不是房奴，而是车奴。他们给公司缴的份儿钱，也就是租车费，逼着他们的车辘辘一年上头不停地转，不停地转，从白天开到天黑，又从夜里开到天亮，漫长的白昼和漫长的夜晚，没有人比他们更了解日子有多长，路有多长。一条条路没有开始，也没有结束，永无止境。

　　尽管的士在众多的交通工具中是比较舒适的，但坐久了，也会感觉关节肿胀，骨头疼痛。人同此心，心同此理。设身处地地想象这些出租车司机，一天十几个小时马不停蹄地开过来，才知道他们有多辛苦。一个的哥这样跟我描述他们的感觉：坐在车里，就像坐在一个不停地奔跑的箱子里，脚不能伸直，腰不能挺直，一天到晚坐着，颈椎增生，腰椎间盘突出，每天吸进大量的废气却不能按时吃上一顿饭，每天都在以透支身体、超时工作为代价却只能赚取一点养家糊口的辛苦钱，还有随时都可能发生的车祸，随时都可能遭遇的抢劫，随时都可能出现的交警，让你的神经一天到晚都绷得紧紧的，疲惫，焦虑，高度紧张，这活儿真不是人干的，累人，还累心，脑溢血，心肌梗塞，癌症，过劳死，出租车司机已是这些病症的高危人群。而我也不止一次地看见，一个出租车司机在交班时间，他已经没有足够的力气站起来，他要坐在那儿先活动一下脚，让血液流到脚底，才能下车；下车时，脚还是麻的，还有些发虚，还要用脚使劲踏踏地面，才感觉自己踏踏实实地踩在地球上。很多的出租车司机在走路、吃饭、睡觉时，还下意识地转着手里根本不存在的方向盘。交警在国庆长假期间曾经拦住了一个开了一天一夜出租车的司机，那几天生意真是太火了，他的伙计恰好又在那几天生病了，他便一个人二十四小时连轴转，如果不是警察发现他一边开车一边打盹，他还会继续开下去。是的，又是一个湖南人，只有湖南人才会这样霸蛮，像牲口一样不喘气地跑，跑吃的，跑穿的，而一座城市也随着他们的车轮高速运转。

　　突然，停下来了，在圣诞节那天，一座城市里所有的出租车全部停下来了，一座高速运转的城市停下来了。这么多的士成千上万地停在一起，一下看不见了飞旋的车轮和排出的尾气，像是密密麻麻的蜂箱。它们堵塞了交通，占领了广场，仿佛在举行一个盛大隆重的仪典。这里，我不想使用罢工、示威一类高度敏感的词语，事实上，这都是远离中国特殊国情的词汇。他们只有一些很朴实的想法，燃油费大幅度涨价，不该让他们来承担运营成本上升的压力，那些出租车公司比他们更应该承担，他们凭什么掌握着出租车的寻租权，又凭什么以坐收渔利的方式来垄断着这样一个行业？一辆出租车，每年要向公司交上十万的份子钱，两年的份子钱就足以买一辆新车。世界上哪里还能找到像在中国开出租车公司这样的肥缺？可这些出租车司机，每天一睁眼就欠上了一笔债，这份子钱连休息、节假日也要缴，你一天不出车，就要欠上几百块。这不是一个城市的问题，这是中国的特殊国情。他们理解，他们也没有过分的要求，他们选择在圣诞节——一个临近年关又在中国的法定之外的节日，其实也没有什么深意，在这样一个人人都在分享圣诞礼物和圣诞大餐却又没有任何信仰的奇怪节日里，他们只想以一种很朴素的方式来引起人们的注意。他们站在那里，成千上万地站在那里，他们的身影把所有的黄的、蓝的遮挡在身后，我还是第一次发现城市里站着这么多司机，这么多人。

那天，很多人都没有吃上早已在宾馆里预定好了的圣诞大餐，没有一辆的士可以把他们载到那里。他们平时感觉很近的距离，在一个突然停顿下来的城市里一下变得异常遥远。幸运的是，这座城市在第二天早晨又恢复了正常，当你看着一个个又开始飞奔的车轮，还有车后排出的尾气，你突然觉得这一切不再那么令人讨厌，你甚至觉得这就是你呼吸的一部分。

五

这座城市里，除了黄的，蓝的，还有黑的。这些黑的经常被警察识破。很多开黑车的就是原来开摩托蹬三轮的农民，他们在出租车公司租不起车，也可能根本不想租，便买来一些廉价的二手车，车型也是桑塔纳或奇瑞，然后在改装厂喷上的士特有的黄绿颜色，又在车前挂上的士招牌，在一些偏远路段和夜晚营运。我就上过一辆黑的。但你一开始不知道它是黑的，那辆黑的和别的出租车绝对没有什么两样，它们克隆得足以以假乱真，一般人很难看出来，尤其是在夜里。那个开车的的哥，和别的的哥也没有什么两样，一看就是个很老实很勤奋的小伙子，一听他的口音我就知道自己又遇到了一个小老乡。

那是一个异常炎热的夜晚，两天持续高温，第三号热带风暴—莲花，已经逼近东南沿海地区，东莞已启动四级应急响应，进入临战状态。这也是我连夜打车从东莞赶往樟木头家里的原因。车开到半路上，万千灯火一齐熄灭，世界突然陷入黑暗。刚刚从内地来到大海边生活的我，还是第一次感觉台风离我如此之近。我感觉车在摇晃，但绝对不是在大海上那种小船颠簸的感觉，它仿佛被很多东西突然套住了，它在嗤鼻喘气，在狂风中挣扎，突然，一下不动了。我问，是不是熄火了？他说，给钱吧。什么？我使劲地盯住他，在一片颤抖着的昏暗中，你只有这样使劲地盯着，才能勉强看出一个人的模样。我相信他还是一个人，一个很老实很勤劳的人，可他还没有把我送到目的地，怎么就找我要钱呢？如果车真的熄火了，我可以理解；如果他觉得在这恶劣的天气里要加钱，可以商量；但他根本不理睬我这些合理的要求，就把一只手伸过来，越过我的身体，一下抓住了我这边的车门。这是一个危险的动作，除了给钱，我已经没有别的选择，如果不给钱，他就要把我一下推进狂风暴雨中。

　　我的第一个反应是掏出手机，这是一种恫吓的方式，我要举报他！我以为他会阻拦我，但没有，他很坦然地看着我，好像一点也不害怕我的举报，这让我多少有些泄气，我不知道，他怎么会有这样十足的底气。但这个举报电话我没敢打，我知道，如果我敢打这个举报电话，只有一个结果，还没等我打完他就会把我推下车，然后开着车扬长而去。我必须做出了一个决定，忍气吞声，妥协。但我不想妥协得这样没有尊严，我一边给他掏钱一边告诫他，老乡，看在老乡的面子上，这钱我可以先给你，你很幸运，碰上我了。这里面的潜台词很丰富，你要是碰上了别的人呢？嘿嘿。我在心里冷笑，他在脸上冷笑。他收了钱，没数，又把车开动了。此时的大雨已像瀑布一样，哗哗地流过车窗玻璃，这车就像在水中行使。开了一会儿，我估计没有超过十里路，突然，车一下又不动了。他说，给钱吧。

　　我他妈晕了，这简直像一个游戏，一个恶劣的游戏。我说，你这车到底还能不能开？他不吭声。我说，你这是发灾难财，敲诈，趁火打劫！他没吭声。怎么会这样呢，我听见了自己的吼叫，像窗外的雷声，老乡，你不要逼我！他还是没吭声，一只手又伸到了我旁边的车门，而我也又一次掏出了手机，握在手里，像握着一枚定时炸弹。而此时在车外，除了偶尔划过的闪电，整个世界已黑得像一个深渊，暗藏杀机，还有山洪、泥石流和山体滑坡的响声在暴风骤雨中隐约传来。我不想被他像垃圾一样扔在这里，我又实在不愿作出进一步的妥协。最后，我几乎是乞求他给我几分钟时间，在他把我推下车之前打个电话，不是举报电话，而是彭小莲的电话。一张对我没有什么用处的名片，在这个台风之夜，终于派上用场了。

电话打通了，但接电话的不是那个叫彭小莲的的姐，而是一个男人的浓厚的湖南口音，穿过风雨雷电断断续续的传过来，我一下就猜到了，是彭小莲的丈夫。他问我在哪里，我也不知道我在哪里，只知道自己在莞樟路上，但我看见了一个被闪电照亮了的加油站。他说他知道了，让我就在这里等着，他把一个客人送到了寮步，就会开过来。在电闪雷鸣中打电话和接电话都是非常危险的，我赶紧挂断了电话，又一下掀开了车门，从这辆黑的上跳了下去，咕咚一下，就像跳进了水里，水已经漫过了我的膝盖，一条大街已像一条大河在浩浩荡荡地流淌。那辆黑的扭转屁股开走了，他收了我两倍的车费，却把我扔在了半路上。在它溅开的水花中，我迫不及待地打出了一个举报电话，但我却说不出它的车牌号，在它冒着黑烟的屁股后头，压根儿就没有什么牌照，一片空白。还真碰上黑的了。

站在加油站的屋檐下，我伸长了脖子，看着，盼着，那辆的士赶快开过来，把我救出这场灾难。终于，在一个多小时之后，它开过来了，看上去，它已经不是在行驶，而是在洪水中漂移。上了车，我一眼就认出了他，他长得跟他的照片一样，浓眉大眼，但脸色铁青。我感觉他在颤抖，好像刚经历了什么恐怖的事情。然后，我又看见了，他一侧的车壁好像被石头砸过，凹陷下去很深的一块。我问他是不是碰上泥石流了，山体滑坡了？他摇了摇头，闷声说，他刚才送几个打工仔去寮步的一家工厂，半路上，一把尖刀突然就抵住了他的咽喉，把他身上的钱、手机和车上稍微值点钱的东西都搜走了，他没有反抗，就坐在那儿，一动不动地让他们搜，可那伙人觉得这点儿财物还太少了，又捡起了一块石头狠狠砸在他车上。窝囊啊，他觉得，一个大男人被摁成这样子。你说，他抢你的钱也就罢了，也能理解，人为财死鸟为食亡嘛，可他砸你的车对他们又有什么好处呢？他这样问着我，也在问着自己。而我，原本也想说出刚才被黑的窝囊，却突然发现，那点儿事，同一个绝处逢生的生命相比，渺小得已经不值一提。我也替这个没有任何反抗的哥感到万分庆幸，他真的很幸运，那伙亡命之徒在一念之间就可以像捻死一只虫子似的杀掉他，劫走他的车，但他们竟然奇迹般的放了他一条性命，他还活着，那种生命还在继续延续的感觉，或许会成为他未来的一生中最真切的感受。兄弟，什么也不用想了，活着，活着就好。

六

一场台风过去了。一些房屋和巨大的广告牌倒塌了，一些大树、路灯杆和高压电线杆被连根拔起，还有一些来不及靠岸的船只在雷达上最后一次出现后就再也没有踪迹。这是人类遭遇的又一次不可抗拒的灾难，但由于预警和防范机制的及时启动，人类把灾难的损失又一次降低到了最低的程度。一座城市很快从灾难的现场里清理出来，清除了垃圾，也清理出了一些失踪者的尸体，有人，也有别的动物，猫和狗，老鼠和蜥蜴，还有一辆被埋在泥石流里的黄色的士。一位的哥的尸体被挖了出来，他手机上还保存着他接到的最后一个电话，后经查证，那是一个旅客在台风席卷这座城市两小时之后打来的电话。时间永远凝固在那里，反衬出一个生命终极的黑暗。这是以死亡去体验生命的一种方式，也是自然法则。

随着第三号热带风暴——莲花的远去，无影无踪的消逝，我对于这场灾难的记忆开始远离现场和真相，剩下的只是自己在那个台风之夜遭遇黑车的一次经历和一个的哥劫后余生的故事。尽管这两件事都非常偶然地发生在一个灾难的夜晚，但却与一场灾难无关，而更像是命运的安排。对于命运的安排，你无法理喻，只能接受，和它和解，甚至妥协，然后，尽力地把它忘掉。现在，他还在这座城市里继续开车，我还在这座城市里继续坐车。那辆黑的也许我还会遇到，也许你已经遇到。世界总在黑与白之间迂回。好在，这是一座交通非常发达非常便捷的城市，私家车，的士，公交，开往各个镇街的大巴，还有广深准高速上十五分钟一趟的和谐号。用不了多久，这里还有地铁和城市轻轨，把广州、东莞、深圳、香港、珠海、澳门串通一气，方圆两百公里以内的珠三角，世界上最密集城市群落，正在变成一座半径不超过一小时的、没有边界的城市。城市的一次次提速，让许多的出租车有了极大的危机感，也让我们这些坐车的人有了更多的选择。

还有命运。命运每时每刻都在选择一些人，一些事，像闪电般一下推到你眼前，让你突然警觉一下。它要证明它的存在，无所不在。农历二月十九那天，正逢观音圣诞，无数信徒赴樟木头观音山礼佛参拜，登高祈福，一辆蓝色的士从开往观音山的一座立交桥上栽了下来，整个车一下倒悬起来，两只后轮还在空中兴奋不已地转动，轮子上的鲜血如同莲花轮回。一个三十多岁、还挺漂亮的出租车女司机，从车厢里摔出来，从抛物线到自由落体，然后坠落在桥底下，如同一道响亮的光芒。没有人看清楚那个瞬间发生的过程，正在观音莲台参拜的众生，似乎听见了什么，一回头，就看见了一个女子仰卧着的身体，在血泊与油污中如婴儿般摊开四肢，天上人间，映照出一个简单的睡姿。那一刻，整个世界一片静谧，观音山上，世界上最大的玄武岩观音石雕圣像，被南方早春的太阳照得通体透明，法相庄严，佛光普照。

我站在半山上，离那儿有一百米。但我不敢再往前走一步，一个生命对死亡的本能敬畏，让我静默地伫立着，然后，我打了一个电话，给她的。我听见了，是她的声音。但她显然没有听出我的声音，以为我是一个乘客。对于她，我也的确只是一个乘客。她客气地问我，先生，有事吗，要不要车？我说没事，又是一年了，想问候一下，你还好吗？

1991年的时光

茅店月

草　药

我知道时候不早了，于是低下头快步往前走。

在镇子里，我是多么陌生啊，两排高大的店铺威严地站立着，黑墨写的招牌大字，用木板挂在椽子上摇摇晃晃。没有灯，即便有，也是枯黄的一点，光线暗得让人看不清字迹，我边走边停，在每一家店门口徘徊，左手提着花布袋凑近去看，生怕错过了中药铺子。事实上，在整条街里，大多都是理发店、杂货店和加工农具的作坊。中药铺子躲在巷子深处，一个不起眼的角落，门口有一棵高大的椿树。临出门时，母亲这样说。她额头上滚着细密的汗珠，脸色苍白，说起话来气喘得厉害，我知道她病得很难受，疼痛折磨着她，不然，像她这样一个皮实的女人应该生龙活虎，在屋子里忙碌着，从厨房跑到偏屋，再跑到院子里收拾农具。可现在，她真的病了，病痛来势凶猛，谁也没有想到。父亲一大早和男人们去伐树，他们在冬天来临之前，必须把长好的槐树砍倒，剁去枝叶扛回来，加工成凳子、桌子、案板，或者直接把原木卖掉。

母亲说，你去镇子上抓点药回来。说完，给我拿了五块钱。她拖着虚弱的身子送我到门口，再三叮嘱早去早回。就这样，我来到了镇子里，寻找这间存在于想象里的中药铺。我觉得它应该是显而易见的，在昏黄的巷子里，点燃明亮的灯火，高大的招牌悬挂在房檐下，朱红色的大门敞开着，里面放着长条凳子，老先生和自己的徒弟在柜台后面整理箱子，到处弥漫着好闻的中药味。

我如是想着，在昏暗的巷子里仔细寻找，从正街开始，察看每一家店铺的名字。灯火摇晃着，风在后面蹑手蹑脚，我的花布袋依旧空空如也，可我似乎并不着急，我甚至忘记了母亲的病，灼热的疼痛正在她身体里燃烧。陌生的镇子在黄昏，在黑暗的掩饰下变成了一座迷宫，到处关卡重重，弥漫着陈旧的甜蜜。我看到单调的人影在每一间房子里晃悠，灯光被阴影切割成一缕一缕，男人坐在躺椅上抽烟，男人和女人说话，女人骂孩子不写作业，孩子们蹦跳着，像快活的蚂蚱。在潮湿的巷子里，我还看到迎面走来的陌生人，身上氤氲着异乡的味道。或许，他们就住在不远处的老木房里，他们只是出来透下气，去买点东西，可我固执地认为他们背后藏着遥远的异乡的秘密，他们来自某个安静的村庄，在中午，那里的阳光毕剥直响。我屏住呼吸，提着花布袋悄悄尾随，在黑暗中试图跟着他们走，那是一条条不同的道路，向别处延伸。

走出正街往西拐，就进入了一条幽暗的偏巷，更窄小的空间，灯火枯黄到随时都可能熄灭。很多店铺都关门了，粮油店的红漆木门插着一把铁锁，厚厚的锈迹几乎剐破了我的手。面粉店的门也关着，帐篷下的小木板扔在地上，上面有粉笔写的广告宣传，标注着品类和价格。不过，还有一些店铺的门开着，里面有细小的光，远远看去，就像一只浑浊的眼，打量着街道上的行人。在拐角，我看到了一位老人，她坐着，在一个烤饼的大炉子旁，神情黯然地嘀咕着。我停了下来，站在远处看着她。不多久，房子里出来一个女人，拉起她的胳膊就往屋里拽，边拽边骂着，老了老了怎么得这种病，连自己家都找不到，还要人伺候。

一想到病，我又难过起来，我记起了自己的母亲，她苍白的脸埋在阴影里，半倒在床上喘息着。她说饭做好了，在锅里热热就能吃，她说她困得没力气，不想吃东西了，她还说，你吃过饭后去镇子里给我买点药。

可到现在，我连中药铺都没找到，我不知道它藏在哪个角落，也不知道什么时候能找到。风在一旁打着滚，月亮升了起来，圆圆扁扁的。我提着花布袋跑，跑过了牛羊市，跑了家具厂，终于，在一棵高大的椿树下看见了中药铺，它根本不是我想象中的那么高大，甚至是渺小的，低矮的房檐压下来，瓦沟里长满了破败的瓦松，秋天了，它们也该开花结子，等待来年的繁衍了。我胆怯地推开门，朝里面喊：有人吗？一个中年女人的声音飘出来，她说你有什么事。我站在那儿，眼神飘忽着，掠过房顶，又掠过高大的木格箱子。我低低地说，抓点药，我妈病了。女人挠着头发说，什么病？我支吾着说不上来，我只知道，母亲很难受，脸都苍白了。我说，她身上很疼。

女人从几个小箱子里拿出些树叶和草根包好，我把五块钱给她，急忙转身跑出来。夜开始深了，镇子安静下来，那些店铺散落在街道两侧，像枯枝上无数黑色的花朵。我沿着原路往回跑，又看见了许多梦幻般的影子，男人和女人，房子在灯光里颤抖着，还有星星点点的声音。在一家有着玻璃橱窗的店铺门口，我看到弹球和汽水，暖红色的灯光正从房子里照出来，它让人又一次闻到异乡的气味，那是些悠长的道路。我想坐下来，像起先那个老人一样，靠着炉子想心事，但我要回家，把药拿给母亲治病，她的疼痛让我们的生活受伤。

我跑回家时，大汗淋漓的，一路上，总有一些遥远的声音跟随你，它来自我们的背后，盛开，然后熄灭，就像亡灵的叹息。在门口，祖母用棉杆点燃了火堆，她让我跨过去，以免把不干净的东西带回家。我们走到上房里，看见母亲正躺在床上，上个村子的医生在给她挂吊瓶，医生说，母亲得了急性肠炎，幸好治得早。父亲在一旁站着，脸上沾满了土，额头上还有细密的汗珠，显然，是他骑着自行车去请医生的。

那么，我去镇子里抓的中药怎么办呢？我把花布袋放在床边，问父亲，也是在问屋子里的每一个人。医生打开纸包，用手捏了一点仔细看看，嘲笑般地眯起眼，你抓的什么药啊，这分明就是槐树叶。大家蜂拥上来，把草药研磨着，嗅着，最后都说，这就是槐树叶。父亲把药包抖开，扔到灶塘下的柴草堆中，一瞬间，它们就消失了，和麦衣一起隐藏进漆黑的夜里。突然，我是那么难受，想蹲到黑暗的墙角去哭，因为，被镇子上的中药铺欺骗了，我还那么信任它。

梨花街

梨花街是个暧昧的字眼，它让你想起橱柜里那团陈旧的丝绸，柔韧、温和、鲜艳而寂寞，似乎在某个遥远的日子，你曾见过它躺在货郎的担子里，吱悠吱悠晃过你的眼前。然而，我眼前躺着的梨花街，是一条狭窄阴暗的街道，它位于南蒲镇的西边，两边是低矮的瓦房和掉光叶子的槐树，你能看见各种摊点摆满了街道，卖菜的，卖苹果的，卖黏糕的，卖牲口的，那些气味在空气里漂浮着，弥漫不散。人群像蚂蚁一样从四处的小路上爬过来，他们在这里说话看热闹。野狗兴高采烈地在人群中跑来跑去，夹着尾巴，喘着气，干瘦的身子上毛一根根乍起来。

我没有去过梨花街，关于所有的叙述都是二叔告诉我的。他坐在长条椅子上，椅子靠墙放着，旁边是大堆的柴禾，麻雀单腿独立在柴棒上抖翅膀，他就那样翘着腿眯着眼睛给我叙述一切。我不知道梨花街距离我的村子有多远，可能隔着一座山，一片树林，一座座迷宫一样排列的瓦房。又或者，我只要跑出巷子，走过那座浮动的石桥，就可以看到南蒲镇，看到那条东西走向、人头攒动的梨花街。

第一次走向梨花街是在1991年的春天。那个春天在一个早晨突然跌落，它跌落在池塘里，跌落在槐树林后面的山冈上，跌落在我家淤满苔藓的后院。二叔又穿上了那件灰色的夹衫，他把手蜷成弧形，像一片坚硬的树叶一样挡住射下来的阳光。他望着天说，现在暖和了，草该疯长开啦。于是，吃了早饭他就拿着竹笼出去，到河边割水草叶子。我们的羊在圈里叫唤着，一个冬天了，它都安静地蜷缩在干土堆上，空瘪的嘴里来回嚼着几丝麦秸草。它没有吃过好点的东西，没有槐树叶，没有苜蓿草，没有水葫芦和马蹄莲。它像一个熬过太长苦难岁月的妇人一样，在春天的太阳底下，长长舒了口气，浮肿的脸上升起苦涩的笑容。

二叔回来很晚，月亮已经挂在了泥墙上，他可能有些疲惫，在花庙村里爬出爬进，种田打柴做工，养活家里的老小，许多年的光景就这样逐渐消失。他有些迟缓地推开木门，吱呀的响声回荡在空落的院子里，我在枣树下等他。自从我来到花庙村，住进祖母矮小的土房子，每个露水开始涨起的晚上，我吃了祖母炖的葱花蛋，胡乱抹抹嘴，就来到枣树下等他。我看到二叔背上那一大捆油葱乌亮的水草，我们的羊也看见了这些草，它不停在圈里跑着，睁着眼看二叔，看我，看我们身后圆滑的月亮，它不敢大声叫唤，只是那么低眉顺眼地看着。我双臂一合，给羊扔下大把的草，摸着它软绵绵的毛，羊发出哼哼的喜悦的声音，在许多年前的夜里一点点飘散。

堂屋里，祖母正坐在热气腾腾的炕上说闲话，她总是这样慢条斯理地坐着，用厚厚的被子围在身上，和隔壁的张老太说些其他人听不懂的话。但这次，我却听到了她们谈论的一切，风呼呼吹着，我推开门走进去，躲在炕墙的后面，我听见她们说要给二叔说个媳妇，那女的又俊又能干，她们诡秘地把头簇在一起，嘁嘁喳喳。因为，很多年了，花庙村的光棍就像雨后湿地上的地软一样，成堆成堆的，当然，包括我的二叔。

说亲就要花钱。祖母闭着眼睛在炕上盘算着，我们坐在一旁沉默不语。她计算着给媒人送的红包，给女方家送的彩礼，然后，计算着家里的存款，计算着今年新打的粮食。最后，很无奈地摇摇头，决定要把圈里的那只羊卖了。她疲惫地用被子把自己包起来，像一团黑色的影子一样隐没在某个角落。你明天把它拉到街上卖了吧。她指着二叔说。

第二天，风和日朗，那捆油绿的水草还搁在台阶上，几只苍蝇在那里嗡嗡飞着，吸食露水。我们换上干净的衣服，踩着稀疏的树阴出发了。一切都兴高采烈，包括我们的羊，它四蹄撒欢，在巷子里蹦蹦跳跳。一个冬天啊，大雪厚厚地堆积在村口，谁也迈不过那棵高大的皂荚树，人们围在泥炉子旁烤火喝老砖茶，羊蜷缩在圈里大气不敢出。可现在不一样了，一切都变得好起来，太阳稳稳当当爬在山岙子上，蜜蜂挥打着翅膀来了，坡地上又长满了牛羊可以吃的青草，就连二叔，也要相亲成婚了。

花庙村逐渐消失在我们身后，像一片树叶一样，被风吹到山后的树林里去了。我们一步一步走向梨花街，在那里，有许多摊点，我们要把羊卖掉。一路上，我都在用想象还原那个挤满各种气味的街道，对于沿途遇到的一切，我没有多加留意。我不知道自己经过了几座桥，不知道碰见了几个和祖母年纪一样大的老人，不知道有没有刮风。我们的羊快活地眨着眼睛，它温顺地用毛蹭我的身子，张开热乎乎的嘴巴，拿牙轻轻咬着我的衣领，它不知道我们要去哪里。

事实上，梨花街距离我的村子并不是很远，也不是跨过一座桥那么近。太阳在头顶摇晃时，我们走进了梨花街，大群的人像潮水一样卷带着我向前跑去，我紧紧拉住二叔的手，我的羊用牙咬着我的衣服，我们都惊慌地在二叔身后蜷缩成一团，害怕被这条巨大而喧嚣的街道吞没，最后消失在某个黑暗的角落里。然而，我的羊还是消失了。它，连同它温和的目光一起消失在繁华的梨花街，这个像丝绸一样让你想起暧昧词语的地方。

二叔这次的相亲并没有成。那个我没有见过面的女人，依旧只是存活于二叔不厌其烦的叙述里，就像当年叙述梨花街一样。这个中午，麻雀单腿独立在柴禾上抖翅膀，他翘着腿眯着眼，在太阳底下靠墙而坐。

灯　盏

灯依旧闪耀着，搁置在黑暗的夜里，一点如豆的光上下晃悠，沉默不语，就像许多年前大风呼呼作响的夜晚，在那张红木桌子上发着朴素的光。我们记不清它是什么时候走进这个家的，或许比我早，或许比我的父亲早，一直以来，它只安静地发光照明，不言不语，最后和那些破旧的家什一起被扔进橱柜，慢慢堆积灰尘。然而，在这个突然断电陷入黑暗的晚上，它被一双柔韧的手缓慢捧出，细心擦拭，摆在了红木桌子显眼的位置上。

我的母亲熟练地拿下玻璃罩子，给里面添加煤油，然后拨亮灯芯。她的手指捏着细长的针，那是祖母做活计用的。现在，她，我的母亲已经好久没动针线了，她的眼睛不好，在白花花的日光下坐着，隔上点距离，甚至都看不清楚对面走过来的儿子。可她对生活没有怨言，依旧起早贪黑地忙活，像那盏玻璃罩子的马灯一样，沉默在坚硬的岁月里。灯光亮起来的时候，她轻松地出了口气，转身走出房门，轻微微地带起了一阵风，墙上的灯影开始摇晃。

没有人说话，我的妹妹和父母都在院子里，在那棵茂盛的槐树下坐着，他们背靠着椅子说些闲话，或者什么也不说，只是那么坐着。他们不知道我为什么待在房子里，不出去陪他们说话，纳凉，看院子里飞动的萤火虫。或许，他们记起了小时的我满院子跑抓虫子的情形，但没人注意到我正守候着一盏摇摇欲坠的灯光。风从屋子的某个角落里飞来，如同一群蛾子一样扑到玻璃罩上，火焰被压迫得很低，它低眉顺眼地看着我，却一直都不曾熄灭。我墙上有些扭曲的影子来回晃动，它总让我想起在遥远的地方看到的皮影戏，充满了神秘和悲凉。

星星在天上流动着，就像一片片树叶给风吹了起来。父亲仰头看着天，口里喃喃地说着含糊的话。一辈子了，他总是算计着隔夜的天气，想着明天的日头应该好些，自己好下田干活。老邻居们说，父亲是个谨慎的人，他的细心表现在每个晚上的巡夜。在我们都要睡觉的时候，父亲就拿起了那盏灯，他小心地迈着步子，从前院跨到后院，灯光在地上忽闪着，让路面显得浮动不定。很多年前的祖母在巡夜时给摔倒过，她手里的灯滚在了地上，发出骨碌碌的声音。所以，我的父亲总是很小心地走着，他走到厨房里，将煤炉盖子拧紧，又把碟子里的调料放到纱橱底下，然后，才回过身往堂屋那边走去。灯光在我的窗子下缓慢地亮起来，又逐渐消失，我清晰地看到了一切，可一眨眼，所有的东西都不见了。

那个夜晚，我的祖父不见了。他安静地躺在桐木棺材里，旁边的案板上放着一盏油灯，就像许多个电影画面中出现的情景一样，我作为长孙为他守灵。灵堂里摆着他爱吃的芝麻糕点。就在前一天，那个倔强的老头子还上山打草，他拉着我的手上坡下坎，坐在苦栎树下抽旱烟，直到太阳落山才走回家。他拨亮了灯芯，盘腿坐在炕上说，自己感觉浑身不舒服，像腾空了的棉花袋子。他低声喃喃着，怎么突然想吃芝麻糕点。祖母佝偻着身子，将头埋在灰色的对襟夹袄里，她一声不吭，沉默的像院子里的老椿树。那时，大风正在门外的柴垛上呼啦作响。

祖母说你先去睡觉吧，她手里提着那盏马灯和我出了门，留下祖父干瘦的影子湮没在黑暗中。她颤巍巍地走，步伐有些慌乱，就像我走过雨后的池塘边，总是慌张地跑着，因为，那里曾经淹死了隔壁的男孩雷子，小脚的祖母就这样拉着我的手走过了风大夜黑的院子，一直走到一间矮小的瓦房前，那里，是我睡觉的地方。她给我盖好被子，然后又摇晃着走了出去，我并没有躺下，而是悄悄地从床上爬下来，跟着她。

在牛房那里，从干枯的椿树上突然传来猫头鹰的叫声，哇哇哇。祖母瘦小的影子像一截小树桩一样钉住了，半天的沉默之后，她伸出干枯的手去，拧灭了马灯残存的火焰。一缕煤油的焦味缓缓升起，然后，一点一点飘散在1991年的夜空当中。

穿越十三年的刀光

桑　麻

一

贺老二走进厨房，一手扶着缸沿，一手拉开水缸上方的吊柜，从中摸出一把银亮的菜刀来。刀光一闪，一丝若有若无的轻音飘过，空气里似乎布散了钢铁的味道。他下意识瞥了一眼，让锋刃朝下，顺手揣到左腋下。

这是菜刀离开炉火、铁砧、滚烫的淬火盆，被独眼李铁匠带上庙会后的第七个年头。时间验证了李铁匠产品的耐久性。它随贺老二老婆一起度过两千五百多个日夜的切菜割肉生涯，第一次被人紧贴皮肉揣在了身上。

在一件白衬衫的遮护下，菜刀被贺老二很快暖热了。他的咚咚心跳有节律地叩打着，硬邦邦的布满肌肉条索的胳膊紧夹着，让它动弹不得。凝固的钢铁原子开始膨胀并相互冲撞。贺老二的呼吸时而粗重，时而急促，像一只破旧却鼓动的风箱。

头天下午，贺老二将它掂出厨房，用骨节粗大的手摁在磨刀石上。由于用力过大，骨头顶得皮肉酸麻。他来回拉动，哧——嚓——，哧——嚓——，砂石分子侵袭钢铁分子，让刀刃越发变得薄亮。节日临近了，为主人效劳的时刻就要来到。瘦肉来吧，肥肉来吧，排骨来吧！鱼来吧，鸡来吧，鸭来吧！需要的都来吧！它要剖杀，切割，斩剁，在院里腾起一片欢快的回响，就像七年里的每一个此刻，它的身体轻快地陷进肉里，嚓、嚓、嚓……飞刀疾切，转眼让它们支离破碎。

贺老二心事重重完成了下午的切割。他在水盆里清洗了刀身，把它放回厨房。除非明天来临，才可能有新的斩杀任务。他好像突然想起什么，重新返回去，把清洗一新的菜刀掂出了门外。他把它举到眼前，与双目齐平，接着举过头顶，让锋刃向上，在斜阳下仔细端详起来。他若有所思，目光飘移不定，越过南面的屋顶，一直望到那座小院里……

他从恍惚中回过神来，把菜刀摁在发白的条石上，淋上清水，重复了头天下午磨刀的全过程。这一次用力更大，时间更长，把刃次数更多，斜对阳光端详的时间更久。他握紧它，不断在胸前比试。他把它举过头顶，咬牙狠狠劈下来。他反复挥砍着，觉得稠密的氧气分子被切中，纷纷碎裂，四散射开。他闻到了独特的芳香。

做完这一切，贺老二满意地回到厨房，小心打开吊柜，把菜刀放了进去，然后关上吊柜，盯看了一会儿，确认不会有问题才走出来。

菜刀第一次离开案板、锅碗瓢盆，离开脏乎乎的灶台，被秘密收藏起来。

它高高在上。

二

下午四点多，贺老二起身离开了狗脊一样弓起的板凳，离开四角开裂的方桌，离开只有半截土墙的小院，独自走出家门。他的行动悄无声息，不乏沉闷。卧在西墙根的黑狗狐疑地看着他，没有做声。他走出留有排水明沟的狭窄胡同，来到南北向的大街上。街面一片聒噪。各色人等制造着拥挤，在拥挤中穿行。贺老二视而不见，充耳不闻。它们没能影响他赶路的步伐。

那把由邻村有名的铁匠独眼老李打制的菜刀，现在被贺老二揣到了大街上。它将随他去往一个陌生的地方。这是它问世以来，第二次随主人远行。这段行程比厨房更幽黑，比吊柜更憋闷，而且不可预知。

它时不时被夹紧一下。

贺老二竭力睁大酒后发红的眼睛，选择前进的路线，尽量避开赶会的游人，避免与他们说话和纠缠。他得以最快速度接近目标。他下意识控制着身体的摇摆，让汗发胶结的脑袋在肩膀上获得短暂的稳定。他瞅准人流中一个间隙，伸长脖子，高抬起脚，又猛然落下，脑袋像鸡啄米，身体像子了，一个趔趔歪向了墙根。

他庆幸靠着了墙根。没有人注意他。街上时而晃过醉汉，他们醉态万方，比他更可笑。街道在庙会前已经整修过，他还是觉得高低不平。他陷入气味的包围之中。苹果的气味，油条的气味，方便面的气味，花椒八角的气味，熬菜的气味，化妆品的气味，白酒的气味，白酒进肚翻腾上来的气味，汗腥味，百味杂陈，十分浓烈。贺老二皱着眉头，没有停下来。

有人喊他。他惊惶地抬起头，菜刀差点掉到地上。

不是喊他，是喊一个跟他同名的人。腋下已黏湿不堪。

继续向前。走过一些小布蓬，一些临时搭建的铺面，一些三轮车，一些地摊儿……他在红男绿女中瘟鸡般可笑地穿行。小石桥到了，赶会的人明显少下来。贺老二拐进一条胡同。

他把手伸到腋下，菜刀还在。他的身子发紧，四肢有些僵硬。他晃晃脑袋，让自己放松。他隔着衣服往上推推菜刀，夹紧。菜刀湿滑，像裹了一层油脂。

他迈进那座陌生的院子，心跳不由得加快。

三

贺老二毫不迟疑奔上房而去。他浑身发烧，变得兴奋。他早就知道了它的位置。他曾在夜间来过，两扇铁门把他挡在了门外。

小院主人是他的远房本家贺平均，此刻，正坐在圆桌旁歇息。那是一张可以折叠的圆桌。客人少时，它是一张小方桌，客人多时，从四边折上来，拼成一张圆桌。好多人家备有这样的桌子。

贺平均早上六点就起来了。他归整了砖石，拾掇了落叶，清扫了院子，洒水压住浮土，再为花树浇水。小院变得干净、清爽。他欣喜而轻松地等待亲戚和朋友的到来。现在，他们都走了。他坐在圆桌旁休息。桌上是残汤剩菜，桌下是横七竖八的空酒瓶。他想等一会儿再收拾。

有人进了院子。

他想起身打个招呼，但他太累了。饮酒的兴奋已经过去，脑子昏沉沉的。

他没有了开始的热情，没有了多余的酒量，甚至连酒兴也没有了，剩下的只有负担和疲倦。失礼就失礼吧。他坐着没动，等那人进来。

贺老二出现在门口。他比贺平均大八岁，但按辈分，他得喊他叔叔。

贺平均想站起来，到底没有。一个晚辈。……这时候来干什么，应该不是来讨酒喝的，借东西……

走进屋里的贺老二没有落座的意思。他绕过屋子正中那张八仙桌，径直朝贺平均走去。夕阳最后的余晖射进来。他捕捉到了贺老二不友善的目光。

贺老二走到他跟前，右手伸在腋下，劈头就问，服劲儿不服劲儿？这句话让他摸不着头脑。他搞不明白他想干什么，站起来问，什么服劲儿不服劲儿？

贺老二说，就问你服劲儿不服劲儿。贺平均说，有啥服劲儿不服劲儿！他顶了一句。

贺老二似乎在等着这句话。他的回答显然让他不满意，好吧，不问了。他突然从怀里抽出菜刀，照着贺平均的脑门斜削下去。

贺平均惊见一道白光，意识到情况不好，身体打了个激灵。

寒光飞纵，携带着冷风，裹挟着仇恨，以了断之势直奔头颅而来。贺平均酒醒了，眼看被寒光击中的瞬间，本能地一歪，左臂同时挡了过去。

寒光像一道弯曲的电弧，停在他的小臂上。他的小臂被击中，麻了一下，身体跟着抖了一下。他感到自己被高压电流击穿了。一股强大的冲力推着他，让他砸翻了坐椅，重重摔在地上。

第二道寒光随即落下，与椅子靠背的钢管相遇，发出清脆的鸣叫。房顶上的尘土被震落，悄然掉进杯盘、酒盅里……一簇火星代替了寒光。

没有停顿，第三道寒光紧接着飞过来，"咔嚓"一声落在圆桌边沿。桌沿吞灭了寒光，使它不能进射和飞散。桌子瞬间承接了千钧力量，锐叫着向门口滑去。搭扣突然折弯，托架轰然塌陷，桌子抖动、倾斜、变矮，杯盘碗筷噼里啪啦倾砸在地上。

贺老二砍红了眼，不能控制自己了。他用尽浑身力气，想把菜刀拔下来，未能如愿。他把整个身子倾压上去。他不想错过机会。他不能容忍菜刀的不配合。他不干不净地骂着。由于斩杀过猛，他的体力消耗过快，有些力不从心了。菜刀好像故意较劲似的，让他慢慢失去了操纵它的能力。他的快意大打折扣。是的，它太快了。他制造的锋利最终阻止了他。

贺老二匆匆瞥了一眼躺在地上的贺平均，拔腿跑掉了。

四

十三年前那个夏天的傍晚，贺平均走进贺老二破旧的院子。

贺老二已经生了两个女孩，还想再要一个男孩。他的妻子怀孕了。

贺平均刚刚当选为村委委员，正赶上计划生育突击活动，他负责做贺老二夫妇的补救工作。

贺老二老婆没在家。他需要家里出现一个男孩，而不需要出现一个男村干部。啥事？他明知故问，对贺平均心怀戒备，充满敌意。

听说侄儿媳妇怀孕了，镇里让做手术。

贺老二没有听完就来气了。我老婆怀孕，你怎么知道，你跟他睡了！他瞪起核桃般大小的眼睛，死死盯着贺平均。贺平均说，你还有人味没有，胡说八道。贺老二说，你们不说，乡里怎么知道？他原本在修理小饭桌，听了贺平均的话，掂着锤头站了起来。气氛有些紧张。

这个我就不知道了，贺平均说，是乡里给的单子。村里让我通知你。反正形势很紧，你看着办，最好准备一下。

贺老二气咻咻地蹲下了，一锤砸在小饭桌上。他没有按贺平均说的去准备。他另有打算。第二天早上，贺平均再来找他时，发现他家的院门紧闭，一把旧锁挂在上面。

贺老二带着他两个女儿，一夜之间消失了。

秋天到了，庙会来了。躲藏在外的贺老二领着老婆孩子悄悄回来了。他不是要过会招待亲戚，而是来收拾东西的。不出一个月，他的女人就要生产。

贺老二选择夜里偷偷进门，本想休整一下，在黎明前离开，可是没等他们起床，就被镇干部堵住了。三四十个人步行过来，包围了他的院子。他老婆被送到县服务站做了引产。过会那天，她虚弱而伤感地躺在了床上。

之后，贺老二和他老婆游离出镇干部的视线。让人没有想到的是，他们没有闲着，而是快马加鞭，抢墒播种，终于在第二年庙会前夕得到一个男孩。

这让镇干部大感意外。贺老二连睡觉都是笑着的。从不在家中设宴的他，破例摆了几桌，招待名义上是来赶会，实际上是来贺喜的亲戚。事后，贺平均又来动员她老婆做绝育，这回没说的了吧，总算达到目的了。贺老二阴沉着脸不睬他。贺平均赔着小心，结扎去吧，七天以内最合适。

贺老二还是没听他的，他做了男扎。

术后的贺老二觉出了身体的异样，说不清哪里就会痛一下，麻一下。他认为是手术造成的。他觉得自己不再是个完整的男人了，即便做起那活儿来依然生龙活虎，心里却倍感腻歪。他变得更不爱说话，不爱凑堆儿了。他还不能见骡子，尤其不能听人家说骡子如何，后来，看到别人牵着驴马过来，也远远躲开。他恨贺平均，恨得牙根都疼起来。

他的男孩十三岁了。十三年来，他换了两把菜刀。上一把用了六年就报废了。独眼老李的这把用了七年，还跟新的一样。它帮他完成了夙愿。

五

贺平均躺在市第一医院的病房里，他头部撞伤了，打着绷带。他右脸青肿，涂了碘酒，擦伤正在结痂。他插着输氧管，右臂吊着液体，下身连着导尿管。

当天夜里，医生为他做了紧急处置。菜刀砍在左臂肘关节处。当他举手上挡时，肘部上方被割开一个十五厘米长的口子。口子呈弧状，贯穿了半个肘臂。骨头被砍断。缝合四十二针。两颗钢钉犹如连接桌面支架的搭扣，将断开的骨头咬合起来。

医生告诉贺平均家人，他的患肢神经已经受损，小指和无名指的功能是否完全缺失，缺失了是否能够恢复，都很难确定。医生建议适当时候进行二次手术，目的在于修复神经，但要两年之后，过两个夏天才可以。

贺平均没有多少积蓄，而手术是不能耽搁的。她妻子到她娘家和亲戚处求借，当夜凑齐了费用。

村里拿不出钱来。上任两年的贺平均没有领过一分钱工资。

……

案发一小时后，我们赶到了贺平均家。所长亲自过来察看现场。老于费了一番工夫，才把菜刀取下。上面的血迹已经凝固，能看到残留着的骨头碴子、金属星子和木头末子。所长面色严峻。他喃喃自语道，日他奶奶吧，是要命来的。老于把菜刀收进档案袋，写下"2002年8月9号，星壁村，贺老二……"轻轻折起，小心放进黑色人造革提包里。

我们赶往贺老二家。院门大开。贺老二没在。他乘乱逃离了村庄。

六

贺老二哥哥坐在贺平均对面的病床上，满脸羞愧和无奈。两年前，经过四十三名党员投票选举，他当选为星壁村的支部书记，成为贺平均直接领导，但他无法给村里带来收入。支村两委五位成员，从进入班子第一天起，就默然接受了为村民义务服务的现实。

他不能不来。这是再正常不过的礼数。于公而言，贺平均是他的搭档和下属；于私而言，他兄弟砍伤了人家，作为兄长，实际上的一家之主，没有理由不出面收拾残局。由于集体经济拮据，他在人前抬不起头来，面对病床上的贺平均，更不知道说什么才好。理亏而且没钱，安慰又有什么用，他选择了沉默。

贺老二已构成犯罪，他的前程通往监所。经济赔偿在所难免。作为贺老二的哥哥，他得替他作出交代。贺老二逃跑之后，他的弟妹没有登门跟他见面，更别说求他看望贺平均了。她怎么想，别人不知道，他还是清楚的。类似这种事，贺老二每年都要干一两次，干完一跑了之。他好吃懒做，手里没钱，人穷志短，她则就坡下驴。在她眼里，贺平均是仇人，砍了他，高兴还来不及呢！

贺老二哥哥安慰贺平均，全部手术费用由老二负担。他有意避开了法律追究的话题。贺平均明白，这已经是最好的结果了。

第二天下午，贺老二母亲把借来的五百块钱送到贺平均媳妇手上。明知他们吝啬，明知是杯水车薪，还得收下。

住院期间，贺平均接待了一拨拨前来探视的村民。越到后面，他看得越清楚：这些人明为探视，实际上是来替贺老二求情的。贺老二是个混鬼，一个穷不值，见酒发疯，跟他有什么计较？一个提拿不起来的人，就是砸锅卖铁，也凑不出几个钱儿。退一步讲，判他坐牢又怎样，还是得不到你要的东西。不怕没有，就怕实没有，实没有连鬼都没办法。以后还在一块住着，低头不见抬头见，要跟人家哥哥共事，逼得紧了，都不痛快，不如消消气，松个口儿，放他一马。

平时从不来往的街坊，满脸堆笑地围在身边。族长最后也出面了。人人都来劝说，人人都要参与。家里、病房热闹异常。贺平均陷入探视者热情的包围中，不胜其烦。

支书赶着来了两天，后来就不露面了。本不是人家的事情，不能强求。贺平均感到了支书的陌生，也感到了自己的孤独。大家异口同声替贺老二说话，他反倒成了理亏之人。如果不给面子，他将得罪很多人。

贺平均嘴上不说，心里已经有了让步的准备。

七

春节马上就要到了，贺平均吊着手臂去见派出所所长。我们这两天又在忙贺老二的事。所长边说，边往屋里让他。又是一次酒后，贺老二趁人不备，用锨把儿打破了邻居的脑袋。他像一个跑龙套的演员，完成击杀后，又轻车熟路逃离了村庄。他老婆仍然像什么事都不曾发生一样，平静地忙着家里地里的活计。邻居不在乎钱财，不要赔偿，只要求将他绳之以法。

所长让贺平均坐下，给他倒水，被贺平均劝止了。所长说贺老二恶习不改，近来有两案在身，他们正全力追缉。他理应受到法律惩罚。所长拍拍他的肩膀，你放心等着，我们再不会放过这个坏小子！

所长完全误解了贺平均的来意。他不是要求治贺老二罪的，而是为他开脱的。出院半年，情况比预料的要好些，现在看来，刀伤可能不会影响他出门挣钱。他在心里已经放过贺老二了，不放过又能怎样呢！他说，我胳膊里留着钢钉，还得二次手术。指头不灵活，恐怕永远恢复不到从前了。可是，他顿了一下，怎么说呢，他没钱，判了，关两年，没什么意思。别追究了。我自认倒霉。

所长一下子露出欣喜的笑容。他没想到贺平均会亲口说出这种话。他也不想治罪贺老二。不看贺老二，还得看他哥哥；不看他哥哥，还得看他嫂子；不看他嫂子，还得看她炒的菜、擀的面条。来村里办案的时候，经常在他哥哥家吃饭，厨师就是他嫂子。她会做拉面。喝了酒，一定吃她的拉面。他私下里跟自己老婆说过，贺老大老婆的拉面跟你的裤腰带儿差不多。

在邻里乡亲的游说下，贺老二击伤邻居案件，终于还是不了了之。贺老二悄悄回来了。开始，他还躲躲闪闪，后来觉得没什么事，就大摇大摆地走动起来。他没必要再躲着谁了。

没过几天，贺老二也来到了派出所。所长很吃惊，你小子是不是又惹事了，自己送上门来？贺老二嬉皮笑脸地说，所长，我已经改邪归正、重新做人了。所长说，你知道改邪归正、重新做人？贺老二说，我把酒忌了，不给您惹事了。所长说，狗要改了吃屎，就不打茅子墙。贺老二说，我要再喝，就把指头剁了。所长说，剁成骨朵也改不了，剁了舌头也改不了……我问你过来干啥？贺老二凑过来，所长，能不能把菜刀给我？

所长十分警觉，脸色一下子黑下来，什么菜刀，还想砍人啊！贺老二说，不是，我老婆一直跟我要……所长没想到贺老二这么赖皮，敢惦记那把菜刀，哼了一声，真不要脸了！

贺老二讨好地说，所长，开开恩吧，我老婆要用它切菜。那把菜刀好使，她天天跟我说，把我快烦死了。

所长厉声道，滚吧，不走别怪我不客气。

……

贺老二走了。

所长却思量起来，是啊，菜刀放哪儿啦？他记着老于拿回来给了他。档案橱，窗台，脸盆架下，他挨着看了一遍，都没有。他的脑子一片空白。难道给人顺走了？他想了好一会儿，把脑袋都想疼了。司机喊他，他答应就来，然后嘟囔了一句，想它干啥，反正都过去了。

租住长沙

凌　鹰

一

我是2000年离开家乡县城那家机关党报的。因为有一天我突然发现，我工作的这个并不算小的县城的天空实在是太低了，于是我就像只从没高飞过的麻雀一样飞到了省城长沙，寄居在一个叫马家冲的小区里。我在马家冲一住就住了六年，因为我很喜欢我的这个鸟窝。这个鸟窝里留下了我太多的体温和羽毛，它让我找到了漂泊的温暖和宁静。

最早那两年，只有我一个人住在马家冲这个房子里。妻子带着女儿以及我的母亲住在老家县城。

刚刚住进这个地方的时候，我是很不习惯的。因为我的楼下就是一个菜市场，对面就是几个快餐店。每天天还没有大亮，我就能清晰地听到从菜市场传来的喧闹声，它们就像涨水的河流里翻滚的波涛浊流，一浪一浪的扑向我，如果我再不起床，它们就要把我淹没。对面的快餐店进进出出的都是一帮打工的兄弟姐妹们。每次站在阳台上看着这帮和我一样的打工兄弟姐妹落寞的表情和强装出来的笑脸，我心里就会莫名地压抑和失落。他们的背影似乎一直在提示着我的漂泊意识，这样的意识无法不让我怀念我在家乡县城的温馨与祥和。

适者生存似乎是每个人的潜在本能。听惯了菜市场的浊浪，看惯了快餐店的背影之后，不知道是一种麻木还是一种无奈，我渐渐地接受了这个鸟窝。既然飞出来觅食，就无法选择天空的高远与纯净，再逼仄的空间也要行走和飞翔。

很多的时候，良好的心态就是我们探路的拐杖。要想远行，是不能没有一根坚韧结实的拐杖的。我既然选择了这里，我就不想再在这座城市为寻找鸟窝四处奔跑了。这样的想法让我很快就找到了我借居这套房子的好处，这个好处也正是从我讨厌的菜市场跑出来的。因为自从我住进了这个小区，有了自己独立的空间，我的朋友们就经常跑到我这里来喝酒，这也是我最喜欢的一件事情。他们来了，我不需要考虑家里是不是还有酒菜，他们随时来，我也随时可以去为他们买菜买酒。于是，那些在长沙有房子和没房子的人就由衷的羡慕我，说住在这里太方便了，伸出手就可以把菜买回来。经他们这么一说，我突然就觉得我这只麻雀竟然住的是一只凤凰窝。

说到凤凰，也真是一种巧合，我租住的这套房子的小餐厅的窗子底下，还真有一棵梧桐树。这棵梧桐树到了春天就会开满白色的花朵，这些花朵最初都是紧闭着她们的嘴唇，过几天之后，就都不约而同地把她们的嘴巴全部张开了。于是，那众多的嘴巴里便呼出一缕缕甜润的清香，那香味于是就在我这套很小的房子里飘来飘去。当然，这棵梧桐树是不可能有凤凰的，那些花朵里面只有一些画眉、麻雀和我不认识的鸟。这些鸟好像也和我一样，很喜欢这些花朵的香味。我有时候就站在窗口前面，看着这些梧桐花，看着梧桐花里那些鸟，看着梧桐树旁边的菜市场，就觉得自己这套租来的房子与这棵梧桐树是一个整体，就觉得这房子就是这梧桐树上的一只鸟窝，就觉得自己就是这只鸟窝里的凤凰。这种自我欺骗的想法一下子就把我心里的惆怅给覆盖了。

二

我是到了长沙之后才开始学会并喜欢上买菜这件俗事的。每次去买菜，我总是可以看到那么多叫我买他们的菜的男人女人对我模式化的笑脸和热情。在这个菜市场里，我完全可以按照自己的意志去做出我的选择，我在这种选择中找到了自己的尊严。

当然，开始进入这个菜市场的时候，我还是很别扭的，而且觉得还很滑稽。我在家里是很少进菜市场的。我那时总是错误地认为，进入菜市场应该是女人和老人的事情，所以总是对那些在菜市场讨价还价的男人非常地不屑。我现在只有自己去买菜了，我自己不去买菜做饭，我口袋里的钞票就会像我窗台前的那棵梧桐树的叶子一样，很快就会掉光，很快就会只剩下一些干瘦的树枝。我带着我的这种心情走进菜市场时，就觉得自己不是去买菜，而是去偷菜，心里就总是很慌乱。我没想过我也会像我原来很不屑的那些男人一样，下了班就往菜市场跑，至少在我没来长沙之前我从没想过这件事。

因为心里觉得男人买菜是一种很女性化的行为，买菜的时候，我就会以最快的速度去完成整个过程。我在这个过程中基本上是不看人的，也从不问价，更不会在那些菜堆里挑来选去。想买辣椒，就快速抓几把，绝对不会去一只一只的挑选。想买小菜，拿了就付钱，因为长沙的小菜很多是不称的，是一把一把卖的，这就给了我这种死要面子的蠢男人最大的方便。买鱼买肉，我就报个数，要买多少，随那卖鱼卖肉的给，给了就付钱。买好了所有的菜，我就会像一只叼到了自己果腹的食物的鸟一样，以最快的速度飞出这个菜市场，继而又以同样的速度飞进自己的鸟窝。

我觉得我这种状态很像一个刚出道的贼。但贼也总有习以为常的时候，偷盗的时间长了，也就慢慢地变得沉着冷静了，也就显得从容不迫了。我也不知道我是什么时候开始成为一个从容不迫的买菜的男人的。反正买着买着，就把自己的脸皮给买厚了，就把自己买成了一个喜爱菜市场的男人了。

喜欢上了菜市场之后，我就再也没有在进出于菜市场的时候那么心惊肉跳的飞来飞去了，我开始变得老成而又世故。进了菜市场，我不会再急着买了菜就走，我会在里面来来回回地走几趟，看看哪些是我想要买的菜，看准了，还要对几个摊子上我想买的那种菜作个比较，看谁的菜更新鲜更干净。然后，我才会有头有序、有条不紊地把我想要的菜买回家。但有一点，我还是没有改变，也一直无法改变，那就是，我依然不问价格，我觉得讨价还价是一件很无聊的事。

在改变了买菜的心态之后，我又有了新的发现。这种发现来自于早晨，来自于早晨的菜市场的蔬菜和鱼。

有一天，我一大早就跑到了菜市场。结果，这个早晨给了我对菜市场全新的感觉。我来的时候，菜市场里的各个蔬菜摊子上已经堆满了各种各样的蔬菜。我没想到这些蔬菜会有这么鲜美可爱。这些蔬菜一定是刚刚从一个个菜地里走到这里来的，它们的全身都挂着一颗颗水珠，泛着晶莹透明的光泽。我也知道这都是买菜的人刚刚洒了水的缘故，但我还是愿意固执地认为，那是昨天晚上的露珠。于是，我就想到了它们昨晚站在夜空下接受夜露的润泽时的那种娇羞与宁静。这样的联想让我一下子感觉，它们的叶子上似乎还沾着昨夜的蛙鸣，还沾着昨夜的萤火虫的亮光。这样充满生机的蔬菜，一下子就把浮华的城市与乡村拉近了，一下子就让我在这座城市的菜市场里闻到了一股泥土的味道，这是我最熟悉最亲切的味道。在这种味道里行走，就像早晨在乡下的田埂上漫步一样，不仅有蔬菜的甜润包围着你，还有禾苗的清香向你扑面而来。

那些鱼也是与这些水淋淋的蔬菜一同进入我的心灵的。

卖鱼的人早就认识我，他看见我来了，就和我打了一个很功利的招呼，然后就忙他的生意去了。

这个菜市场就他一个卖鱼的。我大清早来到菜市场的时候，那些鱼可能还刚刚被他丢进那个小鱼池。不知这些鱼来自哪个村庄抑或哪个渔场。我看见它们在那个鱼池里挤得密密麻麻的，这些显然是来自乡下的鱼一定在为它们突然进入一个完全陌生的领地而焦躁不安，一定在怀恋它们原来生活的那个无拘无束的大空间。它们原来的空间多好啊，不管是鱼塘还是河流或者是湖泊，都可以任它们在里面横冲直撞的行走奔跑畅游，那是多么宽敞多么舒适的房子啊，住在那样的房子里多么惬意啊。

可现在，它们突然被人强行拉到了这样一个不足三米宽的小鱼池里，你说它们还能有快乐吗？你说它们能不忧伤迷茫吗？就这样看着满池的鱼在水里很烦躁地翻滚拱动，我倒是一下子有了一点优越感。因为它们是被别人捆绑到这座城市里来的，而我是自己自愿来到这座城市的。所以，比起它们来，我可就多了许多尊严，少了许多屈辱。也许我的这种优越感被它们觉察到了，并把它们给激怒了，它们突然纪律严明步调一致的在水里很悲愤地甩动了一下身子，甩出一大串水花，把我的脸上和身上甩得湿漉漉的。遭到了这些鱼恶狠狠的报复，我并没有恼怒，只是突然感到惆怅。因为那溅起的水花一下子就打湿了我身体上某个柔软的部分。它们让我想起了我那养了大半辈子鱼的父亲，想起父亲把他的鱼从一口鱼池转移到网箱里的时候，我如果去看它们，它们也会用这种水花来反抗我，把我溅得满脸是水。可是父亲早就不养鱼了，他早就化作一条鱼游走了，游到我永远也看不到他的一条河里去了。如果父亲在那条绵长无尽的河流里知道他的儿子在这座城市里面对一群被流放被宰杀的鱼如此黯然神伤而又沾沾自喜，又是一种什么感慨呢？

三

我所租住的这套房子给我带来的快乐和烦恼几乎是相等的，它们就像怡人的绿洲和荒凉的沙漠一样交叉出现在我的生活里，形成两个极端，让我在这个两极里不停地奔跑和转圈。

快乐的一极当然最初来自我众多的朋友，后来是来自我的女儿。

我的朋友们基本上是来我这里喝酒的，或者说，到我这个房子里来的朋友，基本上都是一些和我一样喜欢喝酒的朋友，这也是我慢慢喜欢上楼下那个菜市场的一个最根本的原因。那个菜市场不仅为我买菜提供了很大的方便，它还成了第一次到这里来找我的朋友的一个固定站台。对所有想来这里找我的朋友们，我都会告诉他们，只要走进马家冲小区，就能看到一个菜市场，走到菜市场尽头，我就能看到他们。因为有了这样一个特征，我的朋友们到了菜市场尽头，就会拿出他们的手机给我打电话。于是，我就把我的脑袋从那个小餐厅的窗口伸出去，透过窗子前面那棵梧桐树的花朵或者树叶寻找楼底下那个在菜市场尽头的马路上拿着手机狂呼乱叫的朋友。因为花朵或者树叶太浓密，朋友往往要站在我的楼底下仰起脖子寻找半天才能找到我挂在窗口上的脑袋。这当然是春季、夏季和初秋的情景。深秋或者冬季，梧桐树上什么也没有了，只有满树的萧条和寒冷，那些站在树下给我打电话的朋友就会透过光秃秃的树干，轻而易举地发现我贴在窗口上那张傻乎乎的笑脸。

如果朋友来得多，喝酒都是在那个小餐厅里。春天，梧桐花的浓艳从窗口里挤进来，阳光也悄无声息地从窗口跳进来，照在我那张开了一条坼的木桌子上，照在我亲手做的每一道菜上。于是，满屋子的酒气里便混合了一种绵厚的太阳味和花朵的清香。

如果只有一两个朋友，我们就在客厅里那个茶几上喝酒。这样的喝酒往往都是几个我最固定的朋友，这样的喝酒不需要刻意约定，他们想来我这里喝酒了，给我一个电话，就跑过来了。这样的朋友，都是因为心里特别高兴或者是特别无聊，想和我分享或是想向我倾诉。这其实是我们的一种共同的状态，出门在外，我们随时都会在这两种状态中沉浮徘徊。

我招待朋友们的酒基本上都是二锅头或者啤酒，我那时候还喝不起高档白酒。但我所有的朋友都不在乎这一点，他们在乎的是在我这里的那份自在和快乐。所有到我这个房子里来的朋友都可以放肆，任意胡说八道，任意信口雌黄，这里就是他们任意发泄和释放的天地，他们无需再戴着面具和枷锁。所以，很多朋友在只要能够推掉的情况下，都愿意拒绝五星级高档酒店的应酬，跑到我这里来喝我的二锅头，这种情形就像厌倦了华丽雕琢的人工景区而喜爱农家乐一样。

我女儿是2005年正月来长沙的。我这样说其实还不是完全正确，因为她2003年下半年就来长沙了，她是来我这里读幼儿园。那时候她还只有4岁，她的羽毛还没有长满，还是满身的绒毛。再次来到长沙的时候，她已经是一个小学三年级学生了。我不知道她是因为喜欢长沙还是想念她在长沙的父亲，抑或仅仅是一种突发奇想？后面的那种可能性应该更大，因为她对我说过，长沙比我们那个县城好玩。她这话其实是告诉我，她在自己的羽毛还没有长满的时候就开始想象自己飞翔的天空了。我不知道我的女儿的这种想象是她成长中的一种危机还是一种良好的态势？我真的很迷茫，因为这将意味着她要离开她妈妈的怀抱，意味着她的母爱要通过火车和电话来传递和输送。一个4岁的孩子可以有这样的洒脱和割舍，这让我真的担心和害怕。她那么稚嫩的羽毛能承受远离母亲的飞翔吗？我记得我17岁的时候第一次离开父母到一个县城去工作的当天晚上还哭过，是很想回家的那种压抑的哭泣。可我只有4岁的女儿却是笑着送她妈妈上车的，笑着送她妈妈离开长沙的。我不相信我的女儿这么小就学会了隐忍，就能接受离别。所以，她在送走她妈妈之后的那种平静，让我的心无法不感到不安和疼痛。

女儿在长沙马家冲读了两个学期幼儿园，就回到了我的老家县城上小学去了。我说你不想在这里读小学吗？她说我想妈妈了，我不喜欢长沙了。

她这样的回答又让我感到迷茫了。她这么短短的一年时间居然就看到了这里不是她想要的天空了吗？我的女儿到底是个什么样的孩子？难道仅仅是好奇吗？难道仅仅是因为好奇就可以让一个孩子战胜对妈妈的依恋和想念吗？

女儿回去的那天和她来长沙那天一样的欣喜，她和我告别的时候，就像那次送她妈妈回县城一样洒脱平静，这让我的心里有一种说不出的挫败和伤痛。

四

女儿再次来长沙的时候，我所在的报社因为全国行业报整顿压缩停刊了。由于调动关系已经到了长沙，我不可能再回到我的老家那家报社了，不可能再回到我的原单位了，也就是说，我已经进退两难。对于一只渴望飞翔的鸟来说，这样的变故一下子在我的前方化作了一片浓雾，使我看不到我的翅膀底下到底是一条峡谷还是一片湖泊，是一座高山还是一片大海，这让我一下子迷失了飞行的方向。

但是，我又不能停止飞行。如果我停下来，就很可能意味着我会掉进大海或者湖水里，那样就会打湿我的翅膀。

我知道翅膀对于一只鸟来说有多么重要。

而一个人的精神就是他的翅膀。

于是，仅仅是为了保持飞行的力量，我放下了原来所有可笑的清高和虚荣，去了一家我平时那么不屑那么轻视的杂志做主编。因为女儿再次来到了长沙，我得尽快梳理好自己散乱的羽毛，用我疲惫的翅膀为我的女儿取暖，这是我作为一个父亲和男人应该给予她的。

同女儿一起来到长沙的还有我的母亲，她是来帮我照料女儿的生活的。有了母亲，我心里似乎踏实了一些，因为她可以为我减少对女儿的操劳。

这期间，我最大的烦恼是我每个月的房租。原来的房租有我供职的那家报社补贴一半，现在得全部由我自己负担。拖欠房租的恐惧和不安便像一只饥饿的蚂蟥一样紧紧地吸附在我的心上。

而所有的这一切，我都不能也不想告诉我的妻子。我对妻子隐瞒了我工作变故的一切真相，我不想让她为我担心，我不想让她看到我羽毛上的血迹。

女儿是自己提出要转学到长沙读书的，她莫名其妙地突然一下子又不喜欢我们在老家县城给她找的那所学费昂贵的最好的小学了，提出要到长沙读书，我和妻子能用我们的观点去阻止她对那所学校的厌恶吗？我们好像谁也找不到更恰当的理由去说服她继续留在那所学校。所以，妻子打电话征求我的意见的时候，我虽然犹豫了一下，但我还是坚定地告诉妻子，尊重女儿的选择！

就这样，这套逼仄的房子一下子住进了我们三代人，房子就再也没有太多可以容纳朋友的空间了。那几个我固定的朋友依然会来马家冲看我，但他们不再留在我这里喝酒了，他们是不想用酒味冲淡了我和我的母亲我的女儿的那份温情，这让我感激而又失落。

<h1 style="text-align:center">五</h1>

我早就说过了，租住在长沙马家冲的日子里，后面的快乐都是我女儿给我的，她就像一口清泉，不断地把快乐流淌给我，浸润着我疲惫的内心。

我女儿这次来到长沙之后，我找人把她安置在离马家冲很近的一所小学上学。这时她才7岁，学校看她年龄太小，担心她的成绩跟不上，要她降级读二年级，她坚决不同意。这一点让我很欣慰，我为她的倔强和自信感到自豪。

但我却又不得不要向我的女儿忏悔。

在她决定要转学来长沙的时候，我就对她说了一个想法，要她学古筝，她听了很开心，好像我要送她去吃她最爱吃的蛋糕。她来后，我就给她找了一个在长沙很有名望的古筝老师。凭女儿的性情，我以为她会对古筝情有独钟的，结果，她却使我大失所望。

她居然特别讨厌古筝，就像讨厌她平时不爱吃的食物一样，甚至讨厌到反胃的程度。

按照老师的要求，女儿应该每天练习一个小时的古筝。开始那几天，她基本上做到了，这说明在这个时候她对这道食物还有点胃口。可一个月以后，她就开始厌弃这道食物了。她不仅每天没有坚持练琴，甚至连一个星期加起来也没练过两小时的琴。这就让我很愤怒了，这就让我忍无可忍了。

那时候，我受聘的那家杂志还没给我发工资，而房东又正在催我交房租。他催交房租的电话就像一瓶黑墨水倒进了水里一样，将我的每一天都染得一片乌黑。但我却没有任何理由怪他，他是合情合理的要回他应该要的钱，我能说别人世俗势利吗？可就在这个晚上，我打开房门的时候，看见女儿又在一如既往的看电视。这时已经快九点钟了，该是她睡觉的时候了。我以为她已经做完了作业，已经练过琴了，可她什么也没做。如果她马上就去做好这两件她应该做好的事，我可能就强行忍住心里的火气了。可是，女儿在看到我的不悦之后，依然我行我素津津有味的看着她的电视，这就让我生气了。我什么话也没说，就把她拖到了门口边，并打开了门。这个时候她才知道我可能要做什么了，就用力抓住门框，可我还是把她推了出去，然后把她无助的哭声关在门外。因为我和我母亲说过，我在教育孩子的时候她不要插手，否则我的教育就会无效。但这次，我母亲却被我的粗暴惹怒了，她很心痛地冲到门边，把门打开了，那针刺一样的哭声一下子就涌了进来，像一股寒冷刺骨的冰水一样淹没了我。

女儿回到房间之后，就用最快的速度写完了她的作业。然后，又练了半个小时的琴。在这个过程中，我坐在书桌边一直没有说话。可女儿却走过来，坐到我的腿上，嬉皮笑脸的和我说话，似乎一点也不记得她刚刚被我关在门外这件事了。一个7岁的孩子，是不是真的还不懂得怨恨？是不是真的容易遗忘自己的伤痛？但这个晚上，我的心里从此刻下了一道隐痛。女儿纯真的笑脸，就像一团火焰一样温暖着我却又烧灼着我。

有了这一次，我以为我从此再也不会伤害女儿了，可我还是再一次陷进了忏悔。

这个晚上，我要她练习古筝，她却一直磨磨蹭蹭的。我对她说：你现在老老实实把新学的曲子给我练十遍。听我这么说，女儿才很不情愿地坐在古筝前面，可她还是不愿意练琴。于是我就加重语气对她说，三分钟以后你再不练琴，我就要你练五十遍。我没想到她居然用比我高八度的声音回答我说：五十遍就五十遍！然后她就练了起来。

女儿练琴的时候，我就坐在书桌边装模作样地读书。女儿练到二十遍的时候转过身来，伸出两个手指，向我晃了晃，告诉我她已经练了二十遍了。我知道她是想要我减少她练琴的次数，但我没理她，于是她就继续练下去。练着练着，她哭起来了。如果仅仅是哭，我还不会让步，我想以这次惩罚改变她的惰性。可她的一声哭喊一下子就把我用柔软包裹的那种坚硬给打碎了。她说，妈妈，你快来救我吧，爸爸想整死我！

我完全相信这是我女儿从她内心里发出的呼救，我的心一下子就被她这句呼喊撕碎了。我走到女儿身边，把她从练琴的凳子上抱下来。这时，我才看到我的粗俗和愚蠢在女儿的泪水和哭泣里不断地膨胀。我在极度的震惊中感知着我瘦弱的女儿几乎绝望的哭泣和身子的强烈颤抖。但我没说一句话，我只想让我的女儿像呕吐出她反胃的食物一样，用痛哭吐出她心里巨大的委屈。

然后，我做出了一个决定。

我不想再要女儿学古筝了。

我不想再用女儿的痛苦来支撑我近乎愚昧的虚荣了。

在女儿平息下来的时候，我对她说了我的想法。我说你对古筝实在不感兴趣，爸爸就不要你学了，明天我就把古筝卖了。女儿听我这么说，并没有出现我意料之中的惊喜，而是满脸的惊讶，然后对我说了实话。她说我也不是一点都不喜欢，我是怕痛。女儿的话让我感到很奇怪。她似乎也意识到自己还没说清楚，就对我补充说，古筝指甲用胶布缠在手指上，手指太痛了。我这时才发现，女儿戴指甲的那几只手指尖都是紫黑色的。我说那你就别学了。她说我还是想学。我说你怕痛你还怎么学啊？她说我可以慢慢学，只要你别逼我。

事实上女儿是个非常聪明的孩子，老师教她的那些曲子她都会弹。我要她练习只是为了她弹得更熟练更流畅。

因为心存忏悔，我不再强迫女儿练琴了。我任她去选择自己喜爱的食物，不再强行给她喂食。

可是，第二天，我傍晚回来的时候，走到家门口，就听到屋里传出了古筝音调。虽然还很不熟练，但我却觉得那是我所听到的最让我感动的音乐，因为那是从我女儿心里流淌出来的泉水。

六

如果不是回到我的老家，我现在可能还继续租住在马家冲那个菜市场旁边的房子里。其实，这个时候我的收入已经比较可观了，但是，当老家的一个文化单位再三请我回来的时候，我还是选择了对长沙的告别。我在这座城市飞得太累了，我不想让这座城市的诱惑再撕下我太多的羽毛。

我是一个人提前回来的，因为我女儿那个学期还没结束，回来不好转学，于是就让母亲和女儿继续住在这个房子里。听我母亲说，我离开这些日子，女儿居然学会照顾奶奶了。这就让我一下子想起了一个画面：每天下午，女儿和她的奶奶手牵手从学校回来，那书包都是我母亲背着的。现在，书包已经背在了女儿身上，北风和雪花吹打着她们的雨伞，吹打着她们冰凉的脸，我的女儿用她并没有多少力量的小手紧紧地握着她奶奶粗糙的手。

这样的情景，这样的画面，是我在长沙经常看到的。因为不需要固定坐班，我有时候就回得很早。回来只要没见到母亲和女儿，我就会到学校去接她们。因此，往往会在路上看到母亲和女儿向我走来。女儿只要一看见我，就会放开牵着奶奶的小手，向我狂跑过来。于是，我就觉得那扑向我的是一股春风。

女儿在长沙最后一个学期结束的时候，湖南正好遭遇一场巨大的冰雪。我去的时候道路还可以通行，可是第二天，所有的道路都无法通车了，我们困守在这个租来的房子里。这是我和我的母亲我的女儿在长沙马家冲小区菜市场旁边这个房子里度过的最后几天时光。这几天，妻子一直焦急的盼望我们回家过年。一想到如果无法回家，妻子就一个人待在家里，我和女儿就更加不安了。被大雪堵在这个我住了六年的房子里，我既焦急又莫名的伤感。渴望回家和即将离开这套房子的不舍更让我感觉到这个地方的亲切。那棵梧桐树已经挂满了晶莹的冰花，寒冷而又温暖。下一个春季，我就不能看到那些花朵的绽放了，就看不到那些花朵里的鸟影了。但我知道它会依然站在从此不再属于我的窗前，守候我的气息和记忆。

等到我单位的车来接我们的时候，已经是春节的前一天了。大雪虽然早就停止，但马家冲的每个空间里都是厚厚的白雪。我们是吃过晚饭离开的，路灯下的马家冲泛着白雪映照的清幽的光芒。上车之后，女儿问我，我们以后再也不来这里住了吗？我不知道女儿说这话是表达一种庆幸还是一种和我一样的失落。我没有正面回答她，我只说，以后放假了，我还可以带你到长沙来玩。女儿说，那太好了，我刚刚和班上的几个同学结交成最好的朋友呢，以后来了我就去找他们。这时我突然想到，从读幼儿园到读小学，女儿跟着我在马家冲这个房子里已经住了将近四年了。我相信，女儿和我一样，那房子里应该还残留着许多她还没来得及带走也不可能带走的东西。

乡间道德

黄国荣

爷爷在我们老家不叫爷爷，叫公公。考虑到大众的阅读习惯，我在这里姑且大众一次，称公公叫爷爷。

35年前，公元1968年3月7日，我当兵离开故乡，离开我的家。清晨，娘帮我收拾了一个简单得没法再简单的行李，一个网兜兜了一些洗漱用具，以及伙伴们送我的日记本。屋外的锣鼓响了，爷爷还没有起床。我正要去跟爷爷告别，爷爷已在床上喊我，叫我过去让他看看。三月天，初春还寒。我来到爷爷床前，爷爷已披着上衣倚靠着床柱坐在床上。我说爷爷，我当兵去了。爷爷说当兵好，当兵有出息。爷爷一边说，一边习惯地将着他那花白的胡须。爷爷留着跟郑板桥一样好看的山羊胡须。爷爷将着胡须仔细把我端详。爷爷看着看着说，去吧，我只怕再见不到你了。爷爷83岁，身体依然硬朗，每天都到镇上的茶馆喝茶、听书、泡澡堂，我给爷爷用野山藤做的那支手杖，他只是作为一种自豪拿在手里，仅仅是防备而已。我说爷爷你别瞎说，兵役制改两年了，两年后我就回来看你，听说烟台那里出产苹果，我给你带苹果来吃。苹果当时在苏南是稀罕东西，当兵前我从没吃过。爷爷说吃不上了。我说两年工夫，一眨眼就过去了。我就这样与爷爷告了别，没想到这竟是永别。

5个月后的一天下午，我正背着小手枪在车场站岗，我们车的老炮长陈怀安给我送来一封家信，看家信是新兵最快乐的一件事，我自然也不例外。信是老四弟弟写的，看到第二行我的心呼一下紧缩起来，一个个触目的文字让我头皮发麻。弟弟告诉我爷爷在5个月前的4月8日中午12点一刻去世了。我3月7日离开家，到4月8日，仅仅一个月时间，这怎么可能呢？我还顾不得悲痛，急着往下看信。弟弟说，我走后，爷爷就肚子痛拉不出屎。到邻近的十里牌医院看，医生说是肠梗阻，年纪太大，没法治疗，让我爹回家杀只鸡炖给爷爷吃，配了些药就了事，只花了7角8分钱。鸡炖了，药也吃了，爷爷还是拉不出屎，非常痛苦。大便不通，人就没有食欲。爷爷一天天消瘦，全家人眼睁睁看着爷爷痛苦却没有办法。再到县城人民医院看，医生说了同样的话，又配了一点药，看了9角2分钱。爷爷就因肠梗阻得不到治疗，活活被折磨而死。父母考虑我刚入伍一个月，部队领导肯定不会让我回家，怕我分心，5个月后才让弟弟写信告诉我。读着弟弟的信，与爷爷告别的情景立即浮现，我的眼泪止不住往下流。我离家不过一个月，好端端的爷爷竟永远离开了我们。让我痛苦的是爷爷并非死于意外，也不是不治之症，而是一般的疾病没能得到应有的治疗。医生为什么这么残忍，他们的人道主义哪里去了。是医生把爷爷活活憋死，医生是凶手，法律却不能追究其罪责。要是我的爷爷不是平民百姓，他们敢这样吗？想到这一层，我的心被刺痛了，因为我们是平民。想起爷爷临别时说的话，难道他已有预感？早知道如此，离开家之前，我该把父亲给我的10元零花钱留给爷爷，也算尽一点当孙儿的孝心，我心里也许会好受一些。爷爷没得到我一点报答，而我又想好好报答他，机会却再也没有了，除了痛苦，我还能做什么呢？

人总是要死的，但爷爷不该这样离开我们。从我当兵的第一天起，我就有一个愿望，等我两年服役期满，就是用肩挑，我也要挑两筐苹果回去，让爷爷痛痛快快吃个够。当孙儿的是个新兵，一个月只有6元钱津贴，还没有什么报答孝敬的能力，当时就只能有这么一个心愿。可连这么一点点孝心，都无法表达，而且永远都无法弥补，它成为我终生的一件憾事。

爷爷先后有我们九个孙男孙女，我们兄妹七个，小叔家两个妹妹。他没有表现出特别喜爱谁，但我感觉爷爷最喜爱的是我。四岁我就陪爷爷睡。据说我们兄妹七个我小时候最干净，满一周岁夜里就不尿尿。我三岁那年，奶奶因病撒下爷爷去世了。奶奶走了，冬天爷爷说脚冷，娘就让我给爷爷暖被窝。给爷爷暖被窝是有好处的，躺下后，爷爷温暖的手总会不声不响塞给我吃的东西，不是一块水果糖，一块冰糖，就是两根枇杷梗，不懂事的我常常在被窝里骄傲地吃出声响，馋得邻床的大哥二哥向爷爷乞讨，叫爷爷为难。爷爷对我的这种偏爱曾经让他后悔过。我16岁牙齿就蛀了，那年冬天，牙痛得钻心，晚上不能入睡，我只能坐在那里一口一口含冰水驱火镇痛。爷爷后悔说，怪他，不该在我小时候睡觉的时候给我糖吃，养了蛀牙的虫子；还埋怨自己，说牙齿都让他长了，他70好几牙齿还坚硬得能嘎啦嘎啦嚼炒蚕豆，把孙儿的牙齿都长了。

我想爷爷对我这份偏爱之情，不只是因为我给他暖被窝。不怕大家见笑，爷爷不知从哪个江湖郎中那里得到的秘方，说童子尿补。于是每天清晨，爷爷都要跟我做一件十分肮脏的事情。爷爷要喝我清晨的第一泡尿。每天清晨醒来，爷爷总不失时机地从他枕边拿出那只窑碗，爷爷端着碗，让我尿在窑碗里。我总能尿大半碗，尿完，爷爷一口气就喝了。我问爷爷，我的尿这么臭，你为啥要喝？爷爷说，童子尿，补身子。我不信，这么骚臭的东西，怎会补身子。我问娘，娘说老辈有这个说法，爷爷想喝，你就尿给爷爷喝。我记不清陪爷爷睡了多少年，也不知爷爷喝了我多少尿。童子尿究竟补不补身子我不知道，不过爷爷活到83岁，耳聪眼亮，背不驼，腿不拐，那支野山藤手杖，除了下雨路滑，爷爷走路从来不把它手杖使。爷爷的健康成为我的一种骄傲，因为爷爷从来没喝过大哥二哥和弟弟的尿，只喝我的。

爷爷有五个儿女，我父亲是老大，我还有两个叔叔两个姑。奶奶走后，爷爷一直独自一人过日子，我爹、叔叔和两个姑没少劝爷爷，让他别自己过，到我们和叔叔三家轮着享清福。爷爷没同意，他爱干净，喜欢清静，他说一个人过自由自在，会省去许多话说。其实爷爷喜欢独自过日子有一个不好启口的原因，他对生活有点讲究，没有荤腥吃不下饭。倒不是他已纳下多大的钱财，整日大鱼大肉，他喜爱过那种小鱼小虾的小日子。他总爱买半斤黄鳝，或者半斤嘎咕鱼（北方叫黄辣丁，抓起来会嘎咕嘎咕叫），或者乌鱼，黄鳝也好，嘎咕鱼也好，乌鱼也好，他都是用砂锅一起炖豆腐，汤炖得跟豆汁一样，白白的，稠稠的，比如今放味精的三鲜汤还鲜。现在想起来我都谗。有一次，我忍不住去偷爷爷竹橱里的鱼吃，正巧让我爹看到，他操起一根棍子打我，没打着我，却打裂了爷爷的竹橱门。爷爷没打我，也没骂我，反说我爹把竹橱门打坏了。后来我一看到爷爷那扇开裂的竹橱门就难为情。爷爷有一块祖传下来的小菜地，种一垄韭菜，半垄蒜，这是基本固定的，余下的地再种别的时鲜青菜。地头有一条小河沟，爷爷在河沟边种了茭白，嫩茭白生的就能吃，甜甜的。每年到夏初，爷爷总要栽两种香瓜，一种叫白小娘，跟现在进口的伊丽莎白一个样，我想很可能是那时咱们出口给人家留下了种，现在反进口来赚咱们的钱；

还有一种叫青皮绿肉瓜。两种瓜都又香又甜，每年都是爷爷自己留籽，自己育苗，生怕变了种。我少不了吃爷爷的这两种瓜，但爷爷种瓜主要是拿到镇上去卖，换茶钱。那时候民风尚好，爷爷的瓜白白的、青青的，在路上就能看见，但过往的人看到熟透诱人的白小娘和青皮绿肉瓜，没有人下手去偷。我吃爷爷种的瓜当然是要帮爷爷干点活，到十四五岁，放学回来，爷爷总叫我帮他挑大粪汤给瓜秧追肥。之前是二哥帮爷爷挑，到我会挑得动一担粪汤时，爷爷就叫我挑。每次他都是自己先把粪汤打到桶里，等我回来。我把粪汤挑到地里就不用管了，爷爷自己浇，自己刷洗粪桶，自己挑回空桶。爷爷的日子过得有滋有味，而且他能挺过三年自然灾害的肆虐，多半靠的是这块菜地。

爷爷留着花白的长胡须，春天穿长褂，秋天穿夹袍，冬天穿棉袍，他一直这样干干净净利利落落活在我心中。我爱爷爷当然不只是因为这些，主要是爷爷传给了我们黄家世代的品行和智慧。我曾在"日子三部曲"的代序《上帝给的日子》里写到，我以为赋予作家文学天资和灵性的往往不是父母，而是爷爷或奶奶。父母对儿女考虑更多的是责任，是管教，心理上有对立会导致距离。爷爷奶奶则不同，他们给孙儿孙女更多的是疼爱。隔代老小之间几乎没有距离，相互间可以无话不说。家族的历史，村里的故事，还有民间的传说，常常是爷爷奶奶与孙儿孙女间永恒的话题。他甚至会把自己最秘密的不能让儿女知道的隐私，毫不隐瞒地告诉自己的孙儿孙女。

如果要说我有那么一点文学天赋的话，跟爷爷有很大的关系。我似乎懂事比较早，很小的时候就会想一些大人想的问题。比如，我们家的屋子为啥比左右隔壁邻居的屋子窄。邻居家的床能横着放，隔出房间，还能留出通道；我家的屋子仅有一张床宽，两米多一点，床竖着放，床前才勉强走过人，根本没法隔出房间。爷爷告诉我，原来的老屋让"长毛"（太平天国洪秀全的部队）给烧了，重新造屋的时候，我的太爷爷让"长毛"的一位娘娘喜爱，带走要做养子，据说一直带到广州。太爷爷是单传，家中无后继之人，两邻就悄悄地把墙沟挖到了我们家的宅基上。太爷爷到天平军失败才逃回老家，人家的屋子都造好了，太爷爷没有跟人家吵，也没跟人家争，仍在这宅基上造了屋，所以比别人家的屋窄三尺多。我不平地问爷爷，他们为什么欺负咱，咱们为什么不跟他们争，为什么不找人评理。爷爷一本正经地跟我说，用不着争，也用不着找人评理，他们的屋子宽，咱们的屋子窄，他们占了咱们的宅基地，理就在这里摆着，我们不是不知道，他们也不是不知道，村上的人也不是不知道，老天爷、土地爷都知道。摆在这让你们知道，让他们的子孙知道，让村上的子孙都知道，理全在里面了。这理要比跟他们争，跟他们吵多得多。世上的人一人一心，有的人活世上，专想着占人家的便宜，占一点快活一点，越占多心里越快活。其实不是这样。老辈人说，每个人的东西都应该靠自己的两只手做出来，别人的东西是不能占的，尤其不能占人家的地，地是人家的命，占地等于强占人家的命，占地占到有棺材坑大小时，土地爷阎王爷就不会饶恕他，这人就该死了。为人在世，忠厚才有后。我当时无法判断爷爷的道理是否科学，可占我们家地的邻居长辈们都不到40岁就暴病而死倒是事实，这难道是一种应验和报应？

我不信地问爷爷，土地爷和阎王爷住哪里啊？爷爷没有笑，爷爷说住在人的心里。你做了好事，你善待别人，土地爷高兴、阎王爷高兴，别人高兴，你自己也高兴。人高兴了，心就宽，心宽就无忧，无忧无虑的日子就过得自在。人做了缺德事，坑害了别人，土地爷不高兴，阎王爷不高兴，别人不高兴，他自己也心亏。心亏就心虚，心虚好心惊，心惊血脉就不调，血脉不调就要得病。

我好倒树刨根，又问爷爷，阎王爷会报应恶人，那么为什么还有这么多恶人。爷爷说，恶人坑害一个人，就断一条路；坑害两个人，就断两条路；坑害人多了，他就没了路；就算是活着，也没人把他当人看，说话没人信，做事没人帮，他在人眼里已不是人，跟死了差不多。

我两眼一眨不眨地听爷爷说，当时的情景至今历历在目。爷爷是这么跟我说的，自己一辈子也是这么做的，对家人也是这么要求的。每当我娘跟人家发生纠纷争吵时，爷爷总是一声一声大小姐把娘叫回家，说不要跟人家吵，谁对谁错左邻右舍的人心里明镜似的，她要吵让她吵去，村上人听烦了，一人说她一句，她骂三天三夜都翻不过本来。爷爷的占便宜会有报应的理论我不敢确信，但爷爷的为人在世，忠厚才有后，真成为祖训，深深地埋进了我的心灵。事实在那里摆着，不由我怀疑。我太爷爷、爷爷和爹都忠厚，所以我们有五男二女兄妹七个。太爷爷活到87岁，是因下田抢收麦子中暑而死；爷爷83岁，是肠梗阻医生不给医治而死；父亲已92岁，89岁时跌断了腿，骨头竟还能长好又站了起来，仍旧天天清晨五点就起床到镇上茶馆喝早茶，现在还常常跟家人搓麻将赢茶钱。

　　爷爷为人忠厚，办事精明，是方圆几十里内有名的"牛头"，如今叫经纪人。牲口交易全在市上，北方叫集，我们老家土话叫"luo"，我不知道该用哪个字。或逢一四七，或逢二五八，或逢三六九，宜兴、和桥、高塍，几个镇插开聚市，爷爷便从这个镇跑到那个镇，几个镇子依次推磨转，忙完东镇赶西镇。做中间人，首要的是公正，要主持公道，离开了公正、公平，这碗饭就吃不成。我跟爷爷一起生活有十八九年，他一辈做交易生意，我没见爷爷跟谁有过纠纷。他不坑买家，也不欺卖家。一头牛牵到市上，双方有意，他扳起牛蹄看看蹄，卷起牛舌看看牙，扬起牛绳让牛绕他溜三圈，一口定价，双方满意。爷爷一辈子都吃这生意饭，大家都认他。爷爷的忠厚待人影响了我爹，爹在镇上的猪行里掌秤，也是一辈子做中间人，完全继承了爷爷的品行，苏、浙、皖都有爹生意上的朋友。

　　爷爷除了做牛生意，剩下的空闲全在黄公祠茶馆喝茶听书。茶馆离我们学校很近，在我放学回家必经的街上。每天下午放学，我总要进茶馆找爷爷，有时我爹也在。爷爷要在，就空出一块凳子让我坐，用茶杯给我倒一杯茶，我一边喝着茶，一边幸福地跟爷爷一起听书。跟爷爷同桌的爷爷伯伯，总免不了要夸我聪明，长得体面。每到这时我就学得更乖，不声不响，聚精会神听书。《白蛇传》《水浒传》《三国》《说岳全传》《杨家将》等等，我都是先在茶馆听说的，听不全的爷爷回家再跟我补。我的文学兴趣和天赋只怕就是从那时候开始培养孕育的。今天我能写小说，与爷爷是分不开的。

　　爷爷一生没有抱怨过什么，有一件事让他遗憾，他没能见到重孙。当我大哥高中毕业的时候，爷爷就开始操起孙儿找对象的事，我大哥考上大学后，爷爷又操心起二哥的婚事。我听他几次埋怨我爹，怎么不管儿女的婚事。我们家晚婚不是因为政府的号召，是传统，我爹就29岁才结婚，他还是长子。我们兄弟五个，最早结婚的是二哥，他也已27岁，还是在我爷爷一再催促之下。我问爷爷为什么要催大哥二哥找对象。爷爷说他想抱重孙，抱了重孙，四世同堂，就是有功之臣，见了阎王爷都用不着下跪。

　　我当兵离家时，二嫂已怀了侄儿伟中。爷爷当然高兴，可谁会料到他竟没能抱到伟中，伟中是爷爷去世后五个月生的，爷爷是带着终生遗憾去的那个世界。一想起他盼望重孙的焦急和心急，我心里又是一阵阵酸楚。

　　当时接到弟弟信之后，夜里我突然做了个梦，梦到爷爷的屋塌漏了，砖和瓦一片片往下塌，我惊醒了。我顿时想，是不是爷爷托梦给我。第二天，我就给二哥写了封信，要二哥去看看爷爷的坟，是不是塌了，如果塌了，赶紧重新拥土修好。过了一些日子，我收到了二哥的信，说爷爷的坟真的塌陷了，已经修好。这又让我好奇，让我更好奇的是，我从此再也没梦到过爷爷。我总是傻想，难道爷爷对孙儿们的企求就这么简单？就这么少？

　　人都有愿望，善良者有善良者的愿望，邪恶者有邪恶者的愿望；爷爷有爷爷的愿望，邻居长辈有邻居长辈的愿望；不管是善的愿望，还是恶的愿望，它总是无穷尽的，总是一愿刚了，一愿又起。虽然都知道知足才能常乐的道理，但这是人的秉性，江山易改、本性难移，这是没有办法的事情。但无论善的愿望，还是恶的愿望，愿望毕竟只是愿望，愿望不是现实。世上的事情，有生就有灭；有喜也有悲，有欲必有禁。芸芸众生的脑袋里像豆芽一样不时在冒出千奇百怪的愿望，可谁也不会去想愿望都暗自有它致命的天敌，那天敌除了自然的、社会的内在规律制约外，还有一种看不见摸不着、不上典籍、不成文字的东西，那就是道德，或者叫民间道德，或者叫乡间道德。合道德者为善，逆道德者叫恶；善举者昌，邪恶者衰。道德与自然的、社会的内在规律是相吻合的。爷爷讲的那些善恶因果，现在想起来，其实都是民间道德，或者叫乡间道德。千百年来，无论社会如何天翻地覆，如何风云变幻，如何改朝换代，这种东西是世界大同恒久不变的。它固执地维系着人类社会，按照它的规矩繁衍生息着。这是谁都无法抗拒，也无法改变的，道德大于天。

我爹走了

　　2009年1月16日（农历二十一），极其普通的一个日子，但我心情挺好。心情好不是因天气好，这天是风和气暖，阳光灿烂，但心情好缘自清晨跟四弟通了那个电话。

　　开年老爹已98高龄，他的健康成为我们家的头等大事。去年七月感冒了一次，拉肚子咳嗽，肺上还有炎症，住了八天院，元气大伤，回家后出不了门，我让五弟央人买了人血白蛋白打后才逐渐得以恢复。国庆节我赶紧携妻子、女儿、儿子、儿媳回老家看望，老爹见到我像注射了兴奋剂，精神一天一个样，谈笑风生，走时完全恢复健康，天天出门走动玩耍，全家都很高兴。

我们回京刚一个月多，老爹不慎在门前场上又跌了一跤，虽没骨折，但毕竟年事已高，一时竟起不了床。元旦之前，我又和妻子约大哥，借参加外甥女婚礼的机会，又一起赶回去看望老爹。分别仅一个多月，老爹精神判若两人，卧床不起，神志时而清楚，时而糊涂，虽然能跟我们说话，但常常连我们几个儿子都认不清。离家回京时，我跟五弟交代，再想法给老爹打一支人血白蛋白，一定要帮老爹度过寒冬，让他争取活一百岁。

北京离宜兴千里之遥，我鞭长莫及，只能靠电话掌握情况。13日跟五弟通话，五弟出差兰州，说白蛋白没搞到，只能等他回去后想办法。15日晚朋友聚会，席间说起我老爹，人民出版社任超副社长得知此事，当即打电话给南京朋友帮助搞白蛋白，不出五分钟南京朋友回电说已联系好，随时可取。

16日清晨，我立即与四弟联系，让在南京工作的侄女去取白蛋白送回家。四弟跟我说，侄女要到除夕才能回宜兴，前天老爹起床晒了太阳，精神很好，吃饭也很好，一顿能吃一大碗干粥烂饭，每天吃一个炖鸡蛋，两包婴儿奶，神志也挺好，家里的人都认得，说话嗓门也很响亮，用不着打白蛋白。我心里那块石头落了地，五弟明天就回去，打针的事等他回去再说。听说老爹精神好，我就想干点高兴事儿。正好有人给了张兰花票，我就让妻子和女儿跟我车去协会，让她们两个上午逛隆福寺商场，我上班处理公务，下午一起开车去南四环花乡源买花，增添些过年的气氛。

我们在花乡源挑了一盆粉红蝴蝶兰，又买了一盆木本大红西府海棠，还有两盆金琥。临出花房女儿突然喜欢上一盆白色的瓜叶菊，妻子说女儿，大过年的买白花干什么。我知道妻子忌讳过年摆白花，有高寿老爹，我也觉得不好。女儿却已经买了，没办法，我们只好再挑一盆紫红的瓜叶菊搭配成双。

车里装满花，一路上很开心，心情一好又想到老爹。我跟女儿说，公公（爷爷）今年这关算过去了。女儿说，一过年就给公公做百岁大寿。我说老人做九不做十，公公的生日是十月，要到明年国庆公公99才能做百岁大寿。妻子说不要等到十月，明年一过年春天就做。一路上说着老爹开开心心回了家。

到家摆好花，阳台上的榕树、龟背竹、虎皮令箭中间加上鲜艳的蝴蝶兰和西府海棠，红花绿叶，家里顿时春意盎然。我立即又给四弟打了电话，问老爹情况。四弟说很好，中午吃了一大碗干粥，吃了一个炖鸡蛋。我这才打电话让任超副社长转告南京朋友，白蛋白暂时不用了。

晚饭后，散步回来，我换衣服进了书房，打开电脑，静下心来打磨我的长篇《英雄碑》。这是最后一遍修改，一共十章，改到了第八章的第二节。

大约九点四十左右，座机响，我一听是四弟来电话，他说吃了晚饭，老爹不太好，嗓子眼里好像有口痰。女儿听到后，立即吼叫，赶紧送医院！我问四弟现在状况，四弟说他刚才在老爹那儿，给他吸了半包婴儿奶，老五媳妇给他吸了一支蜂王精。四弟问老爹他是谁，老爹认得他是老四。问他还想吃什么，老爹摇摇头，说不要了。又问他有什么话要说，老爹又摇摇头。再问他有什么事要办，老爹还是摇摇头。四弟说要没事，他还烧着开水，泡了水再来。老爹点点头答应噢。这样老四才离开，五弟媳和侄儿小栋守在老爹身边。

我跟四弟正说着，手机又响，我同时接手机。是小栋打我手机，他声音带着哭腔，我一听头皮就麻了。侄儿说，公公要走了……我竟傻乎乎地问，他要去哪？侄儿说，我妈妈说，公公快没气了。我立即吼让他妈接电话。五弟媳妇跑来接电话，说老爹只有心跳了，大叔、二哥、大姐夫、大姐、小姐夫、小姐、堂妹海萍、堂妹夫都在跟前，正在给爹换衣服往堂屋挪，大哥家电话没人接，让我赶快和大哥一起赶回去……

电话没接完我就忍不住放声哭了，妻子也哭起来。

人过七十古来稀，人总是要死的。孔夫子也说："老而不死，是为贼。"按理说老爹已经98了，没病没痛，走也是寿终正寝。但是，国庆节到现在仅仅两个多月，那时的相聚让人这么开心，这么振奋，仅两个月竟就……

去年9月29日，我在台湾因遇台风，未能按时返回北京，只好让妻子把我的车票退了，她带女儿、儿子和儿媳先回去。第二天我赶回老家，老爹一见到我立即精神焕发，握着我的手始终不放，生怕我逃走一般。老爹89岁时摔断腿，因牵引不到位，右膝弯曲而有一点瘸，但他在家走路仍不拿拐杖。我一进门，他就催四弟媳去做饭，说要添我们一家五口的饭菜。四弟媳故意逗他不走，他就皱紧眉头说她。那天五弟招待我们，老爹知道后，悄悄地掏出一百元钱给五弟，要他给我们加好菜。我去宜兴跟战友聚会，老爹一下午坐在家门口等我回来，结果我喝多了，第二天吃过中午饭才来看老爹。老爹急坏了，他不无埋怨地说我，整整等了我一天，不上二哥那里喝茶，也不去看人打麻将。老爹说，五弟他们骗他我已经回北京，他不信，说我要是走，肯定要去看看他的。老爹又握住我手再也不放，我说，爹，你一定要活一百岁。他问我，还要几年。我说，还有三年。他像认真考虑事情一样想了想，说只能活一年算一年了。说着话，老爹摸出钱包，从钱包里抽出三百块钱，说，我要给你点路费。我摸出钱和车票，告诉他我有钱，车票也买了。他还不放心地问，钱够不够。其实老爹这些年的一切花销都是我和大哥寄给他。但在他眼里，儿子到老，挣钱再多，在他面前永远是孩子，这是当父母的心情。

我们全家来跟老爹告别，老爹已经知道我们要走了，他早坐在家门口等我们。我们一来，他立即就站了起来，说不要再进屋了，他要送我们。我拥抱着老爹，要他坐下，不要他送我们。我当时就说，元旦前再回来看他。老爹还是站起来送了我们，他一瘸一瘸一直把我们送到巷子口，临别他竟满怀深情地轻轻抚着我的后背说："身体健康，荣华富贵万万年，荣华富贵万万年！"他连说了两遍。四弟媳、五弟媳都十分惊奇，我也从来没听老爹跟儿女们说过这种祝福的话。

没想到这话不只是为我祝福，竟也是老爹最后留给我的遗言。老爹一辈子都盼儿女们出人头地，为让儿子们成才，他倾注了全部心血，再困苦再艰难他一直咬牙供我们上学。

每次探亲我给了他好烟，他自己舍不得抽，总是左边口袋里装着自己抽的"红南京"，右边口袋里装着"中华"或"金南京"。我一到家，他就四处去发烟，说儿子回来了。每当这时，他总是满心欢笑。碰上镇上的干部或其他有身份的人，他总要毫不谦虚地说，我有五个儿子两个女儿，两个儿子在北京，都是大干部。一个儿子在西边马路边开水处理设备公司，一个儿子当过大队书记厂长，一个儿子跑供销，两个女儿都在宜兴城东门外。我家有六个大学生。说起这些，他总是那么扬眉吐气，发自内心地自豪，由衷地骄傲。

可是老爹却这样突然走了，没有任何病，也没有任何伤痛，虽然走得无牵无挂，但是，他却仍然给我们留下了无法弥补的遗憾，我们没能让爹活到一百岁。假如，爹要是不再跌这一跤，假如我们能确保爹身边随时有人，或许不会有这种遗憾。

我在老爹遗体前痛哭流涕，但却再也无法弥补……

私 情

周 冲

那天早上，你离开。正是春天的清早，W城在窗外端着一碗白蒙蒙的湖。没有阳光，天往下压着。冷空气在玻璃上觑觎。一切都像悲剧的序曲。

我心里难过，站在桌子前，一声不吭，看着你，看你一边调整仪容，一边强调事务缠身，拒绝着我无声的挽留。大幌子耀武扬威，真正的缘由大家都不说出口——踩踏雷区的狼籍，各自都预演过很多次——我们有着这样可怜的默契。

你扭开门把，错身而出。阻拦现实的木质隔层被掀开，某些影像和气息从通道轻松殒逝。时间带着史无前例的低PH值向我袭来。而我白矮星般的肉体，无法跟随虚弱的意识，逃避任何一种伤害。我变成一件正在腐蚀的家具。

以为你会回头，然而没有。金属与木板发出轻轻的撞击声，嘭，嗑嗯——，然后，渐行渐弱的脚步声，汇报你愈来愈远的距离。再然后，耳膜什么也捕捉不到了，世界出现短暂的休止符，最薄如蝉翼的声器都无法衍生。许久以后，起伏的汽笛、洒水车的电子音乐和馒头车的叫卖声才重新把耳朵唤醒。

我没有动，希望有奇迹发生——你的脸出现在推开的门后，带着我所熟悉的压抑感，看着我，拥我入怀，什么也不说。直到我哭得自知羞耻了，直到某个电话强行带走你，你才真正完成这场告别。

然而到底也没有。

等了两分钟，终于忍不住，开门去看，长长的走廊尽头，什么也没有。白苍苍的粉墙下，只有一盆青棕榈站着。一动不动，生长像是戛然而止了——人们将象征性的环保和长久的遗忘在它身上寄放。它于沉默中学习傲慢，用蔑视来抗战，用拒绝来保全自尊，立志对周围不屑一顾。但穿廊风偶尔经过的时候，它的叶片忍不住轻轻地颤抖——只要过程在继续，谁都做不了掌舵事件走向的主人。

跑到窗口去看，作最后的观望。正碰上你走过，垂着头，缓慢而沉重。深色衣衫加重你的悲愁，你身后几乎能捡到一串拖拖拉拉的叹息。

我捂着嘴，控制自己的呼声，怕骤然的打扰让你惊惶。在这种压制中，脏器正在加速干涸，现出巨大的空洞。

香樟在窗台前伸着黝绿的手，不知是试图给我安慰，还是诱我跳出自囚之境，踏着稀薄的尊严，去追赶你，重复一次滚烫的祭祀。

你消失后，我许久没回过神来。直到冷空气一再逼迫，才走回来坐下。屋子一反往日的体贴，如同憋了太多的话痨子，它在我开门那刻张开口，喋喋不休地复述它所见证的所有情节。

"别说了，别说了！我不要听！"我捂着耳朵叫喊，然而它们不听。我才发现家具的低调娴静只是假象，平常时日，它们谨言慎声。但在祸事乍现时，便兴奋地向外兜售细节，以证明它们的细心、好记性和面面俱到的观察能力，以及一种自以为是的是非感。如同上流社会的妇人。

我多想被点了睡穴，头一栽，关闭视网膜、鼻、耳膜、舌苔和各种神经末梢，睡着，什么都无法进入我，我也无法进入任何过去、现在或将来。

这个春天，神在天空长时间伤感，用乌云擦拭阳光，好让幽暗来掩盖他的幽暗。从立春开始，到雨水，到惊蛰，到春分，W城涉水而过。听说南方的桃花早已经开了，草长莺飞，像一个完美开场的背景。然而这里，万物泡在冷中，将冬的范畴愈拉愈大。

元旦到来总是有晚会保驾护航。人们习惯用喧嚣表达热情，用热情制造喧嚣。那次我是主持，你到后台来看我，以好朋友的身份。厚实的黑制服风衣被你穿得俊美大气，它修补了你身形偏瘦的小瑕疵，使你像元旦一般诱人。你站在几个工作人员和等待上场的演员中间，璀璨夺目。人群如同剩余的364个日子，顿时黯然无光，只具备着数量的意义，统统退到被淡漠的位置。

你叫我的名字，有些隐隐的拘谨。我走过去，笑着，要你对礼服评价。你说漂亮，一个我预料中的回答。其实即使不是如此，你亦会给予褒扬，善良决定了你口无恶语。然而，在我们开始熟悉的时候，我已看到道德正在生狠地将你剥削。它给予你好口碑，却吞噬你双倍的自由，以完成它从不蚀本的交易。

舞台上正在流窜着谎言之歌，莫须有的功德在其中被夸耀。W城向来热衷培养口是心非的演员——虚荣成了明显的软肋，一抓就着，被提操着上蹿下跳。清醒者看见荒诞、看见隐蔽的操纵杆、似是而非的宣传辞和表情僵木的花脸傀儡。

"什么鬼东西，不堪入目！"我翻了个白眼，嘴里咝咝吐气，像一条擅长下毒的蛇。你来收场："娱乐而已，用不着计较！"轻轻一抖，你亮出宽容之旗。协调是你终生的工作，三十年修炼而成的谦和忍让，和滴水不漏的应酬本领，使你完美地衔接一件一件事务，结交一个一个人，粘贴一个一个褒义的形容词。

我的锋利失去作用。你如此良善，又与我无冤，我何苦与你对敌。

"是是是，此刻灯火辉煌，人丁兴旺。"我按捺着我的偏执，不予它出口：谁能在正襟危坐的人群里，看到正在衰败变色的心？看不见就不存在？我们总是这样蒙混过关。

当天深夜，我的玉镯碎裂。它完成与我相依的三年岁月，忽然离开，没有任何先兆。我得到隐约的预警：凶事将御风而来。

可是，即使狡黠如巫，也无法清晰地预见自身：冷漠编织的冠冕被温柔地摘下，华光被自愿祛除，脆弱肉身如砧上之俎，任凭他人的剐割。腐烂的腥甜，厮杀的欢笑，失贞的灾祸，淫秽的血造成孽根，酝酿秘而不宣的死亡——爱情的剑刃对准心脏，我将在麻醉中自刎。

友人的误解是楔子。整个午后，你浸泡于悲伤中无法自持。由被尊崇的地位掉下，你无法适应强烈的失重感。你给我电话。流满泪水的召唤变成挂杖，我行走于狭窄的道德边缘而稳稳当当。

我深知亲近鼓励人发情，酒鼓励人迷乱，枕席鼓励人放纵，仍然前去幽僻处给予你劝慰。这是否另一种说明：我渴望这种勾引。

我想起晚霞的天空下，春天的黄昏，我们在游泳。人身恢复鱼体，在闪烁的水中交替扭臀、摆尾，没有思想，没有声音。只知道漫大的清洁的水，将安全感以及被抚慰的快乐汹涌地带来——被白昼的理智所压制的欲望，在夜晚伺机而起，从潜意识钻出，进入最放松的薄弱环节，变形幻化，以梦的形式，曝光我的羞耻。

你开启唇，某些咒语终于被反复念出，万能胶的唾液粘住另一条舌，不依不饶，原始的蛊毒立刻发挥作用。我眼睁睁看着心脏在纠缠中颤抖。

电视遥控无意摁到AV/TV转换键，活生生的世界殒没了，只有一片蓝，罩着这喘息着的屋子。窗上树影婆娑，蓝身体有着妖邪的气息。青鱼游出梦境，到达触手可及的真实，在长发里游来游去。

我说STOP。二十多年的直接经验与间接经验纷纷跑出，亮起红灯：危险的情欲沼泽表层长满玫瑰色的诺言，而腥深的真相深处，只有青蛙与蛇蠕动着等待交媾。"忘了吧！被酒精拐卖的人，由不得自己作主。"唯此一次，我们可以轻易寻找借口来自欺。

性爱，由性而爱。快感必然催生我的爱情，它们由表及里，由下而上，越来越重，妨碍我的行走。我不想被一种习惯所挟持，变成任何形式的奴隶。削足适履，这个词不在我之前的人生辞典里。

你坐在对面，倚着一片湖光。细长眼睛，细长忧伤，用目光顽固地靠近。我们都高估自己，以为自己会是自己的主人。你自信美德将永握在手，我自信孤傲将永存于心。然而，在如此短暂的辗转中，事实终于跑来讥笑我们的自大：四面埋伏的敌人，才是主宰。外如生活，内如情欲，中如流言。

你说爱，魔力瞬时缠身，不由自主。如早春的草颗，我弯下身躯，对应你的喜好，重新设置自己。柔顺风情、隐忍性质、悦目容颜。我丧失自己，患得患失，计较和另一个人平分着的关注、耐心、性和时间。然而苦痛，她与我不可能均等。如同发生于刀锋上的舞蹈，人鱼艰难培育出的曼妙姿态之后，没有人知道刀尖正在饕餮她的肉体。她所献身的王，云淡风轻地，与另一个人在人神共贺的格局里，享用他们的花好月圆，儿孙满堂。只有她被自己血泪的惊人贮量所惊骇。

信徒在牧师足前匍匐，屈膝帮助他们自我缩小，缩小帮助虔诚，虔诚帮助心甘情愿走向献祭。

孩子嘴里的巧克力掺着焦苦，妇人用鞭笞来获得高潮，夫妻看到破碎的情侣而挽紧身边的手臂。感觉往往需要反向的感觉来完成提醒。懵懂于死亡与存在的人，掐一下才能确认生命。痛是一种拥有感，一种存在感，一种真实感。

我痛，故我在。

那天你微恙，斜躺在床头，听我念书。念的是莫里哀的《伪君子》，答尔丢夫最具代表性的虚伪言论——"再说跟我要好，您的名誉不会有任何危险，也不必怕我会有什么忘恩负义的举动……可是像我们这种人呢，内心燃烧的爱情火焰是不会胡说八道的，我们必须顾全自己的名誉。您呢，就会得到不会惹出任何笑话的爱情和丝毫没有后患的快乐。"莫里哀给我镜子，照见我们。然而你正俯着头，轮流亲吻我的指尖，濡湿的温柔让我蜷缩。我的刺终于重新收起。你轻松拨走我挑起的保卫战的战旗，四两拨千斤地，化解我的尖锐。我简直不堪一击。

如果我愿意总结多年以来的情事，就会发现一个理论：我嗜好抗争后的温柔，像一种迷恋与疼痛为伍的精神受虐者。成长的阴寒给予我偏寒体质，于其中生出的爱情，无法在健康燎烈中茁壮，背阴处的阴湿才能对应它的需求。它像苔藓一样卑微，像昙花一样短暂，像青霉一样阴毒。黑暗帮助它们的成长。我是迷恋黑夜、倒骑扫帚追逐彗星的女巫。

那天，我们在路上散步，隐约有蛙鸣在近水处荡漾。我说："这样的春天的夜晚啊！"回头看你，"这样的春天的夜晚！"除此之外，说不出另外的词。我内心的美好哀伤没有任何词汇可说出口，只有张爱玲柔情四溢的散文：春天的夜晚，桃花树下，穿月白衫子的少女遇见一直暗恋的人。情到深时，竟似无情，只说："哦，你也在这里吗？"

你应景地，说"哦，你也在这里吗？"烟花在天空璀然一现，如神的笑容。我忽然哭泣。你受不了泪水的温柔胁迫，用承诺来交换我平静和欢愉："给我时间，等我结束，必给予你安稳幸福！"没有新意的猎艳之辞，然而，我相信。一叶障目的世界里，我挡住了那些可以审度形势的光，和助我救赎的力量。

我跟随你的话语，将未知想得纷繁瑰丽，因为不受阻，想象力可到达任何奇境。只有，当你成为他人私人物品的时候，于失落中，我才有足够空间来自省，看到虚弱与悲哀，看到荒诞与狼籍，具体而微地，反过来逼视我的眼睛。

比方幼时仰望天空，对仙境作着种种猜测——神的后花园里，有着流岚状的溪流、彩霞式的牡丹，天使踩着星星的浣石跳跃，仙女拖着白云后裾，去约会她们秘密的情人。然而，当飞行于万尺高空，紫外线狠毒灼热，我们才发现，从前关于天堂的想象只是一个金黄的幼稚的白日梦，云层之上，风景一贫如洗。

许诺的本身，即是一种对现境的不满意和不确定，你预支自己都不能掌控的未来，来贴补现实，完成敷衍和自欺。我当然不能相信。我不要你谎言连篇，不要你面目全非，不要你掩耳盗铃。

于是，整整一个夜晚，我处心积虑地计谋，编织一个完美假象。我对你说我要走近另一个人。那个名字为你我所熟悉，它代表青春、美好、卓越。在说出的同时，我同时堆出满脸欢笑，幸福得如同在捧着糖罐品尝的孩子。你看不出任何破绽。我真是一个具有天分的演员。

你的善良促使你让步，我达到预期目标。私情的快感相比我终身的幸福，你当然知道孰重孰轻，该如何取舍。然而，当我面对你的沉默，一种不知是无意还是刻意营造出的哀伤像巨大的寄生虫，狠狠咬噬着我的忍耐力，和好不容易筑起的自我围堵的墙。

黄昏，我终于发现，这场由我掌勺的隐秘过程，食料自始至终是自己。我烹煮着自己，周身疼痛。你只不过下了一味情绪的盐。我终于忍耐不住，解开悬念，在你怀里袒露所有的挣扎、愧疚和羞耻，以求原谅和重新靠近。

三月里的雨天，你带着湿漉漉的忧郁，独自去买镯子，试图修复我的破碎，和自己因为亏欠所致的惴惴难安。玉质镣铐温柔地将我收容——爱情圈地为笼，如同新的囚禁。卡夫卡说："奴隶总是受制于自由的人。"我成功将自己扣押，丧失自救的能力，所有时间只剩一项功能：等待。

虚弱者四面树敌，寂寞亦开始显露强大威力，越来越无法抵挡。捧着书朗读时，忽然读不下去，眼泪阻碍原本畅通无阻的思维，逼我停下。放下书，用电话来请求你，来我身边，享用我。

而你终于开始隐隐失望，我的卑微，我的深情，我的屈从，人间俯拾皆是。你所希求的，是永远触不到的神。即使你只求安稳，我当然也在拒绝之外。我没有任何世俗的优势：我面貌平庸，开不出绝世的姿容；我敏感粗糙，无法给你恒温的关爱；我贫穷至此，无法附赠像样的嫁妆；甚至，我无法卑鄙地孕育一个砝码，多年前的隐疾使我无法成为母亲。你即使只用脚趾思考，如何取舍都不言而明。

意识到危机，我开始慌不择路。涎着脸皮，讨要虚薄的承诺，赠送无微不至的肉体狂欢。我的泪水多得不被重视，亦开始用尖刻来激怒你，歇斯底里，像任何一个紧张兮兮的神经质病人。我看见自己的狰狞，同样看见你的疲惫和厌倦。

离别终于露出眉眼。"我以后，将不再来！"时间再次成为你的盾牌，你巧妙地将主动权交给我。"你若是等不下去，我自然不能耽误你！"仿佛我是主宰。这不知是一种嘲弄，还是一种善良。你给予我最后的尊重。然而你知我骄傲至此，在某些字眼说出之后，定然不会再回头。

我听见某种绞杀的声音，残疾的情节终于毙命。这种结局在初始时，本为我所希求，可当它不可避免地到来的时候，我只闻到兵刃森森的寒气。

你拉开门，隐没了。那时候，二月的雨淋淋地下着，正完成对你的覆盖。我竟然不恨你，这真是让人惊异。陈染说，这世上，没有比仇恨更有激情，没有比敌意更忘我的动力。承载恨的器皿，必有着可怖的深痕。但，倘若没有这种顽强而狠毒的重量，细节定会陆续飘散，遗忘便轻易完成。

等时光把浮云旧事都晾干了，那时，我再回来，在尘灰与樟脑的迷蒙里搜索，或许有一两个蝉蜕般的往事，仍在阳光下的檐角挂着，金黄、干香而脆弱，等待我的收藏，当作标本来怀念。劈如此刻的书写，或者他年月圆夜，轻风所催生的叹息：如此完整的私情，简直是典范。

我们把过程进行得这样隐秘与压抑，仿佛一句还未唱出的歌。但那些不为人知的鼓荡，我们都晓得，它曾经真实而剧烈地作用于我们的生活。隐秘欢爱，从来有着约定俗成的收梢：迷离序曲，荡漾情节，最后，消殂于时间的乱葬岗。这一点，你从来都知道，我从来都明白，我们都无从怨起。

有一天看到简桢在《四月裂帛》里说："当我无法安慰你，或你不再关怀我，请千万记住，在我们菲薄的流年，曾有十二只白鹭鸶飞过秋天的湖泊。"忽然流出眼泪。那时候，窗外湖水粼粼，一只渔舟正在收网，斜阳从西窗晾晒的白衣里漏下点点光斑。一地梨花白。

桃花盛开的多种方式

傅　菲

"我在义乌一个工厂上班，我一到了晚上，我就想你。你来吧……"荷英扔下手中的菜刀，信没读完，就破口大骂："老×王，没有男人就像得了鸡瘟。"信从义乌发来，写给荷英老公刀柄的。刀柄不在家，被荷英截留了。荷英叫上大女儿，端一把两齿钳，憋青了脸，哆嗦着嘴唇，往豆腐坊走。熟人打招呼："荷英，都晚边了，还去铲地啊。"荷英"嘿嘿"干笑几声。

豆腐坊的窗玻璃，被荷英打得支离破碎，乒乒乓乓。"你个×王，砸烂你个×王。"荷英边砸边骂。一个男人从屋里跑出来，光着上身，肋骨嶙峋，说，荷英，你凭什么砸我的豆腐坊，你把话说清楚。荷英掏出信，说，大碗，你老婆水芹勾引我老公，出门才十天，就写信了，你个大男人，总不能窝囊废吧。

院子里来了几个看热闹的人，把荷英拉开，说，大家都相邻，有话坐下来说。荷英一屁股坐在地上，号啕大哭，说，这个妖精不把全村搅得鸡犬不宁，是不会歇手的，她到底要多少男人才能罢手？！

"刀柄，你这畜生，你这块麻脸我要切下来喂狗。"大碗返身回房拿出一把菜刀，说，"挨刀的，我不切下你的麻脸，我就割自己的鸡巴给你下酒。"金屎一个侧身，抓住大碗的手腕，说，大碗，我们是多年的兄弟，你听我说一句，你一只鸡都抓不住你怎么杀刀柄？这样子的事情说出去，谁都没脸面，你提要求，我来找刀柄谈谈。大碗把自己的头往门框上撞，咚咚咚，说，我活在这个世上不如一只狗啊。大碗的两个儿子早哭得浑身瘫软，叫着爸爸爸爸。

金屎是荷英的姑表弟，坐在大碗的上座，说，大碗，酒是个好东西，女人也是个好东西，你身子骨不好，看着好东西吃不了，只得忍，总不能把好东西揣在兜里。大碗说，道理我懂，可水芹和刀柄相好，我怎么忍得了这口气。大碗以前是个身体极其强壮的人，像个浑身滚圆的豆腐缸。前几年，他的饭量一天天地下降，一餐只吃小半碗，这如何是好，一家人都恐慌了。大碗不只是饭量小，连拉屎也越来越少，蹲在茅坑里，憋红了脸，半天拉不出来，拉出来，也只是细细长长的一截，像一条蚯蚓。有时几天都没有大便。大碗的身子像株大白菜，在太阳底下暴晒几日，全缩了，软瘪瘪的一块，皱巴巴。他爸爸是个退休乡干部，对儿媳说，你带大碗去县医院检查检查，不要误了人。从医院回来，医生说，大碗得了结肠癌，需马上手术。大碗的命是捡回来了，人瘦得像一把干稻草，皮肤白皙得让人害怕。他除了做饭，什么事情也做不了。枫林的村口，有一个小商店，平时游手好闲的男男女女，都聚集在这里，要么打麻将要么打桌球。店主按人头收钱，一人半天五元。一个干惯了活的人，突然不能干活了，全身的骨头会酸痛。大碗是个勤快人，一个人躺在家里，躺了两个月，比死了还难受。他也到小店里，学打麻将，技术不好，一天下来，也要输个几十块钱。输了几次，水芹知道了，水芹是个得体的女人，也不把事情张扬开来，只坐在家里默默地流眼泪。大碗看在眼里，刀子剜肉一样痛，说，我以后再也不去玩麻将了。水芹说，我们的家底都空了，又没活钱来，这个家怎么支撑下去啊。两个人又抱头恸哭。

几天的梅雨，让全村的人都窝在屋里，鸡也窝在灶头的柴窝里，咯咯咯，拍打几下翅膀，又晕乎乎地打瞌睡。大碗的瓦屋有些漏雨，雨水滴答滴答，零零星星地滴在菜碗里，把菜汤溅在金屎的脸上。大碗说，我上屋顶盖一块篷布吧。金屎说，有酒喝还怕几滴雨水？明天我来帮你翻翻屋漏。金屎扑下身子，伸出舌头，把桌面的几滴酒舔干净。金屎说，大碗，我和刀柄谈了，赔你一千块钱和一担谷，怎样？大碗说，我咽不下这口气啊，你是知道的，我和刀柄是多好的兄弟，他怎么能干出这样的事情呢。金屎啧啧啧地吸了一口酒说，我们是多年的兄弟，你也是知道的，水芹可不止刀柄一个相好，你呢，安心把身体养好，把小孩带大，就是大功劳，你身体不好，有气无力，水芹才三十出头，能吃能做的，她怎么会拴在你这根桩上，有一点你是明白的，水芹一直顾这个家，她的心还在你身上。

　　在村头的山边上，有一条山涧弯弯曲曲地回绕，在大柳树下形成一个深潭。村里人都在这里挑水、洗衣、洗菜。一座石拱桥跨过深潭。石拱桥是麻石砌的，淤积了厚厚的苔藓和一些蕨类地衣，临涧的石垒矮墙上，爬满了爬墙虎。大碗在婚后的第三年，在石拱桥右边的空地上，盖了一栋简易的砖瓦房，围了一个大院子，四边的院墙角种了四棵桃树。桃树窜出院墙的时候，大碗就得了结肠癌。

　　水芹的娘家就在村小学的大门口。她的父亲是一个地缝里找钱的人。有一年，他父亲光荣在临乡包了一个竹编厂，生产竹编工艺品，生意很不错，有二十几个工人在日夜上班。厂里缺一个做饭的人，光荣就把大碗的姐姐请去帮忙。大碗的姐姐叫竹，初中毕业在家闲了两年，正学裁缝。竹是个大大咧咧的人，怎么也坐不住，经常是裤子缝了半边就看不到人影了。竹的妈妈也乐意光荣把竹带出去，让竹一个人锻炼锻炼。工人都是从家里带菜去厂里吃的，用瓦罐或铝盒，盛一半菜，放在饭甑上热热，就可以。竹编厂离村里只有三十来里路，竹隔三差五就回家。光荣有一辆嘉陵摩托，突突突，村里人老远就听到他的车声，看见车后扬起蒙眼的灰尘。竹坐在车屁股后面，一餐饭的功夫就到家了。竹就像个小南瓜，过了一个夏天，浑身滚圆饱满，走起路来两条辫子一甩一甩的，很是招人喜爱。竹回家的次数日渐少了，一个星期一次，半月一次，一个月一次，到了后来，两个月也不回家。

　　村里渐渐有了许多传言，说竹成了光荣的相好。竹的父亲也听到了传言，但也不好发作。有几次，竹的父亲请光荣来家里喝酒，想从光荣的嘴巴里套一些话，了解竹的情况，可光荣的话语都严丝合缝。竹的父亲没办法，把竹叫回家，说，一个大姑娘做厨娘，长期下去，不是出路，不如找一个东家嫁人。竹回到家无事可做，三天两天骑一辆永久牌自行车，往竹编厂跑。

　　村子只有巴掌大，传言像一阵春雨，两个霹雳之后，全村人都淋得透湿。竹的父亲请来媒婆，好言好酒相待，想找一门合意的亲家。媒婆来来去去，就是没有成。有的东家定了亲，隔了两个月，又退了。有的东家，合了男女的八字，又说是相冲的。竹的父亲都急死了，没想到嫁一个女儿这么难。女儿和人相好了，像一条冬瓜，没有切开谁看起来，都是满眼的舒坦，可切开了，没人吃，隔天就要烂啊。竹的父亲好歹也是一个乡干部，可走来村里，头都不敢抬，怕别人问竹的婚事，真是三天三夜也说不完的苦。有一次，光荣把竹的父亲请到家里喝酒。光荣说，竹是个好女孩呀，我想给她说合一门亲事，不知道你愿不愿意。竹的父亲说，只要男方勤劳身体壮，家境过得去，我是不会有意见的。光荣说，我侄子海鸟怎样？我和我哥都说好了，海鸟也同意，再说，竹嫁进了我杨家，我是不会让她受委屈的，娶亲的钱，海鸟没有，我来一包盘。我会多多照顾竹的。

　　到了年底，竹就过门了。海鸟是个石匠，走村串户的，自娶了亲，一把泥刀鞘在腰上，走路都轻快起来。来年茶花烧遍山野时，竹的小孩哇哇坠地了。海鸟的嘴巴都笑裂开了，像熟透了的茶子桃。

　　过了五年，海鸟再也不笑了，整天挂着剃头布一样的脸，见了谁都有怨仇似的。他的小孩越长越像小爷爷，有两个浅浅的酒窝，皮肤光洁白净，耳垂厚实。村里人也说，这个小孩是光荣生的。杨家小院里，争吵的声音再也没有停歇过。那年的秋天，稻子收割了，油茶籽采摘完了，红薯进窖了，过冬的劈柴码在屋檐下。这天下午，家里只有他一人。海鸟从地窖拿出几个拳头大的红薯，洗净，切成块，放进水里煮，熟了，拌上半升黄黍米，添两把旺火，浇上小半碗猪油，撒了一勺白糖，用锅铲把红薯碾烂，成羹样。海鸟坐在柴垛上，吃了四碗薯黍糊，发呆了一阵子，又添了一碗。太阳斜斜地照在瓦楞上，门前的柚子树给这个秋天增添了一抹幽深。很多年了，海鸟都没饱吃过。海鸟边吃边流眼泪，留了小半碗薯黍糊，摆放在门槛上，双手捂着脸，双肩不断地抖动。海鸟抽了一袋烟，换了一身干净衣物，从猪圈的物架上，掏出一个浑身都是灰尘的玻璃瓶。海鸟摇了摇瓶子，里面还有半瓶黄醋一样的水。他仰起脖子，把瓶子里的水，一饮而尽。他感觉到整个身子都轻了，像一朵浮在空气里的棉絮。他摸索着，坐到柴垛上，天突然暗了，一片黑，他被突然而来的黑淹没了。

　　海鸟把没有用完的敌敌畏喝得一滴不剩，口吐白沫，全身紫黑。"你是要灭我全家啊，"海鸟的父亲看着儿子的尸体，拿起菜刀，要杀竹，说，"你不死，海鸟死不瞑目。"连海鸟的后事都没有参与料理，竹带着小孩逃跑了。去向不明。

　　这一年，水芹二十岁。光荣的竹编厂已经停办了三年。光荣在后山种了一片果园，有橘子，有柚子，有板栗，有枇杷。这一年，大碗二十三岁。大碗在一个酒坊做学徒。到了晚上，水芹家的院子总有叮叮当当的声音，或者是啪啪啪的拍手声。光荣打开门，断喝："谁呀！"水芹扑哧笑出声来。屋外，呼呼呼，响起小跑的脚步声。村里的小伙子有好几个在想着水芹呢，又不敢约人，到了晚上，就朝她院子里扔瓦片或石头，找不到石头的，就拍手掌，以此引起水芹的注意。

　　夏天的时候，山野葱茏。水芹戴一顶麦秸编制的草帽，穿一件前襟花边白色短袖，腰上扎一条红色绣巾，守果园。她似乎有织不完的毛衣，腕上挂一个线袋，手不离毛线针，即使是夏天也是这样。她的身上一年四季都冒出热气，鼻翼上有细小的水珠。这种热气很容易让男人晕眩。村头杂货店的店主老猫说，水芹的眼睛让人见了心神不宁，是双桃花眼。光荣的门槛都快被媒婆踏烂了，水芹却没有一个中意的。

　　年冬了，积雪封山，鸟呼啦啦地飞到了农家的灶头上找饭粒吃，啄一下，抬一下头，四处观望一下，又啄一下，啄进灶缝里，拔不出来，拍几下翅膀，呼，飞走了，晃一圈，又飞回来觅食。大碗的酒坊有许多酒糟堆在院子里，院墙上站满了鸟，麻雀，灰雀，偷屎鸟，尖嘴雀，叽叽喳喳。大碗穿一件藏青色的棉袄，扎一条大围裙，不时地向院子外面撒一把酒糟。他的师傅驼子，对大碗说，你明年准有好事，鸟都对着你叽里呱啦呢。大年除夕的前两天，光荣提着老酒和一个桂圆包，来到大碗家，对大碗的父亲说，大碗是个好男儿，我想给大碗说一门亲事。大碗的父亲说，家里哪有娶亲的条件啊，你看看这个房子，连四条凳子都摆不下，哪有地方插一双脚进门。光荣说，哪有女方光看房子不看好儿郎的。大碗的父亲见光荣不像开玩笑的样子，就说，是哪家的女儿不嫌弃我家穷啊。光荣嘿嘿地笑了。吃饭的时候，大碗一圈又一圈地添酒，自己也喝得两眼发直，舌头打结。光荣说，我的水芹过了年该待嫁了，我看大碗是懂事的孩子，身体像水牛，做事勤快，顾家，我把女儿嫁给他我放心。大碗听了，傻傻地笑，筷子怎么也夹不住菜，不时把菜掉在桌子上。

　　听说父亲要把自己许配给大碗，水芹哭得死去活来，闭门绝食了两天。

　　没过几年，枫林的鸟越来越少了，连麻雀也鲜见，更别说乌春和斑鸠了。以前不是这样的，人一走进田里，麻雀呼啦啦一片，从稻田里四处惊飞；香椿上，落满了乌春，一团的黑羽毛，用弹弓也能打下来。村里人说，农田用农药过多，把麻雀都毒死了。田里的泥鳅和黄鳝也没有了，只有蚂蟥横行。而几年前，春耕时节，大人在耕田，犁耙从田泥里划过去，泥块翻出来，泥鳅或黄鳝赤裸着慵蜷的身子，伸着懒腰，小孩跟在大人后面，提一个竹篮，拿着火钳，把泥鳅一条条夹进篮子里，小鸟则在新泥里觅蚯蚓。海鸟的小孩已经八岁了。竹回到了村子里。这是她出逃后第一次回到村里。她的头发已经有一半麻白，像一团没有漂洗的丝蔴。她的整个身子干瘪了下去，身上的衣服显得空荡荡，有些夸张。竹对海鸟的父亲说，孩子要上学了，我不能断杨家的香火，你要杀要剐，我都不逃了，我今生今世都做杨家媳妇，供养二老。海鸟的父亲脱下鞋子，狠狠地抽打竹的屁股，竹趴在地上，不哭也不动。小孩怯生生地站在房柱下，叫："爷爷，爷爷。"老头一把抱住小孩，瘫坐在地，失声恸哭，说，孽啊。

　　石拱桥的柳树被人砍了。大碗把柳树兜挖了，补种了一棵桃树。春天湿冷，流水迟缓，补种的桃树一寸一寸抛出花苞。大碗结婚后，听从了他岳父的意见，建了一个豆腐坊。他岳父光荣说，豆腐有一半是水，水是不要钱的，你把不要钱的东西变成钱，一定会挣钱。大碗喜滋滋地花了两千块钱，从城里买来磨豆机器，请箍桶师傅忙活了六天，箍了两个大圆桶，七个豆腐箱，又请石匠师傅垒了一个大灶，在房后盖了一个大猪圈。"买豆腐吃哦，纯黄豆的豆腐哦。"早晨，大碗挑着豆腐担儿，走村串户地吆喝。他围一件蓝围裙，右手拿着小切刀，左手拿着铜铃铛，吆喝一声，摇两下铃铛。没钱买豆腐的，就用米换，一斤米一斤豆腐。豆腐渣则用来养猪。卖不完的豆腐，放在太阳底下晒两日，做酱豆干。隔三差五的，大碗端一碗豆腐给姐姐竹，每次进她姐姐的家门，大碗的鼻子都发酸，心想，人的命运怎么就和豆腐一样呢，那么经不起敲打，一碰就碎，一晒就霉呢。竹才三十多岁，脸上有了一层层的泥皮垢，秋风一吹，干裂。

　　桃花的火焰在料峭的枝头蔓延，春天的小小火苗，紧裹的霞绯色衣裙一层层地绽开，粉艳，带着空气里的潮湿，枫林的喧哗在一夜之间爆满门庭。桃花，是二弦琴，丝丝蔓蔓的乐声从枝头上涌出来，哗哗哗，淹没了豆腐坊。水芹穿一件红色的棉袄，头上插一枝月季花，木桶里是白花花的豆腐脑，她手拿木勺，把豆腐脑舀进豆腐筐里。豆腐箱垫了一块麻布，把豆腐脑包了起来，盖上箱盖，压两个拳头大的石头，热气在升腾，压出的水一滴滴地淌进脚盆里。这时，太阳刚刚升起来，粉白色，清晨的土腥气息扑打而来，翻耕了的田畴水汪汪一片，田埂上毛茸茸的草苗把春阳一毫米一毫米地举起来。农忙还没有开始，村里请来越剧班，给大家唱戏。戏班的费用是演一天六百块钱，下午一场，晚上一场，演员有十来人，钱由村里人自愿集资，吃饭由族长派饭。戏班在村里演了七天七夜，演出的剧目有《梁山伯与祝英台》《王老虎抢亲》《五女拜寿》《红楼梦》《西厢记》《桃花扇》《打金枝》《玉蜻蜓》《碧玉簪》《白蛇传》《孟丽君》《送花楼会》《柳毅传书》《陆游与唐琬》《追鱼》《孔雀东南飞》。戏台搭在祠堂。祠堂前有一块空地，枫林人坐在板凳上，嗑南瓜子剥花生，小孩们围着清汤摊打转，台上的锣鼓敲起来，铜锣打起来，当当当当当当，演员画着粉脸，出场了，有的人指指点点，有的人跟着哼唱，有的人默默垂泪，不时地用衣袖揩眼泪。尤其是《红楼梦》《梁山伯与祝英台》《陆游与唐琬》，看得妇女是哭声连连，水芹更是哭得双肩颤抖，眼圈红肿。水芹对族长说，每年都有戏班来，今年的戏班请得特别好，我请他们吃两天的饭。族长是个老头，留着一撮山羊胡子，自然是应承了。

　　小镇离枫林有八里路，土公路把饶北河北岸的田野一分为二切开。水芹做好豆腐，骑一辆海狮牌自行车去镇里买菜，猪脚、河鱼、麂子肉，有啥好菜买啥，餐餐像过年。大碗有些心痛，白花花的钱难挣却用起来像屋檐水，说没就没了，但他也不说，还一副积极操办的样子，忙着添火烧灶。

　　戏班来演戏，给村里增添了热闹祥和的气氛。枫林人还各自把家里的亲戚请来听戏，个个满面风光。戏班一走，爱听戏的人很是落寞，但戏文的故事在茶余饭后还可以谈好几个月呢。而今年的故事又多了一个。村里人说，水芹和演陆游的那个戏子好上了，但大家都不太确信，才几天啊。而第一个说这事的人是金屎，他说这事时，戏班还没走呢。金屎在小货店里喝酒，对老猫说，我昨天赶猪牯，经过石板桥，口渴，就进大碗家喝水，我以为他家里没人，我摸起碗倒水喝，听到厢房里有人啊啊啊啊，我想，大碗都卖豆腐去了，太阳刚晒屁股，不可能还干这事吧。大碗搽了搽眼角，又说，我蹲在水潭边的石埠上，守了半个小时，看见一个男的出来，我认得他，他是演陆游的那个，四十来岁，油头粉脸，嘴巴里叼着一根烟。村里人大部分不相信金屎的说法，倒不是相信水芹，而是金屎靠赶种猪为生，一张嘴巴臭死人。而老猫是相信的，说，水芹就是一块水豆腐，鲜鲜嫩嫩，我一吃豆腐就想起她，恨不得一口吞下她。

　　说实在的，水芹从来就没有中意过大碗，倒不是大碗笨头笨脑，而是大碗没读几年书，只知道牛一样干活，不过水芹结婚这么多年，也没生什么怨言，大碗脾气好，顾家，知冷知暖。水芹做姑娘的时候，家境好，上过初中，和刀柄同班。刀柄初中毕业去福建当了兵，水芹把心思放在了他身上。他们通信了两年多。水芹把纳好的鞋垫寄给他，把织好的毛衣寄给他，把镶嵌了自己照片的日记本寄给他，把自己从父亲手上磨蹭来的钱寄给他。刀柄则把子弹壳做成的台灯架，把《歌曲》杂志和磁带邮回她。那时他们都还是嫩头青，各自都有这个个意思，也明白对方的意思，但真正的恋爱一直没有过，连手都没有牵过，因为刀柄两年多没有回家探过亲。村里也没人知道他们有过这样的感情。等刀柄回家探亲时，水芹成了大碗的老婆。

　　或许，每一个人都有过这样美好的感觉，为另一个人千肠百结，若干年后，烟消云散，像一颗来不及发芽的种子，永远埋在土层深处。但这颗种子不会腐烂，有一天回想时，它会让人痛，让人眼前一片漆黑，尤其在绝望时刻。水芹就是这样。做豆腐没几年，大碗就得了结肠癌，豆腐坊成了乱七八糟的鸡窝，生活一落千丈，连买盐买油的钱都没着落。水芹像个男人一样，种田种菜，而大碗就像个抽水机，把家里抽得一干二净。大碗对水芹说，我死了算了，免得拖累这个家。水芹说，人不是畜生，怎能说死呢。夫妻又是抱头恸哭。大碗几次端起农药瓶，想自尽，可农药到了嘴边，又下不了决心。

　　村里有个油漆匠，叫麻四，他的头型差不多有二十年了也没有变过：三七分，梳得整整齐齐，抹些茶油，齐耳鬓发，后脑勺的头发盖着衣领。麻四留着两撇胡碴，穿一件皱巴巴的蓝条纹西服，打着领带。他挑粪去田里也打领带。他穿解放鞋也打领带。麻四的老婆要用一分钱也要从他手上支取。吃饭的时候，麻四对他老婆说，你今天买菜多了一块六毛钱还没有交给我呢。他老婆说，古代的奴隶还有压岁钱，我的口袋里从来就没有钱过夜。麻四说，钱在你口袋里过夜又不会生儿子，女人放钱干吗。麻四的老婆也不再说了。麻四不抽烟不喝酒，上门做油漆，东家给他一包烟，他拿到货店换盐换酱油。他收到一支烟，放在家里的灶台上，有客人来，发给客人抽。客人接了烟，点了点，吸一口，亮了，吸第二口，黑了，再点，还是黑的。

冬天说来就来，昨天还是艳阳高照，凌晨一场冻雨，整片的菜蔬都病恹恹。各家忙着囤积过冬的柴禾，麻四不要，他烧沼气。他请来开手扶拖拉机的人，说，跑一趟镇里，买些东西。麻四买来电视机，单人沙发和四条肥鱼，往大碗家里送。大碗躺在床上，说，麻四，你这是干吗呢，我哪有钱买这些呀。麻四说，你生病得好好养，你那个黑白电视也该换换，沙发坐起来比板凳舒服，你用着吧。隔了两天，麻四又请来石匠，把大碗的屋子里里外外粉刷了一遍，对大碗说，房子粉刷一下，像个新房子，住着暖和。大碗躺在床上，流下了泪水，用手捶自己的胸脯，哀叹自己为什么不早死呢，这样拖着，比死了还难受。

那几天，麻四的老婆都是鼻青脸肿。麻四的老婆饭也不烧，嘶哑着说，这哪像个家呀。麻四听不到这些，他到镇里给大碗的小孩买衣服去了。金屎对老猫说，麻四的老婆哪管得了麻四，再说她自己也不是好东西，有一次我在诊所打牌，她在后面看，用乳房磨蹭我后背，一个下午磨蹭了十几次，脸像笸箩一样的女人，谁会要呢。老猫嘿嘿地笑，不要钱的有什么不要的，又不是讨老婆，要求那么高不是为难自己吗，女人达到三个条件我就要，一是活的，二是不要钱的，三是不让我得病的。金屎说，这个世界还有谁比你的胃口好呀，水缸的老婆比你大了十七岁，你都要，我的猪牯要母猪，也不分年龄和长相。老猫哈哈大笑。

河湾苍茫。饶北河在村前呈弧形，一个回旋，向南流去。河滩上的洋槐和柳树渲染了这片油绿的田园。每到春末，秧苗翻滚着浪头，成群成群的白鹭在河湾聚集。白鹭在树枝上，随风摇曳。白波嬉绿水，阔敞的田畴在两岸连绵。当然这是往年的景象。自刀柄开了沙场之后，他把洋槐和柳树全砍了，挖掘机开进了河里，把河滩河床挖得鸡零狗碎，坑坑洼洼。村里有人给县里的相关部门写信反映情况，希望上级部门制止这种破坏原始生态的行为，言辞激愤，但都石沉大海。有人请电视台的记者来，记者端着摄像机在河滩拍了半天，也采访了十几个村民，最后采访了刀柄。刀柄什么话也没说，给两个记者一人包了两千块钱的红包。村民天天看本地新闻，看了一个月，也没有看到饶北河河滩的镜头。

小货店到了年终，汇集了村里从外地打工回来的年轻人。这是最热闹的时候，平常村里都是老人、妇女和孩子，一下子冒出这么多年轻人，让人有些无所适从。年轻人聚在一起，除了赌博没有别的事，打麻将，推二八杠，奸索子，玩九九。玩九九的人是最多的，一副扑克牌往桌子一摊，把花牌往地上一扔，大家抢着坐庄。坐一条庄，老毛抽水二十块钱。金屎好赌，抢过牌，说，坐三百庄，来压呀。坐了半个小时，金屎的四千块钱就输完了。他抽了一根烟，望望货店外阴暗的天空，自言自语说，准备盖房子下地基的钱怎么一下子就没了。老猫说，你就是禁不住自己的手，你想想，这四千块钱，猪牯要交配多少次才赚来呀。刀柄说，金屎每年养猪牯都是给我养。刀柄把赢来的钱，捭在手上，巴巴，咧开嘴笑。金屎说，给我六百咯，谁叫我是你表舅子。金屎来了钱，又去赌，一根烟没抽完，钱又没了，又向刀柄要了三百。刀柄出了货店，往大碗家走去。只要是在村里，刀柄都会去大碗家坐一坐。这个习惯，刀柄保持了十几年。刀柄和大碗也兄弟相称。刀柄手头较活络，平时送一些酒皮鞋之类的给大碗。刀柄从镇里买肉，也多切两斤，给刀柄。刀柄给老婆买衣服，也多买一件给水芹。刀柄给小孩交学费，也给大碗的小孩交。芋头开挖了，大碗送一篮子给刀柄。杀年猪，大碗留一只前腿给刀柄。油豆腐炸了，大碗也给刀柄炸一箱。水芹明白刀柄的意思，他是在照应自己。水芹暗示过刀柄好几次，约他看戏，约他去镇里，大碗不在家时，约他喝酒。每次刀柄以这样那样的理由推托了。那时，大碗还身子旺呢。水芹也作罢了，每暗示一次，自己心里要难受好几天。

大碗得病后，刀柄也没少给钱。大碗住院期间，刀柄丢下沙场的活，在医院帮忙了好几天。大碗在家休养一年了，看着日子过得日不敷出的，脾气也变得暴躁。刀柄给他买来锣鼓、唢呐、钹，对大碗说，我已经和瑞炎说好了，你去学吹喇叭吧，吹喇叭不累，一年下来也能挣万把块钱。乡村有什么红白喜事，都要请乐队，说说唱唱的，甚是热闹。大碗愉快地应承了，这是一条不错的出路。

果园在后山的山洼里，黄澄澄的橘子像一盏盏秋天的灯盏。果园有收成的第六年，光荣得了脑溢血。但光荣并没有死，而是半身不遂，走路歪着身子，脚一撇一撇的，说话只说得出第一个字。他说，吃……家人知道他要吃饭了。他说，啊……家人就把电视机打开。他外出蹓达，看见人，就握手，嘴巴张开，什么话也说不出来，你……你……嘴巴合拢了，他的手却不松开。他是在一个寡妇家里得脑溢血的。他睡在寡妇身边，突然想呕吐，翻身下床，哗，吐了自己一身衣服上，他去厨房拿毛巾擦嘴巴，手伸到毛巾，身子却瘫了下去。家人不让他出门，因为他连回家的路都不认识了。他的老婆秋香脸门窄窄的，有一个个疙瘩，像苦瓜皮粘在脸上。秋香说，死又不死，活着造孽，快死了也造孽。绿头苍蝇围着光荣，嗡嗡嗡。光荣拉屎拉尿也要人扶，没人在家，噗，拉了一裤子。时间长了，秋香也懒得给他换洗，干脆把床搬到屋后的柴铺，让光荣一个人过夜。有一次，秋香娘家的侄子结婚，她去娘家喝了三天的喜酒，回家时，光荣死在厅堂里，身子都硬了。光荣是活活饿死的。秋香把大门锁了，把吃的东西都藏了起来。从刀柄手上借了三千块钱，大碗把岳父草草地安葬了。秋香叫风水先生画了一道符，入殓时贴在光荣的额门。她说，来世不让他投胎变人。光荣下葬的头几天晚上，他的坟上都有妇女的哭声。村里人说，是女鬼在哭冤家呢。大碗提着松油灯，壮着胆子去看，看见一个头发麻白的妇人，腰上扎着白布，点着油灯，在哭坟。大碗反身回来，泪水噗噗噗，无声哽咽。哭坟的人是他姐姐竹。

县城离枫林有八十华里，以前枫林人坐客运车去县城要两个小时，前两年，土公路改造，浇了柏油路，现在只要四十分钟。这一天，刀柄来到城里买柴油发电机。刀柄办完事，水芹出现在眼前。刀柄估计，水芹是跟踪来的。刀柄带水芹去一个偏僻的小酒店里吃饭，他知道她要说什么。从路上到酒楼，水芹一句话也没说，吃饭也没说话。刀柄的心一直怦怦怦地跳，脸憋得通红，嘴唇哆嗦。

吃完饭，刀柄摸出一根烟抽。两人喝着茶。刀柄看见水芹的脸上有了菜茎的纹路，眼里有深深的愁郁。水芹穿一件水蓝色的连衣裙，头发梳了一个高跷的发髻，髻上插了一朵栀子花。看得出，水芹经过了一番装扮，刀柄从来没看过她这样妆扮过。只是水芹的手指有些粗，指关节突兀，像柚子树疙瘩。十多年了，他们几乎每天见面，但从来没有单独在一起闲坐过。水芹低着头，眼睛却一直没有离开刀柄的脸。刀柄说，你出来一次不容易，我给你买一身衣服吧。水芹说，你心里清楚，我要的不是这个。你要什么，我不知道。刀柄说。

哇的一声，水芹哭了起来。水芹说，你是不是嫌我老了。刀柄说，你这样说没意思，大碗等你回家呢。水芹说，你就知道大碗大碗的，他都成废人了，你说说，我以后怎么过。水芹说，我今天赖在这里也不回去，你知道，我等这天都等了好多年啦。水芹说了很多话，可大碗一句也没有听进去，只是浑身发热，脑子一片空白。

又一年的桃花在曾经的豆腐坊里窜上了院墙，一朵，两朵，一串，两串，粉红的色浆在喷涌。大碗腰上挂一个锣鼓，背袋插着唢呐，穿一双布鞋，跟瑞炎的乐队赶场去了。春天的寒意还悬挂枝头，三天两天的冷雨，嗦嗦嗦嗦，扑打在瓦屋上，扑打在脸上，把油桐花打翻在地，把山鸡的羽毛打湿，把昨夜的枯枝打出新芽。包裹着村庄的田园，油绿绿的色彩在春天的海面上汪洋肆意。水芹的脸映衬着这样的色彩。

秧苗下田之后，刀柄劝水芹外出打工，刀柄说："你有事没事往我沙场跑，我担心总有一天出事。"可水芹说，出事就出事呗，怕啥。真是，女人偷汉子，越偷胆子越大；男人偷女人，越偷胆子越小。何况是水芹这样的女人。好说歹说，刀柄把水芹圈住，哄她去了义乌打工。水芹到了义乌没几天，不是打电话就是写信，把刀柄搞得头皮发麻。水芹打电话还要好一些，可信被刀柄老婆荷英截住了。荷英是没心计的人，使刀柄和大碗都灰土灰脸。其实大碗自水芹去了一次县城之后，他就知道老婆和刀柄有事发生了。他假装不知道。他知道，刀柄对自己一家人都是里里外外关心的，老婆跟刀柄相好，总比跟麻四强吧，再说，自己不吃肉总不能叫别人也不吃肉吧。可荷英把事情闹翻了，我大碗的脸往哪儿摆呀。

　　早稻还没有收割，水芹又回到了枫林。大碗和水芹打了一架。大碗用竹梢抽打水芹的身子，一条条血痕斜斜的印在腰背上。水芹也不还手，跪在地上，说，把我打死了我更舒服，我可以不要为这个家操碎了心，你也可以留着一块脸面。大碗瘫坐在地上，说，我活着到底是为了什么呀。两个小孩见父母打架，哭得一团糟。

　　大概是海鸟儿子大学毕业参加工作的第三年，竹就过世了。竹的公婆还健在，竹的父母还健在。竹过世时五十一岁。她一直生活在那个杨家小院里，下田种地，她的身子像一块油茶枯饼，没有一点儿多余的水分。她像油茶一样，经过了翻晒，烘焙，压榨，流尽了油，留下渣末。她很少在村里走动，甚至有些人还不知道她是活着还是死了，也只有几个相邻的人会去她家走走。她睡在床上自然死亡的，或者说，她睡着了，再也没有醒来，一个梦（不知道是美梦还是噩梦）把她套住了，不放她出来。

　　水芹的大儿子在县城开了一家豆腐坊，供应各个酒店的豆类制品；二儿子做了发型师，听说月薪有八千多呢。到了过年，他们才回家，和其他务工回家的人，在麻将馆里打麻将。麻将馆是小货店改造的，老猫六十多岁了，穿着笨重的旧棉袄，抱着一个火熜，缩在门角。仿佛这里不是他自己的家，他更像一个赌场的看客。他怕冷，霜降之后，他就离不开棉袄和火熜。金屎是他的知己，有两个好菜的时候，他就请金屎来喝口小酒。酒是自家玉米酿的，放了些药材。金屎一喝酒，眼角就有白白的眼屎，鼻子拖着面糊一样的鼻涕。金屎看着小年轻赌博，对老猫说，我们年轻时也喜欢做好汉，输点钱算啥。金屎的房子始终没有建起来，他的儿子在公路边建了一栋三层楼房。金屎还是住在破屋里，下雨的时候，他就在蚊帐上盖一张塑料皮。雨打在塑料皮上，他的呼噜声和雷声交织。这个世界上，没有什么事情值得他担心的，只要他床底下的酒缸还满着。石拱桥下的桃树已经很老了，树干结着肿瘤一样的黏液，黑色，捏起来软软的。但每年的桃花都开得很艳丽，很繁盛，仿佛每年枫林热热闹闹的春天都是从这里开始的。豆腐坊已无迹可寻，原来的砖瓦房变成了四层两单元的楼房。大碗偶尔外出吹喇叭，更多的时间守在岳父留下的果园里。他吃住都在果园里，他的眉毛有些发白，脸像瓦片，粗粝而慈善。他四季穿仿制的道袍，戴一顶灰白色小圆帽。水芹不知道在哪一年，身子馒头一样，胀鼓鼓的，屁股像个大蒲团，脸像南瓜。她的嘴唇有猪油的亮色。她习惯了一个人做饭吃，吃了晚饭，她在麻将馆打个转，回家，在锅里炖三个鸡蛋，放点冰糖，她就上床看电视了。电视看了一集，她家的狗汪汪两声，嗒嗒嗒的脚步声进了厅堂，拿了筷子，把蛋端在手上吃。他的左手只有四个手指。十多年前，他把左手小指砍了下来，送给了大碗。大碗把这个手指喂了狗。狗舔着嘴巴上的血，摇着尾巴，趴在桃树下打瞌睡了。"老头，冰糖没有放多吧。"　水芹问。"我还嫌不甜呢。"吃蛋的人应了一声。他习惯了这个称呼，也习惯了在这里过前半夜。灯光有些暗，他的脸有些恍惚……

乡村教育：人和事

格　非

学　校

1971年9月，我开始上小学。那时我才七岁，还没到法定的上学年龄。奇怪的是，我们村的孩子，大多数都是属兔子的，属龙的只有我一个。母亲担心我落了单，找到了大队革委会主任，好说歹说，总算让我当了一名插班生。

学校设在大队所在地的唐巷村，距我们村庄只有一箭之遥。校舍是一座年久失修的祠堂，甚至连屋顶的瓦楞上都长着芦苇和蒿子。因要自己准备课桌和凳子，母亲就将家里的一张枣木的长几抬到学校，权作课桌。我们唯一的老师姓薛，名字已忘了，只记得他略微有点驼背，我们都叫他"薛驼子"。这个薛老师并不每天来学校，他家里的事情忙着呢！

祠堂里趴着一头巨大的"水龙"，那是从古代流传下来的灭火神器。据说附近的村庄一旦发生火灾，报警的敲锣人还没有抵达我们村庄，那水龙就会未卜先知，提前发出呜呜的叫声。长长的压水杆上绑着一条红绸布，大概是图个攘灾去祸的吉利吧。老师不在的时候，我们就围着这条水龙跳上跳下，心里暗暗盼望着由远而近的锣声。偶尔从这里路过的大队干部如果看见我们在嬉戏打闹，就会让我们派两个同学去老师家，"把那个懒虫从床上揪起来"。

有一次，我和一位同学去找薛老师。他家住在村子的最东边，他老婆正蹲在院子的碌碡上喝粥。我们问她薛老师在哪儿，她也懒得搭理我们，只是用手中的筷子朝外面开阔的庄稼地里胡乱一指。原来老师到地里拔黄豆去了。等到老师拔完黄豆，挽着裤腿，赤着脚来到教室的时候，已经快到中午了。可我们老师十分严谨，一点都不含糊，一本正经地从屁股口袋里掏出一本翻得烂糟糟的小人书来，开始给我们讲《捕象记》。那是一本薄薄的连环画，故事讲的是动物园的驯兽师如何去西双版纳捕捉大象。用小人书作教材是薛老师的一大发明，等到我们差不多能够将这本小人书的故事都背下来了，老师就会弄来另一本小人书。比如《泥塑收租院》：妈妈拉着我的手，往泥塑收租院里走……比如《奇袭白虎团》：那是1953年，美、黎匪帮盘踞在安平山……

　　会讲小人书，已经让我们对老师佩服得五体投地了，可他竟然还是一位远近闻名的篮球裁判。他有一枚亮晶晶的铁皮哨子，从不离身。有时，他正给我们讲小人书，大队里就有干部来请他去吹裁判，我们当然前呼后拥地跟着他前往观战。一般来说，只要薛老师在，我们大队的篮球队基本上就不会输球。人家刚得球，他就吹人家"走步"；人家明明是投进了两分，他把哨子一吹，说人家"犯规"在先；人家气急了，用篮球砸他，他手一挥，就将人家罚出场外。乐得我们这些围观的人拼命地鼓掌。在那个年代，会打篮球的人多的是，可要说裁判，除了他就没别人了。我们之所以会盲目地崇拜他，是因为他让我们很早就懂得了一个真理：真正重要的不是规则本身，而是对规则的解释权。

　　薛驼子无疑是我们小学时代最受爱戴的老师。他永远是笑嘻嘻的，从来不生气。因缺了颗门牙，嘴巴关不住风，我们即便当面模仿他说话，他也是笑嘻嘻的。可惜的是，不久之后，薛老师因为"误人子弟"这一莫须有的罪状，从学校里消失了。大队给我们一下派来了三位新教师，与此同时，学校也开始向所谓的"正规化"大踏步迈进了。

　　我们不仅有了课本和作业本，大队还为我们修建了新的校舍。新校舍不仅有走廊，有教师的办公室和宿舍，门外还修了一个大操场。不过，课桌却是泥砌起来的。桌面由麦秸秆、芦苇和泥巴之类的东西糊成，上面刷了一层白石灰。这样的课桌虽然经济，但却不怎么实用。我们的铅笔一不小心就会扎穿桌面。时间一长，几乎每一张课桌上都布满了大大小小的圆洞。到了春天，这些洞里就会孵出蜜蜂来。当那些肥肥的蜜蜂的屁股从洞里钻出来的时候，我们班上哪怕胆子最小的女生，遇到这样的场面都会显得镇定自若。蜜蜂刚刚爬出洞口，她们通常是用课本重重一拍，身体微微一侧，瞄准窗户，用指甲轻轻一弹，那可爱蜜蜂的尸体即刻就飞到了窗外。

在那个年代，钢笔是身份或权力的象征。通常，你看见一个干部朝你走过来，你只要数一数他中山装口袋里插着多少支钢笔，就可以大概判断出此人的官衔大小。当然也有例外的情况。比方说，我们村里有一个名叫张旭东的人，有事没事，口袋里总插着七八支钢笔。原来他是修钢笔的。这人原来是国民党部队里的一个副团长，虽是大名鼎鼎的历史反革命，却没有什么人敢惹他。据说此人骑在飞驰的摩托车上都能双手打枪。这人不仅会修钢笔，还会自制钢笔墨水。那个年代的常识之一是，凡是反革命分子，一般来说都聪明过人。我们老师用来批改作业的红墨水，就是张伪团副亲自勾兑出来的。

相对于钢笔的朱批，可以涂改的铅笔字迹的权威性必然大打折扣。老师在作业本上给我们的成绩，大抵是优、良、中、及格、差等几个等级。班上有几个捣蛋的同学，因为总也得不上"优"而对老师衔恨在心。有一天，他们终于想出了一个绝妙的主意：趁老师不在，悄悄地溜进办公室，将作业本上那些得优的同学（一般是女生）的名字用橡皮擦去，大大方方地写上自己的名字，再将自己的脏兮兮的作业本上姓名擦去，写上对方的名字。等到第二天上课，作业本发下来，课堂里女生们"咦"声一片。有个女生带着哭腔向老师提问说："老师呀，你说学校里会不会闹鬼呀？"

我们最喜欢体育课。可学校里没有什么体育设施，除了跑跑步，做做广播体操，就再没别的花样了。有个老师在操场边上挖了一个坑，填上沙子，再用两段方木支起一根竹竿，让我们练习跳高。据见多识广的老师介绍说，跳高有三种方式：背越式、俯越式（也称翻滚式）和跨越式。因没有海绵垫子的保护，要练背越式看来是不行了，我们只能采取俯越式或跨越式。俯越式的优点是容易取得好成绩，缺点是姿态不够优美。助跑以后，整个人跳将起来，脸部朝下，从竹竿上翻滚而过时，那样子仿佛不是在跳高，而是不慎从高空跌落，落在沙坑里还要连滚带爬，很不成体统。因此，尽管老师示范了多次而毫发无伤，这种姿势还是遭到了我们一致的拒绝。我就是采取了跨越式，在公社的运动会上荣夺小学组第二名。可是我们老师还是不满意。他说，若是采用他所擅长的翻滚式，说不定就能得冠军了。哎，谁知道呢？

即便是跳高，也常常无法练习。我们学校的操场不是被大队用来开群众大会，就是被附近的村民用来晒谷子。我们老师与大队交涉过好多次，总也没什么结果。若是晒谷子的人家刚好有小孩在学校念书，这个同学在上课之余，还得肩负驱赶麻雀的重任。有时，课上到一半，就会有同学猛不丁地站起来，朝窗外成群袭来的麻雀扔石头。老师也会终止上课，走到外面的走廊里，"哦嘘哦嘘"地哄鸟。

我们的语文老师是田间地头文艺宣传队的骨干，会唱歌，会说快板，还会说三句半。当然，他的课也上得很好，常让我们觉得他高深莫测。按照他的理论，写作文最重要的秘诀之一，就是要经常使用"突然"这个词。老师说，这个词具有魔法般的效果，一旦出现在文章中，往往能让人吓一跳，至少也会让人眼前一亮。我们试了试，还真是这样。去年我在美国爱荷华国际写作中心，听说美国著名作家雷蒙德·卡佛在教人写作时，竟然也是要求学生重视"突然"的妙用。这样一比较，我们老师在当年写作方面的造诣之深，是不难想见的。除了"突然"之外，我们老师还要求我们多用转折性的词汇。有一次，他在黑板上写了这样一个句子：

今天生病了，但我还是坚持来上学了。

老师说，生病了，当然是不舒服的，但仍然坚持来上课，说明什么？说明精神可嘉。这样一转折，意思就往前进了一层，关键在于这个"但"，是不是？我们一琢磨，还真是这样。可问题也跟着来了，我们若把这个"但"字改成"却"，这句话应该怎么说呢？老师可没教。放学以后，班上的同学为此事发生了激烈的争论，最后得出了两种截然不同的意见。一种以彭荣林同学为代表，他觉得这句话应当改为：今天生病了，我却坚持来上学了。另一种意见以唐德顺同学为代表，他坚持认为"却"的使用应与"但"完全一致，即：今天生病了，却我坚持来上学了。两种意见相持不下，最后我们就簇拥着他们去办公室问老师。也许是为了保护我们讨论问题的积极性，他的看法是两种意见都对。这样，我们就皆大欢喜地散学回家了。

老师在高兴的时候，也会教我们唱唱歌。我学会的第一首歌就是他教的，歌名叫作《祖国的好山河寸土不让》。他让我们唱歌时用丁字步站立，其姿态和"稍息"差不多，简单易学。而且用了丁字步，确实有那么一点气度不凡的意思，我们很高兴地采纳了。可这位老师的另一个音乐理论，却被实践证明是完全错误的：他说，如果将"方"这个音，拆成"福"和"昂"两个音来唱，会好听得多。我们试了无数次，觉得"福昂"唱法和"方"字唱法基本上没有什么区别，就对他的发明不予理睬。

不久之后，学校里来了一位神仙。

此人名叫解永复，体硕身长，仪表不凡，说一口标准的普通话，只是脸相有点凶。他从不体罚学生，因为他根本用不着。他成天神情肃穆，眉头紧锁，其长相很像电影《铁道卫士》的国民党特务马小飞。同学们见了他就害怕。可他一旦笑起来（这样的时候极少），我们就更害怕了。

这个人的一切都是神秘的。我们都知道他是正规大学建筑系的毕业生，正欲鲲鹏展翅九万里，不料因言获罪，落入人间城郭，屡遭贬谪，最后被发配到我们这个荒凉的小村庄来了。他有些怀才不遇，因而自高自矜，不足为怪。我们当时并不知道他从哪里来，犯了什么"罪"（多年之后，我们才知道，解老师所谓的政治问题，仅仅是因为说了一句"海参崴是中国领土"），只晓得他一来，我们学校的其他教师几乎立即都变成了杂役。他像是变戏法似地变出一门门课来。我们终于知道，这世上的课除了念小人书之外，尚有语文、算术、音乐、美术诸多名堂。不用说，所有这些课都由他一人承担。

久而久之，我们的教室常常一分为二，或一分为三，他教过了一年级语文，再教二年级算术。教完了算术，三年级同学又在那里咿咿呀呀地唱起歌来了。我们学校最值钱的家当，就要算那架不知他从哪里弄来的破风琴了。解老师虽然用它来教音乐，但更多的时候是一个人在那儿自弹自唱。当然，他也教我们弹琴，教会一个，再教另一个。可差不多快轮到我的时候，那架风琴却突然发不出声了。我看见解老师用脚拼命地踩它的踏板，弄得满头大汗，风琴照例一声不响。从此之后，解老师的音乐课只能改教大合唱。那不是一般的大合唱，而是三声部轮唱。我被分在第一声部，歌曲快要结束时，我们要连唱三遍"干革命"，才能等到二、三声部同学的"靠的是"追上来，最后，三个声部合而为一：干革命靠的是毛泽东思想。声震瓦屋，响遍行云。我们第一次知道歌还能这样唱，感觉太奇妙了。比那个教我们用"福昂"代替"方"的老师不知高明多少。

我们都觉得他是魔法师。谁都不知道下一堂课，他会变出什么花样来。他什么都能教，甚至还教我们作诗和游泳。我曾写过一首题为《丰收》的诗，老师在课堂上对它赞不绝口，可说实在的，连我自己都不知道那首诗好在什么地方。我还记得诗中有这样一句："拖拉机隆隆响"，本来极稀松平常。可我们老师认为，这个句子，即便是他本人来写，也不过如此。而我们班的另一位同学，在形容山之高峻时，写下"撕块白云擦擦汗，凑上太阳煮壶水"这样充满了革命浪漫主义情调的句子，可我们的解老师却将它怒斥为"陈辞滥调"。说实话，我当时心里虽然因为受到老师的表扬而沾沾自喜，可还是觉得老师对那位用白云擦汗的同学不够公平。毕竟，我做梦都想写出人家那样漂亮的句子啊，可老师为什么觉得它不好呢？解老师最反感抄袭。有一天上课，解老师让一个同学站起来，问他知不知道作文为啥得了零分，那同学说不知道。解老师说，你的作文是抄的。那个同学大叫冤枉，发誓赌咒般地否认。解老师就不慌不忙地拿出了他的证据：原来那位同学的作文开头，竟赫然写着"本报讯"三个字。

有一次，他在课堂上问我们：会不会演讲。我们问他什么是演讲，他说，就是当着很多人说话。我们说，说话谁不会？就是不敢。于是他就一个一个地训练我们演讲。我们不知道他为何要这样做。终于有一天，我记得还在上小学二年级，我被解老师安排去全大队社员大会代表学校发言。我和大队书记并排坐在台上讲话时，我看见母亲一直在下面哭。回家后，我问母亲为什么哭。她先是不语，然后又流下泪来，她说，"你竟然和大队书记坐在一块儿，天哪，能当着上千人说话，要是换成我，早就吓死了。"原来如此。我明白了，她是在为我骄傲。

又有一次，他上课时问我们：想不想看看真正的火车？说实话，尽管我们都一致认为解老师深不可测，是个无所不能的神仙，可这一次我们全都觉得他是在吹牛。火车能随便让人看么？谁知第二天，他真是不知从哪里弄来了一辆手扶拖拉机，把我们拉到了几十公里外的一处铁道边。我们全都屏住呼吸，焦急地等待火车出现。等到天色将晚，火车还真的来了。我们几乎都不敢相信自己的眼睛，那家伙喘着气，冒着白烟，还拉了整整一车煤，尤其是汽笛那一声怪叫，当场让我们激动得直打哆嗦。回家后，我写下了记忆中的第一篇日记，题目叫做《终身难忘的一天》。

另一所学校

在当时的生产队里，劳动力一般分成甲、乙、丙三个等级。甲等劳动力大多是些男女青壮年，结婚生子后的妇女一般被划入乙等，而丙等劳动力只能是一些老头老太了。但这种按年龄划分劳动力等级的做法也并非绝对，还要考虑到社员的身体状况、对农事稼穑的熟悉程度以及生产积极性等因素。五十出头的老头由于膂力过人而被划入甲等的例子也并不少见。当然，丙等还不是最低的。在我们的生产队里，最让人瞧不上的劳动力大概就是从上海来的那帮插队知青了。他们什么活也干不了。说他们分辨不出麦子与韭菜，大概有点夸张，可让他们在除草时准确地区分秧苗和稗子，简直是太难了。这些人一个个胆小如鼠，见到蛇就吓得到处乱跑。我曾亲眼看见一个知青挑稻子，扁担刚刚落到他的肩膀上，就自动滑落了。一连几次都是如此。最后，这名知青对队长说，"没有办法，我的肩膀天生是圆溜溜的，压不得扁担，还是让我去干点别的吧。"除了出出黑板报，搞点慰问演出之外，他们下地干活也就是装装样子而已。

奇怪的是，我们这些十多岁的孩子作为劳动力在投入生产的过程中，一般会被评为乙等。一个甲等劳动力全年的工分大约是1200，而初中以后我们这些孩子的工分也会接近800，这也许可以从一个侧面反映出我们参加生产劳动的频密程度。事实上，每年三个月的寒暑假，我们当然会和社员们一起下地，而每年的春夏之交和秋冬之交各有一个月左右的农忙季节，这时，学校往往会以"学农"的名义放假，让我们回到各自的生产队参加"双抢"。所谓的"双抢"，在春末是抢收麦子，抢插水稻秧苗；在秋末则是抢收稻谷，抢种冬小麦。这还不包括每天早上6点至7点半的早工，午间的除草、施肥和积肥，晚上的开夜工脱粒。这样算起来，我们每年花在农事上的时间至少不会少于在学校的学习时间。繁重的体力劳动压得我们喘不过气来，学校自然就成了逃避劳动的天堂，只有傻瓜才会逃学或旷课。相反，我们在上课时，某一位同学被父亲或是母亲揪着耳朵拽回家去干活的事，倒是时有发生。

生产队有专人负责敲钟。钟声一响，社员们就会丢下碗筷，赶往村中的打谷场集合排队。首先是队长讲话——既有政治形势，也有生产动员，最重要的当然是劳动分工。通常社员们会被分为四或五个劳动小组，由组长带队，从事完全不同的生产序列。刨地的刨地，拔秧的拔秧，挑粪的挑粪，采桑的采桑。生产队长或副队长会四处巡查，察看进度，如有必要，也会临时调整、调配人力。

　　一天的劳动结束之后，全体社员会在晚饭后集中到记分员的家中，参加工分的民主评议。因为记分员也要参加劳动，她（他）不可能获悉每一个社员在劳动中的表现。在评议过程中，首先由社员本人陈述一天的劳动状况，并提出自己应得的工分数，交由社员们集体讨论，适当增减。我参加过很多次这样的评议，但从未见到评议中发生争执的情况。社员们对于"公论"的信赖十分明显，这种公论的存在不仅保证了分配的相对合理，同时也是激发社员劳动积极性的重要保证。

　　自从1981年去上海读大学至今，我不知不觉中已在城市里生活了将近三十年。1970年代的农村生活与如今的城市生活是两种完全不同的经验。不管你是否愿意，将这两种经验进行比较，往往会成为习惯的一个部分。思考的角度和切入点不同，答案也会完全不一样。比如就我的经验而言，在对儿童的教育方面，1970年代的农民对待孩子的方式也许是今天城市里的父母难以想象的。其中最重要的一点，是大人们从未将我们当做孩子看待。尽管大人们时常体罚自己的孩子，但它并不影响他们对孩子真正的尊重。成人世界几乎所有的奥秘都是向儿童敞开的。

　　不过话说回来，这种尊重可不是什么好事。举例来说，孩子虽然只有七、八岁，父母都下地干活去了，如果不让孩子学会做饭，那么他们中午回来吃什么呢？大人们将不谙世事的孩童强行拉入成人世界，除了情势所迫之外，也有代代相传的积习所起的作用——在这个传统中，现代意义上的儿童尚未诞生。总而言之，大人们根本没有什么耐心等待你慢慢长大，而是一下子就将你的童年压扁了。当然，这种教育或对待，也并非没有好处。日本学者柄谷行人曾比较过传统和现代社会对待孩子的方式，其结论似乎让人大吃一惊：在传统社会中，真正意义上的儿童是不存在的。儿童，乃是近代才被"发现"或"发明"的一种新生事物。柄谷认为，现代人与儿童打交道的方式，是建立在将儿童视为一种特殊动物的基础上的。由于这种动物在成长过程中与成人世界的人为隔绝，等到他们在18岁之后被投放到社会中去，他们与这个社会的紧张关系是不言而喻的。交往恐惧等精神问题只不过是后果之一。

在高考制度恢复之前，对绝大部分家长而言，孩子上学不过是识几个字而已。一般来说，初中或高中毕业后，他们照例将要复制他们父母的一生。家长们很少关心孩子的学习成绩，倒是对他们在文艺表演方面的成长比较留意，异想天开地希望孩子将来被选拔进县里的文工团、公社的文化站或成为大队文书一类的角色。我曾三次参加各类文艺团体的面试，每次都落选了。而我们班的孙小康同学则顺利地被招进了县文工团，当了一名二胡演奏员，一时间在我们那个村庄里成为爆炸性新闻。当然，父母们更重视的，还是对孩子生产和生活技能的学习和训练。需要说明的是，这种训练或学习过程，并不意味着大人会教你什么。他们挂在嘴边上的一句话是：需要教的孩子是不会有出息的。相对于"教"，他们更重视"看"。

我记得第一次下地插秧时，母亲将我领到水田边，帮我拉好秧绳，抛下几个秧把子，转身就走了。我问她怎么插秧，她说，别人怎么插，你就怎么插。我曾多次央求父亲教我游泳，每次都遭到了他的拒绝，他的理由永远是：这还需要教吗？我让他教我捕鱼方法，教我制作"棺材弓"抓黄鼠狼，他总是说，不用教，你慢慢就会了。还真是这样，所有这些本领，我们自然而然就会了。在农村，很少有什么技艺是被教会的，农事如此，游戏如此，待人接物、迎来送往的礼仪也是如此。我到今天也想不起来是如何学会游泳和骑自行车的。大人们通常直接将你抛入实践，而所谓的技巧或技艺都是实践的后果而非前提。举例来说，在插秧时，你的双脚踩在污泥中向后退的过程中，不能将脚提起来。这是插秧的要点之一。但这确实不需要有人来教你，因为你若是将脚提起来，刚插下去的秧苗就会跟着浮起来，漂在水面上，太阳一晒，秧苗就死了。那么，怎么办呢？你在后退的过程中，只能让脚在污泥中拖行。这是最简单不过的事，在实践中，你会立刻知道要如何去做。

在孩子的成长过程中，生活和劳动技能的训练固然十分重要，但它仍然不是最为关键的环节。在我们老家，大人们经常向你灌输的最为重要的理念，是如何与他人相处、打交道，简言之，如何待人接物。按照他们颇为世故的逻辑，一个人不认识字可以有饭吃，但若是不认识人，是绝对不会有饭吃的。对人的认识，必然要求孩子早早向儿童意识告别，了解成人世界的真相，特别是成人世界的规则。我们很早就被告知，这个世界的运行规则，从外表看充满了鲜花和笑脸，而其内在机理实际上是十分危险的。规避危险的前提，必须建立在对人的基本判断之上。而这种教育或规训的基本方法，就是将成人世界的所有奥秘无保留地呈现在你的面前。这当然十分残酷。正因为如此，与城市里的孩子相比，农村的孩子要早熟得多。我这里所说的"早熟"，当然也包括"性"。

在七十年代的农村，关于"性"的知识几乎是完全公开的，其传播的深度和广度都已达到令人吃惊的程度。农民们在干活时的随便的玩笑和闲聊，比任何毁禁小说都要"黄"得多。我至今不太明白的是，他们为何会当着孩子的面说出那些"令人发指"的荤话，究竟是出于无心，还是故意让我们一饱耳福。那些最粗俗、直接、污秽的话语，由于极不雅驯，不便一一记述，此处仅举一例，或可说明那时农村性知识的"解神秘化"程度。到了上海之后，我也曾目睹过城里人闹洞房的礼俗：什么新郎新娘当众接吻啦，什么新郎新娘同时咬住一块水果糖啦，城里人也许将它视为一种开化或开放的标志，但在我们这些乡下人看来，这种拙劣的表演十分乏味、毫无创意。须知在七十年代农村的"闹洞房"礼俗中，被捉弄的对象根本不是什么新郎新娘，而是新娘和公公。这是每一场婚礼的高潮和压轴大戏。在婚礼的尾声，公公头戴一顶破草帽，手执一根扒灰的木榔头粉墨登场，当众表演与儿媳"扒灰"的整个过程。扒灰者，偷锡（媳）也。面对宾客的刻毒提问，公公都必须面带笑容地"照实"回答，一直到客人满意为止。出于对新娘的尊重，儿媳无需直接介入游戏，通常只在一旁傻笑而已。

不过话说回来，真正的偷媳之事，在现实生活中绝少发生。而一般意义上的男女苟且之事，倒是较为常见。今天再来回忆那时的生活，让我感到奇怪的，不是这一类事情的频繁程度，而是当事者的态度。在我的记忆中，从未发生过什么人因为婚外情而大打出手或杀人放火之事，大人们通常只是心照不宣而已。我们村有一个拖拉机手与一个有夫之妇偷情，女人的丈夫是个拉着不走、打着倒退的老实人，对此事假装不知。但后来，居然发展到拖拉机手大白天潜入女人家中，关起门来干好事的地步。女人的婆婆被彻底地激怒了，她找来一个小板凳，堵在儿子家的门口。事情明摆着：老人一刻不走，拖拉机手一刻不能回家。眼看着红日西坠，天色将晚，全村的人都为拖拉机手捏着把汗，最后妇女们主动去做那老太太的工作，好说歹说将她哄走，给拖拉机手争取仓皇出逃的机会。我的意思当然不是说，那时的农村是一个乱性世界，事实上，大部分妇女对贞节都看得很重，可反过来说，"性"这种事，对他们来说实在是一种十分自然的行为，没有什么神秘之处，他们的态度通常更为大度、开通而已。

最后说说桑林。读大学时，常有城里的同学问起"桑中之约"，言下之意，"偷情"何必桑中？要明白其中的奥妙，必须先了解桑园的规模和特点。我们家乡是丝绸产区，桑林通常宽阔无边，一对男女钻进去，往往便于隐蔽。此外，桑树的特点是上密下疏（桑叶繁茂，桑根稀疏），男女在桑中幽会，偶尔被人撞上，即便是在很近的地方，对方可以看见你的脚，却不太可能看见你的脸。你若想规避，还来得及。况且桑林中通常十分幽寂，若是有人朝你走过来，拨动桑枝所发出的声响，老远就能听见。因此，从安全的角度来考虑，桑林的种种优点可想而知。但桑林之美，并不仅仅在于它的广袤和寂静，其中最重要的特质，在我看来，是它的幽暗。谷崎润一郎曾写过一篇脍炙人口的文章，题为《阴翳礼赞》，对中国和日本美学中的阴翳之妙赞不绝口，而在清真词中，周邦彦对于朦胧幽暗的光影也情有独钟。密密的桑叶所筛出的清幽之光，既非一无遮拦的"明"，亦非绝对的暗，妙在明暗之间，与外在世界隔又未隔，幽会的双方既在世界的中心，又在世界之外。在我看来，桑中所模拟的幽会氛围，只有一种情境可以媲美，那就是帐中。

对于江南农村那些懵懵懂懂的少男少女而言，有多少情窦初开的故事在桑林中发生？实在是难以历述。不过，他们似乎不必等到高中阶段的生理卫生课，一睹人体解剖图时，才会明白男女性别的隐秘差异。男生们往往用一把猪草向女生行贿，即可满足自己对异性的好奇。儿童或少年的游戏通常不及乱。即便出了乱子，比如私定终生甚至怀孕，也不会天塌地陷。想象中的惩罚从不会真正降临，被"规定"或"禁忌"所吓住的人，总是胆小怕事者。每遇到这样的麻烦，双方的父母往往会将门当户对的陈腐观念丢在一旁，面对现实，在为他们举办婚礼之前，耐心地等待他们长大成人。

桑林是童年的伊甸园，是胆大妄为者的天堂。遗憾的是，当我明白这个道理的时候，我的童年早已结束。

祭母亲文

张守仁

　　2011年3月11日，阴历二月初七，是母亲离开我们整整两周年的忌日。慈母张汪氏生于1909年2月20日，到前年今天辞世，足足生活了一百岁，堪称长寿之星。

　　记得母亲去世第三天，当人们从堂屋里把她遗体送往县城东北火化场时，全家三代男女老小哭着、喊着、叫着、抱着、护着、拉着，不甘心让她的躯体从我们眼前永远消失。我趁机跪下身子，情不自禁俯身吻一下母亲枯瘦、蜡黄的额头，发觉她身子冰凉冰凉。惊讶瞥见离她右眼两指宽的鬓角，凝结着一颗透明的泪滴。泪滴已冰冻，像颗珍珠似的嵌附在她多皱纹的眼梢。这是一滴辞家泪、留恋泪！母亲舍不得离开这个她操持了大半个世纪的家，离不开她心疼的儿女们、孙儿孙女们，离不开这个给了她无数苦难、晚年也带给她不少天伦之乐的人世……

　　母亲是个孤儿，三岁死了娘，九岁死了爹，十三岁死了祖母，从此无依无靠，在她叔叔家待几月，到她两个姨母家轮流住一阵，孤苦伶仃地在寂寞中长大。二十岁那年，她由汪家嫁给了贫困的张家。

　　我张家先辈是经商的徽州人，闹长毛（太平天国运动）时，先逃到长江边的浏河，又从浏河渡江逃到崇明岛。因为拮据，和邻居陆家合伙砌了几间简陋的房子栖身。我曾祖父因患肺病早死，曾祖母守寡养大了祖父。祖父到了十八岁，去桥镇洋布店站柜台，做学徒。后来他积攒了一点钱，娶了我祖母。有一年他回庙镇的家，邻居诬说他偷了一支银簪。刚烈的曾祖母，气得浑身发抖，指着我祖父呵斥："儿啊，我守寡守大你，十两骨头九两酸，心比黄连还要苦。做人要像人样子，你如今还有什么脸面活在世上！？"我可怜、胆怯的祖父，有口难辩，悄悄躲到屋后小竹园里，吞下两盒有毒的红头火柴，不一会儿，口吐白沫，停止了呼吸。死时他留下两个儿子：一个是我父亲，当时才五岁；一个是我叔父，出生才四十五天。后邻居发现那根银簪掉落在梳妆台夹缝里，证明祖父死得冤枉。从此祖母靠给别人洗衣、缝补、干零活，拉扯大两个年幼的儿子。她因丈夫被婆婆逼死，不断埋怨婆婆，经常跟她哭闹，还要婆婆还她丈夫。曾祖母无奈，只得远走异乡，改嫁他人，临别时安慰我祖母："草窝里落砖头，草也有翻身挺起来的辰光。"

我母亲嫁到张家时，父亲正在崇明东部堡镇店里做营业员。不久生下我姐姐，四年后生下我这个大儿子，随后又添了两个弟弟。

我这辈子最初的记忆，是和母亲坐在从庙镇到堡镇的公共汽车里去探望父亲。我好奇地张望车窗外掠过的景色。母亲并拢的双膝上铺一方手绢，手绢里包有一堆落花生。她用灵巧的手，给我剥开一颗颗花生外壳，把花生豆塞进我嘴里。这是我幼小的心田里留下的人生最早的印象。这一印象过了七十多年，仍清晰如昨。

我现在记得，母亲每天总是第一个起床，接着梳头、洗脸、扫地、抹桌子。如果是冬天，她就挎着竹篮，走到宅边小河旁，下到石条水桥上，蹲下身子，用捣衣棒敲碎河冰，推开冰块，洗菜、淘米、濯衣裳。然后站直身子，呵着被河水冻红的手指头晾衣、烧火、做早饭。

如今，母亲在凛冽寒风中蹲在石头水桥上用力敲冰的姿势，像一尊雕塑似的矗立在我心里。

1937年，日本侵华战争爆发，不久家乡沦陷，兵慌马乱，老百姓纷纷逃生，堡镇生意清淡，父亲失业在家。也许他秉承了祖父胆小、懦弱的基因，干不了重体力活，吃不了苦，便萎缩在家里吃闲饭。生活的担子便落到了我母亲肩上。我八九岁时就陪着母亲到上海跑单帮。

从崇明岛到上海，不像现在航班多，还有快速气垫船，近年又修建了长江口隧桥，交通极其方便。上世纪三、四十年代，过长江乘的都是挂帆篷的小木船。遇到风浪大，小船颠上颠下很危险。经常有日本鬼子拦在吴淞口石港外强行上船搜身查货。我和母亲吓得全身哆嗦，深恐他们把我们带卖的一匹匹白布没收。白布一旦没收，本钱丢光，全家就难于度日了。

　　我和母亲挑着、背着、抱着棉布，在吴淞口上岸，沿着田间小路，曲里拐弯奔走几十里，战战兢兢走入市区，住进便宜的小旅馆。母亲每天外出到十六铺摆摊卖布，我一个人在旅店周围马路上游荡，看看有轨电车顶上爆出的蓝色火星，瞅瞅脸上长着络腮胡子指挥交通的印度红头阿三，浏览浏览陈列在商店橱窗里的衣物。时间长了，好奇变成了单调和无聊。到下午，肚子饿了，口渴了，就站到小旅店门口张望。一旦看见母亲买了包子急匆匆回来，我就像一只嗷嗷待哺的小鸟扑过去让母鸟立即给我喂食。

　　有一年夏天，东海骤刮台风，母亲乘的回崇明的船，无法进港靠岸，只能在波峰浪谷中挣扎。整整拼搏了一天一夜，台风稍静，才得以进港靠码头。母亲晕船，已呕得一塌糊涂。她老人家为养育儿女吃的苦，像家乡港汉里的水一样多。

　　我母亲跑单帮挣的钱，除了买柴米油盐供日常家用，还让我进庙镇小学读书。从此我每天背着书包去北街上学。在一个油菜花金黄、芦叶放青的春天，我中午放学回家，见母亲还没有做好午饭，就躺倒在场院里打滚，哭喊道：“晚啦，晚啦，晚啦！我下午来不及上学啦！”母亲哄我：“正囡（我小名），妈这就做饭，一会就得。”边说边撂下正在干的活，起身淘米做饭；又扑进院子旁菜田里摘了一兜菜苔，到水桥上洗洗，拿到灶上。转身到灶后扯起一把芦柴起火点着，塞进灶膛里烧锅，又转到灶前倒油炒菜。不一会儿，饭菜全熟了，我抹着眼泪抽噎着快吃。吃完，奔跑着上学去。回想起来，妈，我不是一个懂事、体贴你艰难的乖儿子。

　　那时我家前面稻田里，放水插秧前大都种着苜蓿草用以肥田。苜蓿草开花前最茂盛。我起早趁着露水到稻田里用剪刀剪下嫩尖，剪满一篮子，就拿到庙镇菜市场上去卖，卖了钱买铅笔和练习簿。有一次卖苜蓿草，竟把篮子弄丢了。那时家穷，丢掉一只竹篮，就是一件大事。我急得直哭，母亲带着我到处寻找。找不着，母亲就安慰我：“正囡，别哭了。妈到宅后砍几根竹子，劈成篾片，再编一只就有了。”

　　妈，童年时我给你带来了多少麻烦！

　　我家虽贫困，但我母亲总把两间房子收拾得整整齐齐，一尘不染。

　　我们姐弟四人虽无好衣服穿，衣着却总是干干净净。母亲经常在场院里用两张高木凳架着两根粗竹竿，铺上苇帘，晒被、晒衣裳。夜晚，我躺在被窝里，常能闻到阳光留下的香味。妈教导我："儿啊，我们家穷，可水不穷，阳光不穷，只要手勤，就能清清爽爽，香香荡荡。"

我小时候贪玩，经常赤脚、赤膊、赤条条钻进宅边小河里游泳、捞鱼、摸虫子。有时蹲在院子里翻开碎砖头捉蟋蟀，钻到黄瓜架下在绿叶丛里逮螳螂，或者踱到田边呆看农人轰赶的水牛在夕阳下拉着犁铧来回耕地。玩到暮色降临，母亲站在门前大声唤我吃晚饭，才恋恋不舍地回家。有时我深夜醒来，下床解手，常看见一盏幽幽豆油灯下，母亲缝补我们的破袜子，或者纳鞋底。夜晚很安静，屋内外只有秋虫的唧唧声和抽动针线的声音。我小脑瓜里便想：母亲起得这么早，这么晚还不睡，她怎么不累呢？怎么能有用不完的精力呢？她不感到厌烦吗？"文革"后我在《十月》任文学编辑，为了办出全国一流的刊物，我总是夜以继日，连节假日也约稿、看稿、改稿。女儿见我苦干就问我："爸，你像苦行僧似的没日没夜一心趴在书桌上为他人做嫁衣，难道不感到累、不觉得厌烦吗？"我笑答女儿："我这是向你奶奶学的，要耐得住寂寞。我的生活乐趣、我的生命意义，就在这工作之中。"

我上庙镇小学四年级时生了一场大病，整日躺在床上，昏昏沉沉发高烧。醒了，四肢瘫软，浑身无力，闲看阳光在墙壁上移动，纤尘在室内光线里浮游，百无聊赖，度日如年。母亲心急如焚，忙请当中医的亲戚把脉、看病、开处方。母亲根据方子到中药店里买了草药，熬成汤药，端到床上让我喝。我一连喝了好几帖中药，才勉强起身，到场院里走动。看见河岸上同学们上学的身影，想到自己已缺课一个多月，便羞于跟他们见面。后来身体复原，怕见老师，不想读书了。

母亲猜到了我的心思，开导我："儿啊，身体好了，书还要念。你是因为生病才旷的课，这没什么可害羞的。你去上学，跟老师说明一下，就行了。你曾对我许诺，长大了，挣了钱寄给我，改变张家的穷日子。要是你不念书了，将来怎么会有本事呢？"

在母亲劝说下，我强打起精神，走进庙镇小学的校门。复学最初两星期，我拼命补课、背书，这才赶上同学们的进度。后来小学毕了业，又上了镇上的宏仁中学。如果母亲当时不督促我、中途辍了学，我还能像今天这样从事编辑、写作、翻译工作吗？

1949年5月底，崇明岛解放。"解放区的天是明朗的天"，歌声荡漾，秧舞翩跹。当年10月1日，庙镇在红烛、红灯和火炬的欢乐光焰中度过了共和国第一个国庆之夜。年底，我已16岁，考上了由陈毅当校长的华东军政大学。去南京时，母亲给我整理了衣裳，晒了一条小被，用麻袋片捆成一个小行李卷，千叮万嘱教我进了军校，脾气不能犟，要听领导的话。娘从打补丁的旧衣裳里，摸出带着她体温的两块钱，塞给我，含泪送别："正因，这钱不多，你带在身边，出门在外，以备不时之需。儿啊，从今以后，你娘不能照应你了，你自己要当心。你可千万要为娘争气啊！"

六十年前的南京，冬天奇冷。妈临别时给我的两块钱立即派上了用场。我用它买了棉絮，絮进我入军校时带去的小被里，这才度过了长江边上、钟山脚下的寒冬。妈，我离开了你，你却仍然温暖着我。

上世纪五十年代末六十年代初，国家遭遇了三年困难时期，饥馑遍地。当时我已转业，上了中国人民大学，毕业后编《北京晚报》副刊。年近三十岁的人了，母亲仍把我当成孩子。她担心我在北京粮食定量不够，勒紧肚子积攒下几斤粮票寄给我；还煮了鲫鱼，装进大玻璃罐里托人捎给我，唯恐我因营养不良而两腿浮肿、身子虚弱，以致影响了工作。她还节省下我按月寄给她的钱，做了呢裤，让我结婚时穿。

我因感恩和羞愧舍不得穿，搁久了，没有保管好，结果被虫子蛀坏了。

我真后悔，要是母亲知道了，不知她多么心疼呢。

母亲是我们张家的核心。她是支撑这个家庭的顶梁柱和基石。许多年来独自承担着苦难和重压，像棵大树似的荫庇着我们。她的心血、她的精力、她的一切，全都融化在对儿女的抚养和生计的操劳之中。

她似乎从没有自己，她的存在完全是为了后代的成长和张家的延续。

自上世纪六十年代初开始，发了工资，我第一件事就直奔邮局给母亲寄钱，努力分担家中的穷困和忧愁，经济状况因而有所好转。母亲那时已是五六十岁的人了，仍然每天挑着担子，一只篓子里装着肥皂、牙膏、毛巾、针线、鞋袜、镜子、剪子，另一只篓子里放着油盐酱醋茶等食用品，到乡下串村走庄地叫卖，赚些薄利，供孙子、孙女们上学用。每逢刮风下雨，道路泥泞，挑担过桥，身摇脚晃，寸步难移。我偶然回乡知道了，坚劝她别干了。她放下挑担，又到镇上找活，去饭店里洗碗、择菜、打扫卫生。迨至八十年代政通人和的新时期，我发现老母已把她温泉般不竭的大爱，转移扩展到第三代、第四代和左邻右舍孩子们身上……

爱是世上最美好、最值得歌颂的感情，而母爱更是天下完美无瑕、慷慨无私、无边无际的阳光。我们儿女们都是阳光照耀下生长的小草。

小草怎能报答春晖的恩泽？

妈妈，今夜，我走到阳台上，仰望藏青色天空，感应到在遥远的天堂，有一颗普通的星，时时刻刻俯视着我们，照耀着我们，惦记着我们。我忽然意识到母亲你蹲在老宅河边水桥上敲冰洗菜，坐在陋室油灯下抽针缝衣的身姿，从此永远不再，忍不住眼红鼻酸，黯然泪下。

妈，你离开我们整整两年了，如今天地永隔，我是多么想念你，想念你……

春风里

辛　明

江南春早。春风吹皱江水，染绿柳条，催开茶花、桃花、玉兰花，也焐热了人的脸和心。

晴好的日子，我总是长时间在江畔行走，迎着朝阳或披着晚霞，挺直了腰板，边走边看人的笑脸和花的笑脸。没什么人留意我。我乃春天一分子。

和暖的春天到来了，冷峭的寒冬隐在心的深处。腊月的北京，很大的医院，很小的房间，病床上的我五花大绑。身体被宽宽的白带子缚住，织满各种莫名的管线，红红的血水由肚子渗出，透过纱布、棉布，洇到白白的床单上，浓浓淡淡，成了印象派的画。人不是人，是牲口、物件。病房洁净暖和，却弥漫着衰腐腥膻的气息。窗户紧闭，透过厚厚的玻璃，看不见的是彻骨的寒流，看得见的是高远的天、淡淡的云、层层叠叠的房子和光溜溜的树，还有时而窝在枝头、时而结伴蹿飞、总是叫个不停的黑老鸦们。阳光日日灿烂。

胃大部剜去，血流了不少。原本完满光洁的躯体已然残缺，有如破损的石、漏气的球。是癌，胃癌。

搞不清楚究竟有多少人遭遇癌，可谁都知道这是极坏的东西，沾上了它就沾上了灾难，沾上了麻烦、痛苦和死生之虞。有人可以泰然处之，没人真能一笑置之。朋友们表情凄然愕然，幽幽地说："你与人为善，生活有规律，没啥烦心事，怎么会得这怪病呢？"难以作答，唯有苦笑。窃想：凡人凡胎，日日吃五谷杂粮，达官显贵才子佳人、引车卖浆倚门卖笑之流都可能得的病，怎么就一定不会得呢？想想真怪，某人被"癌"了，立刻广受关注，成为他人的谈资和兴奋之点。被揣测，被说东说西，被推断因为这个因为那个。其实哪有那么简单。时下流行的性格说、情绪说、饮食说、环境说、遗传说等等，都有道理，可联系到每一个人每一例病，往往讲不通。尤其是那些硬往"形而上"扯的，更加离谱。在老家，乡亲们骂缺德干坏事的人常说："这人会遭雷劈得癌症打短命！"病者若总是想"我干了缺德事么"之类的问题，不早死才怪。病患都有个性化的因由，很难划一；人的生老病死，是再自然不过的现象，一点儿也不稀奇古怪。设若都不生恶病，别说个个长生不老，哪怕只活百年，世界会何等恐怖？

记忆中的"开刀"，只是沉沉地睡一觉。痛苦在其后，那是真痛！浑身痛，里外痛，心也痛。濒于"绝境"在第三天，千金之屁没放出来，腹胀如鼓，觉有恶气在里面奔突，窜到哪儿，哪儿就像刀剐像锥子钻，顿感"此生休矣"。由是想到：生病是痛，治病也是痛。治好了，小痛替换了大痛或短痛替换了长痛；没治好，痛上加痛；人治没了，"眼睛一闭，一辈子过去"，痛到彻底，玩完儿。

患难之时见真情，救命之恩不敢忘！打心眼儿里感激长者、朋友和亲人们。永远不会也不能忘记那些焦虑的眼神、关切的话语；永远不会也不能忘记一同远行千里寻医问药的专注与艰辛；永远不会也不能忘记那殷红浓郁的血、饱含深情的壶、预示安康的瓶……爱的力量，使人胜利跨越苦痛和危险的沟壑，留下镌刻着缕缕情谊的铭心记忆。君子不言谢，相约有来生。

病中的热闹珍贵而短暂。漫漫长夜，相伴痛苦与呻吟的，有万千思绪。如梦如醒之间，多少过往的、早已淡忘的事会清晰地浮现出来，恰似五味杂陈的电影片段。其感受，或得意或尴尬，或欢愉或酸楚，或欣慰或羞涩。陈谷子烂芝麻的事，竟然成了病中反复咀嚼的精神食粮，心常常被弄得软软的、酸酸的、湿湿的。

不断有人举例子给宽慰，说癌并不可怕，胃癌更没啥了不得。谁谁癌症十几年了，还不活得好好的，谁谁胃切除二十几年了，照样能吃能喝能闹。姑妄听之，姑妄信之。过后自己脑子里"筛"出来的，多半是那些"患了癌等于判了死刑"的人和事。听过所谓"三个三分之一"的议论："死去的癌症患者，三分之一真病死，三分之一放疗化疗毒死，三分之一吓死。"猛然联想到国外一个著名的案例，说某心理学家做实验，冒充行刑官，通知死刑犯"明天执行，放干你的血"，第二天，隔着布幔，死囚果然在嘀嗒的"放血"声中死去，可那放出去的根本不是血，而是水。又想到曾经十分熟悉的一位朋友，年纪轻轻，身体棒棒，唱歌喝酒跳舞打牌登山调戏妇女样样来得，偶然一次参加单位组织的体检，意外地被告知患了肝癌，第二日竟然被人抬着塞进汽车，拖到大城市去开刀、放疗、化疗，不及两个月，接回家的就是一个轻飘飘的骨灰盒。

　　人非铁石，亦少圣贤。有那么一阵子，扇着黑色翅膀的死神老在眼前晃动，挥之难去。于是脑子跑马，生出一些怪异的念头：第一，别恐慌，人死脸朝天，不死望百年，病死了那是没办法，怎么着也不能被吓死；第二，坚决不做这"疗"那"疗"，毒死太不值；第三，实在熬不过去，死则死矣，须保持尊严，不能折磨到形容枯槁人不像人鬼不像鬼的地步，不能被无望的挣扎和痛苦憋住，此去无羞报，托体同山阿……这些想头多半在暗夜形成，白天见到一往情深的女人、天真烂漫的孩子、热情似火的朋友，就有流泪的冲动。

　　探者望者，表达各异，引发的感触也不尽相同。来人若是谈笑风生，大大咧咧说"老兄没关系，过一阵子咱哥们再喝酒去"，就比较高兴，因为受到鼓舞。来人若是满脸悲怆，甚至作强忍泪水状，说"要想开些啊"这样的话，就不怎么高兴，因为凉嗖嗖的。也有朋友开导："身体是'1'，其他都是'0'。工作哇，儿女哇，别再操那么多心了，由它去。病了就养呗，养一年两载有什么关系。"确乎是这个理，人失去了健康，神马都是浮云。可联系到实际，很犯思量：养一年两载，万事高高挂起，会是什么情状？人有大病，恰如股票翻绿，不觉之间也许已成"垃圾"，落了毛的凤凰不如鸡。自觉强悍，也曾目空一切的人，落到这种境地，难免心有不甘。

　　……

　　病患之人，尤其重症之人，比较敏感，容易出现点变态。确有身患绝症、掐着指头活的人，很理性很执着地写死亡日记、开微博，且写出来的文字那么充满智慧，充满哲理，充满文采，充满温婉之情。真乃超人也。

　　鄙人似乎幸运。术后第六天，各项检验结果出来，表明：真正病变的只是胃里面小小不及黄豆大的一粒，而且在浅表层，没有侵害其他。大夫告知："老兄，你是有福之人啊，这么早的东西被你发现了！帮你做了根除手术，保险系数很大，可以认为完全治愈。"

　　阳光多灿烂，春风多撩人，日子真美好。

入院前夕，朋友送来一只新上市的iPad，输入了许多好看的电影和好听的歌曲。兄弟会办事，用这玩意儿，认真地看了《山楂树之恋》、《让子弹飞》、《非诚勿扰》和《阳光灿烂的日子》。反复听那些美妙动人的歌儿，总被这样一些词儿深深感动："因为我们今生有缘，让我有个心愿，等到草原最美的季节，陪你一起看草原。草原花正艳，阳光多灿烂！"——是啊，应该和家人、友人多多去看草原、看大海，让爱永远留心间！"走过春天，走过秋天，送走今天，又是明天。我一定会爱你到地久天长，我一定会陪你到海枯石烂。"——这应是我不变的决定、郑重的选择，是对所爱之人庄重的承诺。

无须呻吟。虽然，伤痕犹在，隐隐作痛。

桥

分宜县是一个山水秀美、物产丰饶、人文鼎盛的好地方。杨桥镇是分宜的一个好地方。杨桥有座桥，曾经是这儿的标志，很古老很有文化。这桥就叫杨桥桥，当地人习惯称老桥。

桥都不简单，尤其是那些有年头的老桥，承载着十分丰富的文化符号，能镌刻文明信息、演绎情感故事、激发艺术想象。杨桥老桥建于明代，是五孔四墩的石拱桥，长约50米，宽5至6米，高6至8米；引桥为土筑的坡道，逶迤直达两边的村街。桥体以麻石砌成，糯米石灰粘合，严丝密缝，坚固如铸。桥墩呈流线形，像四艘两头尖尖的船，托举着厚重的桥面。经过五六百年的洪水冲刮和风雨洗礼，通体呈铁黑色，桥面坑洼却依然扎实稳固，逸出的桥墩上生长着低矮虬劲的灌木，葱郁坚韧。自桥下潺潺流过的是杨桥河，其水源自分宜与上高交界的群山，款款清流，于苍岭、旷野与村落间蛇行百里，穿桥而过，摇头甩尾入袁河，继续其壮阔的远行。桥的两头，是两个大村盘。一个叫庙上，是镇政府和街道所在地，有近千户三千多口人；一个叫新楼，是杨桥黄氏的"发祖"地，千余户四千多人口。两村均姓黄，隔水相望，以桥连通，鸡犬之声相闻，阡陌田地相交。

早些年，我常从这桥上经过，也曾多次停车驻足，伫立桥沿看风景。有时凝视那黑骏骏的石、清粼粼的水，眼前不由浮现出几百年前的景况：那时，山更葱翠，水更清亮，房舍没这么多，树木没这么少，人丁也兴旺。桥成之日，十里八乡的人长衫短褂，扶老携幼来看热闹，桥面上欢声笑语，街市上摩肩接踵，忘情男女在人流中潜行嬉戏，引各色目光；入夜，云淡淡，风轻轻，星闪烁，月通明，佳人不忍去，河水作昵声，读了些子曰诗云的长衫之人，手拈长须，于桥头徘徊，一边吟哦着"水从碧玉环中出，人在苍龙背上行"，"洛水桥边春日斜，碧流清浅见琼沙"，一边搜索枯肠，只想撰出些绝妙好句，来描摹胜事，传世扬名……看那《清明上河图》，都市与僻远的乡村虽不可同日而语，有些味道却是一样的。

可惜，这古老的桥没了。念及其事，不免懊恼，戚戚之心，与日俱增。

是十几年以前的事了。那会儿，我在分宜做"父母官"。杨桥镇的主事者曾来作过一次汇报，大体说：老桥太窄太旧了，影响车辆行人往来和镇容村貌，是镇村改造、交通建设的一个瓶颈，特别是汛期阻水，妨碍行洪，造成巨大经济损失。镇里集体研究，计划拆除老桥，筹资另建一座现代化的新桥。

杨桥是大镇，发展是第一要务，表态须有讲究。我迟疑片刻，向汇报的人提了两个问题：一是"征求了群众意见么？"二是"文物部门什么态度？"，得到的回答很干脆："都同意，没问题。"然后，依例作"指示"："镇里的事镇里拿主意，正确的决定我会支持。不过这是一座古桥，拆桥建桥是大事，拆不拆建不建，你们要注意几点：第一，班子的意见必须高度一致；第二，广大群众特别是周边几个村的工作要做好；第三，文化文物部门要汇报沟通好。"这些话是"鸡毛"，到镇里成了"令箭"。很快，杨桥河新桥的修建方案得到确定，工程上马并迅速推进。中间出了一个插曲，市文管所的人专程来县里，直接向我提意见，说老桥属市管文物，县里无权批准拆毁。这时，新桥已在建，拆老桥的工作也准备就绪，开弓没有回头箭了。我表示：新桥肯定是要建的，老桥拆不拆，到时候我们再商量吧！那时年轻气盛，把天下的事看得简单，一句话强忍着没说："什么市管县管，管得了那么多！"

可是，事情不顺，真出了状况。

新桥建成即将通车，老桥已然开拆。万民欢庆的场面并没有出现，相反，发生了群体事件，有人"闹"起来了。当我闻讯赶到现场，见到的是这样的场面：原本风姿绰约的老桥，两头的路基已挖断，秃头秃尾趴在那儿，孤寂可怜。新桥是宽阔气派的钢筋水泥大桥，桥上聚集了数千人，喧闹叫骂呼喝之声四起，一浪高过一浪。人分两群，各据一端，一边庙上村，一边新楼村，都在千人以上，男女老少，个个情绪激昂，跳骂推搡不止。大部分人手上提着物件，或棍棒或刀叉或扁担锄头，有的则是沉甸甸的塑料袋。两村的人汹汹地都往对方冲，到了桥中间，相隔不足三十米。镇里一台老式北京吉普车横在当间，有干部和派出所人员在全力劝阻着冲动的人群，声嘶力竭，收效甚微。一目了然，这是一场一触即发的械斗！杨桥产煤，塑料袋子里装的是开矿用的雷管炸药！如果拦不住，两边的人冲到一块交手混战起来，后果不堪设想。

　　如果没有地方工作经历，会吓昏。事情紧急，犹豫不得，和现场的干部简单合计之后，决定按"一劝退、二分化、三巩固、四法办"的策略开展工作，而当务之急是让群众冷静下来，疏散开去。这时，村干部没人肯出头说话，镇里的人是被攻击的对象，"公检法"直接面对群众可能激化矛盾。我硬着头皮挤进去，站到吉普车顶上，张开喉咙先说了一句："杨桥的父老乡亲们啊，我是县委书记，请大家先听我作个检讨道个歉。"躁动的人群安静下来，我接着说话。回想其情其景其言行，有点像演电影，可当时说得推心置腹，主要意思是：今天这样的场面让人很心痛啊，这说明我们的工作没做好，首先我有责任；我们杨桥的乡亲是有情义讲道理的，无风不起浪嘛，大家肯定有委屈，不过不要紧，别着急，先回去，我和县里的人今天不走，晚上到村里来，和大家好好攀谈，你们有气尽管出，想骂尽管骂；现在这样子可不行，乱纷纷的什么问题也解决不了，真出了事，吃亏上当的还是我们百姓，大家务必冷静呵，别上了当啊；要相信县委县政府，桥上走人桥下流水，没有过不了的坎。"话说到这里，场上更静，只有窃窃私语，没有乱喊乱叫，人却没有"走"的意思。我又说："杨桥我挂点几年了，也算个杨桥人吧！乡亲们今天给我个面子，听一回劝好不好？当然，如果硬是要打架，要血染杨桥河，也行，我陪着做一回烈士！有吃了熊心豹子胆的请过来，先从我的尸体上踩过去！"说这话时，竖起了眉毛；心里却打鼓，担心的是真有愣头愣脑的青皮后生跑过来该如何是好。此时人群开始蠕动、张望，犹犹豫豫。我悄悄观察，发现了熟悉的面孔，就厉声叫唤："早生、劲古、浪浪皮！老三、金苟、细牙佬！还不回家？要老子请你去县里吃酒哇！"这话笑着说，但牙缝里透出了杀气。话说完，人也从吉普车上跳下来，同时看到被点名的几位车转身就走，边走边大声嚷嚷："娘个脚，走吧！不走现世啊！"不到十分钟，桥上的村民走了个一干二净。

群体事件，人散了，事就好办。紧接着，调兵遣将做工作，安抚教育、又摸又打，晓之以理、示之以法，釜底抽薪、瓦解分化。效果显著，领头的看势头不对，赶紧缩了起来。派了一个工作组留在镇里巩固成果，化险为夷。

其实事情并不复杂，起因是那老桥，焦点是拆还是保。镇里工作比较粗疏，该理顺的没理顺，群众中形成了对立情绪：一个村念旧，极力主张保老桥；一个村担心挡水淹田，坚决要拆。杨桥这地方大村大姓多，同姓之间也有根深蒂固的矛盾，"兄弟倪于墙"。根本是利益之争，挑事的是个别平时对现实不满，特别是对镇村干部有意见的人。针对这些情况，县里和镇里一一采取措施处置，化解矛盾，息事宁人。当时还郑重作了一个决定：老桥先拆，拆下来的石料原封不动保存好，以后找地方复原，建成一道景观。

不久，离开了分宜县，老桥没来得及修复。前些年路过杨桥，拐进镇政府去看，拆下来的石块仍然散乱地堆放在一个角落里。最近问乡亲，没有新消息。

有点郁闷，也有点沉重。我想，桥的确不是简单的东西，它沟通古今，沟通官民，沟通你我，得有点敬畏之心。又想，当时要是缓一缓，想想办法，那老桥是可以不拆的。譬如，可以将老桥嵌在新桥中，做成"桥中桥"，也可以在新桥的引桥部分设计几个泄洪孔，完整保留老桥。关键是解决行洪的问题，现在来看，并不困难，也多花不了什么钱。不是做不到，而是没想到啊！

分宜还有一座比这更著名更有故事的桥，是洪阳桥。洪阳桥横跨袁河，比杨桥老桥长得多也宽得多，是老县城的第一景观。两座桥都是明代的遗存，据记载修建的年份也差不多，而且都与当时分宜出的一位名人有关系。这名人便是介桥严嵩严介溪，一介书生，起自乡野，位极人臣，做了二十年"内阁首辅"。历史上，严嵩是大奸臣，书上记载他"无他才，惟一意媚上，窃权罔利"，分宜的老百姓另有说法。传说中由严嵩捐建的洪阳桥，1958年修江口水库时，随同老县城整个淹没在水底下了。那片水现在称作钤阳湖，那座大水库现在叫仙女湖。因水之肥瘦，桥时隐时现，偶有上百斤重的大鱼在桥墩旁游弋。可那已是一座断桥—最大的一孔，早被人炸开了，嫌它妨碍拉网行船。要不，这是一个非常适合人们发思古之幽情，得山水之欢欣的所在。

思绪如桥，每有断时。

枳壳　枳实

我老家有过一棵树，是橙树。

我老家在袁河与赣江交汇处那块冲积平原的尖尖上。小村子，不满三十户，百十来口人。风光甚好，背依水流清亮垂柳依依的河，面对低矮青翠蜿蜒静卧的山，村与山、村与河之间，是平展展、水汪汪、阡陌交错的稻田。蓊蓊郁郁的树木和篱笆环绕村边，其间有高大古老的樟树、枫树和苦槠树，有枝叶扶疏、飘飘摇摇的长竹，还有许多叫不全名字的乔木、灌木、藤蔓和草，时时有绿，日日有花。我家的祖屋位于村子前排偏东，是经历了几十年风雨的砖木老宅，正屋前接了一个小小院落。房子的右前方，相隔百步，是一口青砖砌岸十几丈见方的水塘，细细长长的水圳自西往东逶迤而来，穿塘而过，注入活活清水，带走淡淡污浊。水圳于院门前一箭之地款款转身，弯出一个椭圆形半岛，扬长而去。那树，就生长在这半岛上，斜对院门，绿意长映。

自我记事，树就庞然屹立在那里，高及二丈，伸展的树冠遮盖住了整个"半岛"。每年的春夏之交，南风拂拂，橙花应时而至，雪白的骨朵从鲜绿的枝叶间逸出，竞相开放，那浓烈而黏稠的异香便纵情溅洒，四向飘飞，融着软软的风和廊檐下钩镰相击的叮当之声登堂入室，常常让我迷醉，生出无限遐想。

橙树是祖父亲手所植，也是祖父的珍爱。祖父没念书，不在意叶的翠绿和花的芬芳，看重实实在在的好处。

花开花落，橙树结满了小小橙子。橙子日长夜大，至暮春或初夏，就有小算盘珠子那么大了，圆圆的，青青的。这时节，祖父总是天不亮就出门，捡拾晚间掉落在树下的粒粒橙子，提回家细细分拣。小的用水浸泡数日，滤去苦汁，拌上盐、干椒、豆豉、蒜，放锅里反复蒸，于是家里总有那么一钵黑黑的、咸而微苦的、细嚼慢咽之后口舌生香带甜的"橙子酱"下饭。大一些的，则被祖父分别横切成两个半圆，几经暴晒，干透了，收成一袋半袋，背到集市上去卖，换回些红糖草纸盐巴灯油。祖父告诉我们：这是枳实，一味好药。

　　序入清秋，时至九月，小小橙粒长成小儿拳头那样结结实实的大橙了。此时，祖父必然动员全家参加一项重大活动：下橙，就是将满树的橙果及时采摘、炮制。我家的橙树大，结果多，橙们总是成双结串，挂满枝头。祖父搬一把长梯，稳稳地靠在树枝杈上，轻巧地爬靠上去，将沉甸甸的青橙一个个摘下丢落。我和弟妹们在树下，把那蹦蹦跳跳的橙逐一捉了放到箩筐里。听着祖父的朗声吆喝，嗅着橙树橙果浓烈的酸香，边嬉闹边干活，我们都是小小神仙。橙树结果有大年小年之分，凡大年，我家的树可采二三担鲜橙，即便小年，也能收满几箩筐。橙子采下来，祖母便领着我们一个一个切开，用撮箕端到屋外的平场上翻晒，早摊出，晚收回，等到晒足十天半个月的好日头，那些盔状的橙片就干透了，由深青变褐紫。祖父又告诉我们：这是枳壳，也是好药。逢集之日，祖父穿戴整齐，神色怡然地挑上满箩筐的枳壳上街去，还家之时，筐里没了枳壳，却有了稻草扎缚的新鲜猪肉、土纸包着的油饼油条，还有祖母急用的针头线脑火柴肥皂。这一日，全家欢喜，胜似过年。

　　后来知道了，我家这树，学名酸橙，属芸香科乔木，外观类橘、柚，质地各不同。枳壳是其接近成熟期的果实，枳实是幼果，都是干品。的确是不错的中药材，功效相近，主要是破气、行痰、消积，在治疗胸膈、腹胀、便秘、里急后重、水肿之类病症的方子中常用。

　　祖父是地道的农民。兄弟五人，他排最后，长辈叫老五，平辈称五哥五弟，晚辈则唤作五叔五公公。我出生的时候，祖父已年近六十，依然高大。我家人口多，自我打头，兄弟姊妹一串，"五男二女七枝花"，很长时间，就是一窝老鼠那样吱吱乱叫嗷嗷待哺的雏儿。其时，父亲母亲都在外混事，赚不了多少钱，顾不上什么家。祖母缚过脚，长年咳喘，家里的大事小情，主要靠祖父撑持。祖父为人，万事不肯敷衍，种的树，要比别人家多结些果；伺弄的菜园子，要比别人家花样多，收获好；养的猪牛鸡鸭，要比别人家肥壮；打来的柴垛，要比别人家大而实；酿的酒熬的糖，要比别人家香而甜……最要紧的，他的孙儿孙女们，要比别人家吃得饱一些穿得暖和一些。因为这些，祖父便有操不完的心、干不完的活。我很少看到祖父躺着，总是见他进进出出，忙个不休，像永不停转的机器。永远不会忘怀的情景是：酷热的盛夏，劳作后进门的祖父，头顶上冒着腾腾热气，身上的粗布衫被汗水湿透，显出一片一片雪白的汗渍；寒冷的冬季，那粗糙如砂纸的大手，更添一道道深而见红的血口子，而他满不在乎，抹上点"蚌壳油"，撕条胶布缠住，扛上锄把又出门。祖父的大脚板变了形，弯弯的像柴刀，中趾超长，五趾分得很开，这是经年累月在泥巴地里负重挣扎的结果。祖父祖母做寿木，所用的杉树大料，全是祖父从邻县的大山里一根根扛回来的，往来一趟，有上百里的艰难路途，这时的祖父，年近七十。

祖父极少生病，偶发头疼脑热，总是唤我们去那橙树上摘些鲜叶，让祖母烧水煎了，滗出浓绿的汁，就着这汁下点挂面，放上大把的干辣椒和葱，盛出来呼噜呼噜喝了，躺床上蒙头睡两个时辰，翻身起床说："发汗了，好了。"接着干活。

好些年，祖父在外面听生产队长调遣，在家里就是我们的生产队长。天没放亮，小孩子们还做着甜甜的梦，祖父的大嗓门就在院子里嚷开了："老大跟我砍柴，老二放牛捡屎，老三打猪草……快起来，莫做懒精！"正是在祖父的声唤和差遣中，我们渐渐长大，品尝了人生的艰辛，也体味了劳作的欢愉。

祖父不识字，却费尽心思而且十分执拗地让儿孙们念书。村子里没出过多少文化人，上世纪六十年代初有了自古以来第一名大学生，是我叔；七十年代末出了第二个大学生，是我。

祖父再忙再累再操心，从没误过对橙树的照料。春施肥，夏打枝，秋防虫，冬保暖，树长得茁壮，也成了我们家许多事情的见证，经见了阳光，也经见了风霜雨雪。

渐渐地，我们大了，树老了，祖父也老了。村子里的人多了，房屋多了，事儿也多了。浑浑朦朦之间，苦楮树不见了、枫树不见了，那硕大无朋、神佑村人几百年的老樟树也没了。那是某年，一群浙江工匠被村人请去，用了将近一个月时间，斧砍锯拉，将樟树放倒，树干树枝解成板，树蔸树根刨出来剁碎了熬油，有那么半年多，村子里总弥漫着浓烈的樟脑味。这味道后来就没有了，也许永远不会有了。就在这些岁月，村前的水塘被垃圾泥土填平，让人盖上了猪圈；水圳改道绕行，橙树边少了清水，多了碎砖烂瓦；村民盖新屋打墙基，挖断了树的根根须须。终于，树干布满了虫眼，树上多了枯枝黄叶，后来大半边树也枯了。祖父多少次在树下徘徊，忽一日召我们到树前，低沉而坚定地说："倒了吧！活不成了，还有点用。"树被砍倒，祖父用了很长时间，将枝枝桠桠细心地晒干捆好，叶子也全扫了回来，供了我家将近一个月的灶柴。树干尚实，祖父请人锯开成板，做成两条长凳。

树没了，祖父健在，明显多了几分老态。祖母七十六岁无疾而终，祖父有过一阵孤独，依然健朗。因为祖父的坚持，我和弟妹们能读书的读了书，相继跳出农门，做了城里人，祖父却始终住在村子里，由我的父母亲和善良的族人们陪着，还有那橙树长凳。凭祖父的身体禀赋，我们满以为他能活过百年，遗憾的是没有。祖父九十七岁那年，一个寒冷的冬日，和满屋的晚辈在厅堂烤火，站起身夹炭时，扑通一跤跌坐在泥土地上。等到惊慌不已的族人将他抬上床，老人咧着嘴说："怕是断骨头了，让出门的人都回来吧。"医生到家给祖父做了检查，断定是股骨颈粉碎性骨折，年岁太大，不能手术，要在病榻上走完最后的路。渐渐地，祖父虽然苍老却依旧饱满的身躯被一点点熬干，最后到了皮包骨头的地步，那深陷的眼窝可以搁下小小酒盅。

祖父的脏器没有毛病，只是老化了、衰竭了。衰竭的祖父仍有很强的生命力，可他不想给后人子孙拖累，大约在摔倒两个月后，就坚决不打针不吃药，再往后，几乎不吃饭不喝水。我那时正在某县做芝麻官，常在星期日回家看祖父，问他想吃点什么，老人提过的唯一要求是："老大，去买根冰棒来。"噙着泪，驱车到市区，我挑最好的雪糕、冰棍、蛋筒，为祖父买了满满一保温瓶。在父亲的帮扶下，祖父吮了半支绿豆冰棒，干瘪的面容上现出满足的笑意。

祖父伤于隆冬，殁于初夏。在他居住了大半辈子的祖屋，后人们设酒致祭。祖父自己扛回的木料所制造的棺椁之中，安卧着他干枯的躯体；支撑棺木的两条长凳，曾是老橙树的主干。

不见橙树，二十余年；泪别祖父，十有三年。清明之节又将至，一定带上妻小回老家一趟，为祖父的坟头添几张黄纸，给橙树板凳抹抹灰尘。

托养所手记

塞　壬

手机响了，我一接，是一个怯怯的、迟疑的女声：老师，我好挂住你咯——（广东话：我好想念你）是残疾人托养所智障部的孩子打来的，电话里就感觉到粗重的呼吸。我抬头看墙上的挂钟，晚上八点多，这个时候她们应该刚刚吃了药，我在电话里对她说，乖不乖啊，吃药没有啊。那边连连说，食左啦，食左啦，老师几时返啊。（吃过药了，老师什么时候回来啊。）我沉默着，不知道说什么好。那边的嘈杂声传过来，啊，都争着抢着要跟我说话呢，闹了一会，不知谁把电话挂断了。

我从残疾人托养所回来已有一个星期了，有好几个晚上，孩子们给我打电话，都会问到我几时回去。我似乎很难搪塞这个问题，我无法确定会再次回到那里。对智障的孩子们说谎，太残忍。我只能沉默着。一个问题始终纠缠着我，我是否真的有必要把这段经历写出来，不，我应该把它保持在秘密里。我深信，它们一旦付诸文字，就会有令人可疑的动机，这样的动机是那样具有某种明显的公共性，它的遮蔽性太大了，甚至是，它根本偏离了我所想要表达的。看吧，它有多愚蠢：为了唤起人们对残疾人足够的关注，献出更多的爱……在过去的很多次关于写作的思考中，我认为文字不是为了解释世界，而是一个人通向世界的秘密进程，并在这个进程中去呈现真实的自己。这段经历尤其如此。悲悯，爱，在此时都是极富优越感的词，它来自于强者的言说姿态，我耻于提及。然而，某种内心的期许又不时地撞击我，我知道它是什么，但无法准确地说出它。面对电话里孩子们的提问，毫无疑问地，我已不愿意再回到那里，从那一刻起……

电梯突然断电，它急促地停止降落，卡在三层，灯灭了，一片漆黑，我带着孩子们准备下一楼的操场去活动。吓得一身冷汗，手足无措，按铃，它发出可怕的巨响，一个人慌作一团，脑子一片空白，我怕得要死，只得紧紧地拥着孩子们，把他们紧紧地抱着，低着头，我能感觉到两腿在发抖。保安从外面强行扒开门，光亮照进来，我这才看清周遭：孩子们安静地站在我身边，羊群一般温顺，像是什么事都没有发生过，他们澄澈的眼睛看着我，没有一丝恐惧。危险是什么，死亡又是什么，在那样的干净的眼睛里，你找不到答案。

他们很乖地站在那里，天使般地，被我拥成一团，默默地等待着将要发生的一切。威胁是无效的，他们不害怕这世间的任何东西，包括死亡。我在那一瞬间感受到了自身的弱，猥琐，还有难以启齿的羞愧。这样的羞愧不断地发生在以后的日子中。在我离开残疾人托养所的这段时光里，我总是试图摆脱关于这羞愧情绪的困扰，我想出一堆自我辩解的理由。

啊，上天更应该怜悯我。我是那么不堪，那么可笑。

我真不愿意说出，我是以作家的身份被安排在这里体验生活。这个感觉太糟糕了，近乎可耻。我太像是一个猎人，潜伏在孩子们之中，来捕获他们的一切，最隐秘的一切。包括满足好奇心，猎奇，想尽办法引诱他们说出或者做出。享受这种另类体验，拿着相机在他们宿舍一阵猛拍，然后想象着这些图片发到网上将引起的的震憾。孩子们毫不知情，在我面前，他们清澈如水，包括皮肤，毛发，脏器以及他们裸呈的命运。在最初的意愿里，我居然恶毒地希望看到，工作人员是如何虐待这些残疾人的，托养所是如何克扣了孩子们的口食，他们的父母及亲人是如何地冷血，对他们的生死不闻不问……似乎是，越是残酷，各种关系越是激烈和尖锐，就越利于我写出好的文章来。我以揭发、曝光的心态来到这里，满怀着恶意。应该说，我最终的感受并不是我先前想象的那样简单，以至于，在后来的事件中，在表述上，我都难以实现一语中的的效果。

托养所行政办的林小姐给我安排好了宿舍，我跟三个女孩子住在一个大的套间里，大概她们被告知有个作家要住进来，所以在相处的二十几天时间里，我得到了她们有着距离感的尊敬和礼遇。跟她们聊天，她们说的尽是一些关于托养所相关荣誉、相关职能方面的信息。不用说，她们被叮嘱过了，口径惊人地统一。我反而从她们那里得知，托养所的领导希望我能写一篇溢美之词的报告文学。算计和反算计，最初就开始了。托养所是残联的下属单位，配套的硬件设施都非常好，学员宿舍、餐厅、健身房、阅览室、电脑室都很齐备，操场上铺着环形橡胶跑道，围起来的院墙里，栽满了四季桂和玉兰，此时它们正开着，浓郁的香气蒸发在空气里，散都散不掉……墙上的宣传栏上，有中国残联主席张海迪跟学员们的合影。在短短的二十几天里，我看到几拨来自省里、市里的参观团莅临这里指导工作，这些人免不了要亲切握手，合影，语重心长地问东问西，然后满意地离去。

一、智障部

那孩子十九岁了，然而看上去才十四五的样子，她长着一张处女的圆脸，惊恐的大眼睛莫名其妙地打动了我，她的瞳孔异常地黑，仿佛吸收了射进去的光亮。靠近她，她很重的鼻息，濡湿的唇，嘟着，上面长着清晰的黑绒须，她就那样惊恐地看着我，像个不出声的小动物。我把手伸向她，她的身体往后缩紧了一下，垂下眼睑，我看到一弧漂亮的黑睫毛。

"她非常害羞，怕生人。"智障部的教导员小姐告诉我，然后她鼓励那孩子，叫她跟我这个新来的老师问好，我看着她，她的头一直没抬起来。随后，教导员小姐把我领到走廊，看着智障部，三个班，五十几个孩子，年龄从十四岁到二十二岁，走廊两端的门锁死，一整天孩子们就在教室里，或者游走在走廊间。我翻着花名册，男孩子，他们叫着振轩、嘉豪、伟康这类阳刚而响亮的名字，女孩们的名字则一律地琼瑶化，文艺得很，可仪、紫菡、洁如，看着这样的名字，我就想着他们的父母对他们那最初的期盼，多么美好，男孩，大概希望他们长大了去干一番男人的事业，博取功名利禄；女孩子们，则都要长成知书达理的淑女，美丽，温婉。然而……他们最后却把孩子们送到了这里。因为绝望。

课程类似于学前班，唱儿歌，辨认画册上的小动物，玩拼图，玩击鼓传花的游戏。虽然他们基本成年，但智商依然停留在五六岁的孩子阶段，要靠哄。他们很快就跟我熟悉了，我被获准可以跟他们中的任何一个单独聊天，在此之前，我并没有接触过智障的孩子，他们之中，仅有四五个，一望便知是异常，体型痴肥，或口歪，或眼斜，流着口水，大部分的孩子看上去干净，体面，与常人无异。那个害羞的女孩叫洁如，读过小学，能认很多字。第三天，她就粘着我了，像一滩泥那样搂着我，用她的下巴尖抵在我的肩膀上，我唯一觉得她不对劲的是，她有时会满脸凶相，一个人暴着广东粗口：扑街！（意为混蛋）。这让我疑惑了很久。年轻的教导员李小姐笑着对我说，塞老师，你跟洁如太亲密了，孩子们会吃醋的。

我疑心自己对他们的热情仅来自于一种新鲜感和好奇，一时间，我甚至忘了来到这里的目的。在跟教导员们的交往中，我发现她们的耐性、关切只是出于工作职责方面的范畴，却不见来自于私心，她们给出的，是那样精确，一分不多，一分不少，且人人平等。我这么说，大概是因为我只是短暂地待在这里。而她们，是要待在这里几十年的。她们从来不跟孩子们进行内心的交流，不，她们认为这些孩子根本没有心，所有的努力都是徒劳的。只要一下课，在饭堂，在宿舍，她们的话题从来就没有提及工作，提及某个学员，仿佛那是

属于另一个世界的事情。啊，我是不是太矫情了，在工作时间内，恪尽职守，不就足够了吗？

"早上阿豪对我笑了，他这应该是在问候我，"我兴奋地对教导员李小姐说，"他现在很有礼貌，有进步呢。"

"不，塞老师您不久就会发现，他的笑只是肌肉的痉挛而已，纯物理性的，他没有意识。"听到她这样冷酷的纠正，我心里生出莫名的反感。潜意识里，也许她们是在指责我：你是在表现，短短几天里，你就让孩子们都喜欢上你了吗？或者是认为我太可笑了，难道你还指望谁谁可以彻底康复吗？

但是，我如何能相信，那一双双清澈的眼睛是没有心的？坐在色彩鲜艳的卡通木凳上，我教他们叠纸鹤，他们围着我，那么多话，叽叽喳喳个不停，都吵着要我看他们叠得对不对。他们怎么可能是没有心的呢？洁如忽然在休息间里跟我说，再过五年，她就要从这里毕业，然后去香港工作。我认真地点点头，她又跟我说，我现在很想恋爱。

这根本不像一个智障者能说的话，她的话总会让我产生幻觉，我从未觉得她跟我们有什么不同。我轻声地问她，你想恋爱吗？她沉默不语。我看着她，生怕错过她的每一个表情。

那边教室里的音乐响起来，她跟我说，我要去跳舞了。

智障部有十几个孩子对音乐有着天然的敏感，只要音乐声起，他们就会各自起舞，节奏感很好，拍子也压得准，因为父母早就发现了她们这一点，在她们年纪小的时候，都进行过舞蹈训练。我看着跳着舞的洁如，她的身体发育得很好，胸不大，但明显地隆起，腰腹有柔软的弧度，手臂像摆动的枝条，俯仰间，舞态有仙姿。她踩着细碎的步子，在快速地旋转，我怎么能相信，这样的一具充满灵性的身体是没有心的呢？这样的身体，只要触碰它，它都会有隐秘的回应。我想起教导员小姐跟我说过，切不可在洁如面前提起她的父亲。

具体的情况，她让我去找洁如的心理辅导老师梁生。

这位梁生不到三十岁，理着精干的平头，说话慢条斯理，很重的鼻音，有点傲慢，他摊开手，一副随便你问的样子，仿佛这里所有的孩子他都了如指掌。我看着他的办公室，三面靠墙都摆放着资料柜，隔着玻璃，我看见排得整齐的黑色文件匣，一层层地竖在那里，白色的标签纸上写着孩子们的名字，赫然醒目，一个孩子装一个匣子，那里面封着他们的资料—他们的灵魂。我怎么看，都觉得有一股阴森森的气味来，申洁如，找到了，他迅速地抽出它，把它递到我面前。

我一下子幻灭了。如果说，我是满怀着曝光这样的恶意来到此地，不，这种说法只是表面上的一种潇洒的自我嘲解。骨子里，我是那样热切地期盼他们正一步一步走向康复，或者正朝着这个方向努力。而且，我将见证着，我将陪着他们走过一段走向康复的时光。我从未怀疑过这一点，正如我不断质疑的，这些孩子怎么可能会没有心呢？申洁如，一级智障，二级精神分裂，伴有自闭、癫痫……明白了，教导员们是真正地在嘲笑我，我徒劳的热情，我种种无效的试探、引导，我带来的，开发他们兴趣的各种有意思的小课件，所有的

这一切，都将是无效的。我根本就没有理由去指责谁没有对他们倾注足够的—我说不出来。

"她是不是跟你说，她想恋爱啊？"梁生的话忽然从我头顶飘下来，我猛一抬头，他继而用全知全能的口气说道，她这种症状叫做"钟情妄想"，现在是五月，三四月份春天的时候比现在严重多了，她陷入这样的幻觉中，总是认为某个男子喜欢她。她发作的时候，看到帅一点的男生，就跑过去，要人家

跟她谈恋爱……不知道为什么，我很不喜欢这个梁生，不喜欢他跟我说的这一切。还有他的表情，有一种自以为掌握了真相，然后享受独家发布权的得意。有点奸奸的。我知道，我的情绪让我偏离了客观判断，但忍着没有对他发火，我这是怎么啦？

以梁生的话说，这里的孩子都是重度残疾，除了智障，都伴有不同程度的精神分裂症。他们全都坏掉了，而且坏得万劫不复。我慢慢走到篮球场，此时这里一个人也没有，空荡荡的，隔着距离，我开始打量这座八层的大楼，此时，我看着它，它多么像一座——这里关着的近两百多个活着的死人。他们吃得很好，住得也很好，他们只是活着。家属资源部的工作人员曾告诉我，申请来托养所的家庭排着长长的队，还有太多的孩子源源不断地要送到这里。他们，全都是回不去的。他们的父母亲把他们送到这里就意味着……放弃。

洁如依然是一如既往地粘着我，说她跟妈咪通过电话了，药物控制着她，她看上去没有异常，我仔细端详着她的脸，像不认识她那样，我寻思着，这么漂亮的女孩子，当她痴痴地跟一个男子说，她想要跟他恋爱，谁能抗拒呢，她这么反复地说着，梦幻般地痴痴絮语，凑近那个男人的脸，喃喃不休地把她的少女气息喷到那个人的身上，这不正是她贞洁品格的裸露吗？人们太笃信科学的那一套了，那么冷酷，说她失心，说她处在妄想症中，说她又发病了。在我的家乡，也有这样的女孩子，人们说她们是疯子，她们披散着头发，像个野姑娘那样在村庄里游走，正值妙龄，衣衫破得难以蔽体，她们露出雪花一样的皮肉，忽然地就大起肚子来，是狼一般的歹人对这样纯洁的姑娘下了手。即便是这样的姑娘，最后都嫁了，老鳏夫，瘸子，聋子，瞎子，这些人娶了疯姑娘，为了什么呢，毫无疑问的，性，男女间最本质的关系。我不知道，相比洁如，那样的人生是幸还是不幸，我时常有一种荒谬的想法，觉得再不幸的人生，但起码有过，洁如，她将什么也没有。托养所的生活每天都是一样的，明天和后天一模一样，没有变数。时间死了。

每个周五，托养所门口停满了车，很多家长都过来接孩子回家去过周末，周五下午的气氛很活跃，孩子们双手抓着窗子，焦急地望着窗外，刚刚爸妈通了电话的，说是在路上，在路上。然而，总有那么几个，他们的父母亲没能来接他们回家，说是忙。看着同伴被接走，这些孩子就闹别扭，哭着，不肯吃晚饭，拿东西砸老师，有个男孩子一着急，就尿裤子了，他哭着喊，妈咪爹地不爱我啦，不要我啦……大家手忙脚乱地把他哄到宿舍。洁如的母亲每周都过来接她，开着宝马，我看到这位阔太熟门熟路地走进门来，跟工作人员打着招呼，在登记簿上潇洒签名，然后领走孩子，洁如扭过脸来跟我说再见，她是迫不急待地等着这一刻，整个下午，她的心都飞了，不停地看墙上的挂钟。他们全都没有忘记星期五，智障也没让他们忘记这一天，这唯一的念想—回家。他们并不知道，亲爱的妈咪爹地是真的不要他们了。

楼下精残部和重残部的学员都是成年人，他们的父母基本上都不会来这里探望。智障部毕竟都是些孩子，父母还难以割舍。但是我知道，总有一天，他们也将不再来这里接孩子，因为厌倦，因为受够了他们带给他们的折磨—这小恶魔。生出这样的孩子是不幸的，医治了那么多年，花了那么多钱，这其中的滋味……我想起来接孩子的那些父母亲，他们，他们都不是狠心的人，都不是。我看见有好几个，一见面，就迎接着孩子们扑过来的拥抱，轻言款语地跟孩子说着话。但是，过不了几年，他们将不再来这里了。智障的孩子最终会走向精残。

我亲眼见到洁如发病的时候是一个周一的下午，她突然就蜷缩在地上抽搐，翻着眼，口吐白沫，脸青紫，我注意到她的手指，那样的僵硬的颤抖，梗着脖子，身体犹如被电击中，一弹一弹的。那一刻，真让人心碎，这个样子就像是一只濒临死亡的动物，让她如此的没有尊严，如此地没有体面，她是那么漂亮，听话的孩子。几个教导员迅速把她抱起来匆匆往门诊室里跑。梁生摇摇头说，双休日在家里，她的父母没有按时给她吃药，周一又不愿意回到这里，有情绪，所以就发作了。每个周一都会有孩子发病。他顿了顿说，其实我们都是极不情愿他们被接回去的，在家里，他们被父母宠坏了，由着他们放任，周一送回到所里，免不了一番挣扎，就收不回心。可是，回家几乎是每个孩子最为期盼的事情。到了晚上，洁如才慢慢恢复过来，她睡在宿舍的床上，我过去坐在她的身边，她认出了我。看着她的脸，我瞬间有了面对石头的绝望，有一扇门在我们之间，它正在缓慢地关闭，之后，她将在那个世界，而我们在这个世界。如果对她的热情将是徒劳的，我还要继续吗？如果没有希望，是不是意味着就要去放弃？我看着智障部那一张张年轻的脸，他们不是石头，是一种无法唤醒的活，如果说爱，我说到爱，如果去对这样的生命葆有爱，我看见自己身上，丝毫没有这样的能力和意愿。我听见心里有一种紧绷的东西倏地折断了，很干脆。

二、精残部

从智障部到精残部，我迅速地清醒过来，这幢楼里的所有生命仅是一个躯体，不会有奇迹发生。主管告诫我说，不要靠他们太近，精残部的学员是有暴力倾向的，他们会突然袭击，你要注意人身安全。我似乎没怎么听主管的话，先前在智障部，主管叮嘱我不要把手机号告诉学员，可是我没有做到拒绝他们。以至于后来，我接到孩子们很多恶作剧的电话，他们居然能记住我的号码，但是我从那里回来后，电话慢慢地少了。我不害怕突然袭击，相反却有隐隐的期待，到底会因了什么，或者根本就不为什么。我受到袭击了呢？

第一次被领进精残部的时候，我确实吓了一跳，一个高大的男子突然冲过来抱住我，他一脸猥琐的笑，被教导员老师拉开后，他继续对着我笑，然后做一个极下流的动作。我后来从他的心理辅导老师那里得知，这个男子正处在性奋亢期间，目前已将他与女性学员隔离，现在已控制住他当众手淫的毛病。我想起年少时，在乡村曾被一个得了花痴病的男人追赶，他向我露出了他那可怕的生殖器，我拼命跑啊，这样的奔跑无数次出现在我少年的恶梦里，巨大的喘息，恐惧带来的内心的轰鸣，这影像大块大块地出现在我脑海里，进入精残部果然是身犯险境，见我吓成这样，教导员们笑着说，他们大多比较稳定，发病的时候都有先兆的，叫我不要太担心。

精残部都是成年人，年龄从25岁至50岁之间。两层，百来人。这百多个人，就是我们俗称的疯子。他们有先天的，有后天的。显然，疯子比智障要可怕得多，也复杂得多。应该说，疯子的世界更加接近我们的世界，不，太多时候，我们比他们更疯狂，也更可怕。这里不像智障部那样给孩子们上课，而是把这些精神分裂者集中在庇护工场。所谓的庇护工场，其实是一间间小小的手工作坊，这些精神分裂的学员在药物的控制下，基本保持稳定，据心理辅导老师说，让他们从事串珠、粘贴绢花这样的手工会转移他们的注意力，对稳定

　　病情有好处。进入庇护工场，立即就闻到一股成人的浊气，五月的天气已经很热了，这样的浊气里面包含着太多复杂的东西，欲望，自私，欺骗，而不像智障部的孩子那样，是一股清新的皂香，鲜艳的糖果色教室布景，墙上有大朵大朵的葵花，他们泉水般的咯咯的笑声，在教室里打闹，哭喊，撒娇，向老师告状，没一刻消停。而庇护工场是一片滞重的沉默，他们伏在案前串珠，贴花，表情麻木。他们有相当一部分人是因为受了刺激发疯的，有强烈的金钱意识，鲜明的爱憎，还有丰富多变的内心世界。当他们稳定的时候，状态接近常人。而我恰恰认为庇护工场的这种手工劳作加重了他们的麻木，重复的动作，身体的协调能力已机械化，可是，加不加重，又有什么关系呢，反正都是万劫不复的人。我看过他们的档案，都是一级精神分裂，转了很多个医院，有多年的病史。在精残部，我对任何学员都没有了先前的热情。我非常清楚地意识到，他们，是那个世界的人。

　　也许，麻木了更好，只要不闹事，没有破坏性，日子就会这样平稳地过着。

　　在智障部期间，我完全忘记了来此的目的。而我现在跟精残部的主管说，能否找一个沟通能力好一点的学员，让他给我讲讲他的故事。主管是一个特别能侃的人，三十来岁，小山眉，肿眼泡，一口广东话，大有把精残部那一箩筐的破事全都告诉我的架势，我连忙止住了这个话痨，他以为我需要的是一些奇闻轶事，正兴致勃勃地跟我比划某个学员裸奔的事。而我，只是要倾听一个精神分裂病人的内心最真实的想法。我也疯了。

　　他把一个看上去二十出头的男孩带到我面前，说这个孩子叫钟绍晖，高考前夕突然发的疯，因是读了不少书，能够比较完整地表达自己的想法。他看上去明显地抗拒我，低着头，很怕生人。很瘦弱的一个男生，苍白，戴着眼镜，窄窄的面庞，长着个直挺的大鼻子，样子很清秀，眼睛躲闪着，眼皮在快速、不安地眨动，他是敏感的，穿着宽大的白T恤，大裤衩，人字拖，手臂垂着，我注意到他有一双大骨节的手，呆呆地垂放在两侧。我喜欢这种气质的男生，他应该还有倔强的血气，或者说是那种可爱的书生气。主管把他带走，我看到他高耸的八字型肩胛骨，那晃荡的宽衣里，飘荡着他瘦弱的灵魂。很意外地，他回过头来，看了我一眼。

在以后的几天里，我试着去靠近他，开始他很警觉，但是慢慢回答一些我的问话。两个人相对沉默的时候，他会突然冒出"老师，我偷了妈妈的钱"、"我打了我妹妹"、"我不去日本"这类极其突兀的话。这些话全都是跟他的家人有关，而精残部的学员，他们的父母已是很少来到这里的。他告诉我，喜欢张国荣的歌，他有他所有的碟，我哼出《风在起时》，他马上说出了它的名字，说，我也喜欢这首。我还见过他手写的钢笔字，有锋有骨的，很漂亮。庇护工场里那种难度大的手工活就属装电脑键盘了，绍晖不到两分钟就可以准确地把每一个键装好。中午在饭堂，洁如看到我跟一个男生在一起吃饭，向我作了一个不知羞的手势，我对她笑笑，智障部跟精残部的学员吃饭是隔开的，我听见她喊我，就向她走过去，绍晖也跟过来，洁如看着钟绍晖一下子愣住了，既而她脸上露出痴傻的表情，贱贱的，满面春色。我忽然想起了什么，忙拉着钟绍晖走开了。难以想象，如果让他们混在一起，天知道会出什么事来呢。可是，看着这两个人，明明是极相称的。我其实多么希望洁如能真正有一场恋爱，跟一个男子狠狠地爱上一把。

坐下来，我笑着调侃钟绍晖，呢个女仔，中唔中意啊？（你喜不喜欢这个女孩啊。）"唔中意！"（不喜欢。）他回答得很坚决。我听出这话里有故事，难道他有中意的？但心里隐隐地为洁如感到失望。一个四十多岁的学员蹭过来，他要我给他买香烟，我立刻摆出一副老师的严厉嘴脸：回你位子上吃饭！那人萎了下去。钟绍晖突然跟我说，老师，如果我也要香烟，你会给我买吗？

这话问住我了。最初主管就交代过，不许给学员买香烟，无论他们怎么哀求。我靠近他的脸，嘻笑着：你不抽烟吧。"你会给我买吗？"他又追问，我觉得无法敷衍这个问题了，于是我凑近他的耳朵，清晰地，一字一顿地说出：我——会。

他试探出，我愿意为他违规。接着，他向我提出了一个请求：打的送他回一次家。我看着他的脸，觉得他很苦，很苦，这个瘦弱的孩子，这要有多么想家，想亲人才会说出这样的话。他的家人，到底有多久没来看他了？我想，整个精残部的人都是想家的，教导员曾跟我说过，很多人故意装病，只为了父母来探望。我似乎很难对他说"不"，仿佛他就是一个玻璃人，我一说不，他就碎了。我为什么顺着他，是为了想套出他的故事吗？不，我觉得不是。当我走近他的时候，我就彻底忘掉了此行的目的。我之所以难以拒绝，是因为—我说不出来，啊，我多么希望能够满足他们所有的愿望，一个都不拒绝。但是送他回家，风险太大，我并不害怕所里领导的责罚，可以肯定，我会立马被赶走，我并不担心这一点，我隐隐觉得这小子没有我想象的那么简单……他好像吃准了我的弱点。

见我不作声，他立即站起来，转身要走，我知道，他这一走，无论我怎么陪尽笑脸，说尽好话，都无法让他回心转意。而且，他开始恨我了。饭堂闹哄哄的，没有人注意到我们的谈话，我也站起身，跟他说，你别急，我安排一下。我想，我真的疯了。

我跟主管讲，中午想单独跟钟绍晖聊一会，请他到会客室里去。他答应了。我顺利地把绍晖领出来，叫他站在门口拦的士，我去办公室拿钱包。等我拿了钱出来，远远看见他拦了的士，正往里面钻。我急步快跑，那车扬长而去，我只记下了车牌。他一个人跑了！这下祸闯大了，我把人弄丢了，我吓得方寸大乱，这小子，果然把我算计了，怎么办呢，我该怎么办呢？肯定不能先跟所里汇报。我得镇定下来。

如果回家，他还是会被他的父母送过来的，这样的话，我不必担心。如果不是回家呢？那他会去哪儿，我不敢再往下想。这家伙城府很深，我一直没有摸透他，我更倾向于，他没有回家，他逃离了托养所，成功飞越。我越想越怕，追究我的责任事小，我更担心他的安全，他的下落。忽然间想起车牌，我记下了车牌，于是我打电话给交警大队的朋友，问他有车牌号，可否查到车主，他说可以，我如实地跟他讲了整个事情的经过，他安慰我说，不要担心，一会司机会把车开回来的。

半个多小时后，的士司机载着钟绍晖返回了托养所，司机告诉我，他正要去虎门，突然手里的对讲机跟他讲他载了一个精神病人，要他赶快把人送回来。啊，虎门，他果真是要回家的。他只是要回家。我没能满足他回一次家的愿望，我难过地闭上眼睛。主管见我们从车里出来，我说刚带绍晖去兜了会风，他拧高了他的小山眉不满地说：塞老师，这样不行哦。我说我知道了，对不起。他没再说什么，我心事重重地跟在钟绍晖身后，他看都没有看我一眼，我知道，他恨透我了。

晚上的时候，钟绍晖就发病了，他先是无故发笑，自言自语，接着就咒骂，最后就把头往墙上撞。我赶到现场的时候，看到主管抱着他，钟绍晖就把头撞在主管的胸口上，他使劲地撞，主管死死地抱着他，我看到主管手肘有血迹，可能是被他抓伤的。周围围了一圈人，谁也拿他没办法，教导员跟我说，主管每次都这样抱着他，让他撞，只有这样，绍晖才不会受伤。我忽然对这个肿眼泡的广东男人有了敬意，那一下下撞在他胸口的是什么呢，太痛了，谁会不痛惜这样一个好孩子竟成了这样，他的心气儿很高，很激烈。撞吧，撞吧，可怜的，如果你能好受一点的话，一股很咸的东西流进嘴角，几个教导员小姐也都忍不住捂着脸哭泣。我不知道，他晚上发病是否跟下午的事情有关，但他应该再也不会理我了。

他折腾了十几分钟，两人都累了，教导员们就哄着他去吃药，我知道精残部的每个学员每天至少要吃二十几粒药，这些药，我闻所未闻，富马酸喹硫平片、奥氮平、沙胆醇、阿立哌唑片、VITB4等，这些白色的药粒维持着他们的稳定。主管叫住我，我知道他想问什么。我们在会客厅里坐下。我没打算隐瞒他，他跟我讲起了钟绍晖。也讲起了托养所。

我这才知道，大部分学员家里都是不缺钱的。甚至有一部分是相当富裕。钟绍晖家里就特别有钱，可是，他来托养所之前，他的父亲在家里用铁链子锁着他。双手，双脚，都锁，因为绍晖发病有自残的倾向。他的家人为他伤透了心，甚至想把他送去日本的寺院。几年前，他的父母离异了，年轻的后母就把他送到这里，从此，就很少有人来探望。"塞老师，你也不必可怜他，我们精残部每一个病人都有悲伤的故事。"然后，他看了我一眼，不解地说，"你要写这些故事干什么呢？"我无法回答他，一个在托养所待过多年的人，他认识的人和世界比我要深刻得多，他们从来不谈及爱，或者生命这样的词，他们觉得可笑，因为他们比谁都了解这两个词是怎么一回事。还有，他们一定觉得我非常无聊。

洁如和绍晖，他们发病都是因为回家。家里有爸爸、妈妈，托养所里没有。

三、重残部

我灰头土脸地从精残部来到重残部，恍惚间，忽然有了从青少年到中年，然后走到暮年的感觉。楼层渐渐低下来，重残部，他把一个人最不堪的样子呈现在世人面前。大部分人没有下肢，因没有臀部，都无法坐着。他们被塞在轮椅上，我不能去细致地描述他们的样子，那样太不敬了。照顾他们生活的是外聘的阿姨，她们来自农村，长着粗壮的胳膊腿，她们把这些不能动弹的残缺身体搬来搬去。

我试着跟一个老太太交谈，可她的声音太含混了，很偏的地方口音，她的喉管咯着一口痰，我努力地听，怎么也听不明白，最后阿姨跟我解释说，她就是要回家，没别的。

又是回家。这几乎是托养所学员的唯一愿望，永不熄灭。

操场上空无一人，桂花和玉兰的香气依然是浓得化不开，我坐在红绿橡胶跑道上，望着高耸的托养所大楼，不到二十天，我就待不下去了，我被孩子们打败，也被这里的工作人员打败。此时的我，很多余，很无趣。我听见高楼处智障部的孩子们在喊我，他们在窗口发现了我，晚餐的铃响了，我闭上眼睛，觉得二十天竟那么漫长。长廊里，阿姨们推着重残部学员纷纷往饭堂里走，我听见有人喊我去吃饭，好像在很久很久以前。

在这里，如果不能真正为学员做点什么，继续呆着是可耻的。我在这里的目的、身份、姿态都让我无地自容。但是，我还是要说，这二十天里，我真的忘记了来到这里的目的，我不知不觉地跟着洁如、绍晖他们一起度过了书声琅琅的上午，沉闷的即将要下暴雨的闷热午后，还有凉风习习的美好夜晚。我融进了他们的生活，愿意为他们违规，想尽办法，只是为了他们高兴。看着他们发病，心都碎了。这是我的秘密，它让我在我的世界里，更加看清了自己。我坚定了某些东西。但它不必说出。

我帮阿姨给一个从小患了小儿麻痹症的妇女净身，她胖得肉在晃动。我第一次见到下肢萎缩的躯体，她的手也萎缩了，长出很小的、像两枝芽一样的肢节，无奈地挂在两边。她还有旺盛的例事，量很大，阿姨给她换卫生巾，给她擦洗，我帮着托起她的后背。一阵腥臭味扑过来，我皱了一下眉头，希望没有表现出异样。以后的几天里，我帮着阿姨打下手，喂食、换衣、洗澡，包括拉屎拉尿，把那肥重的、瘫成泥状的肉体搬到坐便器上，把一堆尿湿的裤衩扔进洗衣机。啊，我都做到了，我都做到了。

　　我从那里回来后，好多朋友打电话问我此行的收获。我笑着在电话里说，我落荒而逃，狼狈之极。那边就笑了，早知道你是吃不了这种苦的，回来得好。忽然地，一股悲凉从心底升起，无可名状，无可诉说，就像无法排遣的寂寞，只属于你自己。

爱无助

刘学颜

女孩儿

我有一个女儿，自她小时候起，就和她亲近惯了，在忘情嬉戏时，父女之间没大没小，好似兄妹一般。作家汪曾祺所写的《多年父子成兄弟》，说的就是这个意思。或许因了女儿的关系，我与其他熟悉或陌生的女孩交往、交谈，就显不出感情上的隔来，不像与另一些成熟的女性交往，总觉得相隔着一层透明的玻璃，人看得真真切切，心却游荡在天边，而且所谈的话题如同浮云，总是被不辨方向的风吹送到难以预知的远方。在我的生活中，除了A女士和C女士之外，我很少去和别的女士做情感上的真诚交流，我怕她们复杂，也怕自己被弄得复杂，变成失去本性的"四不像"来。与其有隔，还不如什么都不谈为好，隔着"玻璃"交流，总使人感到是身处于不自由的探监室。而与天真率情的女孩儿交流，我便心无挂碍，很自然地就走过女儿曾经为我预期搭设的桥梁。这，我要感谢女儿，是她以纯情的"父女之爱"引领我走向情感的圣地。

其实，我与女孩们的交往不复杂，还是源于她们的一片清纯，透澈的心地像山林间的泉眼，旷野里的初雪，还未被生活排放的废水，人生烟道里的灰尘所污染，因而与她们作情感的交流，再圆于世故或者复杂，就会感到羞愧，在心底里责骂自己是一个伪君子。我不想这样责骂自己，因而，我便愿意敞开心扉，接纳清泉的流入和初雪的飞临。

我与第一个女孩儿的交往，是以保护始，而以伤害终。这是最令我深感痛惜的事情。我与她并不算真正意义上的师生关系，"职工代培"教育彼此间只为名分上罢了。她来自于一个边远县，不晓得省城畿地是这般复杂，而且来培训的人，很大一部分都已成家立业，成为社会上老道的"油子"，滑腔滑调。有染于底层的陋习，乐道男女情事，而且善于窥探别人的隐私，有时难免捕风捉影。这样的人喜欢生活在别人的痛苦和受到打击的垂泪里，就像蛆虫蠕动在没有关严盖子的酱缸里。她是一个喜欢打扮而且大大咧咧的女孩儿，与同性和异性交往，都不藏着心眼儿，而且从不掩饰自己内心的情感表达——在那个思想意识解冻不久的年代，她注定会成为被伤害的对象。果不其然，不久即有风言风语传来，说她与几个小流氓纠缠在一起。向我"告密"的几个男同学，很有点幸灾乐祸的样子。对此，我警告他们不许再向外传播。事情似乎就此平息了。她也似乎没有意识到，她在一个傍晚偶然与几个当地小痞子的交谈，却成了人们捕风捉影的口实。对她我也复杂起来，因为她的过于率真，会造成很多乐道此事者的误判。即使错了，他们也心无愧疚，连道德的责任都不负。这是蝇营狗苟的一群，别指望他们能作出精神的反省和心灵的忏悔。我卷缩了自己警敏的触须，只在暗地里保护着她以免受更大的无谓伤害。一次，她病了，没有来上课，我在班上发现后，犹豫再三还是到她寝室里看望了她，但我不敢久留，浮皮潦草地安慰几句就退了出来，而且马上到教室的门口来个"亮相"，这足见我的复杂和虚伪。若是放在今天，我绝不会这样做了，与率真交往就应当还其心地坦诚。即便如此，我还是造成了对她的伤害。一年多过去后，其时她已经在省城市郊的一所正规学校念书了，而我正在等待着另一批学员前来培训。深秋的一天，我正独坐办公室看着窗外的落叶，轻轻的敲门声过后，厚重的木门被推开，难以预料的是她走了进来，而且脸色很不好看，我不知晓发生了什么事情，请她坐在办公桌的对面，彼此注视着。一年多不见，她似乎已变得成熟些了，与前年的18岁迥然有别。或许是伤害的作用，或许是成长中的顿悟，我为她感到高兴。静息片刻儿，她带着幽怨的口气发问："老师，"——感谢她还没忘记我曾经的身份，"我一直都敬慕你，但我很难理解，你为什么要对我进行伤害？"

　　我感到惊讶，我从来都不是伤害别人的人，正因为躲避伤害，我才跑到这里来重操旧业，舐伤疗痛，我怎么会恃强凌弱，将身受的伤害转嫁到这个无助的女孩子身上呢？一定是发生了误解。事情的真相终于弄清楚了，"告密"

者之一酒后吐真言，而且还将我牵扯了进去，惹得她委屈地转乘了几次车，跑来找我算旧账。我将事情的原委讲述一遍。她到底是个通情达理的女孩子，冰释前嫌后，我们站起来一同走了出去。其时，已到晌午，我没有留她吃饭的勇气，因为看门的那个老头，正在玻璃窗上压扁了鼻子窥视着我们的走向呢。望着她瑟瑟秋风里远去的背影，我一时感到怅然，我所经历的伤害，为什么要接二连三地在我伤痕累累的心上发生？

　　与另一个女孩儿交往的故事发生在西南地区的盈江岸边。这个陌生女孩儿，是我一生当中见到的最善良的人，尽管她长得并不美，但她却怀着一颗天使般的美好心灵。当我坐在北国的冬季里，再次提笔写起她时，我还感到一种历久弥新的感动，仿佛一年前的事就出现在昨天或者前天。望着窗外满天飘舞的雪花儿，层层叠叠地铺展在大地上，我就联想到远在千里之外她的美好心灵，如这初雪一样洁白无瑕，纤尘不染。我和她完全是偶然的相逢，如不同山涧里的两股水，交汇于盈江的虎跳石，彼此的心灵都飞溅起了雪样的浪花。她为我和朋友热情指路至虎跳石，过后还带领着我一人前往落水洞。

　　密林中的小径贴靠着山边，与水岸伸展，浓荫遮天，寂静中只闻风语涛声。这一路下岭爬坡，累得我气喘吁吁，热汗淋漓。女孩儿却行走自如，健步若飞。在这空无一人的峡谷里，我与女孩独行，像父女一般亲切、自然。在落水洞的凶险处，我们还曾互相关照，互相援手，如此这般的关爱与热情，这样的纯洁与心无杂念，是我这些年来浪荡红尘间所未曾经历过的。这是大自然的一次赐予和恩典。

　　这段转抄旧作的文字，是我当时的真实心境流露。在一个空旷而无人的河谷里，只有我和那个女孩儿，彼此都心无杂念，心灵洞开的窗户汩汩流淌着清澈的泉水。当我们只穿着袜子，手拉着手，走过湿滑的水中石梁，像父女一样充满着世间的真情。这也是我在别离她后，何以会满怀深情地写下这样一段忆念的文字：

　　告别美丽的盈江，车轮扬起了浮灰，女孩儿的身影从视线里消失，像祝福自己的女儿一样，我在心底里祝福她："今后能找上个善解人意的好心人，一道过上好日子。"

　　最后在这里，我所要讲述的是与我工作两年之久的女孩儿故事，很可能是我一生当中最后的一个女孩儿的故事了。在我渐渐老去的生命里，青春的大海将会成为一个不可企及的遥远梦想了。我不可能永远生活在女孩儿们的美丽世界里，像一棵苍老的树不是衰朽地化为白蚁蚀蛀的蠹粉，便会为时光的利齿巨斧所啮斫，但愿它倒下时别砸伤了春光里的花草。

我和B女孩儿坐着对桌的这间办公室，是在大楼的阴面。我向窗而坐，透过窗口可以看到后院那棵百年沧桑的大榆树，我一直把她视作一种精神的象征。四季轮回中，大树苍劲地活着，不需要大自然更多的惠顾。春夏两季，她披挂绿枝，满心愉悦地生长在周围的树篱和花草间，一些鸟雀会藏迹在她的浓荫里做窠，生儿育女。秋风渐起，掉光叶子之后，整个漫长的冬天，她就生存在自己的孤独里，像一个空巢中的老人，只有风雪来造访她的家门。我独自一人，坐在这个"被爱情遗忘的角落"里，更多的时候是把老榆树望成了自己的模样。其实，在这个大楼里，我的年龄已经属于遗老一族了，时光的砂轮用不了多久就会把我从这里打磨掉。因而，我与这位女孩儿交往是很温馨而又值得回忆的一段时光。

我和女孩儿的祖父、四叔，都曾经在那个黄摊的百年老厂工作过，与她四叔算得上不错的哥们，因而，自我走进这间办公室那天起，就在心里将她看做晚辈了。至于工作之间的事另当别论。当时女孩正处于受到伤害的无奈中，心情抑郁。我是受到过伤害的人，我知道鞭痕过后，浸在盐水里的心灵是种啥滋味。我不能无视强者凌弱，不是源于正义，而为人性的复苏。过去，我们造成的无谓伤害太多了，人与人之间，人与自然之间，人性的链条为专制强行摘除，使得兽性像瘟疫一样在蔓延，并侵害了我们与人为善、与物为善的心灵，如今这一切荒唐的伤害都该结束了，人性的回归使我们感到生活充满着一种温暖的阳光。女孩儿所受到的伤害，还是在心灵上，所谓的声援也只为朋友间的情感抚慰。我既然在内心里自视为长者，当然我的劝慰是必不可少的，是否起到春风解冻的作用就不得而知了。我这个人从来都是这样，终生记取别人送给我的温暖，至于曾向别人送炭的事，过后渐渐都忘却了。我的父母都是这样的人，他们终生带着记忆里的伤害，而去念记着别人曾经给予的帮助，诸如一小篮子的豆角或者茄子，他们都还铭记在心。在这个世上，为人心地善良者往往活得很累，有时也显得很无奈，面对着伤害，很少去针尖对麦芒，而是如同软体动物，在本能里将受到伤害的部位紧缩在壳里，用分泌出的泪水来予以净化痛苦。我和这个女孩儿，都是这样的"软体生物"，在伤害面前，保护自己的有效手段，就是封闭自己更加孤独的心灵，同时思想的珍珠也就是这般孕生而成。而今，这个女孩儿已经走到了伤害的反面：成熟，她再面临新的伤害，完全晓得该拿起哪样武器来应对了。

我喜欢心地坦诚而富有个性的女孩儿。坦诚是做人立身处世的根本，它可以转化成韧性的枝条，充满青春活力的绿叶；而个性则是生命的刺儿，用来维护生存的尊严。B女孩儿拥有她的根和刺，然而她又很率真，在受到伤害的初始还不晓得捕风捉影的厉害，以为关锁上门便将伤害挡在走廊的外面了。其实，这样做很可能招致更大的风言风语，而且不制止这股黑色龙卷风的形成，届时它将损毁可能攫取的一切：名声以及尊严。曾经有过那么两三次，当我们坐在一起办公或午休时，她将门随手关锁了，她认为她的心地坦荡，别人的心地也如此，其实，她这种率真的行为很可能会遭受到更多的无谓伤害和打击，对此我有权利来保护她，于是我默默地站起来将门栓打开，怕伤害她有时就装作出去办事或者上卫生间。当她真正走向成熟，在一次闲聊时，我才向她指出这种幼稚病会带来怎样的结局——脏水泼来，或者风雨满城。这绝非危言耸听，人心的复杂就在于利用你的坦荡和心地单纯，而将你弄得满身臭狗屎，嫉妒心和虚荣心狼狈为奸，是什么事情都可以做得出来的。这样的事例，在我们身边发生得还少吗？

后来，我们的彼此交谈、交流坦诚起来，有的时候像父女，更多的时候则近似于亲兄妹，而所交流的东西关涉人生和现实的生活，就这一点来说，更像师生之间的关系。这使我想起余秋雨先生推荐并作序的那本美国畅销书——《相约星期二》：一个老人，一个年轻人，和一堂人生课。"莫里老人在乐滋滋地体验死亡的时候，更觉得有许多重要的问题需要告诉学生和社会"（余秋雨语）。这本书故事的结局便是人生的终结。我们不妨读读至关重要的几段文字：

"我的老教授一生中的最后一门课每星期上一次，授课的地点在他家里，就在书房的窗前，他在那儿可以看到淡红色树叶从一棵小木槿上掉落下来。课在每个星期二上，吃了早餐后就开始。课的内容是讨论生活的意义，是用他的亲身经历来教授的。

"课堂上不需要书本，但讨论的题目很多，涉及到爱情、工作、社会、年龄、原谅以及死亡。最后一节课很简短，只有几句话。毕业典礼由葬礼替代了。"

我想，我们在两年多时间里，大部分是放在午休来作交谈，很近似《相约星期二》的模式，我们断断续续地谈到了伤害、宽容、生命以及死亡，各自发表了不同的看法和见解，彼此没有什么拘束，仿佛在唠着亲切的家常。记得，我们的相约晌午，是从我创作《生死之旅》开始的。文学的话题更能打消心灵之间的阻隔，那个冬雪漫天遍野的季节，我们居于暖室——我斜躺在工作椅上，女孩儿则休息在待客用的长沙发上。这样的午休简陋而不简单，因为我们诸多的话题，都是从闭目休憩而海阔天空谈起的。尽管每次所谈都比较简短，大体在20分钟左右，然后，我便沉沉睡去了，因为我还要积攒足够的精力，去跑下午的"生死"接力。彼此都坦然地休息，办公室的条件就是这样，用不着顾忌这那，门虚掩着，任何人都可以随便走进来，而我们只是在自由地入睡或者做梦。这就是两个小公务员午休的全部真相。

我半躺在工作椅上，有时就和死去的马克思对上了号。中学时，学过一篇课文，是恩格斯在马克思追悼会上的讲话，原文忘了，大意是马克思躺在他发奋写作的圈椅上睡着了，永远地休息去了。冒出这样的想法时，我便会哑然失笑，在巨人的肩膀上，我是什么？一只无足轻重的瓢虫，或者是一枚轻飘的落叶。我对女孩儿可以从她四叔那儿以辈分来论，但要说是师长，可就有点大言不惭了。虽然我受到过伤害，但那只是被蚊子或瞎蠓叮咬过的历史；思考生死，也只为在走向火化场提前做好心理准备罢了。所谓文字上的功夫，仅为生存手段的雕虫小技而已。说得更直白些，我只是生活于社会底层，一个被侮辱、被损害的小人物，说是卡夫卡笔下那只生存重压下的变形甲虫也未尝不可，小人物与甲虫所能用来与这个强大世界抗争的武器，只为缩收进皮壳里的一颗自由的心灵。这也就是我赖以生存的全部秘密。

小人物之间，只能在一起谈谈发生在自己周边的人和事。一只爬行的甲虫，是谈不出大地上的事情。我和女孩儿的最初交谈是从母亲开始的。善良而与世无争的母亲，总是受到过多的伤害。从贫穷的生活到白眼的歧视，所有这样生存着的母亲，几乎饱尝了同一种滋味的苦难。她们酸楚的泪水含在眼里，转过身却给儿女们以宽释的微笑，因为她们不想让儿女们稚嫩的心灵再来承受这生活与生命之重。在母亲们看来，小草能担当几滴露水的重量呢？她们将负重的腰，变成狂风暴雨里树的形状，弓的模样，因而对母亲的伤害，是最不能得到宽宥的，童心的刻痕会可怕地带到中年，携进墓地。我们切莫去做伤害母亲的傻事和蠢事了，否则，你一辈子都不会得到原谅！

　　她是在家庭生活贫困和母爱深厚的环境里长大的。父亲的过早去世，使母亲的形象更加凸现出来。这也是她很少向我提及父亲，而过多地讲述起她母亲的原因。我没有见过她母亲，从她充满感情的描绘里，我完全可以想象得出来，这位吃苦耐劳、满怀善良和忍让的母亲是一个有着瘦小身材，而内心里却蕴含着强大母爱力量的女人。当丈夫扔下生活的重担走向另一个世界的时候，她以柔弱的肩膀来承负起养育两个女儿的责任。很少有人来关爱这个孤儿寡母的家庭，连亲情也显得浇薄，只有母亲家里家外劳碌的身影，疲惫而坚韧的面容，在引领着一家人走出生存维艰的沼泽地。母亲流下多少车（用板车拉煤）该由男人流下的汗水，又淌下儿多备受屈辱而饱尝痛苦的泪水，只有那个逝去的岁月还记得。寒冬里的屋角挂着霜，锅里飘着油星，逢年过节别人家孩子拥有簇新穿戴以及吃喝，而自己的女儿却布衣粗食，为此，一人担当全家生活的母亲却显现出愧疚而痛苦的无助，然而，母爱坚强的承受力也正是于此凸现出来——她不愿接受别人悲悯的眼神儿，拒绝领取那份居高临下的赐予，在别人瞧不起的歧视里活成自己的样子。这或许就是她母亲后来所赐予给她的一份弥足珍贵的精神"嫁妆"。

　　我于观察中得以发现B女孩儿的性情有着鲜为人知的另一面，在这一点上，我们似乎都毫无例外地变成了生存状态下的纤细触须，在周围怜悯而歧视的微风里，柔弱的心发生不易觉察的战栗。其实，不仅仅是人类，自然界中的弱小生物，诸如林中鹿、草原兔以及松鼠，莫不都是以生性的警敏来生存的，风吹草动，都会使它们环目侧耳，惊悚而逃，因为这是它们唯一用来保护善良生命的武器。善良与警敏的人生，往往会受到更多的无谓伤害：一个歧视的眼神儿，一句侮辱的言词儿，一次过火的行为，都会在心灵深处留下烫伤的烙印，尤为对母亲的伤害，再也没有什么力量能够扭转仇视的存在。我到现在也无法原谅那些山地里侮辱我母亲的孩子，一念及那句用于动物身上的秽烂话语，我想宽恕他们的蒙昧无知都无力做到。而对于童年其他方面的伤害，我都已浑然忘却。有一次，B

女孩也对我谈及了她对伤害母亲的理解。她说："她母亲是一个与世无争的老实人，在外面与家族内部都是这样，好像就生活在自己的影子里一样。即便这样，家族里还有人歧视她，挤兑她，事事都想把她的母亲推出这个唯一还残存着血缘亲情的圈子。我到现在还不能从心理上原谅他们。"——我能够理解这种伤害的深度，尽管它不是刀子捅出的伤口，其实心灵淤血的存在才是真正的伤痛。有了这样的理解，愚蠢的人你还会再做伤及母爱的愚蠢事吗？真的那样，你就真的罪不容赦了，而且天堂也不会再为你这样的灵魂预留一角宽容的位置了。

记得，那是在夏日里的一个晌午，我们因了我正在写的一篇文章而谈到了宽容。我忘记了具体是哪段文字，也懒得再去翻找旧作，似乎顺口念给她听的是这样的哲理：我从不信奉任何宗教，我的善良就是佛陀，我的宽容就是基督。大概我的记忆是没错的。窗户开着，外面刮着绿色的热风。麻雀的"叽喳"与鸽子的"咕咕"像泉水一样滋润在清凉的耳畔。我斜躺在靠椅上，偏转脸儿默视了一下阳光里的老榆树，正在将思索的锚儿下潜生死之海。长沙发上的B女孩儿，双手枕头，望着一片空白的屋顶，向我探询了对宽容的看法。她说：你什么时候学会了宽容？这倒是一个很棘手的问题。因为宽容既有天性的东西存在，比如善良和悲悯，又有后天的因素出现，比如伤害和人性的复苏，我想我学会了宽容，伤害应当是第一位老师。我从别人对我母亲以及对我的无端伤害里，寝皮食肉地感受到了痛苦的滋味，而且在工厂破产后相当长的时间里，我都难以走出受及亲情伤害的无语伤感，真的有如苏曼殊写下的那种酸楚：无端狂笑无端哭，纵有欢乐已似冰。我确曾流过泪，从前我受过外人诸多的伤害都不曾泪弹，在这个艰难而心灵憔悴的时期，我最疼爱的人恰恰是最伤及我情感的人，使我黯然而神伤，也由此明晓了"一生一世都不要去伤害疼爱你的人"的人生道理。哪怕是一个细微的眼神儿，一个背后不起眼的动作，它对心灵所造成的杀伤力绝不比一把捅进身体里的刀子更轻缓，因为情感的神经是最丰富而敏感的，被掐断的触须它不会再次拥有曾经美好的夏天了。

我们在这个暂短的晌午，似乎对宽容达成了长久的共同理解：对敌人的伤害，我们必须还以牙齿；而面对作用于母亲身上的伤害，我们不能姑息于宽容，但不必再还以"仇仇相怨"的牙齿。这已经是我们小人物的心灵里，所能拥有的最大限度宽容了。倘若我们强暴自己流泪的感情，再去宽容地接纳不做心灵忏悔的伤害者，那真的是如基督所言："打你的左脸，请伸过右脸来"，我们还没有活到这么个自卑的份儿上。尽管我的宽容就是基督，但对于出卖情感的犹大，以心灵的十字架盟约：忏悔者才会得到应有的宽恕。

我和B女孩儿最后的"午间相约"结束于今年的秋天，这是一年当中北方的自然植物走向成熟，同时也意味着生命死亡的季节。玉米以辉煌来完成生长的谢幕，高粱将它生命里所有的血都凝结在一颗会思想的头颅上。窗外的老榆树又在身体里刻下一圈时光的齿痕，掉光叶子的树枝如垂暮老人裸露风雨里的粗糙手臂，似乎张扬开还渴望抓取什么？夏日里的青春回忆，抑或是雷电般的激情。每从窗口凝视着这位兀立的长者，我都心生恻隐，知道自己的生命正在迈进这个孤独的行列里去，因而也就更加珍惜分分秒秒流逝的光阴，希望在走进坟墓之前，能透彻地解析出死神投过来的一个微妙眼神儿。我常常静坐在这个角落的椅子上，默默地思考着大地上的生死情事。B女孩儿在忙着她手头的工作或事情。这时候，我们很少作交流，生与死已经把青春的她和暮气的我，隔开在时间大海的两岸。办公室静寂的空气里，只有钟摆迈着蹑足潜踪的脚步，仿佛还证明着生命在呼吸，在思想。这样的压抑，我不知道女孩儿是否承受得了，是否因了我的生死而变得有些情感沉重。我在家中和这间办公室里，带给妻子和这个女孩儿的，是欢乐之外的东西：忧伤或者痛苦。对此，我是深感负疚的，掉进生死堆里的人，他不可能再远离墓地的诱惑，——有时，我就真的渴望，能有幸变作李白墓冢的一茎春草，柳如是坟头的一朵野花，但我从不敢指望成为一棵松柏或者石碑之类的玩意儿，这样的想象和要求都太奢侈了，我卑微的头颅戴不得如此桂冠，那样真的折煞了我的灵魂。

B女孩儿终于因了我的生死，而愿意向我敞开心扉谈及她亲身经历的生死，是关于她祖父的。她的祖父我认识，一位胖乎乎而慈眉善目的老人，平时见面也打声招呼。他曾在榨糖车间工作过，退休后待不住便到医院打更兼管太平间。我知道那个太平间，靠着河堤内，是一间临时盖起的简陋砖房，不大，有三四张床的空间，窗口开得很小，嵌着铁栏杆。厂子里死的人——工伤或医院里的病死者，都抬送到这里等待送殡。冬天，可以搁置几天，夏天即使以冰块枕着尸体，也只能将就半天一宿。那几年，我曾经到这个太平间的门前送过不少死者，有本单位的职工，也有朋友。那间房已经扒掉了，曾经看守它的老者——B女孩的祖父已经谢世多年。今冬，深深积雪所覆盖上的只为墟址的历史和远方山林间的一座坟墓。时间在改变着一切，将熟悉的变成陌生。我今天为我女儿和朋友们熟悉，明天或者未来的某一天，我便会成为回忆，再以后就是一个陌生的存在了。生命就是在这个简单的链条——熟悉、回忆、陌生——中周而复始地牵动与延续，我们没有畏惧它的理由。

女孩儿的姑姑得病死了——这件事发生在好多年前，我听到我妻子回来说过，那时工厂里的人死了，大家都知道，好像一阵风传遍角角落落。四五千名员工，很多都是一家子人在不同的岗位上工作。女孩儿的祖父、伯父、叔叔、姑姑都在这个老厂里，因而她的姑姑死后，就抬进她祖父看守的太平间里了。父亲看守着女儿的灵魂，这无疑是一桩人生最大的痛苦事情。我最近读过作家阎纲所写的怀念文章《我吻女儿的前额》，已读过几遍不记得了，但每读一遍，我都产生流泪的感觉，先前是泪淌过脸颊，后来是泪珠坠滴，再后来是眼含着泪花儿，一篇文章能有如此摧肝断肠的力量，我很少经历这样的情感阅读。在我的记忆里，似乎只有田野的《悲欢离合的三天》，让我每读一次都诱发心灵的汐动。在这个世界上，没有什么比生离死别更令复归的人性而啜泣，而喟叹。

作家阎纲用锥心泣血的文字来写及女儿的身死：

"女儿离去后，有泪皆成血，无声不断肠，但是我如梦如痴，紧紧抓住那只惨白的手，眼睁睁看着她的眸子失去光泽，哭不出声来。我吻着女儿的前额。

"妈妈的眼睛哭坏了。伴随着哭声，我们将女儿推进太平间，一个带有编号的抽屉打开了，已经来到了另外一个世界。我抚摸着她僵硬疼痛的双腿，再吻她的前额，顶着花白的头发对着黑发人说'孩子，过不多久，你我在天国相会'。"

B女孩儿的祖父不是作家，只是太平间的看守人，他亲自看守了那么多的生生死死，而这回他绝没有想到他晚年看守的这座太平间，却成了他和心爱女儿的最后见面之地，命运是多么的残酷而且不近人情。以前，每次打开这把门锁，已经够沉重的了，而如今他要将女儿锁在这间冰冷的屋子里，孤独一人要熬过这既阴湿又冷寂的长夜呵！暮晚的夕光，从窄小的窗口渗漏进来，满头的白发映成积雪，悬垂在女儿盖着床单的遗体前，痛苦而又满怀着生存的无奈。临离开女儿时，他习惯地用手为女儿掖好散落下的床单，就像小时候怕女儿着了风凉而给她掖紧被窝一样——警敏的B女孩儿当时陪着祖父在跟前，她看到了痛苦的祖父临别前这一充满着爱惜的动作。她说她到死都忘不了这一弥散着忧伤的情景。

我们一时间都陷入不再言说的死寂里，仿佛秋风的裙摆扫过落叶的声息，皆清晰可辨。这个晌午，我与生死梦失交臂，闭上眼睛就浮现出盖上尸体的白床单和那只伸向心爱女儿的颤抖着的右手。我想，如果没有B女孩儿和别人的存在，她的祖父一定也会俯下身来，去亲吻女儿的前额。

B女孩儿后来还向我讲述了她伯父死时的事情。那时，她的祖父已经躺在病床上了，她的伯父就是看望医院里的祖父而遭遇车祸的，经过抢救又挨过了半年。全家人都瞒着老人，怕他过度悲伤，承受不了这再一次丧子的打击。火化那天回来——B女孩儿说，她躺在病床上的祖父，其实什么都知道，都明白，只闭着眼睛问了一句：你们都去了呵，就不再言语了，到死她的祖父都没有问及她的伯父，他是带着沉默的痛苦走到另一个世界里去了，那里生活着他的妻子、女儿和两个儿子。

我和B女孩相处的这段时光，还零零散散地交流了杂七杂八的问题，比如对人生的理解，对人性的认识，虽然没有像《相约星期二》那样对人生阐述得宽泛、系统，但多少也都涉及些，"蜻蜓点水"总比"干飞"好得多。无论对她，还是对我，都是有所裨益的。我从她身上看到了自己青春的影子，她从我身上或许能感知到人过中年，为何却要沧桑了心境。生活是最好的老师，它教给我们生存的本领，并指给我们踏上通往天堂的路径。

上班坐在或午间躺在这个"被爱情遗忘的角落"里，春夏秋冬过了两遍，而我的心路历程似乎经过了漫长的跋涉，从浮躁归至宁静，从欲望强盛而返璞归真，从轻若翎羽而到生死沉重，我像一只钻出雨后湿土的蝉儿，终于缘着树干爬上树叶纷披的"华盖"，在交上了好运后而唱出生命里蕴藏已久的歌声，尽管它还颤抖着痛苦的沙哑嗓音，毕竟是我心灵真实的一个回声。我珍惜着这个"暗角"，珍惜着与窗口外那棵老榆树六七百个风霜雨雪日子的倾心交谈，它成为我的另类师长，我从它的身上学到了兀立的孤傲与坚守忍耐的孤独。这是我身边的人所无从给予我的人生启迪。这都因为他们太过于浮躁了，太想获得生命之外的东西，结果心都成了空巢。我以前也是这样的，欲望太强烈，如同一茎青绿的麦杆，欲念的液体在生长中充盈，当成熟过后，浮躁的东西才变成充实的籽粒——这便是我们所要赞美的思想！

我与B女孩儿"相约晌午"，是我人生在走向墓地之前的一次美丽驻步。也可能是结束，也可能是开始，夕阳的沉落中便是朝阳的出现，生命总是在生死的轮回里感动于自然万物。我们虽然不再"相约晌午"，但我们的结局远远美好于《相约星期二》的那个老人和那个年轻人，他们的人生课程是以死亡来结束的，最后的一课很简短，只有这样两句话：

"爱……你，"他说。

我也爱你，教练。

……

而我们都还幸运地活着，这就比什么都好。我来时B女孩儿刚刚结婚，我走时该向她道一句人生的祝福了："生活安定下来，你应当要一个小孩了。"我想，她不会对这样的祝福感到有所难堪，或者想到别的事情上。新的生命诞生后，她就会享受到成熟女人的母爱了，而伟大的母爱是没有人再来敢轻易伤害的。当然，我也会这样来向我女儿的未来祝福的！

小媳妇

没有看见雪的人，一旦置身在空阔无际的雪地里，会变得鹤发童颜起来，像个忘情的孩子，在没及腿胫的积雪里扑腾打滚，或者互扬着雪团儿，笑声不断。倘若就在这雪地戳盖一间房，地当间盘上个火炉子，整天燃烧木　儿，让你一个人在这里熬上一个冬天，我想你会孤独寂寞得要死，除了短暂快乐的梦遗、手淫以及对异性的幻想，你还能想出别的法子来打破这冬雪所笼罩下的漫长时光吗？白色，在我们拥有着生存的希望时，可以将它视为生命的底色，而当我们陷入深深的寂寞或忧郁时，白色如这空旷的雪野，只会将我们推向愁生白发、孤苦难捱的境地。我读及一篇散文，一位驻守在终年积雪的高山哨所的战士说："白色实在是最闷人的颜色。黑还有深黑浅黑，白就没有深白或浅白。"他快三年没见一棵草了，下山走近的第一棵树，在他眼里是"活人似的立着，喘着气"，"在等着他，那么亲"，"看也没看周围有没有人，一下子就抱住了它"，——这种感情我信。在蓝色海面上长久远航的人，双脚登上陆地的时刻，他最想看的是街头上行走的女人。没有荷尔蒙的世界，是很难想象的，或许连沙漠、连雪野都不如。三十年前，我插队下乡时，有过这样一段类似的情感经历。我饱尝过雪野中一个人待在空房子里的滋味，恐惧倒可以克服和战胜，但寂寞和孤独却无从摆脱，好像一张透明的塑料布在窒息着呼吸的精神。

　　我们青年点的房子盖在村外的旷野里，紧挨着南北川道的路边。这条大道到十七里地外的一个村落就"死头"了，当初修它是用于冬天间伐时往山外拉木材。它的繁忙只在春节前的两三个月时间里，道一翻浆就跑不了重车。往东边百余米有条小溪，岸畔生长些稀疏的柳毛子。岸那边一箭之地便是蛇伏似的小山脉。屯子坐落在西边的岗坡上，襟连着大波小浪般叠涌而来的群山。岗坡下的旷野里，在青年点未建房之前，已经袅起了开拓者的一缕细弱炊烟。在茅草苫顶的土坯房里，生活着小两口——男的在城里上班，冬天多半时光都"猫"在厂里有土暖气的宿舍；在家看门的是他的媳妇，二十四五岁的光景，人生得秀气，说话关里家的口音，是河北或辽南一带的人。很难想象，当初在这荒野里批给他们的地号，怎么就能接受呢？孤零零的一间房，夏天是绿色庄稼地里的"沉锚"，冬季是雪海中的"孤岛"，与他们相伴的只有月光里池塘的蛙鸣，青纱帐中的夏虫；落雪的日子，唯存扑打窗户的风霜，间或从村里刮过来零落的狗叫声，此外，大地一片沉静。这就是他们一年四季周而复始的生活。我们搬进来后，十好几口人，在这大荒野地里也显得落寞而苍白，真不晓得这对年轻夫妇是如何捱过了三四年的漫长时光，或许是靠着爱情或者对爱情的耐心等待。我猜想是吧，因为没有比这更好的解释了。

　　我们由"与马为邻"的饲养室和锄草间，搬进墙露白茬的青年点，是在秋天。房前屋后，都是一片丰收的景象。躺在我们的寝室里，就可以欣赏到金灿灿的玉米，红通通的高粱。在房山襟连的小溪沿岸，水稻田已经挥镰开割。这一年，苦难的事情——伟人辞世、唐山大地震以及我们住"马号"的日子都结束了。阴霾的天空，沉郁的心情，都为自然与政治上的浩荡长风所清扫。我感到这个秋天，美得无与伦比，在前往小溪对岸割稻子时，我看到弯曲的流水欢快清澈，小鱼儿在唼喋着柳毛子的倒影儿。跳步石飞溅着细碎的水花，从上面走过去，就到了金色的稻田。男男女女说笑着弯下腰来，一手拢着沉甸甸的稻棵，一手打着激情的闪电，那个秋天呵。

我们搬来之后，小嫂子终于有了新邻居。她有时在晌午或晚间便走过来，与女知青唠几句嗑，或者顺手借大盆用用。我一直都没有解开这个谜，她隔三差五地跑来借大铝盆，洗被褥用还是发黄米面子？记得，她喜欢穿艳丽色彩的衣服，紫红居多，很可能是结婚时的嫁妆，一直未下身，因而她的穿着打扮，还是散发着新娘子的浪漫气息。尽管旷野里的生活，未免有些单调和冷寂，但看见她却总是笑吟吟的，这或许就是村里人传闻的有些不正经。我还背地里听到有个人骂她"骚娘们"。这在农村是骂女人相当狠的下流嗑了。我不晓得这个人有何根据这样骂她。我同样从背地里听到有人议论这个骂她的人，在一个冬夜里从相好的家里赤身裸体地逃到朋友家求救，差点被冻掉家巴什儿——真伪难辨，我觉得还是与小嫂子拉开一定距离为好，这样就不会被人说三道四了。碰上她，我只打声礼节性的招呼，并不像我们点里有的小青年，油腔滑调的，口里叫着嫂子，那眼光就有点不大对劲儿，好像要从她的胸前和背影里抠挖出想要的东西。这时，小嫂子被纠缠不过，便会红着脸儿应对儿下，往往吃亏时居多，但她从来都不急不恼。生活太寂寞了，远离村子，更远离娘家人，她整天只和院子里饲养的鸡鸭相处，这样死气沉沉的日子真的很难打发。我们的到来，毕竟使得她的生活有了些许的调剂和快乐。因而，她并不在乎这些小兄弟们的顽皮，也不计较稍微过头的玩笑。她照样从她冷清的小院里走过来，穿着新嫁娘的旧装，青春的脸庞洋溢着丰盈的微笑，在温暖秋光里，行走成一个天使的模样——我在门口洗脸时，在眼睫闪现着的霓虹里，就会把她的到来看成天使在飞翔。

其实，我们的生活完全糟透了，像我趴在土炕或垫在膝头上写下的口号，干巴巴的，没有一点诗的味道。似乎我们只靠着虚无的理想来坚守着远在天边的希望。整天吃着窝窝头，就着咸菜条和烧锅水，在熬着返城的解禁日子。到了秋天，小小的镰刀将大地刈割成一片空旷，从居室的窗户已经透穿苞米铺子眺望到小南山的落叶林了。黄土道也清晰地闪现出来，远处载着谷物的大车摇摇晃晃地蠕动着。场院像临产的孕妇臃肿起来，激情都转移到这五谷分娩的时刻。然后，初雪降落下来，稻谷垛、豆垛降低着高度，渐渐落潮了，铺天盖地的大雪片子遮严了旷野，低矮的茅草房也只露出窗户的眼睛。人们钻进屋里开始猫冬，火炕成了欢乐打闹和激情创造的洞天福地。

　　这一年秋后，天气顺遂，场干地净，在腊月一露头儿，青年点里的人就全都撤回家去"冬闲"，空荡荡的大房子里只剩下我一人。当时，我已调至大队做出纳，年底事情多，脱不开身。初始，村里的一位老李头陪我住了几夜。他觉轻，深更半夜便被大道旁行驶的运材车惊醒。嗒嗒的马蹄声和车轮碾压冰雪的响动，从大老远的地方便传送过来。当经过房山头时，轰隆隆地好像发生了地震，睡在火炕上的人都要被震得弹跳起来。老李头不来了，这大空房的夜里又只剩下我一人，孤单单地和墙上的影子作伴。暮晚，从大队部冒着风雪寂寞地走出村外，旷野里只有小嫂子家的窗口还亮着寂寥的灯光，从障子向里望去，大部分时间都看不到她的身影，想必此时正忙碌在灶间，准备晚饭。兀立山墙边的一截黑烟筒，正袅出细弱的白烟儿，刚一冒头儿，便被寒风吹得消失了踪影儿。我踩踏着积雪的小径，从她柴门外走过。无边寂静里，她会听到这脚步声的，因为在这个时刻只会有两个男人的脚步声——她丈夫和我的，会在她的窗外响起。当然，她警敏的耳朵能辨识出哪个脚步声需要打开门来迎接，哪个脚步声只在她门前略显迟疑地走了过去。而我的略显迟疑，是因了这夜色里温暖灯光吸引的缘故。寂寞者与寂寞者，都心怀着一颗敏感的心灵，而敏感与敏感，最终都会像生性机敏的鹿一样，在危险到来之前，选择逃离。这是我以后才意识到的问题。在当时的情境下，我本能地做到了，却没有意识到，因为我还是一只欠缺生活经验的"鹿仔"，正处于薄弱的性朦胧期，有那么一点生理机能的青春躁动，19岁的男孩子有了对女人的正常渴望，因而，这个时候是很容易成为诱惑的猎物。外国小说《女钢琴师》就从这一女性视角写出了这样一个故事——女教师迷惑并勾引了涉世未深的男孩子的故事。

　　我走回冷冰冰的大空房子，返身将走廊的风门缚牢绳子，然后点燃房间的灶膛，用电炉子煮玉米面或者挂面，就着咸菜和"光头饼"对付完晚餐，简单洗毕便早早地钻进被窝读书。那时，没有几本像样的书可看，浩然的《春歌集》我翻了很多遍，从《喜鹊登枝》到《一匹枣红马》，差不多都背下来了。

那个利索能干的新媳妇，还是引发了我枯寂中的一些青春幻想，只因浩然的文字写得太干净了，不像今天很多作品写出赤裸裸的性，否则，我可真的管不住勃起的生命躁动，免不了要像老鬼在《血色黄昏》中所描写的手淫场面：一个人在空旷的山上，战胜挤压进身体里的孤独，似乎只有虐待自己的身体或者用幻想来损毁女人的身体，以获取瞬间即逝的抚慰，之后便会跌入深深的空虚以及心灵犯罪的负疚。罪与罚，是灵魂的产物，是道德觉醒者通向善的精神路径。在寂寞的漫长冬夜，我除了与书对话，还能想些什么呢？有时会想象小嫂子的可爱模样，此刻是一个人守在灯下做针线活呢，还是早早熄了灯睡下？漫漫长夜里，她似乎只有一个寂寞等待：丈夫冒着风雪从城里归来，打开门后袭裹进来一身风寒。这很可能就是她整个冬季里对春天的渴望了。在长夜里，她是否也想到了我这个人的孤独存在？我想，她会的，在旷野里生存中的两个人不可能无视对方的存在。虽然，各自守望着自己的屋顶，但心绪是难免在某一瞬间风云际会，就像两片云彩触发情感的雷电。这没有什么值得大惊小怪的，倘若我要"伪崇高"地糊弄读者，信誓旦旦地说在风雪弥漫着的旷野上，一个有着性生活经历的女人和一个已经有性意识的男孩儿，他们彼此近邻而熟悉，却什么都不想，恐怕这只有停尸房里的两具尸体能做到。我承认，我在某个夜晚，我难以排遣内心的寂寞和孤独时，确曾想过小嫂子和其他女人。因为我不是死尸或供人观赏的木乃伊，我有血有肉有七情六欲有非分之想，就像冬天的冰河，潜意识里有生命的欲望在慢慢流动。而一些冻干瘪的河床，如同没有情爱和爱情一样，是生命的坟墓。没有人会喜欢生活在绝望的坟墓里。

旷野的夜晚真的是太宁静了，风雪行走大地的脚步声，以及用手指触划玻璃的轻抚，都可以分辨得出。很多的时候，仿佛窗外站着一只迷人的雪狐狸，用诱人的爪子挠着透明的月光。夜半时分，重车的行雷从雪野的深处滚动而来，似乎马喷着霜雾的粗重喘息，都从寒气浓重的走廊传颤过来，渐渐地消失在通往小镇的路上。在大月亮的夜晚，我会爬起身来，从尚未结成霜花的缝隙，观赏亮如白昼的雪野，一挂大车的影儿剪贴在暗蓝的夜空上，远方的山峦一抹黑线儿，仿佛墨笔划过的痕迹——没有什么再可打发苦夜的了，于是我抱着梦和屋顶上闪耀着的星光睡去了。

一天早上，我正在熬粥，听到拍门声，走出去发现是小嫂子。这是青年点里的人撤回去后，她的首次造访。昨夜的风雪填平了路径，从她家门口铺过来一串深浅不一且有些歪斜的脚印。她还是穿着那件新嫁娘的紫红棉袄，没戴围巾，脸蛋冻得发红，好像两片升起的朝霞。她的大眼睛——最美丽的所在，如同两眼不冻泉，我怕掉进清澈里去，为此躲闪开目光问她："嫂子，有事吗？"她微笑着说："借大盆用用。"又是大盆。我很失望，什么时间她能说出另一个不同的词呢？比如水桶、锅盖，看来，她所需要、所喜爱的就是方便泡洗衣物的大盆了，她的丈夫也真够粗心的，一个大盆的愿望都不能满足她。她尾随着我走进走廊的尽头，厨房在里面。我指给她一个已经落灰的大铝盆，她拿起来转身便走。我跟随她的后面，在清冽的冷空气里，似乎闻到了她秀发上飘散出的清香，仿佛春天野地里的花草气息。我产生一种青春的渴望，但很快就抑止住了它上升的势头。如果这时她回眸而望，就像那个鹿回头的传说一样，我很可能就会失去对雪冬里的春天所独特的生命感受——清新而美好。世间有很多美的感受从心灵里流失，就在于强烈的占有欲毁灭了它的存在。这是我人生成熟以后所懂得的道理。

在旷野的大空房里，我坚持到了年底，内心深处的孤独在加深，室内更感冷彻，仿佛针砭肌骨，每天早上朝向西面的风门都有推搡不开的浮雪，而且通向村里的小路早为积雪所覆盖，出来进去只有我一个人　出的脚窝。很少能发现女人的脚印，证明这个茅草房里还有着生命迹象的，一是散淡无力的细柔炊烟，一是暮晚时分浮现出来的灯光。小嫂子充满韧性地守着这座爱情的孤岛，在等待着春天的到来。

在一个星期天的下午，我洗过头后，未等完全晾干，便裹着母亲做的破大衣，跑到西邻的草房里去，我决定收回被小嫂子十天前借走的大盆，然后搬到村里去住，我已经跟原来的老房东打过招呼了，这样寂寞而孤独的日子，我一天也不想再忍受了。

我敲过木门后，未听到应声便走了进去。这是我第一次到小嫂子家里，因而还是有些不踏实和稍许激动。屋里静悄悄的没有响动，从灶间转入居室，我看见小嫂子背靠在南窗台上，脸冲着我走进的门口，一动不动，像尊冷冰冰的雕像。或许，她早就敏感地捕捉到了我走向这里的脚步声，或许，她从窗口发现了我的到来。从她所保持的姿势以及冷静的面孔，她对我的到来显然已做了心理准备。她家的炕是南北向盘垒的，窗户挨靠着南炕沿，她就斜倚在那里，身影遮了小半拉窗。她白晰的脸庞一半着光，一半暗淡。我在门口的炕沿上斜身坐下，两个人面面相对，空气仿佛一时间凝固。我嗫嚅着说："嫂子，我来取大盆。明天我将搬进村里去住，这里太寂寞了。"小嫂子并没有动身，只淡淡地说："在外屋地，拿走吧。"我站起身，说"那我走了"，就到外屋间拿起地上的大盆一个人走进寒风里。到了院门，我回头看了一眼窗口，那件紫红的"嫁衣"还一动不动地嵌在玻璃上。当我结婚以后，我方明白小嫂子的善意苦心，她不想毁了我的青春和命运，她以冰冷的理性撕毁了悬浮在两个孤独者之间的情感欲网。如果她将这网不负责任地撒过来，我很可能就像误撞上网的小虫子，只有枉然挣扎的份了。我在心里一直感念着她这最后的冰冷，也从此对她多了几分兄弟般的敬重。我也由此明白了，村里那些男人们的捕风捉影是多么的丑陋和可鄙。换过他们来这旷野守着这份寂寞和孤独，怕是早就跑进村里偷鸡摸狗了。对于爱情的漫长守望，唯有残忍地对待自身成长中的情爱，而战胜寂寞和孤独就需要更大的忍耐力，在长夜里将灵魂抓挠出道道看不见的血瘰子。

第二天早上，我冒着风雪，扛着行李卷，大衣角兜着寒风，沿着积雪的小径向村里走去。经过茅草屋外的窗口，我瞥见一张白晰的面庞闪了一下，就消失了。我的身后只留下一缕细弱的炊烟，在旷野的上空淡淡地飘着。

现代男科医院

我患前列腺炎已经有五六个年头了，拖拖拉拉地一直没有去医治。妻子为此没少抱怨，自打病灶显现以后，我喜欢穿肥大的裤子，裤头也要穿那种直筒的。三角裤对于我简直是一种刑罚，兜裆、兜臀部。初始，以为发胖发福，怨责现代流行的裤型，已不适合于中老年人来使用。显然，这种缺乏应有的保健意识，已走向了与男性病背离的误区，这让我最终付出了双重——金钱与精神上的代价。

我之所以拖延去看医生，一是这种病时隐时现，既不影响正常的饮食睡眠，也不太妨碍夫妻间的生活。二是就像一本医学保健手册所写：讳疾忌医，误认为前列腺炎"熬"得过去。其实，藏在这里面的另一个心理因素是，我羞于见医生，特别是怕碰上女医生，检查时来个阴私大曝光，这着实让人难堪。

以前我听过这样一个故事：一位疝气患者在术前接受阴囊除毛时，不时宜的生理勃起，遭到了女护士的"维权"反击，结果阳萎了。一讲述者言之凿凿，这是一个真事，就发生在他工作的医院，我怀疑这是被移花接木过的黄段子。不过，它所残留于我记忆中的印象，是生理上的想象刺激和亲历者的尴尬。听闻后我还暗自庆幸自己的生理健康，没有见不得人的病。

我讳疾忌医的另一重心理压力，是我三年前亲历了父亲治疗泌尿系统的痛苦，亲见了他尿道插管时的面部抽搐，以及在重症监护室两臂同时吊瓶，犹如"耶稣"受难般的刑罚，漫漫长夜熬得人心力交瘁，我真盼天快些发亮吧，这样老父亲所受的罪也就结束了。

也就是在陪护父亲的同时，我看到了"泌尿科"的真实内幕。清晨，阳光洒进了病房，患者都醒来，这时，身着白帽、白衣的女护士推着消毒车走进来。有的女孩子戴口罩，露出来一双美丽的大眼睛，楚楚动人；有的露出光洁鲜艳的面庞。她们一脸的端庄，对患者进行换药、换尿袋、撤管、消毒以及检查，工作态度极其认真而无羞赧或目光躲闪，一切都司空见惯，而患者无论老少，也都极其自然地接受她们的治疗，回复她们的询查，诸如尿道是否灼痛，排尿是否有血丝，以及我们平常难以启齿的诸如勃起的次数，等等。尽管我为陪护（亦有女陪护），初始还觉得不自然，有点难堪的感觉，似乎体内有热燥的气流，或许是自然的生理反应吧，谁知道呢。这就像一些国人出国，充满好奇心地跑到大自然角参观一样，沙滩上的裸男裸女在或躺或卧地享受着海风的吹拂、阳光的照射，一派天然，而睃巡岸边的穿衣者，反倒有些显得不自然了，目光躲躲闪闪，仿佛心怀鬼胎一般。还传说有人裤裆间因生理的反射，支上了"炮架"——自然，这又是现代流行的黄段子了，不足信。我想，某些国人的丑陋不至于如此丢人现眼吧。要说私心里的情欲蠢动，丹田血热，或许还有那么一点感官的刺激，这样来作描述我还是有些相信的。说真心话儿，倘若我一旦身在这种情境下，我不敢保证心理上所产生的"肮脏意识流"，瞬间的电闪会划过情欲的神经。虽然明晓这是一种不可示人的阴暗意识，但事实上它却丑陋地存在着，坦露或伪装都没有意义。在我看来，证明一个人的高尚与圣洁，不在他瞬息的"阴暗"意识，而在于他持之以恒的"明白"行为。西方人的临终忏悔得以宽容，是因为死者，而非活人，要死得让"牧师"或亲朋明白，如是洗罪后圣洁而美丽的天堂，就会接纳一颗逝往的灵魂了。而东方人，大多在死前的意识里要遮丑，他们想体面地死去，让活者为之悲哀，开追悼会，给予评功摆好，似乎这样他们一颗曾经"丑陋"过的灵魂就不会进道德与精神审判的地狱了。我常常为后者的虚伪以及死不忏悔而悲哀，而无声地愤怒。然而，我又必须直面：这就是大多数东方人的精神传统，从古至今，靠着一张伪君子的画皮而活着。而我自己又何曾敢斗言，我不是其中的因袭者之一呢？揭掉灵魂的画皮同样会出乖露丑。

　　还是回到我陪护父亲治病的话题上来。只因了这一次的耳濡目染，使我的心理有了预演的准备，也为此有了下面"重蹈覆辙"的人生故事——我与一个女孩儿的情感交流和心灵对话。我真实地把它讲述出来，绝不走样，而且不煽情、不虚饰。虽然是短暂数天的邂逅与接触，但却穿越了我前半生的"灵魂隧道"。这是一次飞升情感星空的失重感觉，在没有污染的人生宇宙的大气层里，我为之完成了太空舱外的一次精神行走。我只能这样来宣称：我征服了从前自己的卑琐与庸俗，至于伟大的崇高我既不敢奢望，也不敢戏言。

　　其实，一个人很难做到从行为到心理的完美崇高，尤其是意识流的电闪而逝，没有任何的火眼金睛能够识破。瞬间的阴暗念头每个人都存在，何时露头，何种场合发电，只有"带着正负情欲"的电荷者自己知晓，他不忏悔出来，就将以伪崇高的完美带进另一个只有神灵或许破译的世界。

　　我这样讲，是用来说明我暗藏着一些伪崇高的意识，我无法保证不被"美食美色"所诱惑，我拒之的盾牌——道德底线与理智防线——或许会在某一瞬间被击穿，我披着铠甲的灵魂将会成为欲相的俘虏。那样的话儿，我曾经百倍努力所塑造的人生坍塌了，成了一堆为时间遗弃的粪土。我不想活到这样的结局。虽然我最终看不到我营筑的完美，但我却慰之于对境界完美的追求与塑造。

　　亲爱的读者，在这里我恳求你们能耐心地读完这些枯燥的文字，否则你们就会很难理解后面的一些对话——我与这位女孩儿的坦诚交流与交往。

　　我选择现代男科医院来诊治，是很有些想法的。在省城，名牌医院诸多，哈医大、省医院都是老牌子，而且拥有先进高超的医术和先进的治疗设备，在这两所医院我都找得到熟人，诊治费用也无需担心虚高或被"吃回扣"的高价所宰。我避开那里，是因为那里没有"家"的感觉。现代男科医院——就这名字便让我感到一种温馨的感觉。在古老文明的中国，在已知的古典医籍里，大概（恕我寡闻）只有妇科，而无男科的名目出现。或许，历朝历代男人们的野心与私欲太多了，都想争当国王，争做王侯，争之拥有"三宫六院"、"三房四妾"的权力，因而坚挺的私欲使他们忘乎所以，既无视占有之外的生命存在，同时也漠视着发泄情欲之后的人生与人性的毁灭。也似乎两性之间，唯有在上帝的眼里寻找着一种平衡，男人们享受到了权力的刺激而失去了男性的健康保健，而女人反之，她们因了传宗接代、繁衍人类的生产，因了被充作性工具及性压抑的苦难，而受到了神灵的佑护，赐之以"妇科"的医学关注——当然，这只是我的理论与谬说而已。

在北方夏天的一个晴朗日子，我走进了男科医院。门诊员——同样是一位女孩儿，十分自然地拿出一张自检卡，让我根据自我感觉来选择挂号科。我指了指"睾丸隐痛"一项，她微笑着说：前列腺科，就这样我成了"前列腺科"的患者。主治医生与医助皆为男性，诉诊与检查自然而愉快，尽管查前列腺液让人痛苦十分，但还能挺得住。彩B主检者是位中年女性，加之房间光线稍暗，虽阴私暴露，而无难堪之感。我曾经在俄罗斯工作两年，那里的浴堂习俗我已经习惯，自更衣始，直至沐浴间，皆为中年女性来提供服务、清理卫生。俄罗斯的男性洗者自然，而走进走出的女工作人员亦无拘无束，习惯成自然。记得一次我和四五位同事，大体洗浴完毕时，不巧赶上停电，更衣间一片漆黑，无奈之下抱着衣物，赤身裸体地跑到有窗户的大厅里来穿衣服。看到这景象，女工作人员及女售票员都乐了，她们目光自然，没有躲闪回避，而我们也一边自然地说笑着，一边不紧不慢地穿着，仿佛在家中的妻子面前一样。

有了这样的阅历，我之彩B检查以及在普通间的"直维、直灌"都很正常与自然。在此需交代两笔：

这里的普通病室，床与床之间拉隔半透光的幔帐，可以看见走动的人影，但瞅不着"私处"；而且不许陪护人员进入"特区"，这样利于保护男性的阴私。二是这里的病室（包括洗手间），都挂些穿三点式的女体画。我第一天诊治的病床墙上，就挂一张两手撑床、臀部高翘的外国女人画，还是比基尼装，瞅你的眼光有些大胆而泼辣。初始治疗，我准备不充分，没有带书来，寂寞中只好一边听着医护人员播放的音乐，一边闭目养神，有时一睁眼，便看到墙上那个"野性"的外国女人。我想，这样的装饰应当是有些讲究的，恐怕是向外国人学的，尤其对来这里疗治性功能障碍者，会有一个温馨的视觉，产生心理暗示。

第一天，还有两个小插曲，也值得述之一乐。但我讲的不是黄段子，而是亲历。主治医生开出测量尿流与勃起的单子，在导示下，我进了一间屋，还好检测者是位男孩儿，心里便自然了些。然而，不自然的事还是发生了，测过尿量后，男孩儿让我躺在床上，半裸下体，随之给我避孕套和视听耳机。我摘下高度眼镜，两目茫然地盯着画面，听着音乐。三维画面模糊着赤裸的身体。我恍然明白这是在刺激和测试我做为男人的功能，对此感到一种好笑和沮丧。这样的环境，这样的年龄，还怎么能像年轻人一样诱于刺激性和充满躁动的渴欲？我与男孩儿商量，放弃了这项测试，我说你就随便写吧，反正我的性功能还属正常，不是阳痿者。男孩儿笑了一笑说，自然你只是前列腺有病。我有些宽慰，因为我们男人最忌讳有人说雄风不再。我也有这种心理，谁让我生下来就是男人呢。

另一个插曲，是在"直维"时，我一手吊着滴瓶，另一只手习惯地往上扯扯敞开的裤角，这样被暴露的环境，我一时还不习惯。说句笑话，我还是"前列腺病"的雏儿，还没有完全做好心理上的应对准备，因而，我的举措有些笨拙和慌乱。为我诊治的女护士，一位戴着眼镜的清秀女孩儿走过来，制止我之行为，她目光自然地瞅着我说：要照的就是那个部位，再往下扯扯裤子。我照做了，同时也暗笑自己的虚假和"装样"。在最后的一天治疗中，我半裸着进行"干扰损伤"（我称之下体过电），恰巧这位女孩儿进来找另一位护士谈事。我与之目光相对，与她很自然地打了声招呼，她还以恬静的微笑。天天与同样的病人打交道，她们已经习惯了这种现象的存在，只是她不会想到"三天前"的这个还是有些害羞的中年男人，何以会在短暂的治疗中有了境界上的翻天变化？我与她未曾交流过，而她又何曾料想到是另一个女孩儿让我的精神脱胎换骨，成为走出这所"男科医院"的新人！

　　翌日——7月13日，我的治疗被主治大夫转换到了二楼的"特区"。后来，我暗自把它譬喻成炼狱。然而，在当时我还是茫然，只想到快些且少花钱地治好病，整日泡在这里既令人难堪，又叫人心躁。上帝真是不偏不倚，在造出两性，让他们享受快乐的同时，还共同承担着痛苦的折磨。从前，我只经历了妻子的难产分娩以及做人流，在诞生女儿的产床旁，我守护在长夜的煎熬里，当凌晨的第一声啼哭降临，我之心有了敬重母性的战栗。至于，男性病是从来也不曾想到过的事情，只享受着快乐的创造与自私的刺激，说得冠冕堂皇一点，是促进两性爱的和谐。当我走进"超导"病室，躺在两极电流之间，我在想这是上帝的"亚当"偷吃掉另一半苹果的惩罚。

　　"超导"操作者N女孩儿，青春靓丽，神态端庄，俨然是位久经沙场的将军，指挥严肃，操作娴熟。我在她的眼里如同一位士兵，均按程序来进行。昨天，我吃了未做心理准备的亏，今天带了一本《赛金花本事》。这些天，我正在动手写《千古红颜》，赛金花是其中的一篇。而做"超导"是不允许身带任何金属物的，于是，我的裤子被挂上衣架，手机被责令关掉，眼镜也要摘下。我就此成了睁眼瞎，只能茫然瞪视着横亘在我肚子上——准确地说是"小腹"上的"压榨机"。我私下里喜欢这样叫它，它有点像工厂机加车间里的"压床"，把放进下面的铁物压扁。我面前的这个铁家伙，把带电的圆盘悬在我的"小腹"上——N女孩儿已为我盖了块消过毒的遮羞布——放射出热乎乎的电流，臀部下也有热气流通，后来，我才弄明白这是"两极"放电，让滴液在血液迅速循环中进入"前列腺"。

　　前列腺在人的器官中属"袖珍"类，只有20克，形似栗子。它"决定男性性功能，是男人的生命腺"。前列腺体由脂质包膜包裹，阻碍药物进入腺体，其难治也就在这里——主治医生和N女孩儿都向我做了这方面的介绍，因为病人有知情权，这也是"男科医院"人性化服务的项目之一。

　　我与N女孩儿的交谈与沟通始于她对前列腺及"超导"功能的介绍。当时，我已摘掉了眼镜，看不清她的面孔和眼神儿，她婷立在我的面前，就像一朵雪云，声音像溪泉，叮叮咚咚。我有插话的毛病，当N女孩儿正熟练地介绍超导时，我想起昨日在三楼做的"半导"——肛门插管，小腹烤电，便问她与现在做的超导有何不同？N女孩对我的打断，马上予以"还击"——先生，请听我介绍"超导"，语气略含着不容侵犯的一丝威严。我暗自想，这个小女孩儿还蛮有个性的呢！我女儿就很有个性，我一直鼓励她在研究科学，追求事业以及文学创作上保持它（而在生活中弱化它）。消弥个性，最大的悲剧便是文学艺术的克隆，科学事业的满足和停顿。我不想看到女儿成为人生"半成品"的庸者。正是由于这个小女孩儿的突出个性，使我有些喜欢上了她。

做完1小时的超导和输液，除去遮羞布，我获得了暂时的解放，打开手机，戴上眼镜，这时，我才认真观察N女孩儿，身材长得小巧，五官舒展，眼神蕴含着一股清纯。我历来与人交往，尤其是同异性交往，最忌讳那种火辣辣且带有挑逗性的眼神儿，同时也厌倦粘滞的眼光，好像带着一种挣不脱的色相。眼光是心灵的泉眼儿，唯有天然才通透着一派清澈与洁净。N女孩的心泉如是，我老道式观察的眼光没有看错，与她可以交流。

N女孩儿高举着吊瓶陪我"下台"、穿裤子，我看她清纯的样子不过二十二三岁，便说："你没有我女儿大！""是吗？不见得吧。""我女儿二十六岁，""属狗的，与我同属，""你的父亲多大了？""五十，也是属狗的，跟我同属。"——这般亲情式的谈话，使我们之间消除了距离。对我而言，作用于心理的父爱之感由始潜滋慢生。或许，我与N女孩儿以后两天的交往，心如止水，都框限于这种伦理的架构。

这一天的上午，我渐渐适应了这里单间所处的环境，面对其他护士——大多是未婚或已婚的女孩儿——的进入（与N女孩办事或求助帮忙照看一下），已不再感到被暴露的难堪与"心障"。我沉下心来，在播放的音乐声中，一边接受N女孩的治疗——半导及干扰损伤，一边阅读着当晚准备动手写的赛金花的"本事"及"外传"，间或应答N女孩儿的治疗咨询，以及与她进行一些零碎的交谈，没有明确的谈话主题，也没有涉及更多的人生范畴，片言只语中，我对她的了解还只是个轮廓：医大护士班毕业，父母是工人，她现在正读内科和检验，已有了男朋友，是一个班的同学，正在脱产读"公共医学"。业余爱好游泳，泳姿两样：蛙泳和仰泳。我说我会游点，是小时候学的，比她目前多会两项：侧泳和"搂狗泡"，小时候没人教，不标准。她笑了，露出孩子顽皮的一面，我看出她还没有完全长大，起码在心理上还要经历一番风雨的吹打。

归家的当晚，我写下《孽海情事》的三分之一部分，子夜入睡前，回想这一天，感到有些荒诞和可笑，在名妓赛金花与这位清纯可爱的女孩儿之间，插进来个迂腐气十足的"老夫子"，看来命运真会戏弄人。

第三天——7月14日，我在二楼特区继续着术前的治疗。太阳升起一如既往，从病室间的南窗望出去，蓝天白云呈现着北方夏日里特有的晴朗。窗帘被N女孩儿拉至八分之一处，余下的部分有明亮的阳光射入。我平躺在床上，接受着例行的"半导"与点滴。有了昨天的熟悉配合和"亲情"式的交流，一切都显得自然与和谐。我带来《绝代佳人与绝妙好诗》来读，继续着"千古红颜"的前期准备。时间对我而言，总是显得匆匆忙忙，除了正常的工作与休息，我已摒弃了奢侈的欢乐，只想把"文债"——已构想的六七本书早日写完，然而，这几天来，时光又被无奈的治疗给蚕食掉了。好在，我已培养了"顺变"的心理，因而静下心来与"绝代佳人"眉目传情。

N女孩不再像昨天那样忙乱，仿佛今日只有我一个患者，她处理完手头上的业务，便从隔帘的外侧移过来一张茶几，然后静静地坐下来，伏案读一册大开本的书，看样子是教材。我的猜测后来得到了印证，是内科学。每隔十分钟，半导报警，她便站起来操作启动，之后继续读书。

约在个把小时后，我们似乎都读累了，尤其我一只胳膊挂着吊瓶，翻动页码与持举唯靠另一只手来承担，十分不便，仰看的眼睛也有些酸胀，于是，我不得不停止阅读。N女孩儿大概也累了，烦了，或者过长时间的寂静，使她感到有些沉闷，总之，我们彼此都有了交谈的渴望。美好的开头孕生了这个上午的美丽时光，也使我萌生了写作此文的初念——我应当了解一些这里所发生的独特故事，是关于一些成熟的男性因了疾病或性功能障碍，而来这里寻求温馨救助的心路历程。他们是否会像我一样，由初始的不安、慌乱、有点难堪，以及意识流的电闪，而渐入适应的自然。似乎我还没有看见这类文字的出现，为此，我很想真实地讲述我之经历与感受。值得庆幸的是，这个女孩儿怀着无邪的坦诚帮助了我，而且也救赎了我一直在追求真善美的一颗灵魂。

我们的交谈这样开始："你为什么选择这样的职业？"——这是我想了解女孩儿心理所关心的问题。

"我从小在爷爷家长大，奶奶常有病，很是痛苦。高考落榜，父母主张我复读一年，而爷爷却同意我上护士班。"

"或许，你的父母想法是对的。我与你的经历有些相似。我下乡后在恢复高考的那一年，考上了一所中师，我不想去，想再复读一年，可父母不同意，便去上学了。"

这是两代人的不同命运！

我想起昨天她的严厉，便问道：我以为你是位很有个性的女孩儿，就像我的女儿一样。她的个性很强，我喜欢她。

女孩笑了，"哪里，我最没有主意了。很多事都听别人的，大家一炝烫我就发蒙了。比如，我现在学内科，是我并不喜欢的，我想学美容、学心理学。朋友说内科好，我就学了，我的男朋友说我什么都想学，什么都学不成。谁知道呢？"

看她那有些苦恼的样子，我帮她出主意：学医学心理学，以后做个医学心理健康医生。她也说这是个吃香的职业，只是感到自己的知识面太窄了，难以解决病人的心理疾患。我鼓励她："你坚持十年，就会成功的。我在写作上就有这个方面的成功经验。"——我有些倚老卖老起来。

N女孩儿恍然言及：你看这些女人的书是为了写作？

我说："是的，我正在计划写一本《千古红颜》，都是死去的女人们的故事"——这些天来，我已被这些死去的女人缠得好苦，半夜三更都睡不好觉，脑海里过着往事的影像：秋瑾的玉颈被砍了数刀，暴死三日；王朝云死前口诵《金刚经》："如露如梦，如电如幻，亦作如是想"。每思之这些都会令我心怀悲伤，难以消苦。中国女人千年以来流淌了多少的血：诞生新生命的血，为爱情献身的血，为国难喷溅的血。我不想和女孩儿交谈这些，古代女人们有她们人生的苦难，而现代女孩儿则拥有着青春的欢乐，她们所崇拜的偶像已不再是项羽与虞姬式的人物，而为奶油小生的歌星与穿着轻薄的超女。

听说我写书，N女孩儿好奇地问：你写了些什么？是魔幻与传奇吗？

"不，是关于历史上的男人女人的生生死死，如果你感兴趣或不介意的话，明天我送你几本。"

"是吗？我男朋友喜欢看这类的书。"

　　"但是，你还是不要说明我是你所医治的患者。"

　　"为什么？"

　　"我怕给你造成不必要的伤害。"

　　这些年来，我亲历了多少不应当受到的情感伤害。有真朋友，也有假朋友的；其中，更令人难受的是我最疼爱的人的伤害，在人生歧路去意彷徨之间受此一击，心脏在流血，心灵在饮泣。每当夜半醒来，茫然于黑暗的寂静，无言而伤痛。这是我一生中所受到的最深刻的伤害，至今阴影尚未消除。我怕我送给女孩儿的书，会引起她男朋友的误解，将医患之间的忘年情感交流当作"男女情事"。似乎这样的伤害悲剧在我们的身边经常上演。这是因为浮躁的情欲在像蓝藻一样爆发，传统的道德底线正面临着瓦解和虚拟，爱情——人间维持和谐家庭的生态链在金钱、权力与享乐至上的意识观念冲击下，而被阻断。因而，我妻子对我的某些忧虑也似乎情有可原。她曾经的道德偶像一个个坍掉了，她为之流过伤心而绝望的泪水。至于，我的真诚守望还能在红尘滚滚的俗世里坚持多久，她还是有些猜忌，怕受到像身边司空见惯的"爱情"伤害。对此，我无言以对，任何承诺与山盟海誓都在"情欲泛滥"中而沦丧，今日所见还在大街上连理比翼，明天却已是劳燕分飞，成为"他人的新娘"。这是眼见的事实与现实，承认与否它都存在。

　　这些年来，我自己也常常陷入人生思考与人性反思的困苦中，心灵时而弥漫于无奈的孤独里，除了妻子之外，我找不到倾诉的对象。与女领导倾诉，怕遭人瞧不起，视作无阳刚之气的萎靡男人；与女下属倾诉，怕流言蜚语，被当作暗示或骚扰；与女同事倾诉，怕看作有不轨之图；与行旅中相逢的女子倾诉，怕还以冷眼或被对方算计和勾引，乃至误入情感的歧途。这个世界怎么了？还是我怎么了？没有人能给我一个消除困惑的解答！

　　这天，我还和N女孩儿探讨了我对"男科医院"的理解。我说："这是我们男人的'家'，就像你们女士们自然地走进妇科的'家'一样！"

　　她盯着我的眼睛，好像观察我是不是在"糊弄"她："你真的是在这样理解吗？"

　　"当然，我的父亲在省医院，姐姐在哈医大，都有熟人。我来这里治疗，就是冲'家'来的。"

女孩儿说："一些男人来这里看病，还躲躲闪闪的，我以为你也不好意思呢。"

"有什么不好意思呢，男人也要得男人的病嘛！"

说到这儿，我俩眼光一对，都理解地笑了。

其实，我对"男科"医护的理解还不止如此。我作为一个曾经的男孩儿，在成长过程中经历过许多的生理与心理上的困惑，也走进一些男孩儿所陷进的误区，遗精的短暂快慰与犯罪般的惶惑，难禁诱惑的手淫以及对异性的想入非非，那时没有人来救助我们脱离"性苦闷"的危险期。威严的父亲保持着他们高大正直的形象，母亲只对女孩子予以初潮及心理上的关爱和指导。而我们男孩子只有以牺牲"性健康"——有多少因手淫而导致后来的性功能障碍——的代价，最后走向性心理的成熟和健康。想到我的童年、少年，我的心有些苦涩。我生活过的小镇上的孩子们，有多少像我一样成了那个时代"性无知"（学校禁开生理卫生课）的戕害者。或许，我今日的前列腺就是少年的不良习惯以及长期的尿路感染、写作的伏案久坐，而导致躺在这里来接受痛苦的治疗。

女孩儿看我默默地闭上眼睛，以为我困乏了，便合上书蹑手蹑脚地走了出去。

这一天里，在转至北侧病室的"干扰损伤"——双腿固定四个电极点——治疗中，我还同女孩儿做了诸如更加人性化的护理，以减轻患者的痛苦与心理压力的交流，我建议她抽空读读周国平的《妞妞——一个父亲的札记》这本书。"在美国，有两所著名的医学院——得克萨斯大学医学院和明尼苏达大学医学院"已将它作为案例编进讲义，讲义科目为医学伦理学。此书在美国被称为"中国医学人文的重要作品"。我读《妞妞》曾经淌了不少的泪水。妞妞只活到一岁半，她还没有产生什么思想便患了癌症而痛苦地死去了。爱者无助，医学无救，妞妞的死"给中国公众提供了一个反省现代医学观念与制度的生动案例"，故此我向女孩儿推荐此书。

其实，我还想给她推荐另一本书——《生命的肖像》，是外国人给临终者所拍摄的生命影像，内里有文字的记录。因了人性化的临终关怀，这些死者大多平静而逝。后来，我取消了这个念头，尽管这对女孩儿的成长有益，然而她们都是青春的快乐一族，何必以我苍老的心境苛求80后的一代呢？

　　N女孩儿在这半日里——治疗四个小时，最令我感动的地方是她所说的一句话：从我这里出去的病人，有不少都成为了我的朋友！我正转头看着她的脸儿，没有虚伪的自然，没有矫情的纯真。她坐在红色的工作凳上，戴着折角的白帽，穿着合体的白大褂（仿佛瘦一点，在一次为我哈腰治疗时，崩掉了两颗扣子），就好像《圣经》里的天使一般。天使是不容情感来亵渎的。在与之交流中，我几近与自己女儿相对而谈的情境，没有欲念的分泌，心静如水。这在我所经历的一生事情中显然是个心灵的奇迹！

　　在这天治疗结束前，女孩儿为我撤除"干扰损伤"的电极，我凝视着她专注的眼神儿，满含感激的心情说：

　　"你净化了我的心灵，使我敢赤身裸体地走入大自然角！"而在以前，我是绝不敢这般肆言吹牛的。我怕在阳光的照耀下露怯，更怕心理的蠢欲与生理的反射而颜面扫尽，令黄皮肤即便埋藏沙堆里也无地自容。

　　我的受难日——7月15日到了。三年前，我亲眼目睹了父亲的受难，刻骨铭心，因而在心理上做好了皮肉受苦、精神受折磨的准备。然而，复演父亲的一幕，我多少还是低估了煎熬的程度。

　　早晨的天空一片晴朗，太阳已经散射出盛夏里强烈的光芒。中山路宽阔的街道两旁绿树婆娑，花木飘香。现代男科医院与往日没有什么不同，而对于就诊的我心情有些异样，我视之男人的家将给予我解脱难言痛苦的新生活。为此，我将其视作是与女人头胎进产房等量齐观的一天，起码对于我是有着这样的感受。

　　昨天傍晚，在同妻子例行散步时，看着西天行将消散的晚霞，我还自信地说：明日主治大夫将为我做"手术"。显然，我对前列腺的医治还一知半解。所谓的手术，其实术语叫"腔道介入"，说白了就是往尿道里插管、输液，并借助仪器促其进入"腔内"，直接作用于前列腺的治疗。我谐其音称作"强盗介入"，N女孩听后为之开心而笑。她是位开朗、喜欢笑的女孩子，她的男朋友常戏言她"一天到晚傻呵呵的"。或许，正是她的这种性格，这般银铃样的笑声，使我从心里喜欢上了她。我走进医院，最怕见到职业病的冷漠、白墙、白衣、白帽、白口罩，给人以冬雪之寒冷。女孩儿还未沾染这类的传染病，青春热情一直洋溢在她的脸上。自我"受治"于她，尚未见到她之冷脸与白眼。只是对我插话"半导"之事，稍记前嫌，说我那时有些"捣蛋"。

"腔道介入"交由N女孩儿亲自来做，是我始料未及的。事已至此，顺观其变吧。N女孩戴上口罩与胶皮手套，为我小腹作消毒。这天，我带来《风尘列传》一书，里面记载有秦淮八艳的柳如是、陈圆圆以及民国名妓小凤仙等。我用打开的书遮挡小腹区域，不想看到令我痛楚的"手术"过程，只是从书的上部观察口罩上的那双凝神而专注的眼睛。另一位女孩儿在旁边见习，打着下手。时光在充满温情的提示里进行：注入麻醉药，注入润滑剂，插管介入，再注入药液，然后吊液管对接，仪器的电流进入……我一会儿作深呼吸，一会儿感觉尿道产生针刺状灼痛，男人们创造生命与行云布雨的欢乐之后的苦难，在此备尝。此间躺在床上的我，俨然孩童一般地受着无助的煎熬，而女孩儿极尽人情味的呵护，令我深慰着一道母性的光辉。明年，她就要在夏日里走上人生的红地毯，之后便要做伟大的母亲了！在我的记忆中，童年时母亲用洋铁皮的洗衣盆给我洗澡，少年生病卧床时母亲用罐头瓶子为我接过尿，青年婚后妻子赐予我以爱的抚慰……再之后，便是N女孩儿的"腔道介入"，极尽娴熟的技术与人性的关爱。我记住了这三位女性，并从她们的身上享受到了终生难忘的母爱、情爱与关爱！

五天以后，我又接受了第二次"腔道介入"，同样由N女孩儿来做。我请求她让我看看那支让我受难，并让我今后得以康复的插管，它呈现着透明的锥形状，有如捉取菌虫的角质喙。

这最后一次的手术，我几乎像父亲一样坚持不下去，精神差不多垮掉了，有一种沮丧的绝望在蔓延。N女孩在处理完手头上的事情后，拖一把工作椅坐在我的床头，说："先生，我知道你很痛苦，但治疗必须坚持到底。这样吧，我陪你唠唠嗑，以转移你的痛苦感受。"为此我感到了一股人生的温暖。当病人精神最困苦、最寂寞，坚守处于放弃的边缘时刻，最需要的就是这样充满人性的关怀。N女孩儿在我最需要坚守动力的时候，她适时地做到了。这是我从心底里深深感谢她的地方。

这一次"手术"结束后，我终于确信我的"受难"暂告休止，肉体的十字架卸下了我被一场男性病所净化的灵魂。六天,我完成了人生环球的精神旅行,而操舵手的不是我,是那位与我女儿同龄的N女孩儿。

在告别前,我敬重地伸出手来,与她相握,然后以诙谐的语言来祝福她:明年夏天,要做你自己的新娘!近些年来,我被生死拖累的苍老心境已经很久没有像这样充满着快乐了。

红楼梦

何君华

　　学府红楼再一次成为科大乃至整个城市的焦点，是因为一起残忍的凶杀案。

　　一个大四物理系的男生身中47刀死在了学府红楼304房间。

　　凶手很快就被抓获归案。说很快，实际上在案发现场行凶者就被抓获了。凶手根本就没有逃跑的意思，甚至就是她自己抓起电话报的警。她不紧不慢地拿起床头柜上那只粉色的手机，拨打了110，平静地对警察说：我杀人了。

　　说话的时候，手机上一件小小的天蓝色挂饰还来回摆动着，那是刚才那个不幸的惨死者一年前送给她的。

　　凶手就是死者的女友，一个美术系名叫胡雅可的女生。

　　胡雅可一下子成了科大的新闻人物。胡雅可为什么要杀死她的男友？故事就开始有了各种不同的版本。最广为流传的版本是情杀，说男生瞒着胡雅可跟别的女生好上了，胡雅可假装不知道，把男生引到了学府红楼，在经过最后一次床笫之欢后，胡雅可把熟睡中的男生碎尸万段。在各种"案情解密"版本中，这个版本最为香艳浓烈，流传最广也最为广大受众信服。

　　一时之间，"红案"成了在科大师生中间流传最广的词汇，这个"红案"不是红学研究中种种悬而未决的悬案，而是这次学府红楼凶杀案的简称。已经无法考证"红案"这个词是谁率先发明的，但是它的确在一段时间内成了科大师生中最热门的谈资。《城市新闻早报》的首席记者何君华也第一时间赶到现场进行了采访，但是他的采访稿最终也未能见报。据称何君华为红案专门撰写的万字通讯在发排之前，被学校动用各种关系生生撤了下来。我们唯一可能了解凶案真相的途径被阻绝，这直接导致了关于这件凶案的流言更加肆无忌惮地传播，简直到了"谣言满天飞"的程度。生活实在太无聊、太需要刺激了，这充满诱惑的案情撩动了年轻的学子们蛰伏而躁动的内心。在科大校园论坛上，各种各样的"消息可靠人士""知情人士""观察人士"打着红案男女主角同班同学甚至是舍友的身份进行各种形式的揭秘。学校马上封锁了这一敏感话题，一旦发现相关帖子上传，立马就会遭到删除。但是事情却没有得到有效控制，最后学校干脆强制关闭了校园论坛。在红案风波平息之后整整一个月，校园论坛升级调整，增加了发帖审核功能才重新开通。

就像网络红人们往往红不过一个月一样，本来就是悲剧的红案也悲剧性地重复了这一命运。一个月以后，校园里几乎再也听不到谈论红案的声音了。躁动而无聊的人们迫切需要去搜索更加新鲜惊艳的新闻。

学府红楼也在经过一段时间的停业整顿后重新开张。忘了跟你介绍，学府红楼是科大南区西门对面的一家旅馆。这家旅馆的老板娘自以为聪明，给旅馆取了这么一个附庸风雅的名字，叫"学府红楼"，大家都嫌这个名字既臭又长，简称它为"红楼"。红楼也的确够红火，因为它离学校最近，最焦渴的大地需要最及时的甘霖，生意自然也是这条街上最好的。红楼老板娘是一个势利的老女人，从来不肯在房间的租金问题上让一分钱。可是有一件事她却做得深入民心，那就是对前来开房的学生情侣她都免费赠送两只安全套。别看是两只小小的安全套，有时真可谓雪中送炭呀。很多人走得急，还没来得及出去买安全套呢。正是因为老板娘这棋高一着的小小恩惠，红楼的生意更红火了。尤其是到了周末，学生情侣们总是把这里挤得水泄不通。迟来者根本订不到房间，于是大家学聪明了，纷纷提前交押金预定。这样一来，房间一般到了星期五中午就会被预订一空。老板娘恨不得再把红楼加盖十层八层，以解科大学子们的燃眉之急。科大男生之间流传着这样一句问候语："红楼梦了吗？"红楼梦，红楼梦，听者言者会心一笑，无需多言，自然默契。

案发现场304房间也重新开始对外出租。不可思议的是，它的租金比案发之前竟高出了一倍。然而更不可思议的事情还在后头，竟没有一个人站出来抵制红楼老板娘的这种无端抬价行为，更多的人反而络绎不绝地前去求租。

我不得不承认，这是一个不可思议的时代。许多不可思议的事情整天就在我们身边不可思议地发生着。我们能够做的，除了围观，就只有仰望。

我之所以不厌其烦地再次提到这个号码是304的房间，是因为我和男友第一次躺在同一张床上恰好也是在这个房间。那是三年前，我的男友伟铭，确切地说，是我的前男友在交付了50块钱房租后，把我领进了304房间。

刚一踏上三楼的过道，我就听到了来自某个房间的一个女生的叫床声。呻吟声来自301或者306，但是来不及分辨，我们就慌乱地闪进了304。

气氛自然有些尴尬。关上门，我发现我那朝气蓬勃的小男友伟铭的脸蛋竟然涨得通红，四处游走的眼神飘飘忽忽躲躲闪闪，好像做错什么事了似的。我有些想笑，但还是忍住没有笑出声来。

我只是不停在想，外面那个女生有必要叫得那么大声吗？说实话我对她有点鄙夷，虽然我们到这个房间来也没有多么光彩。

但也不是什么丢人的事。

那个晚上并没有过多的发生什么。我们只是长时间的接吻。起初是站着，连外套都没脱。后来，我那刚上大一的小男友伟铭终于鼓起勇气把我推到了床上。说是推，倒不如说是"挪"更加确切。我们相拥着一边接吻一边向床边挪动。我知道他的意思，却没想到他那么小心翼翼，我心里又想笑，可是我的嘴唇被另两片厚厚的嘴唇包裹住了，根本笑不出来。

空气有些黏稠。

我们终于开始脱衣服了。自始至终伟铭都没有开灯，有一次我试图打开灯，但伟铭把我的手拉了回来。我感觉有些累，嘴唇都开始发麻，我想坐起来休息一会。伟铭却丝毫没有休息的意思，我这位害羞的小男友趴在我的身上，手有意无意地滑过我的乳房，但每次都像蜻蜓点水一样一滑而过。很显然他在犹豫，他在询问我的意思。当我把他的手抓过来按在我的乳房上时，伟铭终于下定决心把我的内衣和胸罩脱下来。伟铭是一个笨手笨脚的家伙，现在回忆起来我都忍不住要再次笑出声来：他似乎不知道胸罩的构造，折腾了半天，怎么也摘不开后面的小拉钩。

看着伟铭着急而紧张的小脸蛋，我终于忍不住笑出声来，伟铭也不好意思地笑起来，拧着我的脸说："你个小坏蛋你还笑，看我不吃了你！"

那个晚上就是这样，我们在月光底下不停地接吻，后来伟铭开始慢慢摩挲我的乳房。除此之外，我们什么也没做。大约凌晨两三点的时候，伟铭在我身边响起了微微的鼾声，而我则一夜无眠。我只是记得，伟铭的舌头似乎有一股微苦的味道，可能是紧张和兴奋吧，味蕾失去了应有的方向。原来爱情不只是让热恋中的人失去方向，我们身体的每一部分都是这样。

我迎合了他的热吻，尽管那一抹微苦似乎一直存在，及至现在，我也仍然清晰地记得它。

想到这里，我不禁想起了伟铭，我的那位并不算帅气的前男友。我和他相处了一年多，在大二上学期行将结束的时候，我们的爱情也结束了。故事平淡无奇，曾记得在校园论坛上看到过一个标题是《谁的爱情不离散？》的帖子，一位学姐以一位旁观者的语气讲述了她的爱情故事。她的男友家是农村的，而她家是城市的。他们的结合受到了她家人强烈的反对，她却不顾一切地选择了和他在一起。大学毕业之后，男友选择考研，而此时她家为了让她了断这份感情拒绝再给她寄钱，她不得不直接找工作，打工来维持他的学业。可是幸运之神并没有很快降临，第一年，他落榜了。第二年，幸运之神依然没有光顾。第三年，他终于考上了。可是，他却不声不响地抛弃了她，一个人拉着行李箱去了北京那所他梦寐以求的大学，电话号码也换了。原来，他在家乡早已有了女友，他们是高中同学，相约一起考北京的大学。他们的愿望实现了，他毫不犹豫地离开了她。一切都是个骗局，他骗了她，他利用了她。好一似食尽鸟投林，落了片白茫茫大地真干净……故事到此戛然而止。动人的故事没有等来动人的结局。许多大一大二的学弟学妹义愤填膺，纷纷跟帖说要去教训那个王八蛋。学姐只淡淡回了一句：一切都是烟云，谁的爱情不离散呢？

是啊，谁的爱情不离散？我也曾经认为我会和伟铭相爱一辈子不离不弃。执子之手与子偕老，天崩地裂海枯石烂。这些被无数热恋中的人们使用过的成语，被我们在嘴边再一次浓墨重彩地重复，可是我们轻视了时间的力量。流年如流言，流言再怎么甚嚣尘上也终会过去，如同流年，它终会毫不留情地带走我们的爱情。我不想过多的回忆我和伟铭之间发生的事情，只是事有蹊跷的是，我和伟铭分手之后的第二天，学府红楼就发生了那件轰动一时的"规劝门"事件。

那是学府红楼第一次成为科大的新闻焦点。事情是这样的，那天有人在学府红楼的玻璃门上张贴了一封信，标题是《致科大全体同学的一封信》，落款是"一名学生家长"。信中言辞恳切地说："科大附近有三多,一是网吧多,二是小吃摊点多,三是旅馆多,而最多的就是旅馆。我可以容忍你们成天在网吧打游戏看电影看足球,也可以容忍你们一口气吃20支烤串喝10瓶啤酒,但是我不能原谅你们成天去旅店开房!我还想问一问旅店的老板们,假如进来开房的是你们的儿子女儿,你还会把房间租给他们吗?"这封信无疑是一枚重磅炸弹,迅速成为科大校内的爆炸新闻。这封信的作者很快被调查出来,是一位叫谈国忠的退休老教授,而不是什么学生家长。谈教授的信立马被传为笑柄,男生宿舍7号楼的宣传栏上甚至出现了恶搞谈教师的漫画。"规劝信"很快被老板娘撕了下来,红楼的生意并没有受到任何影响,生意一如既往的火爆。但是,"规劝信"也在校内掀起了一场不温不火的讨论:我们到底应不应该去校外开房?有一个自发的调查小组进行了一次小范围的问卷调查。调查结果显示,超过70%的同学认为大学生不应该去校外开房。可是,很明显大家是有口无心,因为科大周边的旅馆依旧生意兴隆,没有一家倒闭。

时间过得真快,慢慢悠悠不知不觉中,我已经大四了,而且马上就要毕业了。记得刚和伟铭分手那段时间,时间似乎是很慢的,就像停水的水龙头,滴滴答答,踱着细碎的步子,一分钟要用一个小时去度过,而一天,却有一年那么漫长。

时光这个疯子。

一年前伟铭有了自己的新女友,而我也在半年前认识了爱我的柯冰。柯冰是一个调皮而有趣的家伙,他有着青春的面庞,饱满而健康的欲望。他最喜欢的明星是小泽玛利亚和苍井空,为巴塞罗那的一场比赛直播可以熬夜到凌晨五点,为梅西的精彩进球会激动得把我抱起来转圈。但是他一点都不喜欢看书,我不止一次在他面前说过我喜欢看《红楼梦》,我已经看了八遍,我还会继续看下去。听了我的话,柯冰也曾正经八百地跑去学校图书馆借来厚厚一大本《红楼梦》,那是他上大学四年来第一次使用借书证,可是看了快半年,书却还停留在第一页上。

现在我就躺在学府红楼304房间里,旁边躺着熟睡中的柯冰。因为忙于论文答辩,我们已经一个多月没出来了。他均匀而有节奏的鼻息正一下一下轻轻地吹在我的脸上。我总是这样睁着眼睛看他安睡的样子。窗外月色朦胧,透过没有完全拉上的淡蓝色窗帘还能看到一抹淡淡的微光。昏暗的房间里氤氲着一股枯叶腐败似的糜烂味道，也许是枕巾上床单上房间里还残存着前一对情侣的气息，来不及清除，我和伟铭就住了进来。

有太多的事情都来不及。比如还来不及考虑为什么要住进304房间，我和柯冰就拥吻着钻了进来。

一个无法掩饰的事实是，自从跟伟铭分手以后，每次来到红楼宾馆我都会失眠。

枕边响起了轻微的鼾声，我用手指轻轻刮了一下柯冰的鼻子，柯冰微微一侧头，翻过身继续沉睡。

还有几天就要毕业离校，这也许是我最后一次躺在红楼宾馆的床上了。我索性把西侧窗户的窗帘全部拉开，看着外面星星点点的夜空，我竟然睡着了。

我做了一个梦，我梦见离校那天，柯冰送我去火车站，他把我的行李箱塞进出租车后备箱里，打开车门，让我坐进车里，然后和我道别。出租车沿着平安路慢慢驶离学校，司机打开电台，女主持人用低沉的调子讲着一个烂俗的爱情故事。我一回头，柯冰还站在校门口冲我招手，再一看柯冰突然变成了伟铭。那是一张生动而忧伤的脸，我好久都没见过这张脸了，我的眼泪不听话地往下流，我冲着车窗后面大喊伟铭的名字，伟铭，伟铭，可是他根本听不着，只是一个劲的招手。我拼命想打开出租车的门，任我怎么用力也打不开……

我感觉浑身抖了一下，我睁开眼，看到柯冰正弓身看着我，他擦着我眼角的泪水，低低地说："晓怡你怎么了，是不是做梦了？"

我侧身躺进柯冰怀里，说："柯冰，我们结婚吧。"

图书在版编目（CIP）数据

叙事 /《百花洲》杂志社编著. --- 南昌：百花洲文艺出版社，2013.8
（中文之美书系）
ISBN 978-7-5500-0722-2

Ⅰ.①叙… Ⅱ.①百… Ⅲ.①散文集—中国—当代Ⅳ.①I267

中国版本图书馆CIP数据核字(2013)第238310号

叙事

《百花洲》杂志社 选编

出 版 人	姚雪雪
责任编辑	胡青松 朱 强
美术编辑	赵 霞
制 作	张诗思
出版发行	百花洲文艺出版社
社 址	南昌市红谷滩世贸路898号博能中心A座9楼
邮 编	330038
经 销	全国新华书店
印 刷	江西千叶彩印有限公司
开 本	720mm×1000mm 1/16 印张 19
版 次	2013年12月第1版第1次印刷
字 数	300千字
书 号	ISBN 978-7-5500-0722-2
定 价	31.00元

赣版权登字 05-2013-288
邮购联系 0791-86894736
网 址 http://www.bhzwy.com
图书若有印装错误，影响阅读，可向承印厂联系调换